大方
sight

盐之屋

SALT HOUSES

[美] 哈拉•艾兰_著
马华 宋琦_译

中信出版集团 · 北京

图书在版编目（CIP）数据

盐之屋/（美）哈拉·艾兰著；马华，宋琦译. --
北京：中信出版社，2019. 2
书名原文：Salt Houses
ISBN 978-7-5086-9864-9

Ⅰ. ①盐…　Ⅱ. ①哈…②马…③宋…　Ⅲ. ①长篇小
说-美国-现代　Ⅳ. ①I712.45

中国版本图书馆 CIP 数据核字（2018）第 279128 号

盐之屋

著　　者：[美] 哈拉·艾兰
译　　者：马 华 宋 琦
策划推广：中信出版社 (China CITIC Press)
出版发行：中信出版集团股份有限公司
(北京市朝阳区惠新东街甲 4 号富盛大厦 2 座　邮编　100029)
(CITIC Publishing Group)
承 印 者：北京盛通印刷股份有限公司

开　　本：880mm×1230mm　1/32　　印　　张：12.5　　字　　数：280 千字
版　　次：2019 年 2 月第 1 版　　印　　次：2019 年 2 月第 1 次印刷
京权图字：01-2016-9497　　广告经营许可证：京朝工商广字第 8087 号
书　　号：ISBN 978-7-5086-9864-9
定　　价：58.00 元

感谢家人，他们让我有讲不完的故事。

The Yacoub Family
雅各布家谱

Alia
艾丽娅 — *Atef* 阿提夫

Riham
里哈姆 — *Latif* 拉蒂夫

Abdullah
阿卜杜拉

Karam
卡拉姆 — *Budur* 布杜尔

Linah
莉娜

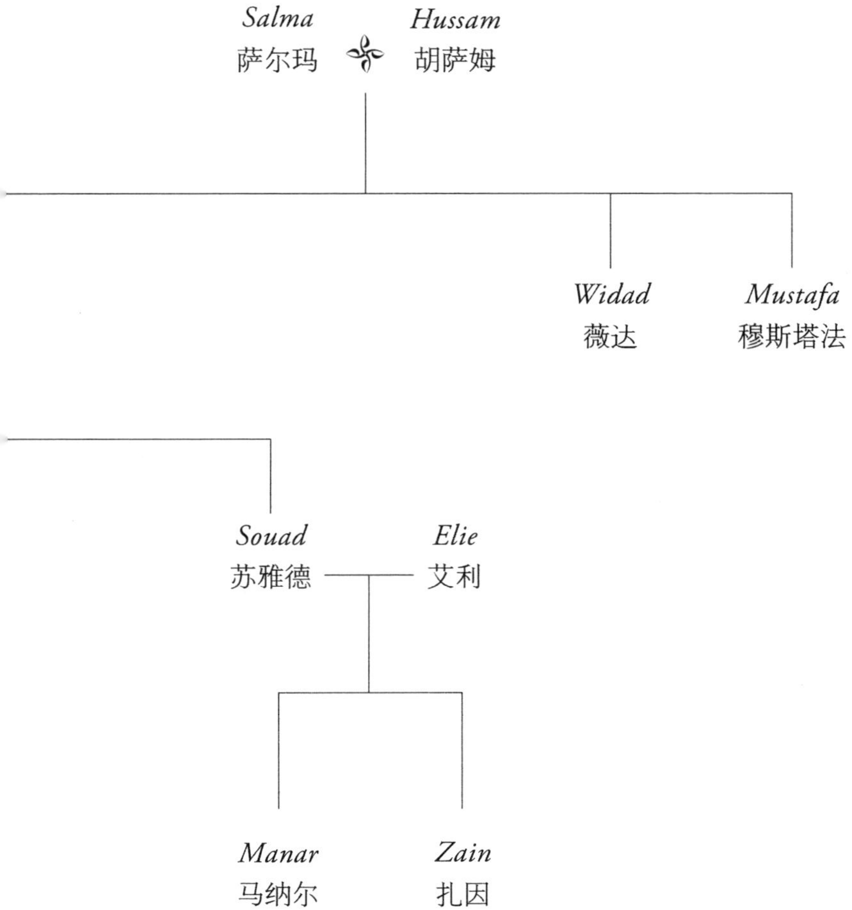
Salma
萨尔玛
Hussam
胡萨姆
Widad
薇达
Mustafa
穆斯塔法
Souad
苏雅德
Elie
艾利
Manar
马纳尔
Zain
扎因

SALMA
萨尔玛

纳布卢斯

1963 年 3 月

萨尔玛凝视着女儿艾丽娅的咖啡杯，发现自己得马上编个谎话。杯子边缘模糊地印着艾丽娅的珊瑚色唇印。咖啡杯是象牙色的，外壁上描画着精细的蓝色螺旋涡状图案，一道细细的裂缝沿杯体一侧蜿蜒而下。杯子不算古旧，是十五年前萨尔玛和丈夫胡萨姆初到纳布卢斯之后才买的，也是两人在这个陌生城市的街头集市漫步时购买的第一件物品。

走过一个挂满驼绒外套和各式小毯子的货摊，萨尔玛一眼看到一套咖啡杯碟。十二只杯子堆叠在一起，旁边放着一把带有细细壶嘴的长柄咖啡壶。杯子和咖啡壶都放在一个银托盘上。正是这个银托盘让萨尔玛停住了脚步。托盘上的三角形图案跟母亲在她结婚时送她的那套器具何其相似，可是，自己的那一套早已随同大部分财产一起散失，托盘、咖啡杯碟、衣服、胡桃木家具，还有胡萨姆的藏书，全都留在故土，留在那座桃红色的别墅里，留在那个曾是他们的家的地方。

看到托盘的一瞬，萨尔玛大叫出声，指着托盘要摊主拿给她看。

摊主拒绝只卖托盘，所以她就把整套器具都买下来，拎着一大捆用报纸包裹得严严实实的托盘和杯碟走回家。这是纳布卢斯带给她的第一个满足。

多年来，托盘和咖啡杯碟都放在同一个地方，摆放方式一成不变：长柄咖啡壶放在托盘中央，十二只杯子好似片片花瓣，围绕在咖啡壶四周。每隔半个月，女仆会把托盘和其他银器一起拿到游廊上，蘸着醋轻轻擦拭。托盘始终光洁如新。

咖啡杯的景况则正相反，留下旧日痕迹。不记得有多少次，萨尔玛用咖啡碟盖住杯口，把杯子上下颠倒，静置，等候咖啡残渣变冷变干。一般情况下，会等上十分钟，可她总是和客人聊得太投入，常常忘记咖啡杯，等到想起这回事儿，十分钟早就过去了。她会一边着急忙慌地叫着“哎呀”，一边把杯子倒置回来，干了的咖啡渣会粘在杯壁上，留下颗粒状印痕，把陶瓷杯壁染成淡淡的褐色。

可是这次，萨尔玛根本等不了十分钟。她听着身旁女人们聊着天气，猜测着明天举行婚礼时会不会像今天一样风和日丽。婚礼在他们家附近的一家酒店的宴会厅举行，这家酒店接待过许多达官贵人和政府要员。据说五十年代时，一位知名影星也曾下榻这里。宴会厅里每把椅子的后背都打上了丝质蝴蝶结；餐盘四周也已摆放排成半圆弧形的小圆茶蜡，等待点燃。一旦点亮，这些茶蜡会璀璨如星辰。萨尔玛和酒店礼宾员一起亲自试验过效果。他们绕着一张张桌子，用火柴触碰点燃每一根烛芯。礼宾员调暗大厅的灯光，效果立即显现，烛火明灭，流光溢彩，令人愉悦。此情此景，温暖了萨尔玛的心。

"把这些蜡烛全都扔掉。我再买一批新的。"她这样吩咐礼宾员，毫不在意礼宾员看她的眼神中透出既艳羡又嫉妒的复杂情绪。太奢侈了。可这是艾丽娅的婚礼啊。艾丽娅要结婚了，再怎么奢侈都不为过。她可不想桌上摆放的是那些烛芯已经烧焦的、被熏黑的蜡烛，让人看了就情绪低落。

大女儿薇达结婚时的景况则完全不同。十年前，在薇达的婚礼上，萨尔玛沉默地坐着，一言不发。当时只有少得可怜的几个人聚在清真寺参加薇达的婚礼，周围熏香缭绕，气味浓烈。薇达听着伊玛目诵读《法谛哈》，开始哭泣。彼时，胡萨姆已于三个月前病逝，持续的病痛折磨了他数年。那些年里，日复一日，萨尔玛会在晨礼[1]之后坐在丈夫的身旁，听着他吸气呼气时胸腔发出的咔嗒声，看着清晨的第一道光慢慢地填满卧室的每个角落。每到此时，她都会祈求真主保佑，保佑丈夫活下去，虽然这样做让她觉得自己很无耻。她更知道自己的举动很自私，丈夫肯定不想再过这种靠注射吗啡续命、与染血手帕为伴的生活。

多少个午夜梦魇，他会大声哭喊："他们夺走了我的家园，破坏了我健康的肺。杀了我吧，快杀了我吧！"胡萨姆坚信，正是因为以色列军队占领了雅法，迫使他们不得不遗弃那座桃红色的房子，所以他才疾病缠身。

"萨尔玛阿姨，咖啡渣干了吗？"一群女孩围着桌子，热切地看着

---

1. 穆斯林每日"五时"礼。晨礼，时间是从拂晓到日出；晌礼，时间是从中午刚过到日偏西；脯礼，时间是从日偏西至日落；昏礼，时间是从日落至晚霞消失；宵礼，时间是由晚霞消失至次日拂晓。——译者注（若无特别标明，本书注解均为译者注）

她。她很清楚，对占卜入迷的都是那些年轻的小女生们——从安曼飞过来参加婚礼的外甥女和表姊妹们，还有艾丽娅的同学们。在她眼里，都是些孩子。就连把手肘放在桌子上的艾丽娅——萨尔玛真想提醒她坐姿要端正，跟她说男人讨厌皱巴巴的手肘，不过转念想到了阿提夫，想到这个男人将要迎娶自己的女儿，手肘皱不皱又怎样呢——看起来对占卜的结果也十分好奇。

年长的妇人——她的姐妹们、邻居们还有朋友们——对咖啡占卜反应平静。这样的仪式她们已见过太多次，祖祖辈辈流传至今。对她们来说，咖啡占卜就跟礼拜一样平常。

“咖啡渣的形状固定了吗？”一个外甥女问道。

“我好想知道预言是什么。”

萨尔玛闭上眼睛，抛开烦乱的思绪，集中精神。她凝视着杯底，握着杯子微微旋转，皱了皱眉。刚刚看到的结果准确无误。

“再等几分钟吧。我把杯子再倒置几分钟。咖啡渣必须干透才行。”

可怜的薇达。想到大女儿，萨尔玛心口一阵疼痛，痛彻心扉。举家逃离雅法时，薇达才十六岁，却已然是个小妇人。逃离之前的三天，恐惧包围着他们，她和胡萨姆守着广播收听最新消息，无暇他顾。是薇达在照顾着艾丽娅，抱着她在房间里到处转，给她熬米粥，加点牛奶和糖，一勺一勺喂她吃。

她甚至自编了一个枪炮轰击的游戏。只要屋外传来隐隐的爆炸声，薇达就会假装很开心地扬起眉毛，装作欣喜的样子，每次都把艾丽娅逗得拍着小手，咯咯直笑。虽然薇达的光芒似乎只在危急时刻才会突然绽放，可是每当萨尔玛想到大女儿，脑海中最先出现的词总是“机敏过人”。平常的日子，薇达无精打采地游荡在纳布卢斯的新家里，吃饭的时候一言不发。她从不提雅法，当病入膏肓的父亲说她已经到了结婚的年龄时，她也没做任何反抗。只是后来和萨尔玛一起坐在花园里，她才哭了出来，眼泪从脸庞滑落。透过茶杯氤氲的热气看去，她的身躯蜷成一团。

“他要带我去科威特。”薇达啜泣着说。萨尔玛轻抚女儿的发丝，把她揽到怀里。时间一点一滴流逝，杯里的茶慢慢变冷。加齐是个好男人，沉稳大方，对爱忠诚，会是一个好丈夫。可是薇达眼中的加齐只是一个大腹便便、戴着眼镜、胖得连下巴都看不出的陌生人。这个男人要把她带到沙漠深处一座死气沉沉、单调乏味的房子里生活。一想到自己的宝贝女儿变成别人的妻子，郁郁寡欢地生活在异国，萨尔玛的心口就阵阵抽痛。可是，她知道，对薇达来说，这是最好的安排。

一直以来，她都没有告诉薇达实情：胡萨姆从薇达的众多追求者中挑选了两位，和她商量该选谁做女婿。除了加齐，还有一位是教师，在本地一所大学教授哲学。萨尔玛跟这个人的姐姐在清真寺结识，知道他来自书香门第，举止文雅。可是，他对纳布卢斯的感情过于深厚，对巴勒斯坦的爱也太过浓烈，他要生于斯、长于斯、死于斯。胡萨姆问他结婚后会在哪里定居，他的回答是：“当然是在我的家乡了，先生。无论这片土地发生什么样的变故，我都不会离开。”

出乎胡萨姆的意料，萨尔玛居然选择了加齐。为什么选择加齐，萨尔玛自己都说不大清楚，只模糊地觉得应该如此。可是，当她坐在清真寺，感觉如释重负的那一刻，一切都清晰明了。对薇达来说，安居科威特，远离这块岌岌可危、战火一触即发的国土，才是最安全的。如果生命受到威胁，开心快乐又如何。

艾丽娅当然也参加了婚礼。那时她才八岁，穿着塔夫绸裙子，一坐下来，裙子就窸窣作响。薇达和加齐举行仪式时，她在清真寺外开心地旋转，像个铃铛一样摇摆着小屁股。胡萨姆病逝，萨尔玛担心艾丽娅会嚎啕大哭，会追问爸爸为什么死去。可是，这个小姑娘在三个孩子当中的表现却是最冷静的。

"爸爸以后就不会受罪了，对吧?"她郑重其事地问道。他们——萨尔玛、薇达，还有萨尔玛的儿子穆斯塔法——全都哭泣着拥抱这个小姑娘。

孩提时的艾丽娅个性非常独特，不像薇达，带着淡淡的忧郁气质；更不像穆斯塔法，婴孩时整日哭闹不休，幼儿时骄纵易怒，一不如意就撒泼打滚。这三个孩子之间隔着几年，除了他们三个，萨尔玛还怀孕过六次，可是全都流产。身体的背叛让她抬不起头；她更痛恨自己的肚皮不争气，刚鼓起来就又平坦。对她来说，自己在婚姻中是个失败者。虽然胡萨姆对她温柔以待，每次都会给失落沮丧躺在床上的她端来热茶，可是她内心能感受到胡萨姆的失望与心伤。头胎居然是个女孩——五代之中唯一一个老大不是男孩的女人——不争气的肚子也只给他生了一个男孩。

她不是偏爱艾丽娅。对她来说，每个孩子都是她的珍宝，是她这辈子最大的满足。可是艾丽娅浑身散发着令人着迷的魅力，像蛛丝一样丝丝缕缕，无可捉摸，却又让人难以摆脱。艾丽娅生于战时，以色列的军队浩浩荡荡地进驻雅法的大街小巷，坦克碾压摧毁雅法的市场，士兵把半睡半醒的男人们赶出家门时，她还不到三岁。据说，这里要成立新政权。萨尔玛和胡萨姆的房子坐落在一座小山的山顶，俯瞰地中海，在他们脚下，橘园在半山环绕。

自开战[1]以来，橘园就被砍伐殆尽，橘树的枝干漫山横陈，柑橘掉在地上，滚落遍地，一个个摔得稀烂，橘瓤四溅。艾丽娅总会大哭，不因枪炮声而哭，却因空气中橘香弥漫，闹着要吃橘子却吃不到而哭。彼时，橘园已经无人照料，工人们要么逃走，要么中弹死掉了。一开始，胡萨姆拒绝离开，他眺望着窗外的海景和土地，愤怒地挥舞拳头，坚决不放弃这早已融入生命的美丽景色。

“你走吧，”他跟她说，“去找你住在纳布卢斯的叔叔。带着孩子们。”她苦苦哀求他跟她们一起走，都被他一口回绝。直到有一天，熊熊燃烧的炮弹碎片呼啸着落在橘园里，他才黯然吩咐萨尔玛打包全家人的行囊。等孩子们沉沉睡去，他俩站在阳台上，注视着大火在山坡蔓延，留下道道焦痕；倾听着远处传来阵阵呐喊，若有似无。空气中弥漫着火烧橘子的味道，甜中带着丝丝苦涩。

定居纳布卢斯之后，只有艾丽娅时不时地会提到雅法，带着小孩子特有的没心没肺。她闹着要吃过去杂货铺老板经常送给她的甘草棒棒糖，闹着要玩摆在旧家卧室的布娃娃。纳布卢斯集市上的车辆蜿蜒驶过，发出巨大的轰鸣声，都会惹得艾丽娅放声大哭。每次听到艾丽娅提及过往，薇达和穆斯塔法都一脸痛苦，眼巴巴地盯着胡萨姆，看他有什么反应。可是，自从来到纳布卢斯，父亲就好像变了个人，整日郁郁寡欢，动不动就发脾气。肚子饿的时候，他不再假扮狮子或狗熊，发出咆哮怒吼的声响，逗得大家咯咯直笑；他也不再让他们笔直

---

1. 这里的战争指的是第一次中东战争。1948 年 5 月 15 日凌晨，为争夺巴勒斯坦，以色列和阿拉伯国家之间发生大规模的战争，战争持续到 1949 年 3 月。战后，大概有 96 万名巴勒斯坦人被赶出国家，沦落为难民。

地站在他面前，背诵哈菲兹·易卜拉欣[1]的诗句，如果磕磕巴巴背不出来，他就故意一脸严肃地吓唬他们。现在，不管是跟薇达还是跟穆斯塔法说话，他都心不在焉。一到夜晚，他就坐在收音机前，全神贯注地听着广播。

可是对萨尔玛来说，每次听到小女儿提及雅法，她的内心就一阵雀跃，甚至感激。萨尔玛对故园的思念深植内心，从未减轻分毫。刚到纳布卢斯的那几年，她心心念念着有一天能重返故土。初夏时节，沿峭壁而建的崎岖山路蜿蜒向上，尽头是她的家。神奇的是，屋内陈设一如往常，跟他们匆匆离开时相比没有任何改变，连走时未来得及晾晒的衣服都还湿漉漉地堆在洗衣房。她明了这些梦幻般的场景不可能是真的，别墅早已被夷为平地，果园也已物是人非，果树重新栽种，新来的工人捡拾枯黄的落叶，新的主人用橘皮烘烤面包。那时，六七岁的艾丽娅总爱跟个神话学家一样带着敬畏之心郑重其事地跟人描绘雅法个头饱满的大石榴，根据石榴籽的成熟度，剥开之后，可以拌盐吃，也可以拌糖吃。每当此时，剪不断的乡愁就会扯痛萨尔玛的心。

“雅法的石榴跟月亮一样大。”小艾丽娅一边说，一边张着她海星似的小胖手比划着，声音里透着自信。

这个小姑娘，最大的特质就是毫不掩饰对早已逝去的旧日时光的迷恋，真的让人又爱又恨。

等待咖啡渣变干的时光，萨尔玛脑海里一直想着大女儿薇达，忆

---

1. 哈菲兹·易卜拉欣（1876—1932），埃及诗人，号称“尼罗河诗人”，一生致力于诗歌创作和翻译。代表作《哈菲兹诗集》（1922），译作《悲惨世界》。

起薇达婚前曾苦苦哀求萨尔玛为她进行一次咖啡占卜，被拒绝之后痛哭失声。今天，萨尔玛很庆幸薇达不能来参加婚礼，也就不用感受母亲对她的背叛。薇达的丈夫加齐突发痛风，所以薇达——尽职尽责的妻子——坚持要在家里陪伴丈夫。听到这个消息，萨尔玛居然有些开心。这让她满心羞愧。

她并不是故意对薇达残酷无情，薇达的眼泪也弄得她心乱如麻，可是，她还是不能同意女儿的要求。为跟自己有血缘关系的人进行占卜是非常愚蠢的行为，萨尔玛的母亲过去经常这样告诫她。有时，你迫切想让他们拥有的命运可能会扭曲你的思维，干扰占卜结果；有时，会让你对他们的命运看得更清晰，那么，你就得毫无隐瞒地把占卜结果告诉他们。这种感觉可能更糟糕。隐瞒读到的占卜结果是对占卜行为的背叛。读出的内容必须要与人分享。萨尔玛清晰记得为邻居、朋友，甚至胡萨姆的姐妹们占卜时，咖啡渣呈现出的每一次心碎和悲伤。

定居纳布卢斯之后，有一次为邻居占卜，从她的咖啡杯里读到邻居家将会有一位男人死去。结果，不到一个月，萨尔玛就坐在邻居家的客厅，陪伴着哀哀哭泣的女主人，抱住她，不让她大把大把地往下拽自己的头发。邻居的大儿子因为朝以色列士兵吐痰，结果被一发子弹穿透脖子毙命。等邻居在镇静剂的辅助下终于安静下来，躺到床上后，萨尔玛在沙发和地毯上捡起了大团大团被抓落的头发。自那以后，这个邻居就不再主动来找萨尔玛，就算不小心遇到，也会匆忙躲开，一扫而过的眼神满是责备。不过其他人还是一如既往地前来拜访。

“我们应该庆幸拥有预知未来的能力，这是真主安拉对我们的眷顾，所以，一定不能滥用我们的能力。”母亲经常这样说，萨尔玛对此也深以为然。这种能力深深印刻在她的血统之中，代代相传，从母亲到姨婆，再到她从未谋面的祖先们，正是这种能力把她们紧密联系在一起。每一次，接过一只喝空的杯子，感受着杯子的微微温度，对她来说，就像接过了杯子的主人来自灵魂深处的托付，深邃悠长，如宇宙般广阔无边。

所以，她从来不会逾矩，直到今天。薇达当时想知道自己是否嫁给了对的人，而这样的问题艾丽娅问都不会问。艾丽娅的年龄跟薇达结婚时比起来，也小不了多少，实际上，比萨尔玛当初结婚时还要大上三岁呢。可是看着艾丽娅对什么都无所谓的态度，萨尔玛心急如焚。艾丽娅随随便便地就爱上了阿提夫，漫不经心地向萨尔玛和自己的朋友宣布了这个消息。

"我崇拜他。"萨尔玛有一次无意中听到艾丽娅跟一个表妹谈起对阿提夫的感情，就好像崇拜一个人是一件轻轻松松、随随便便的事情。在萨尔玛看来，艾丽娅毫不掩饰地把自己的感情生活到处炫耀，实在是有伤风化。

尽管如此，这一刻的艾丽娅却一反常态，在等待咖啡渣变干时，忐忑不安，表情凝重。萨尔玛本以为她会讽刺几句，说什么咖啡占卜是迷信之类的话。艾丽娅就是这样，我行我素，对什么都满不在乎，说话更是没轻没重，不知分寸。她坚决不要男方送彩礼，非得让阿提夫送她一枚一里拉的硬币作为信物，其他什么都不收。在是否用糖水脱毛这个问题上她们又大吵一架。她坚持要用剃刀刮，还派表妹去药店买了一把粉红色的塑料剃刀，这种剃刀最近几个月突然出现在各大药店的货架上。可是，当艾丽娅的阿姨们坚持要给她煮土耳其咖啡，好让萨尔玛给她占卜一下时，她居然没有反对，沉默地啜着咖啡，睫毛低垂，时不时地轻轻吹开咖啡表面的浮沫。

“我的妈呀，萨尔玛，”有个邻居叫道，“已经八分钟了。该好了吧?”

萨尔玛深吸一口气，捋了捋发丝。这会儿在场的全是女人，所以她们都没戴头巾[1]，把头巾挂在了窗台上。

“好了，好了。”萨尔玛把杯子倒置回来，手指微微颤抖。

她用一只手轻轻地转动咖啡杯，杯子在她指间旋转。这双手曾无数次地在杯子上的道道纹路和凸起间游走，每块肌肉、每个关节都对这些杯子了如指掌，在快要触碰杯体的缺口时甚至会下意识地停下来。这些小东西，握在手里如鸡蛋般轻薄、空洞，却又承载了沉甸甸的命运，对她来说，意义不可估量。身体再次稍稍前倾，她把杯子放到眼前细细端详。隐约飘散的咖啡味已不再香浓。

果然如此。刚才没有看错。茶杯的陶瓷杯壁洁白如盐，沾在上面的咖啡渣图案歪歪扭扭。

一条条线弯曲延展，辐射四方，在杯壁上留下道道痕迹。有两道拱形，代表着一次婚礼和一次旅行。一把刀的刀柄和另一把刀交叉在一起，是不祥的预兆，会有争吵。杯壁一侧，透过覆盖的咖啡渣，白色陶瓷形成了一个长方形带顶的建筑结构，歪歪斜斜，好似即将倾覆的高楼大厦。会失去几栋房子。杯底正中间是一匹斑马，头上戴着一顶脏兮兮的皇冠。图像不是很清楚，但确定无疑是匹斑马，身体两侧有道道斑纹。萨尔玛强迫自己不露声色，可是内心的恐惧逐渐蔓延，如此猛烈，她心如刀割。斑马预示着颠沛流离的生活，也预示着动荡

---

1. 头巾或面纱是穆斯林妇女遮身服饰。系阿拉伯语“黑玛尔”的意译，亦称盖头。其形状各地略有不同，有的为黑纱制成的带帽宽长服，在帽子面部处留有两孔，露出双目；有的为一块较宽长的头巾，包住头发和脖项。

的人生。

“穆斯塔法妈妈，你读到什么了?”一个女孩尖声问道。萨尔玛抬起头，所有人都带着疑问的眼神盯着她。

“妈妈?”艾丽娅也开口了，声音细微。萨尔玛突然意识到，女儿还如此年轻。

萨尔玛开口了，声音在她自己听来是如此沉重。“她很快就会怀孕。有个男人正等着带她穿过一扇门，这个男人非常爱她。”所有这些话都是真的——杯口附近有一个小胎儿的图案，杯子的裂口处下部有一只小小的海豚。

“哇，太棒啦!”

“感谢真主!”

“最起码现在我们知道他爱她。”亲戚们笑着打趣艾丽娅。艾丽娅也微笑着，有点害羞，出人意料的是，如释重负的表情明明白白地写在她脸上。

“许个愿吧。”萨尔玛对女儿说，把杯子递给她。小姑娘接过杯子，把大拇指的指肚按到杯底，稍微转动形成半圆弧形。她把杯子还给萨尔玛，顺便舔了舔沾上咖啡的大拇指。

印痕有点模糊，边缘混杂着斑斑点点的咖啡渣。拇指离开杯底时，把图案蹭花了一点，留下一个翅膀一样的图形。萨尔玛看出了女儿内心的恐惧，还有那无以言说的忧虑。拇指的指纹中间有一个漩涡状的图案，预示着飞行。她盯着女儿棱角分明的脸庞。

“会实现的。你的愿望。”萨尔玛说，这次只说给女儿一人听。艾丽娅对她眨了眨眼，慢慢点了下头。看到这一幕，大家都大笑起来，高声欢呼，围着艾丽娅，不断地吻她，和她开着玩笑。萨尔玛重重地坐回椅子，筋疲力尽。她虽然没有撒谎，但也没有讲出全部故事。

几个小时之后，晚饭时间到，男人们陆续到来。萨尔玛屋后花园装饰的彩灯已经点亮，淡淡的柔光沐浴着每个人。老人们，还有艾丽娅的叔伯阿姨们，都已入坐。年轻人围在收音机附近，随着音乐舞动摇摆。阿提夫和艾丽娅正跟朋友和亲戚们聊天，两人时不时含情脉脉地对视。穆斯塔法站在阿提夫旁边，和他一起抽着烟，不时爆发一阵大笑。孩子们满院子跑着玩。夕阳余晖映衬下，整座大宅看起来美轮美奂、气宇轩昂。

对萨尔玛来说，这座房子是新宅，是他们在纳布卢斯的家。住了这么久，她自然而然地爱上了这座宅子。它比他们过去在雅法住的房子要大，房间深邃幽暗似洞穴，天花板高高挑起。前房主——已经逃到约旦——走的时候几乎什么都没带：厨房的橱柜里乱七八糟地塞着一包包未拆封的饼干和一罐罐糖。在她和胡萨姆的卧室里，萨尔玛找到一堆睡衣，还找到一大叠厚厚的未开封的一次性月经布。薇达找到一堆写满各种数学公式的笔记本。所以，刚搬进来的几周，他们个个乐此不疲地玩着一个怪诞的游戏，到处翻找房子里藏的东西。萨尔玛把前房主留下的东西全部丢掉，可房子还是无法摆脱过去生活留下的暗影：曾在这里举行的晚宴，曾在这里进行的庆祝活动，曾在这里发生过的争吵。这所房子一一见证。为此，萨尔玛一直提不起劲重新装修，墙壁颜色没有换，俯瞰阳台的那个房间也没有改成书房，仍旧保持着原来起居室的功用。

真是惭愧。萨尔玛轻声地责备自己，无声地祷告了一番。应该感觉幸运。他们真的很幸运。幸运有广厦为他们遮风挡雨，幸运——在真主安拉面前提这个似乎很俗气，但却无可否认——他们很有钱。因为有钱，他们才能定居纳布卢斯，才能入住这所房子。因为有钱，他们不必挨饿受冻，可以为房间挂上喜欢的窗帘，可以为自己置办心仪的服饰。萨尔玛出身贫寒，一日三餐靠吃面包和扁豆果腹，直到胡萨姆的母亲看上她，选她做儿媳，她的境遇才彻底扭转。幸运，还是幸运。萨尔玛长得漂亮，性格温柔乖巧，总是能吸引年长妇人的目光。薇达、艾丽娅和穆斯塔法虽然经历过战乱，可是因为有金钱和财富的庇护，他们的生活并未受到实质性的冲击。也正是因为有钱，他们才不用跟难民一起挤在散布于纳布卢斯郊外的难民营里。每次开车驶过难民营，萨尔玛都会屏住呼吸，生怕会惊扰到不幸与噩运。这是她从小就养成的习惯。

许多从雅法逃出来的家庭最终都被安置到了巴拉塔难民营，难民营里的帐篷挤挤挨挨，间隔不过两三步。每顶帐篷里容纳的人更是多到超乎想象。

萨尔玛从没进去过，只在开车经过时，瞥见密密麻麻的白色顶篷在车窗外一晃而过。难民营的可怖是从之前为她工作的女管家拉贾那里听来的。固定帐篷的绳子磨损严重，整个营地充斥着骆驼的屎尿味，臭气熏天。拉贾有七个孩子，再加上她和丈夫，还有婆婆，一家十口就挤在一顶帐篷里，连睡觉都得轮流睡，几个大点的孩子总是彻夜不眠，给大人腾地方，以保证大人们黎明即起，精力充沛地工作。

萨尔玛为自己对难民营的反感而内疚，可她就是受不了，好像难民营的贫苦会传染一样。后来，拉贾因突发关节炎辞去工作，萨尔玛才松了一口气。不知为何，她总有跟拉贾道歉的冲动。对她来说，拉贾不仅仅是个帮佣，她们之间已不知不觉地建立了更亲密的关系，不是亲人胜似亲人。拉贾走后她又雇佣了不少女佣和保姆，基本上都是纳布卢斯本地人，可是这种感觉再也没有出现过。拉贾干活时总是会轻轻哼唱家乡民谣，声音沙哑，旋律久久回荡，熟悉的曲调跟萨尔玛记忆中母亲哼唱的一样。也许正因如此，她才对拉贾产生愧疚之情，白天在自己家干一天的杂活，夜晚还要回到难民营的凄惨生活当中。她有时会想，这就是所谓的平行生活吧。她和拉贾，不正是身处两个完全不同的平行时空吗？一个晚餐吃羊肉，一个只能啃黄瓜。造物主随随便便，手指一挥，两个人的命运就被决定了。

“我好喜欢这首歌啊！”

“天气挺好的。”

“也不知道明天会不会还这么好。”

“肯定好啊！”

艾丽娅的几个朋友聚在一起热闹地聊着天，带着对明天的期盼，还有一丝丝妒嫉。未婚女生参加朋友的婚礼时，有这样的情绪实在是太正常不过了。她们都穿着色泽艳丽的裙子，小腿裸露。

年轻女佣从她身边走过，萨尔玛一把抓住她，吩咐道：“鲁勒瓦，再多拿些玫瑰水过来吧。”

鲁勒瓦点了点头：“好的，夫人。”

花园看起来美轮美奂。如果说宅子里逗留徘徊着过去的生活气息，还能看到前房主的印记，那么，花园则完完全全是她一手建起来的。之前的屋主在花园里铺满瓷砖，把花园变成了大理石庭院。

“我不想要这些瓷砖。”一搬进来，她就跟胡萨姆说，“我的花园里要能闻到泥土的芬芳。”这是她第一次也是唯一一次以命令的口吻跟丈夫说话。胡萨姆非常吃惊，可他什么都没说，雇了几个工人把瓷砖全部清理扔掉。重见天光的泥土色泽晦暗，带着缺乏阳光沐浴的病态苍白，大理石碎片散落一地。现在，花园里人们四处走动，开怀大笑，乐曲缥缈，一派热闹的景象。然而没人知道，曾经，他们脚下的土地贫瘠荒芜，除了营养不良、苍白细瘦的虫子，连根草都不长。想想还真奇怪。

她在这片土地上辛勤劳作了好几个月。可是，一点起色都没有。肥也施了，地也翻了几遍，该清理的地方都已清理干净，还是不行。绝望包裹着她，差一点她就要放弃，准备接受自己什么都种不活，什么都无法茂盛生长的无奈事实。

一天早上，她端着茶杯走到花园，仔细地观察着这片不毛之地，突然看到地里居然长出了一小片细瘦的新芽，她大吃一惊。虽然这片新芽只是株野草，可是，萨尔玛还是跪在地上，用手指轻抚着娇嫩的叶片。她想要跑进屋子，把胡萨姆和孩子们都叫出来，把这小小的生命展示给他们看。终于，有什么东西可以让大家振作起来了。

可是，她并未站起，手指仍抚触着细弱的新芽，突然明白，总有一些时刻我们想要一个人静静感受，细细体味，无法与人分享；也有一些时刻，太过宝贵而不愿与人分享。她闭上眼睛，开始默诵《法谛哈》。

花园成了萨尔玛的骄傲。自第一片叶子钻出地面，葱翠的新绿就开始蔓延至整个花园。土里争先恐后地长出各色花儿、丛丛灌木和棵棵大树。之前萨尔玛种下去的所有种子，不管是从市场讨价还价买来的，还是亲朋好友邻居们送给她的——她对花园的热爱已名声在外——全部在庭院盛放。

现在想来，那时的她是多么贪心啊，在花园里种下那么多相生相克的植物，还有根系发达的植物，争夺着纳布卢斯夏天有限的水源。玫瑰和栀子花争相开放，西红柿藤和薄荷丛纠缠交错，满花园充斥着各种浓郁的香味，每种味道都铆足了劲发散，热闹却不协调。

近年来，她越来越谨慎，花园也越来越素雅。秘诀很简单，只种那些不会无限制生长的植物。现在的花园简约大气，一排排灌木从房子向外延展，院子里的桌子上边搭了个遮阳棚，爬满了葡萄藤，葡萄叶覆盖着顶篷。茉莉花香弥散在空气中，若隐若现。整晚，她不断地听到人们轻声赞叹花园的美丽，心中的喜悦和骄傲难以抑制。

“好美的花园！”

“哇，你看这些栀子花！”

“这是我见过最饱满多汁的番茄了！”

艾丽娅和穆斯塔法喜欢在花园里帮她的忙，除除草、杀杀虫。自胡萨姆去世、薇达远嫁，家里只剩他们三个相依为命，所以，无数个漫长的午后，他们都待在花园里捉虫子打发时光。萨尔玛现在还记得他俩把长长的虫子从土里小心翼翼地清理出来时那欢欣雀跃的表情。

萨尔玛满怀爱意地看着正站在遮阳篷下的孩子们。长桌上铺了花团锦簇的锦缎桌布，男客们带来了库纳法[1]，有人拿刀划开玻璃包装纸。剥去包装纸，热气袅袅娜娜地从洒了开心果仁的橘色甜点上升起。穆斯塔法递给站在阿提夫身旁的艾丽娅一盘甜点，接着说了句什么，三个人一起开怀大笑。

萨尔玛坐在花园这头，离得太远，只听到只言片语：“小偷……漂

1. 库纳法（kanafeh），流传于中东与地中海东部的甜点。

洋过海……永远！”又是一阵大笑。好像在讲笑话。

穆斯塔法和艾丽娅都身材修长、发色乌黑，这点随了他们的爸爸。虽然他们嘴上天天谈什么革命啊、压迫啊，而近在咫尺的难民营和生活其中的人们却从来都不是这俩孩子关注的对象。从小，大人们对他们过于溺爱，惯得兄妹俩对什么都漫不经心，情绪喜怒无常。这两个被宠坏的孩子，从小就兄妹情深，现在也是亲密无间。

这会儿，艾丽娅突然微微低头，一手端着盘子，一手比划着，在穆斯塔法和阿提夫耳边轻声说着什么。花园里，大家的目光都追随着她，不论男女。艾丽娅不算传统意义上的美女，下巴尖尖，颧骨太高，看起来好像一只狂野的猫咪。跟胡萨姆一样，她的鼻子也有点歪，可是胡萨姆有高高的额头和宽阔的肩膀，很好地掩饰了这点不完美。艾丽娅就不一样了，高挑的眉毛和纤长卷翘的睫毛底下，有缺陷的鼻子无处可逃。然而，同样的眼眉放在萨尔玛母亲的脸上，却成就了母亲的宛转蛾眉。和大多数高个子女人不同，艾丽娅体态优雅，脊背挺直修长，美肩个性张扬。艾丽娅十四岁时个子开始猛长，那段时间，萨尔玛总会做噩梦，梦到艾丽娅的骨骼不停地生长，四肢变得越来越长，直把她变成了一个没人认得出的怪物。

“你得把她的腿绑起来，”萨尔玛的阿姨们老跟她说，“或者等她睡觉时把豆蔻撒到她的枕头上，豆蔻的味道能阻碍发育。”

不过萨尔玛既没给她绑腿，也没在她的枕头上撒豆蔻。薇达彼时已远嫁，胡萨姆亦病逝多年，萨尔玛的世界早已发生了翻天覆地的变化，一同改变的还有她的认知，知道这个世界对女性越来越宽容，女人当然可以身材高挑，也不用再逆来顺受。薇达跟萨尔玛一样，也跟她们家所有的女性亲戚一样，身材娇小玲珑，臀部丰满圆润。只有艾丽娅，比一般女人的个子高出一大截，跟男人说话时不用再仰视。

“真主慈悯，萨尔玛，”邻居巴沙尔妈妈过来跟她打招呼，头巾被汗水浸透，手上端着盘泡在玫瑰水里的库纳法。“艾丽娅如满月般光彩夺目。”

萨尔玛不露声色地笑了笑，轻轻颔首：“谢谢夸奖，巴沙尔妈妈，真主慈悯，真主至大！”声音发紧，因为她太清楚“邪恶之眼”[1]会带来什么样的厄运，也知道即使是无心的嫉妒也能给人带来无妄之灾。

“不过你的决定倒是挺让人意外的。”巴沙尔妈妈边说边瞅了一眼穆斯塔法。萨尔玛知道接下来她要说什么，客人们也都议论纷纷呢。“先把小女儿嫁出去，”她轻声叹了口气，“不过我估计你男人要是还在，肯定不会同意。”

“艾丽娅命中注定先结婚。穆斯塔法还得上学，毕业后他很有可能会去拉姆安拉找工作。”萨尔玛说着自己都不相信的话，心情沉重。

“是啊，是啊。”短暂的静默。“穆斯塔法比艾丽娅大几岁啊？”“才大五岁。”唉，五岁，五岁啊！萨尔玛在睡梦中都在重复这个数字。虽然她绝不会跟这个女人谈起，可是，内心的隐忧早已经年。

“哦，五岁啊。还好。你觉得好就行。不过我的孩子们都是按年龄大小结婚的。巴沙尔今年秋天也要结婚了，他好像比你家穆斯塔法还小两岁，不对，不对，得小三岁呢！”

萨尔玛刻薄地想着巴沙尔长着大鼻子和窄下巴的脸，早就感觉到巴沙尔妈妈总是把穆斯塔法当成自己儿子的竞争对手，就因为穆斯塔法长得太英俊！

---

1. 邪恶之眼，指通常所说的“嫉妒的眼神”。

“要是胡萨姆还在，他也会同意这个安排的。”萨尔玛语气冷淡，摆明了不想再说下去。巴沙尔妈妈点点头，脸上的笑让人起腻。

“当然，”她说，看着艾丽娅。“你看她多漂亮！海娜染料把她的头发染得怎么那么好看，太配她的皮肤了！”巴沙尔妈妈收回紧盯艾丽娅的眼神，走开之后，萨尔玛才松了一口气。

前一天，萨尔玛的亲戚们给艾丽娅举行了“海娜仪式”[1]。现在，在花园灯光的照耀下，泛红的金粉在她头上闪闪发亮。整个仪式场面混乱至极，尖叫连连，年轻姑娘们一边起劲地捣着盆里的散沫花，一边聊着各种八卦绯闻。捣得差不多了，她们再把手伸进黏糊糊、滑腻腻的散沫花糊糊里，又揉又捏，挑出残留的小枝和叶子。糊糊调好之后，装进布口袋，再把口袋扎紧。萨尔玛则和年长的妇人们一起，念诵着《古兰经》，清洁艾丽娅的身体，给她梳头发，用柠檬汁滋润她的手脚。萨尔玛嘴里默念《法谛哈》，把散沫花染料在女儿手上轻轻按摩，自己的双手也被染得通红。接着，萨尔玛的一位阿姨拿起带着针头的布袋子，下手稳健，开始在艾丽娅的手上和脚上手绘复杂精细、妖艳魅惑的螺旋、花朵和点状图案。

散沫花糊糊气味浓烈，乍一闻有股谷仓的味道。年长的妇女们深情地回忆起旧日时光，叨叨着她们曾经历过的“海娜仪式”。萨尔玛一转头，无意间捕捉到年轻女孩们不以为然的表情。跟邻居们和阿姨们一起喝下午茶的悠长时光中，谈论最多的话题就是她们的下一代。对长辈们来说，年轻一代太过焦躁、太过张扬，行事从来不计后果。萨

1. 海娜仪式，是阿拉伯国家结婚的一种习俗，新娘结婚前，要用海娜（Henna）将手指、脚面和脚趾甲涂成各种颜色，有的还要文身，比如在脚上或手掌上绘上彩纹等。

尔玛到女孩们那里拿布袋，刚一走近，正叽叽喳喳聊得热火朝天的她们突然闭上了嘴巴，睁着大大的眼睛，带着无辜的眼神看着她。萨尔玛知道她们谈论的话题无非是邻家男孩、学校的男生，或者在青年俱乐部认识的年轻人们。有些女孩子居然明目张胆地大谈特谈以色列士兵的种种，可是她宁愿相信这些厚颜无耻的女生要么是基督徒，要么是在欧洲寄宿学校上学的女孩子，反正肯定不会是纳布卢斯本地的，都是些外来者。

一想到胡萨姆如果还在，对她养育艾丽娅的方式肯定不以为然，她就会心痛。胡萨姆是虔诚敬畏的穆斯林，一辈子都按时去清真寺礼拜，斋月严格封斋，禁欲苦行。胡萨姆性情淡泊、矜持寡言，所以他们两个既相敬如宾，又若即若离。甚至在两人最亲密的时刻，他也是不温不火，没有激情。直到病入膏肓，他才开始痛苦叫嚷，高声诅咒，可是，那时的他，思维早已不受理性控制。

如果他还活着，年轻一代摧枯拉朽式的变化会让他难以招架。西方价值观已一点一滴渗透到这个国家，对西方生活方式的接受与否成了横亘在年轻人和年长者之间的鸿沟，年轻人的生活越发熠熠生辉，年长者越发痛心疾首。

有时，萨尔玛会在心里无声地和胡萨姆争论，这是二十多年婚姻生活养成的习惯。

*所有的女孩子都这样。*每当艾丽娅跟朋友一起出去疯玩，或者明确表示坚决不带头巾时，萨尔玛就会这样自我开脱。

“*你对信女们说，叫她们降低视线，遮蔽下身。*”这是胡萨姆最喜欢的策略，只要一有争论，他就引用《古兰经》。

这就是现在的生活，胡萨姆。年轻人的世界早已分崩离析。来复枪下的高压生活就是如此。

她能想象到胡萨姆皱眉摇头，为她的软弱而失望。你要是再多尽点心，要是多给她读读《古兰经》，要是勤带她去清真寺礼拜，她就不会学坏。想象中的停顿。要是我还在，她就不会离真主安拉越来越远。

可是，你不在。

这句话轻松堵住了逝去之人的唠叨。

“妈妈呀，吃点儿东西吧。”穆斯塔法端着个盘子向她走来，盘子里的库纳法上浇了一层厚厚的糖浆，糖分全部被奶油吸收，正合她的口味。她抬头看着儿子高高瘦瘦的身型。

“你真得看看阿提夫紧张的样子，”他故作神秘地跟她说，“他差不多换了有七八条领带了。”

“灰色挺适合他。”

“灰色、蓝色、橙色——谁在乎呢！我跟他说了无数遍，西装就是西装，再怎么搭，还是西装。”

萨尔玛微微一笑，轻声细语地说：“新郎可比新娘讲究多了。”

他俩一起放声大笑。只有跟儿子一起，她才会肆无忌惮地开玩笑，开着只有他们两个人才懂的玩笑。亲戚们总说穆斯塔法跟萨尔玛和艾丽娅的关系太过密切，父爱缺失阻碍了他成长为真正的男人。可是萨尔玛却宁愿儿子长大成人的过程再慢一点，离家的时间再晚一点，自己能再帮他收拾随便乱扔的运动鞋，给他洗穿过的脏衣服，帮他刷用过的脏碗碟。每年穆斯塔法过生日，她都会向真主安拉祈祷让自己愿望成真。

穆斯塔法跟阿提夫挥挥手，阿提夫如释重负地朝他们走来，走姿因穿着太正式而稍显僵硬。

“领带很搭啊，阿提夫。”萨尔玛调皮地跟他说。穆斯塔法哈哈大笑。

“你也开我玩笑，阿姨?”阿提夫叫道，假装很受伤。他低下头，咧嘴笑对萨尔玛，黑色胡须映衬着洁白的牙齿。阿提夫的长相带有古典美，跟历史课本上印的奥斯曼帝国帕夏[1]的肖像神似，目光冷峻，表情严肃。

“你俩明天早上还去清真寺吗?”

穆斯塔法和阿提夫犹豫了片刻，四目相对。虽然只是一瞬，却也被萨尔玛捕捉到。“去啊，妈妈，”穆斯塔法终于开口，“不过只是去做礼拜。我们跟阿里伊玛目说好了。”

“差不多十点就结束了。一定回来吃早餐。”阿提夫肯定地说。三人突然都陷入沉默，未说出的话暗流涌动。

“行吧，”萨尔玛故意轻快地说，“你俩别惹麻烦就行。”

两个大男孩尴尬地笑了笑，移开目光。几个月前，他们去耶路撒冷参加抗议集会被逮捕。要搁往常，可能罚个款、法庭上口头警告一下就过去了，可是这次，穆斯塔法和阿提夫都被抓进监狱，关了四天。

两人被释放的那天，萨尔玛跟阿提夫妈妈，还有艾丽娅一起坐在审判室等着。一听到他俩的名字，阿提夫妈妈的嘴唇嗫嚅着开始祷告，眼睛一眨不眨。萨尔玛伸出手，紧紧握住阿提夫妈妈放在膝盖上的手。阿提夫妈妈的手软绵绵的任由她握着，生气全无。等到阿提夫和穆斯

1. 帕夏，伊斯兰教国家高级官吏称谓。又译“巴夏”“帕沙”。

塔法出现在法庭，身旁一左一右两个法警把他们夹在中间时，阿提夫妈妈突然用力抓住萨尔玛，婚戒嵌进萨尔玛的掌心。戒指提醒了萨尔玛，原来她俩一样，都是孀居。阿提夫的父亲是阿拉伯突击队员，因为把枪口指向一名以色列军人而被杀死。

阿提夫和穆斯塔法戴着手铐，被法警推到法官的面前。一看到他俩的样子，艾丽娅就开始哭泣。阿提夫颧骨处又青又紫，高高肿起。穆斯塔法脸上倒没有明显的挨打痕迹，萨尔玛稍微松了口气，可是后来回家才发现他的胸腔严重挫伤，警棍击打的痕迹明显，有好久他的尿里都带着血丝。

一切结束之后，三个女人等在法庭外面，阿提夫妈妈不再祈祷，眼神深不可测。阿提夫和穆斯塔法一走出法庭，她就扑向自己的儿子，胖胖的拳头使劲捶打着儿子的胸膛。

“你……要是……再敢……这样……你个狗杂种……你个狗杂种……你以为这就叫男人吗?”她边捶他，边断断续续哽咽地骂他。

阿提夫静静地站着，双眼紧闭，任由母亲发泄。直到母亲的喘息越来越厉害，身子因抽泣而止不住颤抖，他才张开双臂，把母亲拥进怀里，温柔地轻唤：“妈妈。”

萨尔玛却相反，见到儿子一句话都没说。法庭外她沉默不语，开车回家的路上也不发一言。坐在门廊，她把裙子拉到膝盖上，感受着瓷砖从脚底传来的丝丝冰凉。几个小时过去了，她静默无声地坐着，听着艾丽娅、穆斯塔法还有女仆鲁勒瓦时不时紧张地低语，在她身旁六神无主地转来转去；看着阳光透过窗户倾泻而下，在她的腿上跳跃，如水波涟漪。身旁早已变冷的薄荷茶一口未喝。暮色渐临，光线由金转红，顺着腿部慢慢下移，停在她的脚上，把脚染成了鲜亮的绯红色，让人不快。

等到夜幕低垂，穆斯塔法跪在她的脚旁，弯下腰，双手捧着她的脚，不停地亲吻她的脚底，流泪不止。

“我保证，绝对绝对不这样了。”他哭着跟她道歉，“对不起，对不起。”看到儿子的眼泪，萨尔玛心痛不已，她已有多年没见过儿子哭泣，慌得赶快抱住了他。他身上散发着汗味和洗澡时经常用的柠檬草香皂混合的味道，仍稚气未脱，长长的睫毛根根分明，跟幼时一样，只要一哭，就泪珠盈睫。艾丽娅也出来站在门口，睡衣太小，裙摆垂在腿肚，露出一截小腿。萨尔玛伸出手把她拉到穆斯塔法的旁边，紧紧地抱着这两个令人惊奇的小东西，用力之大，好像要把这两个宝贝，连同穆斯塔法的道歉——她情愿相信他的道歉发自内心——像护身符一样嵌进胸脯。

“给我们留点糖浆吧，艾丽娅。”花园那头，一位男客高声叫着。艾丽娅的眉毛高高挑起，瞪了他一眼，又使劲舀了一大勺糖浆浇到盘子上。

“千万不要跟新娘说什么能吃什么不能吃！”她对着那群哈哈大笑的男人们反驳道，然后走到茉莉花丛旁边台阶上的一群年轻女孩子中间，坐了下来。坐定之后，她叉了一小块库纳法，噘起嘴巴吹凉。

这个夜晚暖和得反常。三月的微风拂面，萨尔玛的头巾随风轻摆，扫着她的脖颈儿，痒痒的。她用力把头巾往下拉，指尖挑起头巾的边缘往里塞紧。平时她都会在头巾两边别上发卡，两个发卡交叉能把头巾固定得牢牢的。今早太过忙乱，把发卡忘得一干二净。

艾丽娅长发及腰，卷曲的发丝密密实实，垂在耳后。萨尔玛的两个女儿都不戴头巾，这让她有点抬不起头。从小，她的父亲就是虔诚的教徒，每天凌晨四点起床，仔细熨烫做工精良的迪士达沙长袍[1]，穿着去清真寺做晨礼。为了能看一眼父亲沿着门前小道走向清真寺的背影，她会在前一天晚上想方设法编各种各样千奇百怪的故事，只为保持清醒。有几次她还真做到了，透过惺忪的睡眼，父亲的轮廓在皎洁的月光下隐约可见。

斋月期间，她会陪在母亲身旁，待在厨房里切甜瓜、搅扁豆汤打发漫长的白日时光。日暮时分，开斋时间到，饿得晕头转向的她会跟亲戚们一起坐在桌前，围着热气蒸腾的饭食，准备大快朵颐。第一口下肚的通常是面包，或是一颗渍了油的橄榄，对她来说，这一年之中吃过最美味的东西莫过于这一口。每到此时，对安拉的爱就会充盈她的内心，涌出她的眼眶，满足她的胃。

孩子们从来就没有虔诚地崇拜过安拉，这点萨尔玛很清楚。薇达算是最虔诚的一个了，每天祷告一两次，斋戒期间严格遵守禁食规定，可她却是因恐惧而虔诚，而不是因崇拜而虔诚。穆斯塔法每周五都会去清真寺，然而，清真寺对他来说只不过是跟社区的男人们见面的一个社交场所。艾丽娅就更难以捉摸，她对真主安拉的热爱跟对其他所有事情一样，三分钟热度。刚刚月经来潮时，她让萨尔玛教她背诵《古兰经》，学着萨尔玛戴头巾，还说有时间一定要去麦加朝觐。新鲜劲儿一过，她的兴趣慢慢转到紧身裙和埃及情歌上去了。

几个月之前，萨尔玛无意中听到艾丽娅、阿提夫和穆斯塔法的对

1. 迪士达沙（dishdasha）长袍，又称坎度拉（kandoura），阿拉伯男子传统服饰，通常是长及脚踝的宽松服装，用白色棉布制成。

话。艾丽娅不知天高地厚的声音回荡在四壁。

“安拉可能是这个世界上最实用的发明了。”

让萨尔玛欣慰的是，阿提夫立即警告艾丽娅，让她小声点。

盘子里的库纳法几口就被吃光了。萨尔玛的手黏答答的。穆斯塔法和阿提夫一左一右，坐在她身旁。清真寺的话题让他俩都安静了下来。夕阳最后一道光慢慢地消逝在天边。

“明天的天气对结婚来说再合适不过了。”穆斯塔法开口说，头微微后仰。萨尔玛和阿提夫顺着他的方向，眺望夜空。无边暗夜，满天星辰。

“真主保佑。”她喃喃道，穆斯塔法和阿提夫跟着一起重复祷词。随后，萨尔玛站起来，接过他们手里的空盘子，走过聚在一起的年轻女人们，绕过满院子跑着玩的孩子们。这会儿，她的膀胱憋得难受。去年刚过五十岁的她，身体突然开始走下坡路，各个部位都开始出问题。弯腰的时候，屁股会疼；眼角余光总是能看到有花纹浮在空中，阳光下这种状况会加剧，小花纹变成大螺旋。

她走进屋子，厨房里的鲁勒瓦正弯着腰，隔着嘶嘶作响的金属板，给她熨明天婚礼要戴的浅灰色丝质头巾，边熨边拿手仔细检查是否有漏掉的褶皱。

萨尔玛走进浴室，坐在陶瓷马桶上小解。她已经连轴转了好几个小时，内裤被汗水浸透，上面沾着斑斑点点的棕红色血迹。一个阿姨告诉过她，这是身体排出的残余物，从她闲置已久的子宫排出。离开浴室前，她站在水池旁，凝视着镜中人。

镜子里的脸平淡无奇、宁静如水。收拢散落在头巾外的发丝，她走出浴室，轻轻地关上门。

草坪尽头，男人们聚在无花果树下聊天，暂时逃离了女人们的大笑和八卦。女人们坐在桌边继续着热火朝天的八卦，灯光映射下，她们的脸变得影影绰绰。

“我听说边境要关了。”一个女人说。

“他们都说埃及人热衷打仗。”

“埃及人也爱看好看的肥皂剧。”

“说起肥皂剧，你们看最后一集……”

随随便便地，谈话就转到了各种影视剧和她们最喜欢的女明星上去了。战争就是战争，她们早就厌倦了这个话题。孩子们散坐在女人们的旁边，更小的宝贝们被妈妈抱在膝头。搁在庭院门口炉子上的长柄咖啡壶煮着咖啡，香气氤氲，弥漫在空中。咖啡杯碟已洗净晾干，拼花银托盘已用油保养过。长桌主位上坐着艾丽娅，膝头坐着一个年幼的堂妹。她一边给堂妹编头发，一边微笑着听邻居们聊天。

穆斯塔法和阿提夫早已加入无花果树下男人们的集会。灯光照不到那里，因此萨尔玛只能影影绰绰看出他俩穿着的白色衬衣。桌边坐着的一个小男孩扭动着身子从妈妈怀里挣脱出来，跳下地，张开双臂朝爸爸跑去。孩子的爸爸跪下来，一把托起男孩的屁股举了起来。树下的男人们聊得热闹，边说边比划，手势隐匿在暗淡的光线中，烟雾缭绕在他们头顶。

萨尔玛看着他们，就算听不到说话的内容，也知道他们在谈什么，知道他们会提到哪些名字，说起哪几个日期。看着吧，一会儿他们就该吵起来。他们总是会吵起来。愤怒的气泡，必须要排空怒气才会好。

女人们经历过太多这样的场景，早已麻木，场面一旦失控，她们会不耐烦地站起来，走到自己的丈夫或者父兄身旁，好声好气地劝慰他们。

庭院门口炉子上的长柄咖啡壶开始冒泡，鲁勒瓦端着咖啡杯碟冲了过去。黑色液体沿着咖啡壶边沿外溢，流到火焰上，刺啦刺啦直冒火星。萨尔玛挥挥手，想把艾丽娅的目光吸引过来。艾丽娅该给大家倒咖啡了，这是她最后一次作为未婚女性为大家服务。咖啡杯在托盘上的摆放顺序要有讲究，放得有窍门，就能记住谁想喝甜一些的，谁又想喝苦一些的。倒咖啡时，要先给年龄最长者倒，其次是给哈吉[1]们，接下来给阿提夫倒。在阿提夫面前要稍作停留，仪态要娴静端庄，因为这个人即将成为她的丈夫，以后她还要为他倒千百次的咖啡。

可是艾丽娅根本就没往萨尔玛这里看，她已经给小堂妹编好发辫，正轻轻地亲吻她黑色的发丝。

困倦感慢慢爬上萨尔玛的四肢，眼前突然浮现一幅明天婚礼的场景，不邀自来。宴会厅空空荡荡，椅子东倒西歪，桌布上滴满蜡油，餐盘没人清理。盛筵之后，这里如屠宰场般狼藉，鱼骨洒落一地，羊油凝结成球。再看艾丽娅，脸上精致的妆容在数小时炙热灯光的烘烤下，早已失却光彩——浓密卷曲的睫毛上涂的睫毛膏晕染了眼角。带有缀满珍珠的紧身胸衣和泡泡袖的婚纱，因为跳舞太多而不再挺括，变得皱皱巴巴。就在这时，桌子对面坐着的艾丽娅打了个呵欠，打散了萨尔玛眼前的幻象，思绪突然清醒。明天晚上的这个时候，疲惫至极、开心至极的艾丽娅就会躺在阿提夫的怀里。

---

1. 哈吉（haji），伊斯兰教称谓。亦译“哈只”“哈志”“罕志”。阿拉伯语音译，意为“朝觐者”。专用以尊称前往伊斯兰教圣地麦加朝觐，并按教法规定履行了朝觐功课的男女穆斯林。

“真主啊，好惬意的风。”一个女人说。

“再惬意他们也注意不到，”一个阿姨朝男人们的方向摆摆头，“又开始了。”

萨尔玛转身去看。树下的男人们越说越激烈。有几个看起来已经被激怒，使劲摇着头。说话的声音现在已经清晰可闻。她转回头看向女儿。艾丽娅也盯着她，面带微笑，秋波一转，温柔至极，美瞬间点亮她的脸庞。

也许这就是在占卜中看到斑马的原因吧，萨尔玛琢磨着。因为这是她的艾丽娅啊，可爱的、宝贝的艾丽娅。对她无尽的爱和无止境的担忧交织在一起，不辨彼此，同样铿锵。怀疑——充满希望的怀疑——开始闪现微光。她的解读肯定受到了干扰。现在还能那么肯定看到的影像吗？她开始努力回想咖啡杯中呈现的山谷模样，什么也想不起来，记得的只有当时的慌乱和无措。说不定杯底的动物根本不是斑马呢，也可能是只熊，要么是匹狼，或者是随便什么四条腿的动物。艾丽娅坐在桌子对面，开心大笑。是了，萨尔玛收回思绪，跟女儿挥挥手，做了个端起咖啡壶的手势。咖啡渣的图案在她脑中一闪而过。对了，肯定是匹马，不是斑马，而是匹身上弄脏了的、带斑纹的马。马预示着旅行，也可能预示着第一次怀孕会不顺，无论如何，都代表着幸运。当然是幸运。

MUSTAFA 穆斯塔法

纳布卢斯

1965 年 10 月

“兄弟们，现在已经到了抉择的关键时刻，”穆斯塔法自言自语道，“不能再浑浑噩噩了。”

走到路边的草地上，他停了下来，眯起眼睛看向天空。几近黄昏，空气清凉，西落的太阳逐渐隐没在群山之间。每个清晨，每个日暮，他都会穿过山谷，行走在从家到学校的这条道路上，宁愿步行，而不喜开车。步行让他头脑清醒。学校的工作很简单，就是教孩子们简单的算术，虽说他享受这份工作——数学优雅迷人，孩子们解出难题时欣喜若狂——可是工作一成不变，偶尔也会让人觉得枯燥无聊。步行让他穿着凉鞋的脚触摸到坚实的大地，放飞思绪。

前面一座山拔地而起，山脚下点缀着一座座小房子，房前菜园茂盛。临着这些房屋，能看到许多更加简陋破败的棚屋，窗户开裂，家家门前放着炉子烧水。阿雅就住在其中一所棚屋里。路过棚屋时，穆斯塔法目不斜视，看着前方的群山之巅映衬在紫蓝色的天空下，巍峨雄壮。眼前的景象庄严华丽。

“我们不能再浑浑噩噩了。”他重复了一遍刚说过的话。

左手边有一个建筑工地，工人们这会儿正无所事事，抽烟休息。穆斯塔法路过时，解开了衬衣最上面的两个扣子。

“兄弟们，我们快要输掉这场战争了。”不行，语气不够强烈。“兄弟们，我们马上就要输掉这场战争了！”他试着大幅度挥动着手臂。效果还不错。再试一次，这次两个手臂一起挥。

“你是不是神经错乱了？”穆斯塔法抬头，看见一起在清真寺做礼拜的教民奥马尔从工地上朝他走来，绿色工装的衣领已被汗水浸透。

“你现在都沦落到这个地步了，兄弟？”奥马尔嬉笑着说，“没事儿在街上瞎逛，嘴里还自言自语说个不停？”

穆斯塔法也咧着嘴笑，双手上举做投降状。“我们是懒惰的一代。”他开玩笑地说，清真寺的会众无人不知这个玩笑。以色列人在宣传册里称阿拉伯人胆小怯懦、好逸恶劳，所以，他们就调侃自己是“懒惰的一代”。他指了指工地：“房子盖得怎么样了？”

“盖一阵儿，停一阵儿。这些混蛋们太小气了，连建筑许可证都不舍得办。”奥马尔说着，朝地上吐口痰，留下一道棕色痕迹。“就算许可证没问题，这块地的规划也有问题，不是这拨人来找麻烦，就是那拨人来搅和。”

奥马尔掏出一包烟，递给穆斯塔法一支，给他点着，自己也点了一支。有好一阵儿，他俩面朝山谷，谁都没说话，迷失在自己的思绪里。突然，一阵尖利的口哨声划破长空，打破了寂静。他们一起扭头看，工地的监工正朝奥马尔挥手。

“开始干活吧，宝贝儿！”监工恶狠狠地朝他们喊道，“给你发工资可不是让你来这儿跟朋友聊天的。”

奥马尔把烟头扔到地上。“人渣。”他嘴里骂骂咧咧地朝工地走去，边走边回头跟穆斯塔法说：“今晚还是去你家吧?”

穆斯塔法这才想起，他跟大家约好，礼拜完从清真寺出来之后直接去他家喝咖啡、抽水烟。本来应该各家轮着去，可是其他人都有家有口，重任就落在他的肩上。

“是的，去我家。”穆斯塔法回道，目送奥马尔走回工地。

让穆斯塔法在今晚的集会上发言是巴克里伊玛目的主意。他打包票说穆斯塔法的演讲一定会精彩，不论讲什么，都字字金贵，如最纯的金丝般无价。

“有几个朋友从耶路撒冷过来。”巴克里伊玛目跟他说，“我想让他们看看我们的精神面貌，看看我们的教胞多么团结、多么齐心。到时你来做个演讲。”

穆斯塔法有一堆问题要问，刚一开口，伊玛目就微笑制止。“到时候你自然就知道该讲什么。我相信你的话会触动他们的内心，洁净他们的灵魂，让他们屏息静听。你有这个能力。”

远远看去，房子一如往常，掩映在茂密的树丛中。可是走近细看，疏于照管的迹象随处可见。树篱早该修剪，窗户上蒙着厚厚的一层灰尘，门把手的螺丝松脱，轻轻一扭门就开了。当初，萨尔玛说她要搬去安曼住，穆斯塔法和艾丽娅以为她只是随便说说而已，还跟她开玩笑说她是要放弃母亲这个工作岗位。私下里，他们也非常笃定母亲肯定舍不得离开。结果，母亲拎着大包小包的行李搬去安曼，在姐姐家附近的一所小房子里定居已有一年，穆斯塔法还没完全回过神，以为母亲随时会回来。

萨尔玛搬走之后，房子归他所有。母亲仍健在，却把房子留给他继承，有时想想就一肚子气，跟个孩子一样。这房子于他就像一件漂亮的小玩意儿，只要一经他手，肯定会被破坏。

穿过门廊，走到起居室，站住，解开衬衣上的纽扣，脱下扔到沙发上。“他们想让我们单薄，想让我们不战而降。”他心不在焉地喃喃自语着，走进厨房。“单薄”这个词不太好，总让人想起用的纸。“他们想让我们屈服。”好多了。

厨房料理台上乱七八糟地摊着几张报纸，搁着一碗梨——他最爱的水果——扔着几袋面包和饼干。一罐腌咸菜摞在几罐蜂蜜上。洗碗池上方的窗台放着一盆绿植，早已枯死。

“你应该知道妈妈离开的主要目的就是要让你受不了一个人过日子，逼你赶快找个老婆的吧?”有一次，艾丽娅跟他这么说，一下子点着了他的暴脾气，两人叮叮咣咣地大吵了一架。艾丽娅的指责让他很生气，可是却无法反驳，因为她说的是实话。

每周通话时，母亲都会在电话那头重重叹息。“你自己一个人住我真不放心。不结婚，也不找一个贤惠的女人给你做饭，照顾你。宝贝，你的生活太孤单了。”

上次去安曼，萨尔玛和阿姨们不经他同意，给他介绍了好几个女孩，安排了一场又一场的饭局，逼着他跟那些女孩和女孩们的母亲坐在一起尴尬地聊天。阿姨们还时不时插个嘴。

“你们知道吗，穆斯塔法三年就修完大学学业了。”

“宝贝，你去过纳布卢斯吗?”

“哎呦，长得太漂亮了。看这皮肤白的！你们家人的肤色都这么白吗?”

安曼那几天的经历如同梦魇，压得他无法呼吸。相亲时假笑到肌肉僵硬，点头点得头晕眼花，结束后还得被迫坐在阳台上，听母亲和阿姨们对女孩们品头论足，什么苏珊娜厨艺高超，什么阿玛尔拿到了文学学位，什么欣德绿色的眼睛是那么美丽迷人，等等。每当此时，穆斯塔法就会想起阿雅，忆起她那长长的麻花辫，还有她喑哑如焦糖般甜蜜的嗓音。

回纳布卢斯之前的那晚，母亲和阿姨们问他看上谁了。穆斯塔法回答道：“一个都没看上。”

母亲的失望不言而喻，疾言厉色对他说：“走吧，回纳布卢斯去吧。你想孤独终老吗？好呀，我看你要如愿以偿了！”

穆斯塔法挠着头，在厨房里转来转去，拉开抽屉看有没有吃的，打开冰箱门看是不是还有残羹冷炙。这套动作他已重复多次，驾轻就熟。终于找到一罐橄榄，打开盖子，他不放心地往瓶子里瞅了瞅，瞅见瓶子边缘有厚厚的一层绒毛。

日常采购完全是兴之所至。有时，迎着清晨第一缕阳光起床的他，全身充满能量，对生活充满热情，会在上班前先去菜市场，买回一袋袋西红柿、楔形干酪和冒着热气的皮塔饼。剩下的时间，他都是凑合着填饱肚子，抓一把杏仁，有时是一捧无花果，或者不管什么水果，找到什么吃什么。

最近这两周正是他凑合过日子的阶段，有时吃面包抹橄榄油，偶尔煎个羊排。如果哪天晚上阿提夫和艾丽娅过来的话，他们三个就一起吃饭。艾丽娅一时兴起，会担起家庭主妇的职责，努力做丰盛的大餐给他们吃。填肉馅的西葫芦和母亲的拿手菜葡萄叶包饭是她最喜欢尝试的。结果嘛，不用说，从来都是以失败告终。艾丽娅的厨艺还不如穆斯塔法呢。从小出身富裕的他们总有女佣伺候着，衣来伸手、饭来张口，所以他俩根本什么家务活都不会干。艾丽娅婚后第一次洗衣服的经历简直是场灾难，花衬衫被漂白，白袜子被染花。直到现在，大家还把这件事当笑谈。她居然让阿提夫连袜子都没得穿。可怜的阿提夫！

穆斯塔法在抽屉里找到半包意大利面，把锅坐在火上，抽支烟，等水烧开。水开以后，把面一股脑倒进锅里，面条呈扇形散开。

“我走了，谁给你做饭呢?”离开之前，萨尔玛担心地说，“谁给你洗衣服?”她要把鲁勒瓦带到安曼去，所以一直想让穆斯塔法再雇个女佣，至少要找个兼职保姆。

“我自己干呀。”穆斯塔法回答。实际情况是，屋里再凌乱，他也可以视而不见；大多数时间他根本注意不到屋子的杂乱无章。只有跟母亲通过电话，家里的无序才会凸显，目之所及尽是斑驳脱落的油漆，脚踩地毯时升腾而起的尘雾，浴室水池里的烟灰。每到此时，他会忆起这栋房子曾经的舒适与温馨。母亲打理下的屋子处处弥漫着薰衣草的清香；屋里也从来没有烟雾缭绕，烟灰乱弹。

一旦负罪感汹涌而至，他就会找出洗碗布，桶里接满水，开始彻底清理。一连数天，他会用力擦洗厨房的每一块地砖，用肥皂水清洁每一扇窗户，连浴室柜的灰都要扫除干净。

一支烟燃尽，他把烟灰弹到厨房洗碗池里，注意力转向沸腾的锅子。锅里，面条软塌塌地缠在一起。

他想起母亲过去常做的一种意大利面，好像搭配了贝夏梅尔调味白汁。调味汁都需要什么调料？他开动脑筋使劲想。奶油——食品柜里有一罐，积满了灰尘——油，还有盐。好像还有一种调料，有印象，可是却想不起来到底是什么。是丁香？还是糖？要么是醋？谁知道呢。他决定冒险放两勺糖，跟奶油一起倒进碗里开始搅打，搅了一会儿就不耐烦起来。

意大利面看起来很美味，热气腾腾，泛着油光。“得再加点盐。”他喃喃自语，随后，灵光一闪，有了创意的欲望。他在调料柜和料理台之间来回穿梭，加少许豆蔻粉，再撒上一些辣椒粉。搅拌均匀，尝了一口，立即吐了出来。味道尝起来像汽车的尾气味。

他闷闷不乐地在厨房里扒来找去，就好像烤鸡或者烤肉串会凭空变出来一样。突然想到艾丽娅，他又有了一丝希望，说不定妹妹会去市场买点吃的带过来呢。

艾丽娅和阿提夫的家离他家不远，就隔着几条街，感觉跟住在一起也没什么差别。正因如此，穆斯塔法才能过着闲适随意的生活。他们每天都见面，通常会在萨尔玛的老房子里聚——穆斯塔法现在还称这所房子为老妈家。两家人的房子都不大上锁，这样的话想什么时候溜进去都可以。穆斯塔法喜欢这样的生活，这样你中有我、我中有你的生活，他和他最爱的两个人跟行星一样运行在既定轨道，不离不弃。

冥冥之中好似听到了他的召唤，屋外小路上传来艾丽娅标志性的高跟鞋声。

他走到水池边，开始清理盘子，意大利面已经凝结成块。

“穆斯塔法？”

“在这儿，厨房里。”他应了一声。烟灰把水池里的水染成了棕色。

艾丽娅站在厨房门口，皱着鼻子。“怎么一股糊味？”

“刚做了晚饭。”

“我快饿死了。”她说着，把手袋放在桌子上。她穿了条长及脚踝的村姑裙，裙边曳地，走路时窸窣作响，荡起一地灰尘。

“阿提夫在这儿吗？”

“不在，我俩等会儿到清真寺碰面。”

“要下雨了。”艾丽娅掀开锅盖，皱了皱眉。“还是女生不得入内的集会？”

穆斯塔法含糊其词地“嗯”了一声，假装专心清理水池的烟灰。妹妹太聪明了，机灵的她知道男人们每晚在清真寺集会肯定在谋划着什么。穆斯塔法清楚她对自己被排斥在外，不能参与其中而愤懑不已。尤其是监狱事件之后。

“你们今晚真的只是吃吃葡萄，聊聊天气？”艾丽娅的语气突然凌厉，“肯定不会谈纳赛尔[1]，也不会聊艾希科尔[2]吧。”

她很可能是嫉妒他跟阿提夫，穆斯塔法暗暗思忖着。艾丽娅从小就跟个男孩一样，性格坚毅，天不怕地不怕，不像其他女孩子，讨厌玩泥巴，害怕小虫子，开斋节宰羊时吓得捂住眼睛。嫁为人妻之后，和纳布卢斯其他主妇比起来，她的生活更是随心所欲，丈夫性情随和，生活悠闲舒适，看看书、逛逛街，和朋友一起喝喝下午茶。对她来说，活出自我比什么都重要。可是，个性如她，坚强如她，却迈不过清真寺的门槛，无法进入男人的世界。

---

1. 迦玛尔·阿卜杜尔·纳赛尔（1918—1970），是埃及的第二任总统，被认为是历史上最重要的埃及领导人之一。

2. 列维·艾希科尔，第三任以色列总理，任期为1963年6月21日—1969年2月26日。

“在清真寺不许谈时事!”艾丽娅接着说，叉了一口意大利面塞到嘴里，做了个鬼脸，放下叉子。“这东西怎么这么难吃?”又说，“也别跟人谈什么政治和哲学!”

穆斯塔法的生命中，最亲近的人当属艾丽娅。阿提夫跟他虽然也是好朋友，志同道合，但他最信任的还是艾丽娅。他们无话不谈，不论是年少轻狂去商店偷东西还是青春期情窦初开，他都会跟艾丽娅说。甚至连他心底最阴暗的往事，诸如对父亲的憎恨，也毫无保留。

可是现在，他却无法对她敞开心扉，无法向她诉说自己对清真寺的依恋。清真寺里似乎有什么东西吸引着他，对这东西的渴望流淌在他的血液中，无可琢磨却又汹涌澎湃——是什么呢？对革命的热忱？还是对战争的渴盼？——他说不清。

“那些人，他们连加缪跟萨特是谁都不知道，怎么跟他们谈哲学。”他故作轻松地说，目光跟她碰到了一起。艾丽娅先打破紧张气氛，转身去拿碗里的梨。再开口时，声音带了一丝紧张。

“你们想守着你们的秘密，穆斯塔法，是吗？你跟阿提夫？那就好好守着吧。”她使劲挥了下手，跟拍蚊子似的。“反正，你们男人在一起除了抽烟瞎聊也干不出什么大事。”她口气倨傲地说完这句话，转身从碗里拿了两个梨削了起来。

如释重负的感觉让他羞愧。

倒掉意大利面，吃着挖掉梨核、涂上厚厚果酱的梨子，他俩漫不经心地聊天，聊天气，谈阿提夫在大学找到的新工作，讲最近跟母亲通话时的小插曲，说起母亲对他俩的将来永无止境的担心。临走前，艾丽娅亲了亲穆斯塔法的脸颊。

“聊得开心。”她带着嘲弄的口气说。争论暂告一段落。

又剩他一个人了。他拧开水龙头，把盘子放在水流下冲洗。“我们有两个选择，要么放弃为之奋斗的使命，要么坚守承诺！”他开口说，感受着一个个单词从舌尖滚落。再试一遍，这次提高音量：“要么就坚守承诺！”

话音刚落，屋外穆安津[1]宣礼的呼唤即响起，响彻云霄的宣礼声提醒了他，等会儿要去清真寺，还跟阿提夫约好，再过——他瞄一眼手表，表盘上覆上了一层肥皂沫——不到一个小时见面。

想起集会，他有些紧张，但更多的是兴奋。集会过后，他漂泊的心重又安定，散乱的神再次聚拢。他的信仰好似火柴，有人捡起，并把它点燃。

这信仰指的不是对真主安拉的热爱。曾经，穆斯塔法对安拉的虔诚其实是投机，对他来说，信仰真主只是他融入集体的手段。如果有人要求信主者进一个房间，其他人进另外的房间，他可不想待在不该待的地方。虽然信仰不够虔诚，可他还是喜欢到清真寺去，喜欢那里的灰尘满布，喜欢赤裸的双脚踩在地毯上的刺痛感，喜欢听穆安津宣礼时那一成不变的韵律，有如天籁。

被点燃的不是这种信仰。点燃他信仰的人是巴克里伊玛目。巴克里伊玛目讲话时，双手挥舞如乐队指挥；他谈起真主安拉的伟大，讲起即将爆发的战争，说起夺回被占领土的正义。听到这些话，穆斯塔法全身的热血会瞬间被点燃，每块肌肉都会为一个名字而颤抖：巴勒

1. 穆安津（muezzin），伊斯兰教职称谓。阿拉伯语音译，意为“宣礼员”，即清真寺每天按时呼唤穆斯林做礼拜的人。

斯坦。

阿提夫总说一个人对真主安拉的爱和对故土的爱是相互交叠的，一样深厚，一样神圣。如果有人说他热爱自己的国家，那也是因为他热爱主。

穆斯塔法没有耐心跟阿提夫绕圈子，更没功夫自我剖析。他性情急躁，动不动就发火，集会上跟人争辩不休，家里跟艾丽娅口角不断。他的暴脾气广为人知，随手抓起地图撕得粉碎，宴会上不分场合拂袖而去的场景如家常便饭。对他来说，热血猛冲头顶似乎是件很享受的事，他更享受这些举止带来的后果：跟他在一起，人们总是时刻警惕着。

“穆斯塔法，最近又摔碎几个盘子？”邻居家的女孩子们总喜欢跟他开玩笑，拿他十二岁或十三岁那年发的一次脾气取笑他。那次他跟艾丽娅莫名其妙大吵一架，艾丽娅嚎啕大哭，而他则厌烦了这种靠眼泪骗取同情的小女生伎俩，气得抓起一只茶杯用力扔到花园里，杯子摔到树干上，粉身碎骨。十几个邻居目睹这一场景，一传十，十传百，给这件事蒙上了一层传奇色彩。现在大家还爱拿这件事开他玩笑，这些人当中有的比艾丽娅年龄还小，当时根本不在现场，有的甚至还未出生。而作为当事人的他却早已忘记当时的情景。

卧室里，穆斯塔法脱下汗衫，闻了闻，烟味混合着汗臭。他随手把汗衫扔到床上，打开衣橱。

“兄弟们，”他大声说，“我们要认清未来战斗的形势！”走到衣橱的穿衣镜旁，他看着镜中的自己，微微蹙眉，又重复一遍这句话。“我们一定要明白，我们不是为自己而战。”镜中的他，眼眸漆黑深邃。

他知道自己外形俊美，所以平时故意不修边幅，头发弄得乱蓬蓬，衣服穿得皱巴巴，想要掩盖清秀的外表，给人一种恬淡寡欲的感觉，可是却适得其反，不羁的装束使他更具魅力。亲爱的宝贝，小时候，母亲总是这样充满爱意地叫他，阿姨们说起他时也是柔情似水。瞧这宝贝的眼睛！看他的头发！有一次，他正在玩耍，无意中听到邻居的话：太可惜了，这样的美貌居然给了男孩，那俩女孩要是有他一半漂亮也行啊。他虽是男生，却也能看出老天确实不太公平——艾丽娅身材瘦长，薇达过于丰腴，而且她俩的鼻子都有点歪，额头有点高。他的美貌本不属于他自己。

六点了。换掉两条领带之后，衣服终于选好：灰色衬衫配休闲裤。走出门外，风烟俱净，凉爽宜人。突然有冲动往反方向走，追随着逐渐深沉的暮色，暮色尽头，有阿雅和她温暖舒适的闺房。这冲动让他不知所措。

可今天是星期五，清真寺礼拜过后，他们全家要团聚，她还要带着弟弟妹妹到母亲房间，领着大家做礼拜。虽未亲眼所见，他脑海里却能呈现逼真画面——阿雅的声音坚定冷静，脸庞沐浴在灯光下，孩子们跟着她的节奏，默念《古兰经》。阿雅有时非常古板，就连做爱也是一板一眼。然而，他却念念不忘她偶尔的柔情似水。

他清楚，母亲一直担心他不结婚是不是有什么特殊癖好。要是知道他已经和十几个女人有过肌肤之亲，她会不会开心，最起码应该会感到欣慰，儿子是真真正正的男人。

他跟这些女孩在不同的场合结识，有几个是在英国上大学的安曼女孩，几个是在难民营工作的欧洲女孩，还有几个是在桌球房认识的漂亮姑娘。一到周六，这些女孩会涂着沉香味道的香水，肆无忌惮地抽烟。她们在他耳边悄悄私语，说出的话大胆放肆，让人耳热心跳，更让他欲拒还迎。你有二十岁吗？你知道我想让你对我做什么吗？跟这些姑娘在一起，动物的本能被激发，肉欲得到了满足，可是灵魂却无处安放，始终疏离无依。

阿雅跟她们完全不同。她住在纳布卢斯郊区的棚户区，在那里难民营的帐篷到处都是。棚屋古老破败，窗外绳子上总是晾着湿漉漉的衣服。住在这里的居民靠双手谋生，男人们有的种地，有的当木匠；女人们要么当裁缝，要么做面包。这里没有纳布卢斯本地人，都是过去二十年来从海法或拿撒勒逃出来的难民，他们自己的村庄被以色列士兵占领，房子被烧，土地被撒上盐，村庄逐渐消失，连名字都被抹去，新名字用了希伯来语。

穆斯塔法第一次来这里纯属偶然。清真寺的伊玛目让他帮忙分发抵抗传单，告诉他到山脚下的一个打印店去取。

打印店散发出浓烈的纸浆和墨水混合的味道，阿雅正在店里工作，把一令令的纸铺开，再给一瓶瓶墨水盖上盖子。穆斯塔法和阿提夫进店之后，她对他们非常礼貌，每次穆斯塔法捕捉到她的目光时，她就急急低下头。她不怎么开口，可是她身上散发出来的独特韵味却感染了他，让他无时无刻不在想着她，想着那似笑非笑的眼眉，还有被墨水染黑的指甲。

追求过程很简单。穆斯塔法单独又去过几次，不是让她洗照片，就是让她打印传单。有一次，他拿了一张皱巴巴的老照片让她帮忙复印，照片上，他的父亲面朝大海。逃离雅法时，这张照片也从老房子里带了出来。

她斜倚着柜台，手指轻轻摩挲着照片，细细端详。“大海可能会有些模糊。”她开口说，微蹙眉尖。

“你的手真漂亮。”他没理会她的话，伸手触碰她的手腕。

他之前认识一些像阿雅这样的女孩，家境贫寒，生活水平和条件跟他身边的女性朋友和亲戚有着天壤之别。这些女孩子也有信仰，可是生活的艰辛和苦痛，生命中经历的过多死亡，早已把她们的信仰消磨殆尽。如果二十出头还没把自己嫁出去，这些姑娘会孤注一掷，随随便便地献出自己的肉体。对她们来说，夏天去欧洲旅行是遥不可及的梦，盛装打扮出席宴会也只是幻想。她们要忙着帮自己的兄弟清除腿部的弹片，帮被强暴的姐妹擦洗被蹂躏的身体，“爱”这个字眼太过奢侈，在她们这里根本无处容身。面对穆斯塔法无伤大雅的调侃，她们只是一笑而过。

可是阿雅的反应完全不同。就这样，只有这一次，他一头栽进了一个完全陌生的世界，好像黑暗无声无息地降临，层层裹挟，他不辨西东，只能靠双手和呼吸指引着前行。

阿雅是个可靠的伴侣。他们经常在黄昏时分见面，屋外总是有提醒大家礼拜的宣礼声在空中回荡。这宣礼声在他们听来，好像是对他们幽会的许可，而不会让他们产生丝毫内疚。一看到他的身影，她就会微微一笑，转身带着他走向她的棚屋。那里，有她六个弟妹和终日卧病在床的母亲。他从未见过她母亲，只间或听到她的咳嗽声。进棚屋之前，他会候在后门，等阿雅确定孩子们在别处玩耍，做手势要他进来，他才会进门，跟在她身后，轻手轻脚——轻点，再轻点，阿雅只张嘴不出声地说——走上楼梯，进入她的闺房。以前从没有人进过阿雅的卧室，对她来说，这四面墙，还有这一块块地砖构成的空间，就是她的小小世界。

房间摆设也总是一成不变，同样的窄小单人床，床旁立着衣橱，镜子上的裂痕一直都在。屋里闻起来有淡淡的柠檬香，是肥皂的味道。阿雅用这块肥皂清洗所有该洗的东西，连她的头发都是用柠檬皂清洗的。桌子上总是摆着那一套俄罗斯套娃，花瓶里也总是空空如也。连他俩做爱的步骤都精确无比，下一步该做什么清清楚楚。只要穆斯塔法往床上一坐，就像发出了一个信号，阿雅开始褪去衣裳。

阿雅从不忸怩作态，脱衣服时从从容容，每脱掉一件，都会仔细叠好，袜子卷成一团，胸罩的两个罩杯交叠放置。做这一切时，她神情专注，从不看他，只侧身对着他，所以他只能欣赏到她一半的裸体——光着的一条腿，一个浑圆的乳房，还有肩膀的一侧。跟那些有钱人家的女孩追求的纤腰长腿不同，阿雅的身材好似埃及电影明星，丰满性感，乳房坚挺紧实，臀部薄薄一层多余的脂肪。穆斯塔法总是耐心地等她收拾好，才会站起身，把她揽在怀里，亲吻她的脖颈双肩，最后才吻上她的唇。然后，他会着急忙慌地脱掉衣服，随便一扔，等完事再眯着眼在黑暗中到处摸索自己的内裤、衬衣、袜子。

有时他会好奇自己走了之后，闻着床单上残留着的他的味道，看着枕头上掉落的他的头发，阿雅该如何自处。可是绞尽脑汁使劲想，脑海里出现的永远是这一个画面，一成不变，像照片定格在一瞬间：准备睡觉的阿雅坐在床边，手指沿着床垫轻抚他躺过的地方，好像那里还残留着他的体温。场景太过凄凉，他摇摇头，把它抛在脑后。

几个星期前，他们终于谈到了这个问题。做爱时，他注意到阿雅眉头微皱，好像有什么事让她心烦意乱，可她什么都没说，一直等到做完爱，又停了一会儿，她才开口。完事之后，他俩跟平时一样躺在床上：穆斯塔法身体舒展，抽着烟，阿雅双目紧闭。

他以为她睡着了，所以，当她猛一开口，声音低沉，吓了他一跳。

“有人向我求婚。”

胃部突然疼痛，嘴里的烟味突然泛酸。他吃惊于自己的反应，赶快把这口烟吐了出来，等着酸味消失。

“大家都说我应该接受这人的求婚。”

如果这话换成其他女人说，他会以为她们是在故意卖弄风情，也带着点挑衅。可是，阿雅就这么简单明了地说了出来。房子里不知什么地方传来东西碎裂的声音，接着一阵大笑。孩子们打破了什么。

“这个人是谁？”穆斯塔法问道。

“他是谁重要吗？”阿雅仍然紧闭双眼。微光里，他看到她眼眉轻扬。“邻居家的男孩，他父亲跟我父亲是老朋友了。他想找个老婆，想要孩子。他说会照顾我的弟妹们，还会照顾我妈。”

“我可以给你钱。”

“你给我钱干什么？”她的声音突然变得尖利冰冷。这样的争吵已发生多次，穆斯塔法总想偷偷给阿雅留一些钱，有时把钱压到枕头底下，有时把钱塞到俄罗斯套娃的肚子里，可是阿雅从来都是拒绝的。这一次，穆斯塔法本来想旧话重提，跟她说这钱都是父亲留下的，不花也是浪费。

可他说出口的却是：“那你会嫁给他吗？”光线太暗，他看不清楚她的脸庞，看不到她的酒窝，也辨不出她脸上的曲线。可是，就算眼睛看不到，他却惊讶地意识到，她的面容已经清楚地刻画在他心里，比任何人的脸庞都要清晰。

重重的叹息声。

“不会。”她肯定地回答。穆斯塔法如释重负，心里踏实了。他看着她把头发撩到背后，发丝擦过枕头，性欲又被唤起。

“为什么不会?”

她坐起身，双手抱膝，眼神迷离，难以捉摸。随后，带着跟不懂事的小孩说话的语气对他说：“因为我不爱他啊!”

未说出口的话在他们之间膨胀，喷薄欲出，卧室突然拥挤不堪。这是他们之间第一次谈到“爱”这个字，也是阿雅对他的表白，想要他知道，她不爱那个人，是因为她的爱，她有限的爱，早已给了别人。可是，她什么都没说，只是静静地坐在黑暗里。

到底为什么不娶她？这个问题折磨着他，在梦中也会伴随着惊悸突然醒来。阿提夫是唯一一个知道他和阿雅关系的人，曾经问过他同样的问题。

“她是个好女孩。”有一次他们谈到这个话题，“这是有目共睹的。其他的，都不是问题。”

阿提夫口中的“其他的”指的是阿雅家破败的棚屋，她那终年咳嗽的母亲，她那几个年幼的弟妹，还有她自身低下的地位。穆斯塔法能想象当母亲得知儿子居然要娶一个地位比自己低得多的女人为妻时那震惊的表情；也能想象艾丽娅对他的选择困惑不解的神情。他的婚姻会成为亲戚和邻里之间多年的八卦谈资。就连清真寺的伙伴们也会对他的选择大为震惊，这些人都受过良好教育，家境富裕，虽然他们总是大谈特谈要跟穷人团结一致，可是内心深处却排斥穷人。

“其他的都是问题。”穆斯塔法冷冷回道，结束了这个话题。

穆斯塔法朝清真寺方向走去，清新的空气清醒了他的头脑。跟阿提夫的会面已经迟到，他的身体又蠢蠢欲动地想往相反方向去。不去清真寺了，请假好了，就说自己生病了，或者直接说自己没有准备好。

每到这时，他就会想起母亲，想起多年前在法院时她的表情，还记得自己趴在她脚下做过的保证：绝对绝对不这样了。母亲从来都没指望他会遵守承诺，可是，有一段时间，阿提夫和他真的不再参加集会，不再谈政治，也不再去清真寺。大部分时间他俩都耗在一起，晚上无所事事地坐在花园里聊天。他们谈到未来，谈到巴勒斯坦，也谈到内心的恐惧与担忧。其他话题，他们从不触及。

然而，这样的努力根本毫无意义，就好像要求两个住在海边的人永远不要下海一样徒劳。清真寺里人们的谈话男人味十足，群情激愤时的呼喊充满活力，轰天裂地，震得墙壁似乎都在颤抖——试问还有哪个地方比清真寺更吸引两个父爱缺失的男孩？

一天晚上，阿提夫突然爆发了。“我俩就跟长不大的小男孩一样，乖乖坐在这儿！”他生气地说，指指天空，又比划着身处其间的花园。“外边已经发生了太多大事，世界已经天翻地覆了！”

穆斯塔法感同身受。每天，他都会从惊悸中醒来，感觉自己快要爆炸，好像这身皮囊在他身上裹得太紧，随时要撑破。每天，报纸上最显眼位置报道的都是一个又一个为信仰而献身的人！

他俩回到清真寺那天，大家热烈欢迎，好像他俩是失散了多年的勇士，终于回归。待在监狱的那几天，虽然时间很短，却给这种感觉平添了几分真实。就这样，他们的生活又回到以往：晨礼听布道，晌礼看灰尘在阳光里旋转飞舞，宵礼后聊天伴随着大笑和愤怒。当然，还有巴克里伊玛目。

跟其他伊玛目比起来，巴克里要年轻得多，刚刚四十出头。礼拜过后，其他伊玛目都会一脸冷漠地回到办公室，只跟自己人说话。而巴克里伊玛目会跟大家一起聚在院子里聊天，有时他还会抢大家的烟抽。

“巴克里伊玛目，安拉看着呢。”每到这时，大家就会取笑他，而他也会嬉皮笑脸地回答大家的玩笑。

“安拉可是知道香烟的味道有多么甜美。”他个子不高，身板结实，眼睛总是神采飞扬。他的口才极好——这点跟穆斯塔法很像，虽然自己连人家的十分之一都不到——不管跟谁说话，都会让对方感觉如沐春风。

有关巴克里伊玛目的小道消息在清真寺不胫而走。有人说他被关了很长时间，出来后又秘密参与过一些英勇的行动，现在来到纳布卢斯是为了逃脱指控。又有人反驳，说他是马克思主义者，是穿了伊玛目长袍的共产主义战士。还有人——虽然一开口就有人发出“嘘”声让他小声点——居然暗示说他是以色列人派来的间谍，要么就是个情报人员。

他的演讲摄人魂魄。

他会讲政治，也会讲失落的国土。他总爱说：“我们就是这场邪恶堕落、道德败坏的政治游戏中的棋子、牺牲品，要么当炮灰，要么奋起，掀翻棋盘。”

巴克里伊玛目浑身上下散发出的迷人气质，彻底迷住了穆斯塔法。

对他来说，现在最重要的是让伊玛目知道他的存在，从清真寺会众的茫茫人海中一眼看到他，发现他的独特与不同。

“他实在太优秀了！”穆斯塔法跟阿雅提起伊玛目。“你真该听听他的演讲。大家都跟发烧一样狂热。不行，我一定得跟他谈谈。”

阿雅看起来不以为然。

“从这种男人嘴里说不出什么好话，”她不屑地说，“他们就会拿好话诱惑你，想方设法引诱你靠近，等你跟他越走越近，会怎么样呢？得，你就彻底上钩了。”

不要紧。现在他朝思暮想的都是怎样得到巴克里伊玛目的关注。几个月来，他渴望跟伊玛目共抽一根烟；他会一遍一遍练习要说的话，各种各样的版本都准备到，故意唱唱反调，或者刻意去逢迎。

我也觉得我们的国家越来越堕落。

我们是拯救国家唯一的希望。

可是如果以牙还牙，形势不是会更加恶化吗？

我们需要制定新的策略。

穆斯塔法想象着突发的大灾难——地震、暗杀行动——能把他们困在一起，伊玛目的办公室倒是个好地方。如果巴克里伊玛目迫切需要有人帮他做事，或者急需一个藏身之地就更好了，这样穆斯塔法就可以挺身而出，急他所急、想他所想，事后还谦虚地不接受任何形式的感谢。

最终，八月的一场暴雨实现了他盼望了几个月的愿望。穆斯塔法走在从学校回家的路上，天空阴云层层堆积，暴雨铺天盖地倾泻下来。他来到清真寺，等待雨停。

清真寺里空空荡荡。礼拜之外，这里被人遗忘。远处，有风扇慢慢旋转。他奇怪自己以前为什么不在这个时间来拜访，在这个无人打扰的时刻。这时，身后传来脚步声。巴克里伊玛目手里端着一杯茶，走了出来。

看到穆斯塔法，他耸耸肩，微笑着，好像几个月来一直在等这个时刻，等着全身湿透的穆斯塔法出现在这里。他举起手中的杯子。

“给你泡杯茶吧。”

他的办公室朴实简约，墙上空空如也，只在地上铺着墨绿色的地毯。他们在桌旁相向而坐，伊玛目轻轻搅着手中的茶，金属和陶瓷碰撞发出叮当声。“我阿婆过去总说鼠尾草茶能治百病，头疼也好，拉肚子也好，”他带着点嘲弄的微笑看着穆斯塔法，“就算是心碎了也能修补好。”

穆斯塔法突然就有了对眼前人倾诉内心的冲动。“我总是睡不着觉，”他听到自己这样说，“越想睡越睡不着，我就开始胡思乱想，这样一来更睡不着了。”

伊玛目点点头：“鼠尾草茶也治失眠，能帮我们找到内心的安宁。”

他们静静坐着，听窗外雨声滂沱。穆斯塔法绞尽脑汁，想说些见解独到的话。

“您是纳布卢斯本地人吗？”

“我来自海法。”

再次无言。屋外，雷声隆隆。伊玛目喝了口茶。一缕似有若无的动物臭味传进穆斯塔法的鼻子，搅得他胃里翻江倒海。

“哦，从海边来啊。”他心不在焉地接了一句。

“从海边来！”伊玛目兴奋地喊了出来，看着穆斯塔法，眼神充满感动。“是的，是的，从海边来。”语气中的留恋让穆斯塔法意识到，眼前的伊玛目，比自己大十几岁的伊玛目，一定对这座回不去的城市记忆犹新。

“海法漂亮吗?”

终于——问对了问题。巴克里伊玛目笑容满面。

“漂亮吗？美丽吗?”他的笑慈爱温柔，“美得让人心碎。”接着深吸一口气:“我父亲、我祖父、祖父的祖父，世世代代都是渔民。大海的习性他们了然于胸，他们熟悉大海，了解大海，就像他们了解自己的孩子，明了自己身体的每个部位。每天，天不亮他们就起床，天空还是一片漆黑，他们就光着脚走进冰凉的海水。”伊玛目语调肃然，让人油然而生敬意。“孩提时，我总是跟他们一起下海。世上再没有比这更令人神往的生活了。渔民的生活。对父亲的欣赏和崇拜让我想要成为他那样的人，这对一个男孩来说是多么幸运!”

穆斯塔法心头泛起几分苦涩，脑中浮现出被单下父亲那羸弱皱缩的躯体。自己的父亲又留下了什么呢？他摇摇头，赶走凌乱的思绪，凝神静听伊玛目的诉说。

“他们会低声呼唤鱼儿，”伊玛目继续说，“把鱼钩抛向大海之前会先祈祷，抛鱼钩的动作姿态优美，是我见过最优雅迷人的动作。鱼钩入海后，鱼儿们会自动游过去，我发誓，鱼儿们真的是朝鱼钩游过去的，似乎充满了感激。它们争先恐后地咬钩，迫不及待地奉献自己的身体，仿佛知道自己的重要性。等鱼入桶，我父亲总会双膝跪地，对着满桶尾巴还在不断摆动的鱼儿，感谢安拉，感谢鱼儿的奉献。”

毫无征兆地，伊玛目不再说话，盯着穆斯塔法，眼神带有一丝谨慎。

“后来呢?”穆斯塔法问道，恍惚感觉自己正站在悬崖边缘，即将坠入深渊，光荣赴死。

伊玛目有点坐立不安，手指神经质地拨弄着茶包。

“我给你讲个故事吧。”他突然开口。

从前，有个小男孩，跟父亲、母亲和姐姐生活在一起。他们住在海边。大海就像他们的家人一样，有时是桀骜不驯的孩子，有时又是温柔亲切的阿姨。早晨，她轻声呼唤，叫他们起床；入夜，她低吟浅唱，伴他们入眠。空气中永远弥漫着咸咸的味道。

男孩的姐姐长得非常漂亮。大家都这么说。她肤如凝脂，金发如瀑，淡棕色的眼睛脉脉含情。她心灵手巧，每个周五都会给大家烤杏仁蛋糕，小屋里甜香弥漫。父亲喜欢吃蛋糕，总是把蛋糕整个扔到嘴里，一口吞下。每天早晨，父亲会打鱼回家，母亲再把鱼切成小片。男孩喜欢待在厨房，看母亲用手指把鱼从脊部剖开，拽出完整的一长条鱼骨，根根鱼骨串在一起犹如珠宝。

四月，门外响起震耳欲聋的枪炮声，全家人把屋门锁紧，不再出门。邻居们都收拾行李准备逃离。可是男孩的父亲说他不走，他绝对不会离开大海。父亲并不激进，不像有些男人，到处插国旗，打碎窗玻璃宣泄愤怒，他只是平静地说，就算有军队攻占这里，就算成立新的国家，他也不走。他们都不走。

有一阵儿确实没人打扰他们。电源被切断。邻居们都逃走。新闻报道说一切都失去了。与此同时，男孩和家人靠吃鱼度日，喝污水维生。父亲说，等局势回归正常就好了。

五月，士兵们来了。他们粗暴地闯入每个有阿拉伯人居住的房子。

他们也敲开了男孩家的门。男孩的父亲打开门，闯进来四个士兵。自始至终只有一个士兵开口，只有最胖的那个士兵在说话。他说男孩家的房子不合法，还用到了“地契”和“驱逐”这样的词。男孩的父亲非常礼貌，他告诉胖士兵，这房子是祖传下来的，他不知道地契在哪儿。胖士兵开始朝父亲大吼大叫，脸涨得通红，唾沫星子喷得到处都是。男孩和母亲开始哭泣，可是男孩的姐姐却走上前，请几个士兵坐下，还问他们要不要喝茶。她告诉胖士兵没必要大吼，会给他们看地契的。

胖士兵盯着女孩看了许久，然后跟其他几个人说着什么。男孩听不懂他们说的话，不过很快这些士兵都走了。全家人如释重负，开心地笑了。你们看，女孩嗔怪着他们，只要态度友好，没什么解决不了的事。他们也取笑她，说这个金发姑娘居然把士兵都征服了。那晚，他们微笑着进入了梦乡。

午夜时分，屋外传来玻璃碎裂的声音。四个士兵又回来了。他们打破了起居室的窗，强迫全家人穿着睡衣站在地上。胖士兵拿手电筒挨个照着他们的脸，强光闪烁，他们被迫眯起眼睛。男孩发现，自己的舌头突然如砂纸一般粗糙，磨得他无法吞咽。一个士兵用来福枪顶着男孩的喉咙，另一个士兵拿枪顶着父亲的喉咙，第三个士兵把母亲拖到沙发上，威胁她要是动一下，就一枪崩了她。

他们当然都大声叫喊，哭喊着求胖士兵停下来。男孩想打控制他的士兵，结果自己被打了一顿。父亲撕心裂肺地叫着。过了一会儿，一切都无法挽回，他们只能转过头，流着泪不看姐姐娇小的身体赤裸着躺在地上，身上压着胖士兵。母亲凄厉地哭喊着安拉的名字。刚开始，还能听到姐姐轻声抽泣，男孩透过眼角余光，看到姐姐的腿不停地抽搐。她的大腿是如此苍白细瘦。他真希望姐姐已经死去。可是，等胖士兵完事之后，她不再抽泣，眼睛一眨不眨地盯着天花板，连把睡衣拉下盖住裸体的意识都没有。两腿之间，鲜血直流。

全家人两天之后也离开了。他们带着衣服和一包包银器，跟随其他阿拉伯人搬到了山上。走出家门时，大海没有巨浪滔天，也没有波涛汹涌，只是平静地来了又去。

办公室死一般的寂静。炎热的空气和枯燥的雨声让他昏昏欲睡。他想回家，想见艾丽娅，想见阿提夫，想跟以前一样坐在花园里抽烟、说笑话。要是没有听这个故事该多好。

桌子对面，巴克里伊玛目静静地坐着，陷入了沉思。接着，他又开口了："男孩的父亲从此吃什么都放盐，连喝的水里也要加盐。梦中，他会呼喊着对大海的渴望。"伊玛目深深地吸了一口气，简单地说："他怀念捕鱼的生活。去世后，他被埋在自己痛恨的大山脚下，远离大海。"

"家里其他人呢？后来都怎么样了？"

伊玛目紧紧盯着穆斯塔法的双眼，说："那家的女儿——"他哽咽了一下，"有人说她疯了。从那之后她就没再开口说话，一辈子也没结婚。"

"那男孩呢？"穆斯塔法问道，虽然他已经知道答案。

伊玛目端起杯子放到唇边。"男孩找到了安拉。"

这一次，沉默似乎漫无边际。

终于，伊玛目开了口，眼神迷离。"我不想让他在我心中是这样的形象。我父亲。不想记住这个内心早已支离破碎、只剩一副空壳的形象。后来的他，每天如行尸走肉一般，机械地活着，精力一点点被消耗，身体一点点被掏空，拖着残破的躯体，过着卑微的生活。作为父亲，居然不能保护自己的女儿；作为父亲，居然眼睁睁地看着那些混蛋……干出那样的事！"

内心深处传来"咔嗒"声响。穆斯塔法意识到，巴克里伊玛目已经拿钥匙打开了他的心门，即将改变他的一生。这一瞬，穆斯塔法蓦然明了过去的自己是多么不快乐。曾几何时，他感觉自己像乞丐，站在别人家的窗外，偷偷摸摸往里瞅，看别人的生活过得热热闹闹，可是这热闹与他无关，冰冷的玻璃把他跟艾丽娅和阿提夫隔开，也把他和阿雅分开。他突然明白自己为什么会浑浑噩噩，为什么会觉得日子难熬，每一天都长到永无止境。是的，是的，因为过去的一切都是瞎扯淡！无目的的等待，无边际的聊天，抽过的雪茄，喝过的咖啡，全都是浪费时间！他们到底在干什么？这个念头如狂风暴雨撼动着他。天天无所事事虚度光阴，纨绔子弟般花着父亲留下的钱财。等待合适的时机，蓄势待发。然而，他们的家园早已被鲸吞。

"我总是假想父亲早在这一切发生之前，早在我们逃往耶路撒冷之前就死去。最好是死在打鱼的地方，他正跪在地上感谢安拉，一个大浪打来，把他卷入深海。"伊玛目的眼睛熠熠生辉。"他们甚至剥夺了我们死亡的权利，抢走了我们有尊严地死亡的权利。"伊玛目说到这里，下巴朝门外抬了抬。"我们的人呢？听着美国音乐跳舞，跑到台球房亲漂亮姑娘。他们自己说服自己，说巴勒斯坦——"说到这儿，他不屑一顾地比划一下，"就这么点儿大就行了。一点点施舍就让我们满足。"

穆斯塔法感觉体内有一股热流左冲右突，四肢发颤。之前在书上读到过，找准焦点，世界在你眼前会变得更清晰；对准焦距，色彩和物体会变得更有活力。现在的他，鼻子闻得到被烧毁街道发出的焦糊味，眼睛看得到年轻女孩流血的裸体，还有朦胧晨曦中，那闪闪发光的鱼鳞。

终于，他清了清嗓子，低头看着茶杯，杯里的茶已变冷，颜色难看。

“我想和你并肩战斗。”他说。

穆斯塔法朝着市场的灯光走去。气温仍在下降，凉爽的微风吹拂着他额前的长发。艾丽娅又说对了。阴云正在暗沉沉的天空慢慢堆积，要下雨了。

市场里，三棵高大的白蜡树并排生长，周围是一个个咖啡店和各式饭店。阿提夫已经到了，正斜倚在最粗大的那棵树旁，指间夹着一支烟。他刚吸了一口，一眼瞥见穆斯塔法，长满胡子的脸露出了微笑。

“阿布·塔菲。”他叫道，一缕轻烟从嘴里飘出。阿布·塔菲是穆斯塔法的外号，一次踢足球时不小心摔了一跤，因之得名。阿提夫虽然笑着，可是穆斯塔法却从他不安的表情看出，阿提夫跟他一样，既兴奋又紧张。

“感觉怎么样?”阿提夫忧心忡忡地问道。每次在清真寺演讲之前，穆斯塔法都会提前跟阿提夫见面聊一聊。现在，这种会面越来越像一对一的演讲训练，在阿提夫眼里，穆斯塔法就跟演说家一样厉害。穆斯塔法则比较纠结，他想让阿提夫对自己产生敬意，也让他稍微有那么点——类似于对比自己优秀的好朋友常常产生的情绪——嫉妒，可是又想不耐烦地吼他几句，再扬长而去。

“挺好的。”紧张了几个小时，他这会儿实在不想开口。敏感细心的阿提夫注意到他的语气，也陷入沉默。清真寺门口的小路上，已经有人陆陆续续地往里走，穆斯塔法眯着眼睛，仔细辨认微光中的一张张面庞。大部分人他都认识：萨米尔教授、工程师伊马德、艾哈迈德，还有巴希尔，反正都是清真寺的教民们，礼拜后都会去他家花园坐着聊天的那拨人。一个卖水果的小贩在街上走来走去，高声叫卖着。

“香瓜，谁要香瓜嘞！”

巴克里伊玛目出现了，身后跟了六七个人，一边上台阶，一边聊着什么。

“那几个肯定是从耶路撒冷来的人。”穆斯塔法把声音尽量放柔和，算是为之前的唐突无礼道歉。阿提夫点了点头。

“他们比真正的外国人还像外国人呢。”阿提夫回道，接受了道歉。

确实。穆斯塔法本来还以为会见到几个身穿白袍、裹头巾的老者，可是这几个人的年纪跟他相当，穿着也与西方人无异，上身衬衫，下身牛仔裤。有两个人居然还留着微微卷曲的长发，披在耳后。巴克里伊玛目站在清真寺入口的穹顶大门下说了句什么，几个耶路撒冷人哈哈笑着走了进去。

穆斯塔法突然惊慌失措。

“我讲不了。”他的声音变得喑哑。

阿提夫微皱眉头，关切地问道：“想不想转一圈？”转一圈是他俩多年的习惯了，经常没事就绕着市场的小路散步谈心放松。

穆斯塔法摇摇头，蹲了下来，背靠着树干。

“需要喝水吗？要不要给你买点喝的？”

“我不知道该说什么。”穆斯塔法抬头看着阿提夫。阿提夫的侧影在微光中轮廓清晰。“眼前的这一切——”他喘着气说，突然感觉呼吸吃力，“对我来说太重要了，我想参与，可是我不知道我能不能做到。巴克里伊玛目想让我号召大家战斗。想让我跟大家讲我们面临的紧迫形势。可是我根本不知道形势有多紧迫。我不知道该说什么。”

“就说你觉得该说的话。”

“我害怕。”这几个字一说出口，吓了他自己一跳，于是他又重复了一遍。

“就说你觉得该说的话!”

阿提夫语调粗暴，一反往常。他猛地蹲在穆斯塔法身旁。穆斯塔法吓得往后一缩。

“他们需要听到我们的心声。那些耶路撒冷人，他们需要知道我们跟他们并肩携手。他们需要知道我们不是行动的矮子。他们需要知道我们会跟他们齐心协力。我们同甘共苦。”

阿提夫的话对穆斯塔法来说，犹如醍醐灌顶。这一刻的阿提夫让他想起之前跟他说有人向她求婚时的阿雅。似曾相识的感觉。你以为你跟一个人关系密切，自认为了解他的一切，可是突然之间，你意识到，这个人也有自己的秘密，也有想法、有担忧，更有喜好，而这些，他或她都不会告诉你。跟艾丽娅在一起时他有这样的感觉，跟母亲也有这样的感觉。现在他还记得自己小时候，每每遇到这样的时刻，孤独感就悄然而至。可是现在，看着阿提夫愤怒的脸庞，看着他眼中乞求和谴责交织的神情，穆斯塔法的感觉更为强烈，眼前的阿提夫让他刮目相看。

阿提夫，殉难者的儿子；阿提夫，一个好人，一个好同志；阿提夫，跟他听的是同样的演讲，同样的布道；阿提夫，虽不具备穆斯塔法的领袖气质，却不像他那么容易冲动。

我外表强悍，内心怯懦，穆斯塔法莫名其妙地想起了这句话，我是一头外强中干的狮子。

“听着，”阿提夫语气平静下来，好像感知到了穆斯塔法的想法似的，“我知道这个演讲想要讲好很难。我们现在可以扭头就走。我们可以离开。逃避总是很简单，对不对?”这句话来自巴克里伊玛目最精彩的一次布道，阿提夫背下来了。

朋友们，逃避总是很简单。

穆斯塔法站起来，在裤子上擦了擦手。这一刻关系重大，他能感觉到。“走吧。”他招呼着自己的好朋友。蹲在泥地上的阿提夫站了起来，跟他一起朝清真寺走去。

清真寺里闷热难耐。三四十个人一排挨着一排坐在地毯上，空气中弥漫着浓浓的脚臭味。荧光灯强光刺眼，两台吊扇在头顶慢慢旋转，污浊的空气不断循环。穆斯塔法和阿提夫坐在第四排，伊玛目的布道一个小时前就已开始，身边的人一个个昏昏欲睡、疲惫不堪，好像都想赶快回到自己凉爽舒适的家。

终于，巴克里伊玛目停止布道。他清清嗓子，眼睛扫过坐着的会众，穆斯塔法赶快坐直身子。伊玛目看到他，点了点头。穆斯塔法站起来，朝前走去。阿提夫捏了捏他的手，以示鼓励。

穆斯塔法突然想起阿雅房中挂着的窗帘，色泽柔和的凫蓝色。每次看到这窗帘，穆斯塔法都会心酸，总觉得窗帘像是挂错了地方，那么明艳夺目、雍容华贵的色彩挂在这里，逼视着小屋的局促和破败。还有躺在床上的阿雅。应该已经睡着。或者，不对——脑中出现另一幅画面——听到母亲咳嗽，阿雅重又起身，打湿一条毛巾，给母亲擦脸。

耶路撒冷来的客人们坐在第一排。穆斯塔法朝他们点点头，有一个也对他点点头，头发长长的那一个。

阿雅身着奶油色睡衣，睡衣一直挂在衣橱里，他只瞥见过，却从没见过阿雅穿着的样子。在一起这么久，还没见过阿雅睡觉的样子。这个念头让他如此伤心，他赶快仰起头，盯着天花板，不让泪水滑落。

伊玛目坐在耶路撒冷客人的旁边，正小声说着什么。一个人打了个喷嚏，大家一起祝福他。

他身体的一小部分——代表着曾经的他，迷失方向的他——又开始蠢蠢欲动，想要回到母亲的花园，渴望倾听风吹树叶的声音。深吸一口气，他把双脚更加用力地踩在地毯上，右脚脚趾发痒。

“兄弟们。”穆斯塔法开口说。

眼角余光里，窗外有什么东西在闪烁。可是等他转头看向窗户，闪光消失了。风暴将至。他能感觉到，每块骨头、每根汗毛都能感觉到。真主保佑，小时候，每到打雷，母亲就会这样说。他在心里默念这句话。又一道波光闪过。这一次，他看到光线把天空划开。几秒钟后，雷声隆隆，空气凝滞，就要变天了。

人群中，阿提夫朝他挥挥手，示意他赶快开口。

穆斯塔法咽了口吐沫，眼睛紧紧盯着阿提夫——忠诚、强壮、安静的朋友——开口了。

“兄弟们，”他又重新开始，“我们必须要战斗。”

ALIA
艾丽娅

科威特城

1967 年 12 月

热水从花洒喷涌而出，蒸汽弥散开来。艾丽娅脱掉睡衣，扔到浴室地板上，跪在浴缸边缘，指尖轻轻划过水面，微微蹙眉。水总是很烫，太烫了。明黄色的浴室窗帘上——窗帘的颜色是薇达帮他们选的，说让人看了心情明快——已出现点点霉斑，虽然他们，阿提夫和她，住进这所房子还不到四个月。

站在花洒下，艾丽娅的视线看向花洒正前方那扇小小的窗户，从这个角度看去，可以窥见科威特城几英寸的面貌：地面上的小区停车场，前方几栋别墅，还有蜿蜒其间的人行步道。头顶，蓝天湛湛，一去万里。她用洗发水把头发洗干净，然后一下子躺回到蒸汽氤氲的浴缸，水向上涌，堵塞了她的耳朵。

她待在水下，屏住呼吸，直到肺部缺氧疼痛难忍才从水里站起来。随后，把香皂打在身上，厚厚的科威特萨布恩手工皂质地粗糙，用过之后皮肤干涩。她漫不经心地拿着香皂在身上画圈，心里却想着在纳布卢斯家里时常用的如丝般柔滑、色泽洁白的茉莉花皂。

她跨出浴缸，周身蒸汽缭绕。马桶上方的小柜子里，各色毛巾折叠得整整齐齐。她选了一条最喜欢的薄荷绿浴巾，把自己紧紧包裹。

“哦，真主呀。”她轻声呻吟，双手紧紧抓住洗脸池的边沿，努力抑制突如其来的一阵恶心。

走到卧室，身后留下一串湿漉漉的脚印。梳妆台上摆满了瓶瓶罐罐，香水、面霜、乳液，各种化妆品，满满当当，都是她的东西，属于阿提夫的只有一瓶古龙水。打开一个陶瓷盒子，从里边拿出几个发夹，用牙齿衔着，对镜看着垂在胸前的湿漉漉的乌黑卷发，开始盘头。这套工序虽然复杂精细，可她早已熟稔于心。

头发盘好，艾丽娅轻扬下巴，微侧脸庞，冷冷地看着镜中的自己。接着把毛巾解开，带着挑剔的眼光看着面前一丝不挂的身体，从光洁的肩膀，到乳晕已然变深的乳房，再到下边，不可避免地很快要隆起的肚皮。

焦虑突然袭来，一如往常那么尖锐酸楚。她闭上眼睛，深吸一口气，告诉自己：从一数到十。她就这么屏住呼吸，等待焦虑过去，再随着一声轻轻的哎呦，放松下来。

有无数次，她鼓起勇气想告诉阿提夫。

本来没想着隐瞒怀孕的消息。十月时，恶心想吐的感觉第一次袭来，她还以为是身体对沙漠炎热气候的正常反应。虽然已是秋天，但科威特的天气却仍旧燠热难耐，一波波热浪折磨得她头脑昏沉，全身无力。

无数次鼓起勇气，无数次不等开口就泄气。一想到要跟他谈这件事，她就觉得尴尬，好像提这件事就是在提醒他八月那个夜晚发生的一切，她发现躺在浴缸里的他之后发生的一切。那一次是自他回家之后他俩之间唯一的一次肌肤相亲。与其说是做爱，不如说是两个痛苦绝望的人通过身体的交合肆意发泄，充满野性的冲撞，紧紧纠缠的肉体，高高拱起的脊背，还有情难自抑时留下的齿痕。之后整整一周，她的嘴唇肿胀不消，大腿两侧的淤痕引人遐思。可是，在这疯狂病态的夜晚，她却感知到阿提夫那痛心刻骨的哀伤。最初几周，不论是谁，只要一提到穆斯塔法的名字，阿提夫就泪如泉涌。

几个月过去，她的身形倒没怎么走样，依旧苗条，只是在肚脐下方有一点轻微隆起。而他，也不再终日死气沉沉地坐在电视机前，或是梦游一样在新房子里晃来荡去。可是，艾丽娅还是不敢跟他交流，害怕再看到他茫然无措的眼神。战争结束后，回到她身旁的阿提夫早已不是她原来的丈夫，也不再是与她从小玩到大的那个男人，曾经的阿提夫已如抓在孩子手里的蒲公英，轻吹一口气，种子随风飘散，消失无踪。

艾丽娅本不愿来科威特，是妈妈软磨硬泡她才答应的。薇达生病了，妈妈告诉她，本来就一身病，最近又突发关节炎。

“她总提起你，”萨尔玛在电话里说，“还问你为什么不去看她。”

“我还不知道科威特和纳布卢斯之间的路是单行道呢。”她语带讽刺。

“别这么无情无义，艾丽娅。她现在很痛苦。”

最终，非常不情愿地，艾丽娅同意去科威特看望姐姐。五月的纳布卢斯，处处洋溢着旺盛的生命力，初夏的清晨空气清凉舒爽。穆斯塔法开车载着他们驶往约旦的机场，阿提夫坐在前排，艾丽娅闷闷不乐地坐在后座。

“你没把裙子都打包带过去吧？薇达说她在那里连手腕都没露出来过。”穆斯塔法说。

艾丽娅怒气冲冲地回答：“那她可真正派!”她坐的是早班航班，天不亮就起床了，这会儿她的眼睛又干又涩。

“艾丽娅。”阿提夫轻轻地叫她，透着点责备。整整一个星期，他俩在家里天天因为这趟旅行吵来吵去。

姐姐对她来说，完全是个陌生人，过去十年来，好像只见过四五次面。她印象中的薇达总是穿着样式过时的长袍，一受惊吓就不停地念叨古兰经。一想到要跟这样一个女人一起住上一个月——一个月啊，还是在科威特城这个除了漫天黄沙，什么都没有的不毛之地，艾丽娅的熊熊怒火就被点燃。

到了机场，她还是板着脸。趁着阿提夫跟她吻别，她一下子把舌头伸到阿提夫嘴里，纠缠着不放。阿提夫尴尬地使劲往后躲，不好意思地环顾四周，生怕大庭广众之下有人看到这一幕。

机场的旅客慢慢多了起来，亲朋好友道别的声音此起彼伏。“亲爱的。”阿提夫伸手搂住她的肩膀，却一下子被艾丽娅甩了下去。她感觉自己被放逐，跟个小孩子一样被送到她不愿去的地方；她嫉妒丈夫和哥哥能留在纳布卢斯，尽情地享受一年当中她最喜欢的一段时光，而她却不在；更别提她会错过两个婚礼，还有一个好朋友的宝宝也要在这个月出生。这些精彩她都要错过了。“亲爱的，几周时间很快就过去了。我爱你。”

“也爱你。”她冷淡地回道。

穆斯塔法对着她吹了声口哨。“开心点!”

“闭嘴吧你。”她转向他，厉声责骂，接着，提起行李箱，朝安检口走去。

“喂，艾丽娅，这就是你对你温柔又帅气的哥哥说的最后一句话？是谁大老远开车来送你的？这就是你给我的报答？”穆斯塔法大笑着喊道，艾丽娅昂首挺胸一直朝前走，头也没回，假装没听见。

从一开始这次旅行就是个灾难。艾丽娅一次又一次地用“灾难”这个词描述整个旅程，跟母亲说，跟阿提夫说，也跟朋友说。后来，她会为自己轻率的举止和言行羞愧不已。

“今年春天的天气特别恶劣。”薇达在科威特机场接到她时说。可是，一走出机场，凝滞沉闷的空气把她包裹，艾丽娅猝不及防，一下掉进热气蒸腾的陷阱。

眼前的热浪滚滚吓得她目瞪口呆：到处是耀眼的强光，刺得人眼睛都睁不开。她从来不知道太阳光也可以如此霸道、如此凶残；空气中恣意横行的热浪让人喘不过气，连呼吸这么日常的事情都变得几乎不可能。这里热得如此纯粹、如此绝对，似乎待在这儿的每一刻都有滚烫的热气为伴。

她无法逃脱。只有在梦里，在这个漫长炎热的六月的梦里，她来到冰冻的湖边，走进巨大的淡紫色冷库，才能得到片刻清凉。

一到这里她就开始忙忙碌碌，忙着哄姐姐开心，忙着在姐姐姐夫虽然壮观却死气沉沉的别墅里安顿下来。这个小区住的都是从国外移居过来的阿拉伯人，大部分是教授、工程师，还有医生。姐夫加齐是工程师，在市中心一家公司上班，终日忙个不停。艾丽娅之前一共见过他两次，一次是姐姐的婚礼上，那时她还是个小女孩；还有一次是五年前，加齐和薇达回过纳布卢斯一趟。艾丽娅觉得这个姐夫还不错，至少他对姐姐的关怀无微不至。虽说有时话太多，而且他身上总是闻起来臭臭的，好像大白菜或者污水的味道，可是说到底，他人很牢靠，又和蔼可亲，有这些就足够了。

白天基本上都是和薇达一起度过，身旁陪伴着薇达的印度女佣邦比。艾丽娅尽职地扮演着年轻活泼的小妹妹形象，哄着薇达多吃点饭，劝她出去活动活动。可是，艾丽娅的本性并不适合做这样的事，于是，不到一个星期，她的脸就因为笑得太多而肌肉生疼。

“我们去市场转转吧，”她会明快地说，或者，“我们去拜访你的朋友们吧。”

日复一日的社交似乎无穷无尽。薇达有个名叫阿吉特的专职司机，是个性情开朗的印度人，比她们年龄稍长。阿吉特尽职尽责，开车带她们去服装店买衣服，也带她们去别人家做客。拜访的一般都是薇达的朋友，年龄比艾丽娅要大上十几岁。每到一家，女人们就会坐在客厅里，喝着淡若无味的下午茶。艾丽娅习惯了纳布卢斯的聚会，大家聚在一起，哈哈大笑，一起抽烟，聊着黄段子，不时会有人爆个料，吓大家一跳。可是姐姐的聚会乏味至极，一群老女人矜持地坐着，不是聊银器的价格走向，就是谈最近的天气多么热。坐不了一会儿，艾丽娅就得去浴室，站在镜子前不耐烦地翻翻白眼发泄一下。要是喝下午茶，她们还会从小区附近的糕饼店买来现烤的糕点。薇达爱吃这些甜点，艾丽娅出于礼貌也多少会吃点，可是这些糕点又甜又腻，糖浆加得太多，如此热浪之下，让她吃了就想吐。等到终于回家，薇达的情绪就会好很多，话多了，笑容也有了，可是艾丽娅早就累得精疲力竭，无聊得要发疯，一秒钟都受不了再和姐姐待在一起。如果这时加齐正好推门进来，她会高兴得想要亲亲自己的姐夫呢！

赶快把她带走吧！她想对着姐夫大叫。薇达并不讨人厌，心肠也不坏，可她总是无精打采、缺乏活力、忧郁消沉。她对现在的生活很满足，整天不是叠叠床单，监督邦比打扫卫生，就是花好几个小时准备晚餐，再纠结一下该放什么调料。

“是该用豆蔻呢？还是丁香？”她会站在热得让人受不了的厨房问艾丽娅，吃饭时也会问：“我今天没用牛奶，用的酸奶，会不会太淡？”

一天下午，艾丽娅恼火地看着薇达花了两个多小时整理餐具柜，不明白薇达怎么对家务就这么热衷。姐姐的生活像一面镜子，让她看到了自己可能会经历的人生：给丈夫整理袜子，责怪邦比往肉里放了太多盐，在陵墓似的房子里到处转。

有时晚上给阿提夫打电话，她会聊起自己的感受。“我恨这个城市，”她压低声音说，像个被绑架的人质，“不管什么东西，闻起来都像煮熟的肉。还有这里的天气，太热了，阿提夫，像火炉一样。”

“再过几天就回来了，”他会说，“我想你。我们很快就会见面。”她早就不生穆斯塔法的气，也不再对他俩结成小团体而耿耿于怀。她惦记着自己的卧室，想念纳布卢斯那高低起伏的群山，更怀念哥哥和丈夫看到她把饭烧糊时那爽朗开心的笑声。她迫不及待地要回家。

艾丽娅回家的时间定在六月的第一个星期二。在姐姐家的最后一周，她兴奋至极、开心至极，连薇达的唠叨也变得动听起来，耐心听她讲小茴香和给棉布上浆，帮她做麦克鲁巴[1]，把切好的茄子放进滋滋作响的平底锅里。行李四天前就整理好了，给朋友买的礼物，给哥哥买的礼物，给阿提夫买的礼物都整齐地收着，跟她自己新买的衣服层层叠叠地摞在一起。

航班还有两天就要起飞，那天晚上吃饭时，薇达问：“你还会来吧？要么来过开斋节?”晚餐是烤鸡肉串，鸡肉味道鲜美。

“当然可以。再待一个月也行。”艾丽娅回答，自己都吃惊居然真的这么想。马上要离开了，眼前的一切——姐姐、姐夫，他们那如洞穴般幽暗的大宅——都笼罩在温情的光束中，让她感动。那晚她一下子吃了两碗饭，心满意足地进入梦乡。

第二天，艾丽娅打算去她最喜欢的服装店买衣服。这一个月来，她去过几次奥马尔妈妈的店，每次都是阿吉特开车载着她，来到这个位于塞莱米耶路的商业区，道路两旁满是各种店铺，有制衣店、制鞋店、纺织品店，等等。店主来自世界各地，有的来自孟加拉，有的来自巴黎，居然还有人从远东来。

奥马尔妈妈的店在街角，门脸没什么特色，可是店里的装潢却让人眼前一亮。她已故的丈夫是军人，多年前在阿尔及利亚打仗时，被炮弹炸飞。跟非洲的渊源为她的小店平添了几分异域风情——屋子角落点缀着一束束用缎带系着的迷迭香和鼠尾草；展示柜里放着小小的、似乎不太吉利的动物头骨；墙上挂着巧夺天工的摩洛哥挂毯。色泽艳

1. 麦克鲁巴（maqlouba），这个词的意思是 upside down（把锅朝下扣过来），这里是指一种阿拉伯食物：把米饭用油炒过，焖熟，加上好多种调味料，配上绞碎的米粉、豆子和葡萄干或者干果，之后在上面加上一大块烤好的羊肉或者鸡块，倒扣在盘子上。这种饭在每个阿拉伯国家有不同的做法，但都被称作 maqlouba。此处选择音译。

丽的软垫搁脚凳散放着，更衣区用棕色大棕榈叶遮挡得严严实实。收银台旁边放着一台磁带录音机，阿尔及利亚音乐低吟浅唱。每周，奥马尔妈妈都会往展示架上挂上一排新衣服，把之前的衣服往后放。在她的店里，基本上不太可能在一条条翡翠色的真丝裙下找到塔夫绸的面料。所有的衣服闻起来都带有贝都因人[1]手工制作的熏香味。对艾丽娅来说，这个店是她去过的最精妙、最具异国情调的店。在科威特这个单调乏味的无色城市里，奥马尔妈妈的店浓墨重彩，是那最鲜亮的一道风景。

奥马尔妈妈是个干瘪的老太太，虽然她的店只接待女性，可她还是戴着头巾。她说阿拉伯语时声音刺耳、粗哑，每个单词都像在沙子里滚过。

“你个子太高了，不适合穿这种裙子。”每次，只要看到艾丽娅的指尖流连在色泽艳丽装饰繁复的衣裙上，她就会一声断喝，接着说：“你身材高挑，跟鸵鸟一样体态修长，就得穿量身定制的衣服。”她给艾丽娅选的裙子总是样式简约，领口几乎不加任何装饰，这让艾丽娅失望透顶，因为能迷住艾丽娅的从来都是那些镶满亮片、缀满绿色和粉色流苏的妖娆长裙。

那天早上，艾丽娅一眼看上一条洋红色长裙，质地飘逸、色泽灵动、流光溢彩。可是，奥马尔妈妈啧啧有声地弹着舌头，一下把她推到一边，为她选了一件灰色曳地的礼服。礼服是真丝面料，通体灰色如水波流淌，纯净无瑕，只在领口中间缀了一个小小的蝴蝶结点睛。

---

1. 贝都因人，是以氏族部落为基本单位在沙漠旷野过游牧生活的阿拉伯人。主要分布在西亚和北非广阔的沙漠和荒原地带。属欧罗巴人种地中海类型。“贝都因”为阿拉伯语译音，意为“荒原上的游牧民”“逐水草而居的人”，是阿拉伯民族的一部分。

艾丽娅不服气地把那条洋红色长裙一起拿到试衣间试穿，结果一上身，洋红长裙紧紧裹着她的屁股，色彩也不像挂起来那么诱人，衬得她皮肤发暗。穿着灰色礼服的她，如电影明星般熠熠生辉。

“你的锁骨长得真是精致。”艾丽娅从试衣间一出来，奥马尔妈妈就禁不住赞叹，只要她换上新衣服走出试衣间，艾丽娅每次都能听到这句赞扬。老太太打开搁在收银台后边架子上的小电视机。电视机太过老旧，每隔几秒钟屏幕就会刺啦响，图像也随之消失，奥马尔妈妈骂骂咧咧，使劲拍打电视机，力道之大，天线都跟着颤抖。

艾丽娅站在镜前，凝视着镜中的倩影。镜子古旧，昏黄的镜面给她的皮肤蒙上一层柔光，如天使下凡。礼服轻裹着她的身躯，如水波般从身上流淌至脚踝。她朝奥马尔妈妈的方向瞥一眼，轻快地转了一圈，裙角飞扬。这一刻的她，无拘无束，像电影里的外国人一样放肆自在。她对着镜子巧笑嫣然。

就在这时，奥马尔妈妈嘶哑着声音，低沉地骂了一句。

“这些混蛋！狗娘养的！*他们居然真这么干了！*”老太太气得一脚踢开坐着的凳子，站了起来，双手愤怒地挥舞着。

“怎么啦？怎么啦？”艾丽娅一边急急地冲了过来，一边小心翼翼地不让柜台刮破衣裙。电视上，处处是爆炸产生的强光，摄像机镜头对着天空呼啸而过的飞机，飞机突然下降，镜头也跟着猛烈摇晃。下降到半空的飞机从机舱里扔下些什么东西，随后刺目的闪光在空中炸开。“到底怎么啦？”艾丽娅看着眼前的画面，目瞪口呆。

奥马尔妈妈几乎跳了起来，吐沫星子飞溅地嚷着：“那些以色列混蛋！他们真打起来了！*他们居然真这么干了！*偷偷摸摸，跟小偷一样，趁天不亮，鬼鬼祟祟地偷袭我们的孩子们。他们占领了西奈！”

“幸好不是巴勒斯坦。”艾丽娅松了一口气，声音颤抖。

“那也是暂时的！不过我们可不怕，早就等着呢，看着吧！巴勒斯坦、约旦、伊拉克。我们一直等着呢！这帮龟孙子根本不知道他们惹的是谁，一帮婊子养的！”奥马尔妈妈的眼里闪着愤怒的光。接着她转向艾丽娅，话锋一转，温柔地说：“好了，咱们继续，亲爱的。把衣服脱了，我给你包起来。灰色非常适合你。”

艾丽娅本想拒绝，丝质礼服缠在她身上，突然让她难以忍受。可是，她什么都没说，默不作声地走进更衣室，机械地脱下礼服。肚子上滑溜溜的，覆了一层薄薄的汗水。她渴望回到纳布卢斯，回到自己的卧室，感受习习凉风吹动窗帘的清爽。

奥马尔妈妈坚持不收她的钱，说要把这件礼服送给艾丽娅，当作提前庆祝战争胜利的礼物。艾丽娅一脸茫然地看着她把裙子包进棕色的包装纸里，再用缎带缠上几圈，最后在包裹上打上一个大大的结。

艾丽娅走出店门踏上人行道，一时没有认出路边停靠着的黑色小汽车，也没有认出方向盘后边坐着的阿吉特。热气扑面而来，光线炫目刺眼，内心混乱迷惘，种种感觉交织在一起，她头晕目眩，不知身在何方。抬头望，太阳依然高悬，天色尚早。

艾丽娅光着身子走到衣橱前，快速地翻看一柜子挂在雪松衣架上的裙衫，盘在头顶的秀发沉甸甸。这些衣裙基本上都是最近几个月在这儿新添置的，好多都没上过身。

在家里搞个派对是艾丽娅的主意，一群人聚在一起庆祝新年对所有人都好。

“我打算邀请沙菲克一家、穆拉德一家，还有奇布拉维斯一家。”

她对阿提夫说，这些都是阿提夫来科威特之前她结识的朋友，“你没来之前那段时间，他们对我关心备至。”

“随便吧。”阿提夫回道。就是这个态度，几个月来一成不变，死气沉沉、萎靡不振、无精打采。正是阿提夫的态度刺激她举办这个聚会。

举办聚会的真实原因跟报答这些人对她的照顾一点关系都没有。这些人里，男的是加齐的同事，女的是薇达的朋友，全都无聊至极。她只是不想让新年前夜跟平时一样，无所事事地坐在电视机前，看着政客们大叫大嚷表达着对现状的不满。她更不想去薇达家假装热闹地过节，四个人坐在桌前，没话找话，大声赞叹薇达做的菠萝蛋糕，一顿饭下来，身心俱疲。这样的场景在艾丽娅生日时已经历过，她不想新年再被折磨一次。生日那天，唱过生日歌，切过蛋糕，艾丽娅逃到浴室，用浴巾堵住嘴，痛哭失声。眼前这四个心神恍惚、闷闷不乐的人，这个让人深恶痛绝的国度，还有对甜得腻人的蛋糕虚伪的夸奖，这所有的一切都让她悲痛欲绝，绝望到发狂。

不行，她一定要置身人群中，要邀请许多许多人填满她的客厅，挤满她的院子；要让房子里充满欢声笑语、衣香鬟影、觥筹交错，要让鼎沸的人声填补无尽空虚。

艾丽娅走进厨房，看到薇达正坐在桌前，面前有一大把薄荷。

薄荷旁边放着一碗清水。薇达拿起一枝薄荷，掐下叶子放进碗里。薄荷叶先在水面漂浮，颜色慢慢变深，转为祖母绿色，然后缓缓地沉入水底。

“早上好。”艾丽娅跟她打招呼。薇达没戴头巾，阳光透过厨房窗户洒在她身上，把她的头发染成了琥珀色。

“我来早了。你不介意吧？有太多东西要准备。”

“当然不介意，没关系。”艾丽娅说着，也在桌旁坐了下来。最近几个月，她俩相处得越来越融洽，甚至亲昵起来。

“喝咖啡吗?”薇达朝火炉的方向摆摆头。炉子上，新买的长柄咖啡壶正煮着咖啡，空气中弥漫着浓浓的咖啡香。旧的咖啡壶早在艾丽娅来这里的第一周就烧坏了，虽然后来她使劲用布擦，用盐水泡，那一大块烧焦的印痕却怎么也消不了。

咖啡味这会儿让她反胃，她把眼睛从咖啡壶上收回来，说：“等会儿再喝吧。”

厨房一角，邦比和普丽娅坐在一起，一边干活一边兴奋地用她们的语言聊着天。普丽娅是薇达替她找的女仆，跟着她已经几个月了。她们面前堆着小山一般的土豆、胡萝卜和荷兰芹，两人中间还放着各种豆子。这会儿她俩正低着头专心地切蔬菜。

“早上好。”艾丽娅跟她们打招呼，她俩也赶快向她问好。

普丽娅用英语慢慢地说：“夫人，先生刚才打电话。我说你在洗澡。他晚点再打。”

“嗯。”艾丽娅打开料理台上放的收音机开始调频道，“谢啦。”最近，一听到跟丈夫有关的话题，她的思绪就纠缠打结，心情开始烦躁。收音机的旋钮在她指尖突然变得滑溜粗大，转都转不动。

“你今晚准备穿哪件衣服?”薇达问道。

“哦，那条黑色的裙子。”终于听到新闻频道的音乐声了。她扭动音量旋钮调大音量。新闻台的音乐突然停止，取而代之的是一曲低沉阴郁的女声独唱。

“乌姆·库勒苏姆[1]。”收音机里正放着的是“灾难日[2]”的代表歌曲之一，最近几个月经常被人唱起，如泣如诉的小提琴和悠扬悲伤的曲调寄托了人们的哀思，痛惜着战争中失去的一切。我们战败了。不管什么时候打开收音机，调到哪个频道，都能听到这些熟悉的旋律，回荡在每户人家的起居室里，飘荡在市场、学校里，萦绕在整个科威特上空，甚至，艾丽娅知道，整个阿拉伯世界。这些旋律无处不在，哀悼逝去的亲人，哀悼失去的土地，更重要的是，哀悼被打败的事实，还有那迅速蔓延、摆脱不去的耻辱。对艾丽娅来说，这些旋律比儿时童谣还更让人难以忘怀。

姐妹俩一听到这个音乐，不约而同地发出一声哀叹。艾丽娅看看薇达，姐姐一反常态，也调皮地看着她。

“赶快关掉。真主至上。”薇达说。

艾丽娅又惊又喜，哈哈大笑。她模仿着过去几个月来电视上的新闻播报员和政客们那单调低沉、毫无起伏的音调说：“兄弟们，姐妹们，这是举国哀悼的时刻，请穿上黑色服装，告诉孩子们要诚挚哀悼。”接着，假装严肃地模仿着合唱团开始了合唱。“啊……啊……”

“艾丽娅！”薇达笑得前仰后合，震惊，却开心。她摇摇头，无奈地看艾丽娅十指张开，摇头晃脑地扯着嗓子跟着收音机唱。普丽娅和邦比也被逗得咯咯笑。薇达放下手里的薄荷叶，捂住脸。“赶快关掉，”

---

1. 乌姆·库勒苏姆（1904—1975），埃及女歌手、音乐家和演员，是阿拉伯世界最知名的歌手之一。

2. 灾难日（Naksa），1948年5月14日，以色列宣布建国。15日，阿拉伯国家同以色列爆发了第一次中东战争，大批巴勒斯坦人为躲避战争逃往其他国家，沦为难民。后来，巴勒斯坦人将5月15日作为民族“灾难日”，纪念当年的战争和民族厄运。

她笑得上气不接下气，“快点关掉。”

疯够了，艾丽娅心满意足地关掉收音机，坐在薇达的对面，也开始择薄荷叶。透过低垂的睫毛，她偷偷地看着坐在桌子那头的姐姐。出乎她的意料，姐姐嘴角轻扬，脸上写着满足与快乐。

薄荷洗好晾干，蔬菜切好整齐地码在盘子里。薇达眯着眼睛看看她头顶墙上的钟，说：“肉差不多还得炖一个小时，再等一会儿再往里放蔬菜。”随后，她转向普丽娅和邦比：“你们聚会上吃的东西准备好了吗？”

第二个聚会是薇达的主意，准备在挨着大宅的棚屋——外号“小屋”举行，这小屋也是普丽娅平时睡觉的地方，这样客人们带来的仆人和司机就有地方放松一会儿。普丽娅和邦比非常兴奋，整整一个星期，两人一见面就商量聚会上该放什么音乐，或者要用什么装饰品把屋子布置一下。看着她们，艾丽娅突然为自己终日闷闷不乐而内疚。

“该有的东西都有了吗？”她用英语问道。她很享受说英语的感觉，毕业后好像就没再说过，可上学时英语可是她最喜欢的功课，尤其喜欢旋律优美的元音从嘴巴里流淌出来的感觉。“要不要再多备些果汁和甜点？”

“不用了，夫人。”邦比说。

“不用了，夫人。”普丽娅跟着鹦鹉学舌。普丽娅个子娇小玲珑，年龄好像只比艾丽娅大几个月，每次看到她，看到跟自己年岁相仿的人总这么活泼，艾丽娅都会惶惑不安。

“你说阿瓦德一家也要来？”薇达问艾丽娅。

“是的，还有卡里尔一家也要来。学校的系主任。”

“太棒了，”薇达梦呓般地说，“都是些有头有脸的人。真开心阿提夫这么快就在大学里认识这么多人。加齐说他混得很不错。”

“还行吧。”艾丽娅不再往下说，因为不想说些违心的话。

“会越来越好的，”薇达说，“你也一样。”

薄荷叶下边藏了一只蚜虫，艾丽娅用两根手指捏住不停蠕动的虫子，包在纸巾里捏死。阿提夫接受大学提供给他的教职时，艾丽娅非常震惊。她还以为科威特只是他们过渡的地方，只是短暂停留。

薇达继续说：“你看现在，家里高朋满座，热热闹闹，你的新生活也慢慢开始了。”她伸出手，抓住艾丽娅的手，眼神热切，“就在纳布卢斯被占领之后，就在穆——”她停了一下，“就在穆斯塔法死去之后。”

艾丽娅慢慢低下头。“或许吧。”口是心非的回答敲击着她的耳膜。她什么都没跟薇达说，没有告诉她自己怀孕的消息，也没有告诉她最近萦绕于心的一个念头。时光荏苒，这个念头越来越清晰，越来越强烈，越来越丰美醉人。

到安曼去。那里有母亲、有阿姨、有亲朋好友，还有战后从纳布卢斯逃过去的儿时玩伴。这个念头如雨点敲击着她，简单明了：他们应该搬到安曼去住。

安曼的生活跟这里会截然不同。科威特是个荒漠般的城市，一切都单调乏味，电视机终日不关，热气终年不散。我们去安曼吧，那里满街都是咖啡屋，那里兜售水果的小贩沿街叫卖，那里街坊近邻都是老朋旧友。是的，大家都痛不欲生，都为回不去的家园和城市而哀伤，都为埋在黄土下的亲人而心碎。那么，为什么不跟大家一起哀伤、一起心碎呢？对他们来说，巴勒斯坦已经不复存在——这个念头一点一点地啮噬着艾丽娅，慢慢心如死灰：穆斯塔法不在了，纳布卢斯也不在了——可是他们可以去安曼呀，重新开始新的生活。死灰也会复燃，不是吗？

怀孕给了她更大的决心搬到安曼去。这个念头就像藤蔓，在她心上攀缘打结。她相信，只要去安曼，一切都还有救。她和阿提夫可以蜕掉过去这一年伤痕累累千疮百孔的皮囊，跟朋友一起舔舐伤口，静静疗伤，他们终会再次开怀大笑。他们可以在那里建立家庭，住在母亲家附近的房子里；一切都会变好的。她很笃定，只要把自己的想法跟阿提夫讲清楚，给他看自己脑中的愿景——他们被救赎的生活——他会明白，更会懂得。他会同意去安曼。

艾丽娅坐在薇达和加齐的客厅里，看着电视上实况转播的战争场面。跟奥马尔妈妈店里的小电视机不同，姐姐家的是一台崭新的电视机，屏幕光滑成球面，右侧有四个旋钮，最大的那个管控音量。加齐转动着旋钮，把声音调到最大。如果信号受静电干扰导致画面中断，他就从扶手椅上笨拙地站起来，把信号修复。看着加齐抓着天线到处找信号，艾丽娅不由自主地想着这双胖胖的手也曾游走在姐姐赤裸的身体上。

电视上播报新闻时，薇达一直忙忙碌碌，不是把手上正织着活计的两根毛衣针碰得叮当响，就是突然站起来给大家倒茶，或者一遍一遍地问要不要吃晚饭，要不要吃水果。艾丽娅烦得想要尖叫。等薇达好不容易坐到沙发上，却是身体前倾，后背不挨靠垫，双脚抓着地，好似随时准备一跃而起。艾丽娅则相反，静静坐着，一动不动，像块石头。不管薇达递给她饼干还是橙子，她都一概不理，放在身旁碰都不碰。紧张使她绷紧了下巴，僵直了肌肉。每过几个小时，她的手就会摸到电话，打给阿提夫，打给穆斯塔法，自虐似地听着话筒中传来可怕的、永无止境的响铃声。

只有加齐自己在说话。这场战争似乎让他很兴奋，话语中流露出激动、紧张甚至带点满足的感觉。艾丽娅要集中精神才能听懂他的话，什么他早已预料到会是这样一个结果，什么说这些话都是老生常谈，等等。

“我一遍一遍地说，这场仗早就该打了。可是呢，纳赛尔和他的一帮政客们天天昂首挺胸转来转去，还真以为他们是孔雀啊！一帮草包。什么样的领导会指望着一帮草包给他们打胜仗呢？阿拉伯国家的啊！哈！看看现在——美国人出钱给以色列人买的这些闪闪发光的玩意儿。我们有什么呢？我们有国旗，我们有国歌，我们有伟大的民族梦。看着吧，他们会把我们打得一败涂地的。”他庞大的身躯因激动而颤抖。

加齐每说一句话，艾丽娅的愤怒就增一分，怒火冲到嘴边，思量再三又咽下，她早已学会控制情绪。从小到大，艾丽娅身边都是些愤怒的人——穆斯塔法、穆斯塔法的同学们、她的叔叔们，这些人经常把巴勒斯坦国旗披在身上聚在一起示威游行，也总是在集会上高呼口号直到深夜。

现在战争打响了，过去的点点滴滴在薇达和加齐的客厅里慢慢汇聚，拼凑成完整画面。可是，画面上有什么东西好像是错的，错得离谱。新闻播音员一直说阿拉伯国家会胜利，可是电视上却看不到阿拉伯军队行进的画面，也看不到挥舞绿红黑白色巴勒斯坦国旗的场景。艾丽娅的行李箱还在薇达家的客卧里静静等待，把手朝上，跟想要出去玩的小孩儿一样蓄势待发。她知道，自己再也回不了家了。战争的第三天，坦克开进耶路撒冷旧城。没人知道，穆斯塔法和阿提夫很快就被捕了。以色列军队一开进纳布卢斯，就对清真寺进行了大扫荡，抓走了所有的年轻人。第四天来了又去，西奈半岛落入敌手。坦克横扫加沙地带、耶路撒冷、戈兰高地——还有纳布卢斯，她的纳布卢斯——喷气式飞机啸叫着窜行在地中海上空，机身上印着的不是阿拉伯文字，而是以色列的六角星旗。以色列人要胜利了。曾经，艾丽娅对阿拉伯人会打胜这场战争的念头坚信不疑，她唯一关心的就是自己深爱的两个人会不会毫发无伤。现在，以色列人势不可挡的胜利对她来说，简直匪夷所思。

第五天，太阳升起，光线照在战场上壕沟里那一具具随便乱扔的尸体上。加齐看着这个画面，气愤地说："一切都完了。巴勒斯坦全完了。这帮傻瓜！他们死得毫无价值。"艾丽娅面无表情地听着，无动于衷。她又拨电话，电话那头仍旧无人接听。太阳落山，电视上播着空袭的画面，艾丽娅已不再震惊，漠然看着炸弹投下，升腾而起的气浪有如云朵，边缘起泡，好像流淌的奶油。

看着电视新闻，年幼时的一段记忆突然被触发：

艾丽娅五六岁时，一天，下着暴雨，穆斯塔法在学校操场上发现一只小鸟。小鸟全身湿透，瑟瑟发抖。穆斯塔法用萨尔玛的旧帽盒给小鸟做了一个家，不厌其烦地把纸一点点撕碎铺在帽盒底部，与此同时，小鸟被他放在自己的鞋子里，靠近暖气片取暖。艾丽娅坐在哥哥身边看着哥哥忙碌着，两个人都不说话。每隔几分钟，她就会弯下腰，往鞋子里瞅，凝视着那只依然颤抖的小生灵。她好想摸摸小鸟那缠结晦暗的羽毛，可是又不敢乱动。屋外，狂风拍打着窗棂，暴雨冲击着玻璃，对她来说，坐在自己那勇敢、帅气的哥哥身旁就是一种无上的荣耀。

帽盒做成的家华丽又温馨：底部铺着如雪一样白的碎纸地毯，温暖舒适；地毯上撒着几片生菜叶，是穆斯塔法从厨房偷来的。准备好之后，穆斯塔法把小鸟从鞋子里捧出来，跪在艾丽娅身边。

“你想抱抱它吗?”

艾丽娅点点头，激动得喉头哽咽，说不出话。她拱起双手，穆斯塔法小心地把小鸟放进她的手掌。

“小心点。”他轻声嘱咐。

小鸟瑟瑟发抖，心脏在艾丽娅的指尖下怦怦直跳，小小的眼睛像黑色珠子，小嘴几近透明，小小的爪子轻轻抓着艾丽娅的掌心，淡黄色的羽毛一簇一簇地粘在一起，等干了后就会变得又蓬又卷。艾丽娅屏住呼吸，尽量一动不动，就好像轻轻一动就会把小鸟摔碎似的。

“你可以摸摸它。”穆斯塔法鼓励她。艾丽娅抬头看着哥哥，心跳剧烈。他点点头。

“没事的，小鸟宝贝。”她边说，边小心地伸出食指，小鸟的头骨摸起来硬硬的。穆斯塔法微笑着看她，他的牙齿洁白饱满，如珍珠般闪亮。艾丽娅突然觉得自己长大了，不再是小娃娃，手心里，小鸟的心跳慢慢平静。

小鸟、穆斯塔法、炸弹、阿提夫，还有纳布卢斯，都在逐渐远去。

近一周来，艾丽娅坐在电视机前，看着屏幕上兵戈扰攘，匝地烟尘，每一幅画面都如烧红的烙铁，一下一下灼烤着她的心。她只觉天旋地转。唇焦口燥，可是不管喝什么，到嘴里都是苦涩的。薇达叫她吃饭，她就强迫自己把肉和菠菜塞进嘴里，却食之无味。等再次回到起居室，电视上的画面跟刚才并无二致。这些男人，一样黝黑的肤色，一样的灰头土脸，一样的身形，跟复制出来的一样。

她静静地坐着，一动不动。以前她从未意识到这两个男人，哥哥和丈夫，居然长得如此相像，跟电视上这些穿制服的人一样如同一个模子刻出来的。分开来看，都是肮脏的脸、阴郁的双眼和杂乱的胡须，被无视或者被憎恶就成了很自然的事。

战争进行到第五天，纳赛尔总统拉长着脸，阴沉沮丧地向艾丽娅和全世界宣布战争结束。阿拉伯人输掉了战争。一群群以色列士兵端着来福枪押送满车阿拉伯士兵的镜头在电视上反复播放。俘虏们双手上举，看起来如孩子般惶恐不安，荒诞可笑。失去武器的他们只是一群浑身汗湿的普通人，一群年幼时喜欢玩战争游戏的普通人，一群陪伴艾丽娅长大的邻家男孩。那时他们玩的游戏和现在何其相似，假扮的俘虏们跟电视中的一样，低垂着头，沉默不语；获胜的一方则挥舞着枪支，开心地奔跑，朝天发射胜利的子弹，宣泄获胜的喜悦。眼前的一切，到底是游戏还是现实？

薇达不停地削土豆，根本不看电视镜头，不管是纳赛尔总统的辞职演说，还是一车车俘虏，她都不理。电视上以色列士兵咧着嘴笑的画面循环播放到第四次时，加齐站了起来，把电视机关掉。

“这下好了，”他黑着脸，生气地说，“这下全完了。”

他们谁都没有提穆斯塔法或阿提夫。事实明摆着，还有几十个，甚至上百个关押俘虏的地方，电视没有播报。除了被俘的，还有死去的。沙漠里，成堆成堆的尸体摞在一起，慢慢腐烂，爬满苍蝇。电视镜头曾经一晃而过，速度太快，艾丽娅根本来不及看清那些尸体，或者，她其实没有足够的勇气去看清那一张张如此相像的脸?

那天晚上，她坐在院子里，一坐几个小时。六月的夜燠热难耐，可是她却一动不动。头顶天空澄澈，满天星斗像一粒粒洁白的盐打翻在黑丝绒的桌布上，闪着光芒。她徒劳地想要数清到底有多少颗星星，终于放弃。

阿提夫提醒她要做好没人来参加聚会的准备。凡是有阿拉伯血统的人都在哀悼呢。可是客人们已经陆续到来，带给她一束束鲜花和一盘盘点心做礼物。大多数女人们都穿着流光溢彩的礼服，男人们身着剪裁合体的西装。他们亲吻艾丽娅的脸庞，问阿提夫什么时候会回来。

"快了，快了。"她笑着回答，暗暗祈祷阿提夫真的能很快到家。她带着客人们进入室内，穿过连着起居室的拱门，进入餐厅。早到的客人已经安置好，有的坐在沙发上，有的站在餐桌旁，手上端着盘子。鸡肉和羊肉分别放置在装着香米的大浅盘里，盘子下边放着小火炉持续加热。加齐正站在餐厅角落跟他的工程师朋友开心聊天。艾丽娅看着她那虽有些聒噪但对薇达的爱一成不变的姐夫，心里竟有些微的嫉妒。

所有的花瓶都插上了邦比和普丽娅准备的玫瑰花和栀子花，浓香满溢。浅碗里装的各式坚果和樱桃摆满一桌。就连餐厅后边的院子，平时弃置不用早已荒芜，现在也被打扫干净，装饰一新。透过大大的落地窗，可以看到精心摆放的椅子，点缀其间的烛光明明灭灭。

房子里人声鼎沸。薇达放了张唱片，女客们开始在客厅里随着音乐翩翩起舞。这才有家的样子，艾丽娅心情愉悦。她一会儿问大家要不要喝石榴汁，一会儿听着客人们讲的趣事哈哈大笑。对了，有几位男客正在院子里聊天，不用听就知道他们肯定在谈不久前的战争。可是除此以外，艾丽娅总有种错觉，好像一不小心闯入了别人家的客厅，那里人们欢声笑语、乐乐陶陶。

九点半，门铃响了。艾丽娅抱歉地跟正在聊天的客人们笑笑，走去开门。

“终于回来了。”

走到门廊的镜子前，她停下脚步，满意地审视着镜子里头发稍稍凌乱的自己，带着一丝微笑，打开大门。门外，阿提夫大学的同事萨米尔，还有萨米尔的美国妻子玛丽安娜正满脸笑容地看着她，他们身后一团黑乎乎的影子。艾丽娅眯起眼睛看了一下。

“你们好。”她用英语打招呼。

“看看我们给你带了什么。”萨米尔咧嘴笑着，一只手递给她一个花瓶，另一只手把那一团黑乎乎的影子往前拉。

她一边表示着感谢，一边接过花瓶。花瓶里的花挤挤挨挨，跟素雅又精致的满天星相互映衬着。“哇，太漂亮了，谢谢!”随后，看清走到亮光下的影子，她又叫出声：“是你!”这一声充满了感激。

“你丈夫对工作实在太敬业了。”萨米尔说，“刚刚我们路过他的车，居然发现他正坐在车里看书呢!”阿提夫看着艾丽娅，没有说话，眼神让人难以捉摸。

“这就是我的‘书痴’先生。”艾丽娅的语气干巴巴。

“你今晚真漂亮，一如往常。”萨米尔恭维她，她强迫自己挤出一丝笑容。

“裙子也很衬你，”玛丽安娜接口说，又换阿拉伯语，“像月亮一样光彩夺目!”

“请进。”阿提夫伸出一只手，把这对夫妻迎进门。等他进门时，他轻轻吻了一下艾丽娅的额头。

“对不起，”他开始道歉，“一想到要进来……这么多人……”

艾丽娅摇摇头，伸出手，轻抚他的脸颊。两人都有些不自在，他们已经好久没有这样亲密过。“我明白。”

站在餐厅的拱门下，他们看着满屋客人谈笑风生。

“大家玩得都很尽兴。说了你也不信，羊肉都快被吃完了!”

“马吉德也来了。”他伸手指着人群中一个毛发旺盛的年轻男孩。男孩也在大学工作，约旦人，单身，这会儿正哈哈大笑着朝跳舞的女士们打响指。

艾丽娅笑了。“这屋里只要是超过十三岁的女人，没有他不招惹的。”听她这么说，阿提夫爆发出一阵大笑，看起来和过去一模一样。

“派对很棒。”他把她拉到怀里，艾丽娅下意识地用手捂住肚子。再等等。

“真棒!”他再次感叹。

“阿提夫!”有人在叫他。

“主人终于回来了!”

“快来吃点儿吧，教授，肉都要凉了。”

阿提夫低头看着她，带着一丝询问。她笑了笑，因他的快乐而温暖。

“去吧。”她目送他走向男客们。

艾丽娅赤着双脚，脚底踩着蓝色的波斯地毯，跟薇达一起跳舞。地毯温软舒适，身旁女客围绕，空气中弥漫着各种各样香水的味道。屋里光线朦胧，银质枝形烛台上的蜡烛微光闪烁，与墙玩着光和影的游戏。女仆们已经把餐桌上的一盘盘剩饭剩菜收起来，摆上各色水果和蛋糕。

等她们忙完，艾丽娅就催促她们："这里不用你们忙了，赶快去你们自己的派对玩吧。"

音乐铿锵有力，节奏明快，艾丽娅跟着节拍转得头晕目眩。她转了一圈，再转一圈，示意薇达跟她一起转。拱门上挂的时钟指向十一点。再过一个小时，就是新的一年了。突然想到了穆斯塔法，这个念头突如其来，她喉头一阵哽咽。很快，她的年龄就要比穆斯塔法大。以后，她将独自一人冷眼旁观这个世界跌跌撞撞迈入下一年，再下一年。穆斯塔法永远缺席。

"啊，亲爱的。"薇达大声唱着歌，凑近艾丽娅。距离太近，艾丽娅能看清她涂了睫毛膏的睫毛和早晨用棉线修眉时留下的红印。薇达看起来年轻了许多，红润的脸庞和赤裸的双脚更是给她增了几分少女的气质。艾丽娅不由地靠近姐姐，轻轻地吻了一下她的面颊。

薇达吓了一跳，很快又笑了，"亲爱的就是你。"她更加起劲地唱起来。女人们围着她，边笑边鼓掌。

你有姐姐，艾丽娅，母亲有一次在电话里跟她说。还有丈夫，你不能自私到沉湎于自己的悲伤而弃他们于不顾。

"你好啊，薇达！"马吉德从女人堆里挤了进来，对着薇达打了个响指，邪邪地笑着挑了挑两道浓眉。薇达虽害羞，不过仍旧不受打扰地唱着歌，前后摆动着跳舞。

慢慢地，艾丽娅停了下来，垂下双臂，离开跳舞的人群，离开客厅。胸口因思念而疼痛，痛彻心扉，她无力地蹲了下来。

她心心念念想要再见到穆斯塔法。没有了他，这世界天翻地覆，犹如海啸过后的城市，支离破碎、满目疮痍。他死了，可是没人知道他是怎么死的，只知道他死在了某个以色列监狱里。而她，却被困在这里，吃着巧克力泡芙，清理着洗澡后浴缸里的头发。脑海深处一个细小的声音再次响起，这个可怕的、邪恶的声音，从坐在电视机前看着战争的场面开始就纠缠着她的声音，这个她憎恨到极点的声音，居然又开始折磨她：如果必须要死一个，如果可以让我决定……她把手掌根用力按住两侧肋骨，好像要把声音压下去。

不要忘了身边活着的人，母亲这样告诫她。肚子里还有一个呢。艾丽娅默默地说，把手轻轻按在肚子上，看看有没有胎动。一点点动静也好呀。可是，手上只感受到真丝的润滑。上星期在医生办公室——这个和蔼可亲的医生是她自己找的，谁都没告诉——检查的时候，她用听诊器听到了胎儿的心跳。医生告诉她，四个月大的胎儿看不见光线，也听不见声音。这个泡在液体当中、身处黑暗世界的小东西，能感知到母亲的悲伤吗？会不会把她的悲伤如喝汤一样喝进肚子？小东西安静地睡着，还要几周才会翻身。

“真主啊。”她心跳加速。这样的时刻早已为她所熟知；绝望像一面深邃的湖，吞噬了她，湖水灌满她的肺，她必须拼尽全力，才能冲出湖面，游向对岸。她想到了普丽娅和邦比，想到了在小屋开派对的女佣和司机们，想到了小屋里那一锅锅美味炖菜。她迫切想要感受小屋派对的快乐氛围，于是穿上鞋子匆忙往院子走去。

打开推拉门费了一点工夫，底部卡住了。透过纱窗，她看见阿提夫跟其他人坐在一起正热闹地说着什么，烟雾从他们头顶飘飘渺渺升上天空。看见她出来，大家都停了下来，跟她打招呼。

“艾丽娅!”

“城堡女主人来啦!”

“马吉德还跟个傻瓜似的在卖弄风情吗?”

艾丽娅微笑着倚在门边，渴望加入他们，坐下来听他们说话，跟小时候一样。她身后是震耳欲聋的音乐声，喧闹、嘈杂。

“是啊。那你们呢，就躲在这儿不进去了?”

男人们哈哈大笑，欣赏地看着她。

“她太了解我们了。”

“我们都是笨蛋，艾丽娅。不会跳舞。”

“我们天不怕地不怕，就怕音乐响起。”

听着他们七嘴八舌，艾丽娅也笑了。“那你呢?”她转向丈夫，烛光映照下，丈夫的表情悠闲自在。“你也害怕音乐?”

阿提夫嬉笑着说：“我是最害怕的那一个。”

他的笑容温暖了她，旧日时光重现。艾丽娅向他伸出手，手掌向上以示邀请。“跟我跳一支舞吧。”

“你太幸运了，”一个人说，“我老婆就想让我在这儿待着不打扰她。”

阿提夫站了起来，温柔地凝视她：“我是很幸运。”他朝艾丽娅走来，手臂前伸，指尖与她的手指触碰。

“跟我跳一支吧，”艾丽娅轻声说，“肩膀借我。”她把手轻轻搭在他的肩膀上，带点挑逗的意味，好像回到了婚礼那天，音乐声中，他拉着她舞步飞扬。

阿提夫轻轻笑着，双唇触碰她的额头，深吸一口烟：“我的舞姿实在太差，你去跳吧。”他嘴里有烟雾袅袅飘散。松开与她交缠的手指，他的手向下滑过衣裙，落在她的臀部。他对她微笑，可是她却看不懂他的表情。

“好浪漫啊！”

“哇，年轻就是有激情！”有人说。

“那你年轻过吗？”另一个打趣道。

阿提夫看大家一眼，回过头对艾丽娅说：“你去玩吧，亲爱的。”

艾丽娅微笑着转身进屋，不让大家看到她的失望。一进屋，失望突然变成愤怒，铺天盖地把她包裹。她大步在屋里走，走过客厅，看到马吉德和大家一起围成一个圈打着手鼓，鞋子——洋红、蓝色、银色——散落在沙发旁，每个人的脸上都洋溢着兴奋的光芒。

厨房乱七八糟，热闹过后，一片狼藉。脏盘子一堆堆地摞着，没人动过的米饭一盘盘随便放着，还有一大碗塔博勒色拉。

“真主至上，谁给我们换一首法鲁兹[1]的歌吧！”客厅里传来马吉德的大叫，还有女宾们的哄堂大笑。

饥饿感突然袭来，她随便抓起一只勺子，重重插进米饭盘，舀起一大勺米饭塞进嘴巴，就着水池狼吞虎咽地吃了起来，一勺接一勺，好似有人在身后催促，又好似她的身体是巨大的空洞，怎么都填不满。

“我就喜欢看你吃东西时的无拘无束。”

---

1. 法鲁兹（Fairuz），黎巴嫩知名女歌手。

艾丽娅吓了一跳，勺子从手中滑落，掉到料理台上，米饭撒得到处都是。转过头，阿提夫站在门口，局促不安地对她微笑。

“第一次见你吃饭是在你母亲的花园里。”他慢慢向她走来，回忆着那天的场景，“那天，你母亲做了扁豆汤。你吃起饭来跟打仗似的。”

艾丽娅也想起当时的情景，不好意思地笑了。“当时我跟努尔逛商场逛了一天，饿坏了。”那天的阿提夫穿着一件洁白的衬衫，衬得他黝黑性感。她还记得自己刚喝完杯里的芒果汁，他就殷勤地站起来，接过她手里的杯子给她添满。跟他在一起，她总是无所顾忌、随心所欲。

现在他已走到她近旁，揽着她，吻她的双唇，一次、两次，缠绵悱恻，深切悠长。“我是个傻瓜。你还想跳舞吗？”

爱意在她体内汩汩流淌。更多的是感激，感激身旁的这个男人，曾经走失，现在奇迹般地回到她身旁。之前脑海里的邪恶声音让她内疚。她认真地回吻他，深深地吻下去，然后，转身，面向水池，不敢再看他。阿提夫伸出双臂，从背后环绕抱住她，把她拉回自己怀里。料理台和厨房墙壁是柔和的米色。透过水池上方蒙着薄薄一层灰尘的窗户，车道和天空无限延伸。

“亲爱的。”

她的双眼突然刺痛。婆娑泪眼中，窗户漂浮了起来。

“今晚你真漂亮。”

他和她静静地站着，听着隔壁房间的音乐声和欢笑声。我们两个就像海难的幸存者，流落到了荒岛。艾丽娅心想。水池里，一个杯子的边缘印着鲜红的唇印。

阿提夫的嘴唇吻着她的发丝。“家里跟马戏团一样热闹。就连薇达也疯了起来，你看到她的样子了吗？”

艾丽娅微笑着转身看向他。“她看起来是那么开心。”

“我简直不敢相信自己的眼睛。刚才还专门跑到外边把加齐叫进来让他看看自己的老婆变成什么样了。音乐居然能如此改变一个人，真是不可思议。”

“我想他。”

艾丽娅听见自己的声音，可是这声音好像从遥远的虚空传来。说出来的三个字如悬在空中的细小雷管，随时会燃爆。

沉默，无边无际的沉默。艾丽娅感受着阿提夫的胸膛一起一伏，感受着他突然用力的拥抱，压得她喘不过气。艾丽娅茫然地想着肚子里的宝宝，也不知道夹在他俩的身体之间会不会受到伤害。

她犹犹豫豫地开了口。“阿提夫，安曼有——”

“我们在这儿会快乐的，”他的嗓音颤抖，带着不顾一切的绝望，“这里的人都很善良，我的工作也不错，我们住的地方离你姐姐家不远，最重要的是这里非常安全，没有人打扰我们。我知道，现在的生活不够舒适，天气也热得让人受不了，可是，过不了几年等我们适应就好了。在这儿我们能开始全新的生活。要是去安曼，接触到的还是过去的人，还是过去的邻居，还是从小一起长大的伙伴。我们怎么可能再回到过去的生活？跟他们在一起，我们怎么可能会忘记——”他把头埋在她的头发里，发出似笑又似啜泣的声音，“——曾经失去过什么。”

艾丽娅抬头，深深地看进他眼神狂乱又带着乞求的眼睛里，突然明了一个事实：一切已成定局。不可能定居安曼了。他真的相信科威特能拯救他。拯救我们。她的内心一片苦涩。

“你夏天可以去住一段时间，”他乞求着，“每个夏天都可以去。”

希望破灭的打击让她窒息。阿提夫战后归来到现在，对她来说好像已经过了几个世纪那么久，那么难熬。她想象着以后的生活，想象着该如何摆脱战争带给他们的影响，像清理头发中的沙子一样甩甩头，把悲伤抛在脑后。她设想了无数画面，可是所有画面里都没有科威特的影子，她从没想过在这里年复一年度过日月晨昏，虚度每个生辰，荒废她的余生。此刻，看着丈夫的脸，内心深处有声音告诉她：这就是她以后的生活。

她强迫自己回答："好的，就夏天去。"

她逃也似的跑到浴室，靠在洗脸池前，双手紧紧按在脸盆边缘，感受着陶瓷带给她的光洁和清凉。她又看到了阿提夫狂乱的眼神。

客厅里，女宾们大声喊着"新年快乐"。她逃出屋子。

屋外，艾丽娅不顾一切地沿着小路朝前跑，跑过门口停着的一辆辆汽车，跑过路两旁的一排排棕榈树，一直跑到小屋前。远远就听到小屋传出轻快的音乐声，充满异国情调，还有不时爆发的阵阵大笑。艾丽娅开始敲门，先是轻轻地敲，又拿拳头捶。终于，门锁"啪哒"一声响，屋门打开。

门里站着普丽娅，脸盘白皙如月，困惑地看着她。她身后人影憧憧，五彩蜡烛欢快跳跃，长桌上摆着一盘一盘的米饭，还有从大宅端来的肉、烤鸡和鱼，热闹丰盛。

"怎么了，夫人？"普丽娅一脸关切地问。她看起来跟平时不同，艾丽娅过了好一会儿才看出眼前的普丽娅精心打扮过。她换掉了制服，穿了件孔雀蓝色的纱丽，头发卷成大波浪散在肩头。艾丽娅突然觉得有些羞愧，为打断她们的派对，为跟个疯女人一样站在这里。

“阿吉特，”她冲口而出，“我要找阿吉特。”

“夫人？”普丽娅又问一遍，“是不是有事？要是需要我们打扫，我们马上就过去——。”

“阿吉特，”艾丽娅重复着司机的名字，开始哭泣，“求你帮我把阿吉特叫出来。”普丽娅吓了一跳，扭头用她的家乡话朝屋里喊了一句。

几秒钟后，阿吉特出现在门口，身上穿着镶着银色花纹的长袍，棕色光头上戴一顶白帽，手里端着一杯茶。

他看看艾丽娅，什么都没说，可是一切已尽在不言中。他把杯子递给普丽娅，小声跟她说了句什么，普丽娅点点头，又看一眼艾丽娅，关上房门。在阿吉特的注视下，艾丽娅停止哭泣，内心突然平静安稳。

“请吧。”阿吉特轻轻点一下头。艾丽娅跟着他沿着小路往回走，走过路边停着的汽车，走过她的房子。艾丽娅扭转头，不去看那里的灯火辉煌。走到棕榈树下，她第一次听到棕榈树叶相互摩挲发出的沙沙声，好似长裙上蕾丝花边的窸窣声。皎洁月色中，阿吉特的长袍闪着银光。

走到汽车跟前，阿吉特从长袍的某个隐藏口袋里掏出车钥匙——难道他天天都随身带着钥匙吗？——帮她打开后排车门。她坐进去，心跳剧烈，喉咙干涩。好像要亡命天涯，她想。

他们在车里静静坐了好久，阿吉特坐在前边，引擎低低哼唱。终于，阿吉特清了清嗓子。

“夫人，您想去哪儿？”

她张口结舌，不知该如何回答，脑子一片空白，下一秒，思绪就跑远。柠檬黄色的卧室，挂满飘逸长裙的大衣橱。学校后边隐秘的小路，男孩子们的嬉笑呼喊，她光脚踩在长满青苔的冰凉泥地上。还有花园——荒废之前的花园，枝叶茂盛的花园——落日余晖下的花园，那一杯薄荷茶。湿布在地砖上来回擦拭，如宝石般光洁闪耀的大理石。

“海边，”她的声音异常清晰，“请带我去海边。”

“好的，夫人。”

阿吉特把车开出小区，一栋栋一模一样的房子迅速后退，转个弯，车开到主路上，小区的林荫道逐渐隐没在夜色中。主路两旁的路灯隔很远才有一盏，有一会儿艾丽娅什么都看不到，只看到两旁影影绰绰的棕榈树轮廓，电线杆，还有零星几栋别墅。

一时任性，艾丽娅摇下车窗，夜风立即灌了进来，冲撞着她的脸庞，吹散了她的卷发，吹到她的脸颊上和嘴唇上。

阿提夫回来的第七天夜里，她从梦中醒来，看到身边的那张床空无一人。她在薇达家的大房子里到处找，最后看到客用浴室的门下透出一丝亮光。

站在门外，她踌躇不前，不知该不该推门进去。也许他想一个人待着呢。从回来的那天起，阿提夫常常一坐就是好几个小时，一言不发。

“告诉我，”她会乞求他，“跟我说说。”她渴望他能对她敞开心扉，虽然，她并不知道自己想要听什么。

可是，阿提夫始终沉默着，也不怎么吃东西，双颊很快凹陷。他一觉能睡到下午，走路慢慢吞吞，神情恍惚，跟在水下行走一样艰难迈步。提到穆斯塔法时，他的声音平淡、漠然。

“我不知道他是什么时候被杀的。也不知道他死在哪里。那些人就跟我说他死了。”

艾丽娅站在浴室门前，脑子里想着的只有这个念头：穆斯塔法，死了。关于他的一切，脑中留存的所有影像，年轻时的他也好，变老后的他也好，都要折叠打包，不再提起。以前曾拥有的，现在还能珍惜的，就在这道门后边。阿提夫是她的挚爱，他还活着。浴室传来水流声。艾丽娅推开了门。

到处都是血。

看到血的一霎那，艾丽娅的第一个念头是，怎么会有那么多血，深红色的血液包裹着躺在浴缸里的阿提夫，胸口的血还在源源不断地往外流。她眨了下眼睛，渐渐适应浴室的光线，这才看清，血并不是从一个伤口流出的，他赤裸的身体布满伤口，后背、肩膀、胸前。几十个伤口的血慢慢渗出，汇到浴缸里。

他用玻璃割伤自己。这是她第二个念头。可是，阿提夫慢慢地转向她，眼里没有疯狂，只有温柔。他凝视着她，带着孩子气的无助。接着他低下头，从粉色的水里伸出一只手，盯着胸前一道正在愈合的伤口——透过道道血痕，艾丽娅看到了那道伤口，长到触目惊心，表面凹凸不平，已经结痂——用指甲开始抠，轻轻呻吟着，小心地撕下了那道疮痂。

鲜血立即从创口涌出。撕下来的疮痂被他扔到水里，浮在水面上。看着他，她意识到他这样做已经不止一次，应该说很多次了，从他娴熟的手法就能判断出来。他身上的疤痕颜色新鲜，泛着粉红。好像从阿提夫回来到现在，她还没有看过他的裸体，还没有触过他这层新长出来的皮肤。

艾丽娅闷哼一声，充满了恐惧。胃里突然翻江倒海。她想逃跑，想离开这里，回到床上，或者，她思绪开始混乱，离开这所房子，走到无边暗夜里，走向沙漠深处，不停地走，走到双脚长满水泡，一直走到沙丘去。

内疚让她回过神来，平息了她的惊叫，支撑着她走向自己的丈夫。身后，浴室的门慢慢关上。

坐在车里，艾丽娅透过摇下的车窗，看城市在她眼前一晃而过。熟悉的景色在夜幕掩映下，蒙上一层陌生的面纱，有如鬼魅。她从来没有见过夜晚的科威特。印象中的科威特永远被强光照耀，丑陋的建筑和水泥地反射着金属般的光泽，让人眼花缭乱。正午，这个城市属于男人们——身穿长袍的本地人、兜售货物的街头小贩、出租车司机、建筑工人——生硬、粗糙，看到艾丽娅出现，大街上的男人们总是带着既反感又饥渴的眼神紧盯着她。

可是现在，新年初始，整个城市看起来如幽灵城市般空旷、寂静，还带着一丝温柔。汽车驶过银行，驶过大学校园，驶过一栋栋高楼大厦，这些建筑似乎都向她张开了欢迎的怀抱。看到清真寺暖色的灯光，那如梦似幻的街道，艾丽娅的心更加熨帖。空荡荡的城市展现给她的是娇媚的气质。

阿吉特开车驶过市中心，经过皇宫前的那条路。皇宫角楼的圆顶高高耸立在夜空，灯火通明，美到让人窒息。艾丽娅想象着里边的样子，仆人们应该正在清理超大餐桌，把桌上用银盘银碗盛着的米饭、骆驼肉和水果收拾干净，王子和公主们懒洋洋地坐在凉爽通风、奢华舒适的房间无所事事。

艾丽娅刚到这里时，薇达给她讲过贝都因人的传奇。三四十年前，这里还是一片荒漠，眼前的所有都不存在，没有皇宫、没有庭院，也没有闪着珍珠色泽的清真寺。男人、女人和孩子们从一个沙丘流浪到另一个沙丘，全身包裹着亚麻布，抵御烈日的侵袭，双脚踩在滚烫的沙子上，一走就是几天。皇室成员有仆人，所以他们的全部家当就背在仆人被压弯的脊背上。走到一处绿洲，这些家当就变成了色泽艳丽的帐篷，搭在大树下。这些树简直如奇迹般生长在沙漠里。方圆数里没有穆安津宣礼，他们就靠看太阳倾斜的角度来判断时间做礼拜。水资源缺乏，就用沙子代替水“代净”，用一捧干净、粗糙的谷粒摩挲手和脚。

汽车已经驶到郊区，艾丽娅还在想着住在皇宫里的人们。对于年轻一代来说，沙漠生活没有意义，他们也不会留恋那种生活。可是，老一代人——突如其来的伤感漫上艾丽娅的心头，对这些从沙漠深处走出来的男男女女们来说，沙漠生活却是他们再也回不去的旧日时光。艾丽娅想起在纳布卢斯时，自己的叔伯阿姨们总喜欢追忆战前的巴勒斯坦，那时以色列还没有入侵，大批巴勒斯坦人还没有移居国外。轻松迈进一个现成的世界比看着整个世界在你眼前倾覆要简单得多。皇宫里，年迈的贵族们一定正坐在金碧辉煌的房间里，追思着黄沙里的似水流年。

乡愁是一种甜蜜的折磨，剪不断的折磨。有人曾经对艾丽娅说过这句话，多年以后的现在，她突然就懂了。乡愁像高烧，又像癌症，对回不去的故乡的渴望，对逝去的亲人的念想，一点一滴消耗着她的精力，直到形销骨立，直到奄奄一息。剪不断的不仅仅是让人难以承受的损失，还有记忆中曾经的点滴温情。艾丽娅回忆着纳布卢斯的卧室，装满发夹的贝壳，来科威特之前刚刚做好从未上身的橘色长裙，以前的照片，漂亮的项链，成套的玻璃杯，还有母亲送给她的银质长柄咖啡壶。这些都是她剪不断的乡愁。

悲伤时也不能忘记这些过往。

海滩前的停车场漆黑、空荡，只在不远处亮着两盏街灯，看起来十分诡异。大海的味道从开着的车窗里一阵阵飘来。阿吉特把车停在一个破旧的小屋前。小屋用木板封着，门头的招牌看起来像是一个冰激凌，一条铁链把服务窗口拦了起来。一排排大石如小山一般横在停车场边缘，把大海阻隔在外。

阿吉特转动车钥匙熄了火，引擎安静下来，只有海浪的声音在耳边回响。单独跟这个善解人意的司机坐在车里，艾丽娅突然觉得不好意思。她又想到其他人这会儿肯定都发现她不见了，阿提夫那愁苦满面的脸浮现在她脑海里。她摇摇头，把这些念头全抛在脑后。有好一会儿，车里寂然无声，只有滔天的海浪声冲刷着她的耳朵。又过了一会儿，阿吉特开口问："想不想下去走走?"

听到他的问话，艾丽娅心存感激。"好的。"

"我陪着你。"

"不用了。"虽然这么说，可是看到阿吉特打开车门，艾丽娅还是很开心有他陪伴。停车场上街灯照不到的地方一片漆黑，一阵冷风吹过，艾丽娅打了个寒战。

他们一言不发，朝石堆走去，阿吉特跟在她后面。艾丽娅的高跟鞋踩在台阶上，发出清脆的"当当"声。站在石头上，她小心地移动着，可是，往下爬的时候，鞋跟还是戳进了石头缝隙。她差点摔倒，幸亏阿吉特反应迅速，伸手抓住了她的手腕。

"不穿鞋是不是会好一点?"阿吉特建议。她抬头看看他，捕捉到他眼里的笑意。她的心情更好了，带点鲁莽、带点冒险。他们要去探险了，艾丽娅心想。

“阿吉特，你是对的。”艾丽娅开心地笑着，脱掉高跟鞋，用手指勾着。脚下的石头冷冰冰、潮腻腻，等走到沙滩上，脚下却感受到了沙子如丝绒般光滑柔软。她把鞋子扔到一堆已经风干的海藻旁，面朝大海。有好一会儿，他俩静静地站着，看着眼前的天海一线，倾听着大海的喧嚣奔腾，感受着大海的气势磅礴，凝视着汹涌的海水冲击岩石，喷溅出雪白的泡沫。

“马上该冷了。”阿吉特的声音穿过海浪声传来。

“哦，真主啊，让我冷一点吧。”艾丽娅喊道，苦笑出声。她突然想要跟阿吉特倾诉，讲讲她对夏天、对炎热的憎恨，说说她是多么讨厌一次呼吸就如咽下一口蒸汽的感觉。她还想跟他聊聊她是多么痛恨永远潮腻腻的皮肤，还有无处不在、浓得化不开的臭味。

可是，如果把这些想法讲出来，就是背叛，对谁的背叛，她也不清楚。克制住说话的欲望，她朝海浪走去，停在大海的边缘。

冰冷。海水跟冰一样——刺骨的寒。艾丽娅倒抽一口冷气，转向站在身后正看着她的阿吉特。“怎么这么凉？”她惊奇地大叫。

阿吉特笑了，点点头，也跟着下了海，长袍抓在手里。他们往深水处走，直到海水没过小腿才停下来。大海轻轻波动，沙子在脚趾缝间缓缓流淌，艾丽娅有晕眩的感觉。突然，一个大浪扑来，他们一起向后跌入水中，水花四溅，海水浸透了艾丽娅的衣服，打湿了她的头发。阿吉特在她旁边哈哈大笑，她也忍不住笑了起来。头稍微后仰，她抬头看天，月光皎洁如水。她突然忆起站在厨房里时感受到身体内部传来的悸动，现在才意识到是宝宝的第一次胎动，笑得更加开心。

身旁的阿吉特已经站起来，长袍湿透，光头上沾满水珠。她把双手按在肚子上，笑声逐渐停止，对着夜空，看着月亮，大声说：

“好吧，就这样开始吧!”

ATEF
阿提夫

科威特市

1977 年 5 月

以色列士兵们用希伯来语彼此打着招呼。其中的七八个人稀稀拉拉围作一圈，阿布扎西双膝跪地，被围在中间，鲜血从鼻孔里涌出。

“放开我！”穆斯塔法拼命想要挣脱阿提夫，去救阿布扎西，可阿提夫死命拽住他。“你瞎了?！中间那个是阿布扎西！”穆斯塔法说。

“这是个圈套。”阿提夫压低声音说。声音微微颤抖。

“你疯了?”穆斯塔法火气越来越大，“他被抓了！”

“穆斯塔法，”阿提夫咽了咽口水，努力让自己镇定下来，“穆斯塔法，他们在傍晚时分逮捕了他，就在做昏礼的前几分钟，这不合常理。他们为什么要在众目睽睽之下这么做?”

穆斯塔法紧锁眉头，若有所思地盯着那些士兵。渐渐地，眉头舒展，似乎明白了这一切。

“他们就是想看看谁会站出来救他。”

突然，阿提夫发现自己身处一间昏暗的房间，双手被铐住。桌子对面坐着一个士兵，嘴唇上方有一道疤。

“操！”那个士兵对着阿提夫咆哮道，“他死了。”

“我不相信。”阿提夫说。他双肩缩紧，想要向后退。那个士兵双手搭在桌子上，脸上透着些许恶意、戏谑，身体缓缓向后倚靠，两只胳膊懒洋洋地搭在身上。

“爱信不信。”士兵耸耸肩。

阿提夫出现在另一个房间里。他躺在地板上，四周传来各种声音——咳嗽、吐痰、毛毯蹭在水泥地上窸窸窣窣。有人在自慰，大声地呻吟；有人在哭泣。

“说不说？不说就别怪我不客气了。”阿拉伯语听起来粗暴生硬。阿提夫的一个指甲被钳子夹住，然后一个看不清脸的男人猛地一拽。

恶魔降临。

“你不想说？可以。”有人把酒精弄洒了，空气中弥漫着刺鼻的味道。阿提夫的头上、手腕上都套着铁圈；他想大声尖叫，却叫不出来。真主啊，他喃喃自语，整条胳膊瞬间似火在炙烤。世上无主，唯有真主，滋滋的电流蜿蜒而行直至下巴，电击使他双唇紧闭，牙关紧咬。

“喝！”一个男人用阿拉伯语说道。阿提夫看见一个闪耀着金属光泽的物件——一个蚀刻有字的烧瓶。阿提夫伸手去拿烧瓶，内心突然升腾起恐惧，这种恐惧无关折磨他的士兵，也无关死亡；是一种忽忽若失的无名怅惘。烧瓶的影像渐渐消退，他喘不过气，想要伸手去抓，然后醒了。原来是梦。

阿提夫在床上躺了一会儿，心怦怦乱跳。烧瓶在他的脑海中闪烁着光芒。他一只手放在胸前，深呼吸，这是内科医生萨拉维亚博士给他的建议。

“人的内心难以捉摸。你需要时间去适应。”从十年前阿提夫第一次找他问诊以来，萨拉维亚就一直这么说。“六日战争[1]”结束后，阿提夫从监狱里被释放出来，几经辗转到了安曼，在萨尔玛阿姨家住了几日之后才回到他在科威特的家。从飞机的窗口向下望，那片黄褐色波状起伏的荒漠宛如一张满怀希望的脸。以色列军队侵占纳布卢斯之后不久，也就是战争开始的第五天，他和穆斯塔法就被捕了，几十个邻居也相继被抓，都是参加清真寺集会的人，是他们的叔伯兄弟。以色列人随意捏造了一些罪名：组织抗议活动、散发宣传小册子、煽动暴乱。他和穆斯塔法的罪名是计划渗透。我们是被冤枉的，在和穆斯塔法被分开拘押后他哭着对看守的人说。没错，他们确实是去了清真寺，每周穆斯塔法确实会在集会上发言。他们确实满腔怒火，但他们真的什么都没做。穆斯塔法被带走后，阿提夫总在心里和他进行无声的对话，牢狱的折磨令他惊恐万状，颤抖不已。

“像影子一样的生活，”有一次阿提夫试着向医生解释，“好像这个世界还有另外一个我，那个我如同跳针的唱片，被困在那段时光里。”

“症状会好转的。梦也会越来越少。”

事实的确如此。阿提夫不再惧怕入睡。这么多年来，他总会从惊悸中醒来，心慌的感觉让他确信自己患了心脏病，干裂的嘴唇让他觉得自己中了风。随着时间的推移，梦确实越来越少，从一周几次，到一周一次，再到现在几个月一次。

1.“六日战争”是第三次中东战争，以色列方面称“六日战争”，阿拉伯国家方面称“六月战争”，亦称“六五战争”“六天战争”，于 1967 年 6 月初发生在以色列国和毗邻的埃及、叙利亚及约旦等阿拉伯国家之间。埃及、约旦和叙利亚联军被以色列彻底打败。

然而尽管数量减少，可梦境却越来越清晰，越来越具象。在空调的呼呼转动声中，阿提夫听见自己粗重的呼吸，回想起电击时齿间嗡嗡作响。突然，他感觉下巴很痛。

他曾经读过一个故事：一位年轻女孩经常梦到自己溺水，水没过头顶，灌进嘴里。有天晚上，她的父母在汩汩声——隐隐约约的哭声——中醒来，没觉出异样，于是又沉沉睡去。待次日清晨醒来，女孩已经死了，双唇青紫，肺里灌满了水，窒息而死。

这足以证明人的身体受意识所控制。

梦境的碎片——电击、地毯、士兵抽烟时升起的袅袅白烟——不断地在他脑海中闪现，画面渐渐消散，退避在寂静的卧室里显得那么无害。锦缎窗帘下，清晨斑驳的阳光透进来，照得整间卧室如同一个鱼缸。

艾丽娅睡在他身旁，两只胳膊摊在身体两侧呈八字形。阿提夫注视了她片刻，惺忪迷惘的心绪渐渐平息。她总爱趴着睡觉，脸深埋进枕头里，凌乱的头发四散开来。

艾丽娅在怀苏雅德时剪短了头发。苏雅德是他们的第三个孩子。当时，她的妊娠反应非常严重。燠热的天气折磨得她头脑昏沉，伴随而来的是恶心呕吐。即便阿提夫在洗澡水里加入冰块，她依然觉得燥热难耐。

“感觉像顶了一头羊毛。”她抓着成把成把的卷发，对阿提夫抱怨道。

阿提夫喜欢她沉甸甸的乌黑卷发，喜欢把脸埋在她的头发里嗅上面柑橘的味道。所以当艾丽娅把头发剪短，肩头突然空空荡荡时，他心痛不已。可是艾丽娅认为短发很好，说短发清爽。如今，她每隔几个月修剪一次。

阿提夫坐在床边晃动着双腿。他浑身酸痛，像是已经走了好几个小时的路。年近四十的他已经开始感觉到衰老的信号——身体莫名刺痛、清晨视线模糊、头痛偶尔发作。他眯起眼睛看了看床头柜上的闹钟，上面清晰地显示早上 7：20。昨天晚上睡觉前，他想到一个计划，但还没决定，现在又开始琢磨：他想赶在艾丽娅和孩子们睡醒前，去集市上给里哈姆买些草莓。

阿提夫赤脚踩在走廊的瓷砖上。左手边依次是三个孩子的卧室——苏雅德的房间装扮得五颜六色，四柱床周围散落着各种玩具；卡拉姆的房间色调是深蓝色和白色，他雕刻的小型木雕像整齐地摆放在架子上；里哈姆的房间最为质朴简洁，书架上立着各类小说和百科全书。

每每有人问起孩子，阿提夫都会像亮出护身符般一一说出孩子的名字，声音洪亮且充满感激。“苏雅德五岁，卡拉姆七岁，里哈姆八岁。”现在，护身符上面的图案得稍作调整了，因为今天是里哈姆的生日，九岁生日。

九岁，他在上一封信里写道。这个年纪让我悲从中来，这个数字代表了时光的不可逆转，代表了我的孩子即将踏入成年这一无法改变的事实，代表了她之后的人生再也不能无忧无虑、轻松自在。但我只能将这些埋在心底。我知道艾丽娅不会认同我的想法。她只会皱着眉看着我，然后摇头。

还没走进厨房，阿提夫就听见普丽娅在低声哼唱。她在做家务时总会无意识地哼唱，听起来像是摇篮曲。此刻，她背对着他站着，忙着熨烫衣服，烫衣板摆放在窗前。他看着她拿起熨斗，压在一块粉色的布料上，是女孩子的连衣裙。熨斗里噗噗冒出微微蒸汽。

“早上好。”他说。

普丽娅扭头瞥了他一眼，微微一笑。“早上好。”

尽管岁月令她的双颊过于圆润，两臂过于丰腴，但她看起来仍保有少女般的气质。阿提夫总喜欢把普丽娅视作这个家的支柱，这个家庭的中心，他们所有人都围聚在她周围，头痛脑热、口干舌燥、换洗衣服无一不需要她来解决。每隔两年，她会回印度待一个月，手提箱里塞满了为丈夫和两个孩子购置的衣服和礼物。在阿提夫的想象中，普丽娅两个孩子的模样就是她的翻版。她不在的那几个星期，感觉整个房子空落落的，一家人个个坐立不安，无精打采地在房子里游荡。阿提夫知道，有朝一日，普丽娅会永远地离开他们。想想就让人心灰意冷。

这会儿，普丽娅把裙子翻过来，平铺在烫衣板上。伴随着熨斗压在衣服上发出的嘶嘶声，她说：“我煮了咖啡，您要喝吗?”

“我自己来。”阿提夫挑了一个茶色的马克杯，杯身上描画着心形图案；这是去年孩子们送给他的生日礼物。“我在想要不要去集市一趟，买些草莓。”

普丽娅微微点头表示同意。“给里哈姆买的吧。”

阿提夫拿起长柄咖啡壶往杯子里倒咖啡，脸上的笑容从心底散出来。“是啊，如果有卖的话，就再买些无花果。”

“好呀。那我可以做个水果蛋糕。”

“为今晚薇达家的派对准备的？里哈姆一定会爱死它的。”阿提夫喜欢这种简短的交谈，喜欢家人熟睡时他和普丽娅相处的时刻。

普丽娅拿起裙子，用力地抖了抖。她“嗯——”了一声。“你要是买些蔗糖，我还可以做布丁。”

“那我买十公斤。”他夸张地大声说道。普丽娅如平常一样低声大笑，摇了摇头。

阿提夫端着咖啡走进书房。去年他们把书房重新装修了一番，添置了一张实木桌子和一个书架，书架上摆满了书籍。他走到书房门口，停了下来，望向走廊，然后关上房门，朝书架走去。他找到那本书脊是褐色的书，抽了出来，每每摸到光滑的封皮，心跳就会加快。书本从中间打开，像张大的嘴巴，里面露出一扎纸，用一根橡皮筋捆着，下面插着一支蓝色比克笔。

他翻到那扎纸的最后一页——1977 年 4 月 29 日——细长的黑色笔迹跃然纸上，然后坐到书桌旁。他瞥了一眼房门，开始写信。

醒来后我感觉肺部异常冰冷，我不得不数数，一二三四，数着自己的呼吸。有时我会怀疑这一切是否真实存在：红色马克杯里的咖啡，睡在各自房间里的三个孩子，电视机里隐约传出的刺耳噪声。

多年前，当吃药、改变饮食、吃维他命都不管用时，萨拉维亚博士建议他写信。

“其他病人反馈说这种方法很有效，可以帮助你整理思绪，解释你经历过的一切。你可以把自己的想法、经历写给你的妻子，还有在巴勒斯坦的家人。”

可当阿提夫坐下来时，脑海中闪现的是“穆斯塔法”这个名字，还有穆斯塔法的眼睛。最开始，信的内容只是他做的梦，梦中那些以色列士兵的脸棱角分明；渐渐地，他开始写自己的日常。信通常以“穆斯塔法”四个字开头，内容包括里哈姆在拼词竞赛中获了奖，苏雅德发脾气时打翻了一杯牛奶，等等。有关艾丽娅的事情，他写得很谨慎，说他们两个从不提及巴勒斯坦。

我疯了，内心有个声音如是说。*如果有人看到这些信，他们会觉得我疯了。*

然而，写信是唯一有用的方法。想象着穆斯塔法仍然活在世间的某个角落，可能还在纳布卢斯，或者最好是在秘鲁或泰国，长命百岁；想象着一辆人力车把这些信送到穆斯塔法居住的房子门阶前，他边读信，边大笑，啧啧地不胜羡慕。有时——出于更大胆地想象——阿提夫甚至在心里和自己对话：*我们一直没见到过尸体，那几个月好多人逃离了巴勒斯坦，万一他还活着，万一呢，这也不是不可能。*

阿提夫在信写完之前停顿了一下。*他们总想跟我聊你的事情。我害怕自己在睡梦中会喊出你的名字，害怕艾丽娅会听到。可每当我醒来时，她并没有什么动静。*尽管觉得多此一举，最后他还是在纸张的底端龙飞凤舞地签上了自己的名字。

他特意选了一本名为《植物的生命周期》的书来存放这些信件。他把信塞进书里，把书重新放回书架最左边的角落。书脊是单调的褐色。他知道没人会去触碰它。

阿提夫喝光剩下的咖啡。咖啡太烫，所以走出宅子时，他的舌头生疼。他舔了舔前面几颗牙齿，微微蹙眉，然后又舔了舔。车是四门轿车，是去年升职后他为自己买的礼物。那封升职信给他带来了无上荣光，立体烫金的头衔——名誉教授——工整无误地写在上面。这与他在纳布卢斯的童年相去甚远；那时候，疲惫不堪的母亲用长柄勺舀着米，房子里六个兄弟吵闹不堪。如今，几个兄弟散落各地——安曼、伊斯坦布尔，两个最小的弟弟身陷以色列的监狱杳无音讯。

有时，阿提夫感觉自己的运气带来的小奇迹就像一只栖息在他肩膀上的长尾小鹦鹉——轻吟啼叫着新学的歌曲。驶出车道时，他甚至感觉到这只长尾小鹦鹉在胸膛里拍动着翅膀；如果置之不理，振翅声会愈加强烈，最终换化成眼泪脱眶而出，战后这么多年一直如此。所以，他开车驶过一排排白色别墅和棕榈树时，心里一直默念：春天来了。他有一个可爱的家，三个健康的孩子，还有深爱的妻子。今天是他大女儿的生日，他要去给她买草莓。

轻柔的吟诵对他来说是一个提醒，让他内心得以平静，让他有所专注。这些都是事实，是他人生的信仰，随着时间推移，为他汇集，为他绽放炫目的光彩——坚定、真实、属于他。

经过这么多年，他们居住的小区已经扩大，同一街区的其他小区也一样。小区里的住户大部分是阿拉伯人、巴勒斯坦人和叙利亚人，而附近的其他小区——不得不说居住环境更好些，有游泳池和丰润的草坪——更多地吸引着欧美人。阿提夫在杂货店和商店里都能看到他们的身影，他们的金发让人看着头晕。

阿提夫和朋友们对于美国人和英国人的大量拥入，对于“国际化”——主要是西方化——都颇有微词；学校里除了教授阿拉伯语之外，还狠抓英语、法语教学，各种文化混杂。而且电视里各种英语节目激增。当孩子们到了入学年龄时，阿提夫和艾丽娅为了是否要把他们送入这种国际化的学校而发生争执。

“这么说，孩子们要和那些外国人共享午餐咯?”艾丽娅质问道。她讨厌那些外国佬，觉得他们贪得无厌。“还要学习他们的语言？为了什么?”

阿提夫想了一会儿，想不出更好的措辞，最后回答说：“人生有很多种选择，我想让他们出人头地。”

有时阿提夫会在脑海里想象出一连串的延时照片，类似于记录一棵树的叶子从发芽、生长到枯萎、凋零的过程，或者太阳升起时潮起潮落、云卷云舒的照片。只不过他想象的场景是科威特市。阿提夫年复一年开车往返于同样的街道，尽管变化细小微妙，但一切尽收眼底。经年累月，整个城市已迸发出勃勃生机。

从这些照片上看，科威特的变化翻天覆地。一开始，是漫天黄沙、什么都没有的不毛之地，零星散落着几个工业厂房和居民区。接着，嗖，几年之后，情况有了改观——出现了许多餐馆，印度餐馆、巴勒斯坦餐馆、黎巴嫩餐馆，招牌很是醒目；清真寺如雨后春笋般兴建起来；中规中矩的广告牌为牙膏和银行做宣传；慢慢地，起重机隆隆作响，混凝土柱拔地而起，成堆成堆的黄沙上出现了建筑工地。

嗖。又过了几年。起重机和柱子消失，取而代之的是栋栋高楼，一个电信中心出现了。沙漠外围被沙子浸染成红色的区域，变成了带泳池的小区，里面的别墅如同春天的花朵一般怒放。市区又开了很多家饭店，夜晚开车经过，穿行于流光溢彩中，宛如一颗霓虹彗星。嗖。到了七十年代末。科威特也因着时代的变迁发生了改变。广告牌比以前开放许多，上面的面纱广告女郎笑靥如花、齿若编贝，旅行社的宣传图片埃菲尔铁塔昂首天外、蔚为壮观。以前，他开车穿行在科威特市，总能体会到极为鲜明的地区差异——有些地方只有绵延黄沙，有些地方已颇具城市特色；而如今到处都是城市的模样，如所有其他城市一般，透着隐隐的怅然若失。

阿提夫开车来到穆巴拉基亚露天集市和公园的入口。多年来，他的大部分朋友——还有艾丽娅——都把这个集市看作不合时宜、旧时光的残存物。这里毫无章法、熙熙攘攘，迷宫一般的摊位和店铺使得空气里弥漫着番红花和肉桂的味道。沿街的叫卖声此起彼伏。

然而，阿提夫珍爱这一切。

刚到科威特时，他总像梦游者一般目光呆滞、面无表情地穿梭于各个摊位之间。这个集市里的人除了他的钱，对他别无他求。慢慢地，他开始主动挑选香料、面包和大米，花上好几个小时流连于各个小摊前，摸摸骆驼皮制的小毯子，试吃橄榄和山羊乳干酪。虽然他被摊贩的叫卖声弄得有些不知所措，可内心却又会感到一丝安慰。刚来科威特的头几个月，只有这里才让他心安。他越来越把这个地方视作安全宁静之地，像是临时搭建的清真寺。

即便是现在，他从容地穿过大小摊位，向那些摊贩点头示意，听到他们熟悉的叫卖声时，内心还会升腾起一股暖流。

“先生，早上好，先生，尝尝甜瓜吧？”

“研磨咖啡三块钱！甩卖了！”

“要不要给夫人买瓶香水？茉莉花味，栀子花味，哎！哎！”

阿提夫不予理会，径直走向角落的一个摊位。一位年长的男人弯着腰摆弄着一台收音机，齿间咬着一小片恰特草[1]。他喃喃自语，置身于摆放整齐的新鲜水果——一篮篮带着露水的浆果和苹果——之中。

“早上好，阿布·穆赫辛。”阿提夫跟这个男人打招呼。

“今天已经周五了吗?”阿布·穆赫辛头也不抬，咕哝着说。

“今天是我女儿的生日。我来买些草莓。”

“你熟门熟路，自己拿。”阿布·穆赫辛摆弄着收音机的天线，嘴里骂骂咧咧。“他妈的垃圾美国人。他们能掌控整个世界，却造不出一台收音机?”

“坏了也许对你有好处，”阿提夫开着玩笑，“那些埃及肥皂剧会让你变成傻子。”

阿布·穆赫辛黑着脸看了他一眼。“呸。”他把恰特草吐在地上，极不情愿地直起身，好像阿提夫是一个来家里小住的客人，尽管惹人讨厌，可又不得不招待。“你想要草莓?”

阿布·穆赫辛边翻找装有草莓的篮子边问：“哪个女儿？性格平和的那个还是卷发的那个?”

阿提夫粲然一笑，可当阿布·穆赫辛提着一个装着草莓的篮子转回身时，他赶紧调整好脸部表情。老人偶尔不小心也会暴露出温情的一面；对于阿提夫每次来买水果时跟他分享的小趣闻，还是挺上心的。

“平和的那个。里哈姆。”

阿布·穆赫辛把草莓篮子递给他。阿提夫用手指轻轻碰了碰这些草莓，拿起一颗饱满多汁的。草莓因为太阳的照射有些温热，绒毛上

1. 恰特草（Khat），又名阿拉伯茶、埃塞俄比亚茶、巧茶，其茎叶含有天然安非他命，咀嚼时其中含有的令人兴奋的成分对人体中枢神经具有刺激作用。

沾着细微的尘土，鲜亮的红色似乎透出鲜活的生命。阿提夫看着草莓的颜色很是高兴，知道里哈姆会为之雀跃惊叹。里哈姆常常拉扯着他的胳膊给他看黄得醒目的花朵，或者日落时炫彩的天空。有时她会从学校带回一些绘画，画的是水底的风景，点缀着紫色水母；海滩上跳舞女孩的素描。他把这些画挂在他大学办公室里加了框的文凭证书和各类教学奖项的旁边。

“你是要试吃呢，还是要和它促膝长谈呢?”阿布·穆赫辛又卷了一团恰特草咬在嘴里。

阿提夫咬了一口草莓——草莓芳香沁人心脾，甜中带着一点点酸。完美。

“我要买四篮。”他对阿布·穆赫辛说。

老人像是突然想起自己是水果摊的摊主似的，喜悦溢于言表，眼神透着算计。“你想要樱桃吗？今天早上刚到的。和姑娘的身体一样美好。”

阿提夫大笑，但有些局促。这类玩笑让他很不舒服。“好吧。给我一篮。”阿布·穆赫辛皱起了眉头。“好，好，两篮。”

“摩洛哥糖。”阿提夫走进厨房大喊，把袋子放在了地上。“他们醒了吗?”

“女孩们正在洗漱，”普丽娅说，掂起装着糖的布袋子，“卡拉姆在日光室。您还想喝咖啡吗，先生?”

“好啊，”阿提夫说，“哦，还有这些樱桃。”

日光室其实就是一个储藏间。一面墙上装了三扇窗户，所以房间里阳光充足。大家达成了共识，这是卡拉姆的游戏室，他花大把的时间在那里雕刻各种东西。

小男孩坐在桌子旁，桌子是阿提夫为他买的。一条条木块散落在一个小小的鸟笼四周。阳光下，他的卷发几近金色，比其他两个孩子的都浅。卡拉姆出生于二月，比里哈姆小不到两岁——当时艾丽娅不知道自己已经怀孕，整个人因为睡眠不足而显得特别憔悴，而阿提夫负责的学术项目恰巧进入关键阶段——他好像意识到即将进入的环境混沌不堪。婴儿时期的他从不哭闹，初学走路的他讨人喜欢。只要阿提夫走进房间，卡拉姆都会兴奋地咿咿呀呀："爸爸，爸爸。"即使走路摔倒或者在玩闹中被里哈姆推倒，他也不哭；眼眶饱含着泪水，但却默不作声。

他对于木头的痴迷源于两年前。开斋节期间阿提夫带着他去集市上逛，走过一个个摊位，上面摆放着琳琅满目的玩具和贝都因人做的商品——巧夺天工的珠宝，香气四溢的肥皂，精雕细刻、栩栩如生、四肢齐全、面部表情严肃的小型木雕像。一个贝都因人坐在地上削着木头，刨花碎屑被丢在身边，速度之快令人叹为观止。卡拉姆彻底为之折服，嘴巴微张、嘴唇噘起，站在那里一动不动，直到雕像成型。是一只脖颈优美的天鹅。贝都因人把雕像送给卡拉姆，瓮声瓮气地跟他说："祝你好运。"

那只天鹅现在还栖息在卡拉姆床上方的架子上。自那天起，卡拉姆开始学着雕刻，并把各色成品与之并排放在架子上。一只小鸭子，一头下垂着长鼻的大象。虽然这些作品技巧并不娴熟，但造型却很立体。

有时，阿提夫看到邻居的男孩们穿着脏兮兮的衬衫在小区的草坪上推搡着踢足球，就会心头一紧。他对童年的记忆都是小伙伴们之间的互动——擦伤的膝盖、进球后的欢欣鼓舞、捉人游戏等。

对于儿子的寡言少语、不合群，艾丽娅总是不以为然，并且每每提及此事，她总是脸色阴沉。阿提夫心里清楚，这是因为她想起了纳布卢斯的那些男孩。

“他不偷东西，也不打架。他从不会像其他男孩一样惹麻烦。”

三个孩子中，艾丽娅最爱卡拉姆。虽然她从未说出口，但从声音里就能听出来，而且她常常花好几个小时来欣赏卡拉姆的手工作品。有时，阿提夫会刻薄地想：艾丽娅之所以那么偏爱卡拉姆，肯定是因为，与他的姐姐和妹妹相比，这个小男孩需求不多；他个性不张扬，相较于苏雅德的易怒和里哈姆爱讨好迁就别人的个性，情绪更容易应付。

“呀！你选了一只鸟笼当作礼物。”

小男孩抬起头，笑容在脸上漾开。他的睡衣上满是咧着嘴笑的卡通狼，阿提夫注意到，睡衣太小了，露出一小截细细的脚踝。“还有这个。不过还需要风干。”

卡拉姆拿起鸟笼旁边的一个东西。阿提夫身体微微前倾。是一只木制的小鸟，有卡拉姆手掌那么大，长着一只锥形的鸟嘴。

“卡卡，”阿提夫低声说，“真美。”

“里哈姆最喜欢蓝色，”卡拉姆的脸上笑容灿烂，“因为她总是挑选蓝色封面的笔记本做笔记。”

“没错，”阿提夫回应道，“她肯定非常喜欢。”他的内心对儿子产生了怜爱之情。儿子在自己充满阳光的小天地里是那么开心。卡拉姆有颗温柔的心，艾丽娅总爱这么说。

“可我还得给笼子上漆，”他的声音里带着忧虑，“今天晚上参加薇达阿姨家的派对之前，不能让她看到。”

阿提夫强忍住笑。“别担心，”他说，“吃早饭前我会帮你分散她的注意力。”

普丽娅在客厅的餐桌上放了一个银质托盘，托盘上摆放着一碗樱桃和一个有爱心图案的咖啡杯。阿提夫小口啜着咖啡。几年前，艾丽娅觉得客厅的颜色太浅，几乎换掉了所有的家具。现在，客厅里充斥着黄色、绿色和蓝色。每个粉红色沙发上都放着鼓鼓囊囊、香蕉皮颜色的靠枕。连墙壁也刷成了怪异的珍珠白。对他来说，这些色彩太过浓艳；他一直觉得原本的米黄色可以抚慰人心。现在的颜色让这个房间显得过于刺眼，好像所有的一切——涂过清漆的木头、墙壁——尚未干透。

普丽娅用水洗过樱桃，所以个个看起来水分饱透。阿提夫决定等里哈姆一起吃，于是打开了电视机。里面正在播报新闻，阿提夫毫不犹豫地换了频道。里哈姆生日这天不看新闻，他对自己说——他总是很小心地避开新闻节目；任何一面燃烧着的旗帜或者一具尸体都能让他浑身颤抖好几个小时。他转到了一个频道，正在播放足球比赛。

一群穿着运动衫的男人慢跑到草坪上，开始来回传球。阿提夫听到熟悉的脚步声——轻盈但却谨慎。对于阿提夫来说，每个孩子都有自己独特的走路方式，就像他们的声音一样。脚步声越来越响，既而停下来，接着是里哈姆响亮的声音：“早上好，普丽娅。”随之是普丽娅似有若无的回答。

终于，她出现在门口，头发湿湿的，已微微卷曲。阿提夫的心里溢满了疼爱——她穿着他买的连衣裙，淡紫色的丝带在腰间系了一个蝴蝶结。

“小甜心!”阿提夫叫道，夸张地跳了起来。事实上，不单艾丽娅有偏爱的孩子——他也毫无理由地偏爱里哈姆，这让他内心着实愧疚。然而他对里哈姆的爱带有感恩的色彩：当他第一次抱着刚刚出生的里哈姆，看着娇小纤弱、脸色通红的她在臂弯里扭来扭去时，他感觉自己回来了，被她的啼哭声给拽了回来。里哈姆的到来让他暂时忘记了生命中曾被毁掉的东西，修复了他部分缺失的灵魂。

“你看起来像尊贵的女王。生日快乐!”里哈姆低下头，涨红着脸，但一丝微笑浮上脸庞。阿提夫向她鞠了一躬，伸出一只手。“尊贵的女王陛下，有幸请您跳支舞吗?”

“爸爸!”她咯咯地笑，塔夫绸裙子窸窣作响。

“女王陛下，请一定给我这个荣幸。”阿提夫假装蹙眉，“您如此美妙绝伦，怎能不旋舞一下呢。”里哈姆摇摇头，仍然咯咯地笑。最后，她牵起他的手，他带着她旋转，一圈、两圈。

“樱桃!”

“还有专门为某个小人儿的生日买的草莓。”他们坐在沙发上，吃了起来。“那个，”阿提夫吐了个樱桃核说，“我们五点钟参加薇达阿姨的派对。在这之前，所有的时间都是你的。我可以满足你的所有要求。”

他看着她吃着樱桃和草莓。三个孩子中，她长相最为普通，额头很高，鼻头微圆。但是，她的眼睛确实出众，眼珠透着栗色和绿色，睫毛浓密。阿提夫曾无意间听到艾丽娅对薇达抱怨说，这么迷人的眼睛长在那样一张普通的脸上，有点浪费。他当时就想抓住她的肩膀使劲摇晃，质问她胡说什么呢。

“所有要求？妈妈也这么说吗？”

阿提夫想起昨天晚上孩子们睡了之后他和艾丽娅吵架，结婚以后这些口角如同油火般熊熊燃烧。你太溺爱他们了，阿提夫。他反驳道，你对他们的一切熟视无睹。他的脑海中又浮现出她那张受伤愤怒的脸。

“是的，亲爱的，”他对里哈姆说，“所有要求。”

里哈姆咬了咬下嘴唇，上面沾染了红色汁水。“远点儿也没有关系吗？”

他瞬间明白她想去哪儿：沙丘。上个月，他和大学的几位同事去了远离市区的郊外，那里黄沙绵延，在阳光的照耀下金光灿灿。傍晚时分，几个当地的科威特人加入他们，生了一个火堆，烤着大块大块的骆驼肉。阿提夫跟里哈姆讲了繁星点点的夜空，讲了当地人如何把蝎子从黄沙里拽出来，扔进火堆，火花四溅。里哈姆聚精会神地听着，一如往常，双眼出了神。之后，她一直埋头查阅百科全书，查找蝎子和贝都因人的相关资料。

“就算在月亮上也没关系。”

里哈姆看着他，一脸严肃。“我们会死的。月亮上没有氧气。”阿提夫又吃了一颗樱桃，张开手指掩口而笑。

“那倒是。那就不去月亮上了。”

“我们能去沙丘吗？”她问，眉眼低垂看着双手。“会不会太远了？”

“就这个？”阿提夫假装松了口气，“我以为你会说伊斯坦布尔、香港、巴黎！”里哈姆咯咯笑起来。阿提夫帮她将一缕散落的发丝拢在耳后。“当然可以啊。”

“还有我们不用担心有蝎子，因为书上说它们害怕薰衣草，所以我们可以带着普丽娅洗衣服用的喷雾去。”她的脸上露出由衷的喜悦，

“我要去告诉卡拉姆！他一定会非常兴奋的。”里哈姆快要跑出客厅时，阿提夫突然想起答应帮卡拉姆隐瞒鸟笼的事情。

“里哈姆!”她转过身。他的脑子一片空白，脱口而出，“你能帮我按摩一下肩膀吗?”

阿提夫坐在沙发的边沿，左臂像稻草人一样直直伸展出去。里哈姆在他后面的垫子上坐稳，牢牢地抓住他的胳膊肘，像坐跷跷板一样，不断上下推拉。

“啊呀，你现在力气变得好大啊。”阿提夫说。这么多年来，他的三个孩子都会帮他拉扯四肢，像小小建筑工人一样又拉又举。有时阿提夫会猜想自己在他们眼中是怎样的形象：粗长的四肢，不时发作的背痛，还有咔咔作响的关节。尤其是他一侧的肩膀有旧伤，是被捕那年一个士兵猛地扯他起来时弄脱了臼，自那之后就没有愈合。孩子们从没问起过他的肩膀为什么会有伤，也没问过伤是怎么来的。他们就像接受空气和面包一样接受了这个事实：他们的父亲病痛缠身。

里哈姆突然一使劲，出乎意料地，他的肩膀咔的一声，感觉有空气进了关节。

里哈姆瞪大双眼。“爸爸，你听到声音了吗?”

他小心翼翼地转了转肩膀。“不疼，”他感到惊讶，“你应该当按——”

一声尖叫打断了他。

“不!”声音虽小但却铿锵有力。房子的另一头，传来摔门的声响。接着听到脚步声，脚底擦着地面，很倔强：是苏雅德的脚步声。三个孩子中，她的脚步声最响。

“你妹妹来了。”阿提夫对里哈姆说。他们两个静静地待在原地，屏息旁听。阿提夫能够听出语调中带着愤怒——苏雅德语气挑衅，而艾丽娅也不示弱地提高嗓门。

“不!!!”阿提夫打起精神。只见苏雅德怒气冲冲地跑进客厅，因为腿长跑起来不灵便，所以姿势很是怪异；头发凌乱，向上呲着；全身上下除了内裤和一只黄色袜子，什么都没穿。

她大声喊叫着，径直跑向阿提夫，想要寻求保护。“爸爸!”她哭嚎着，手指张开，跑到沙发旁边，双臂像老虎钳一样紧紧地搂住他的脖子。阿提夫把她抱起来，看着挂满泪珠的小脸强忍笑意。

“你个小妖精，这是闹哪一出啊?”

“我不要穿连衣裙!”苏雅德喊叫着说，把头埋在他的脖颈处。这时艾丽娅出现在了门口，双唇紧闭，手里攥着一条轻薄的连衣裙。她朝苏雅德挥了挥裙子，裙子上的一条浅色缎带挑衅般地晃动着。

“阿提夫，跟你的‘好’闺女说把裙子穿上！不然她就得待在自己房间里，哪儿也不许去。”

艾丽娅气鼓鼓地站了一会儿，然后看到了里哈姆，脸上的表情有些缓和。她把连衣裙扔给阿提夫——他注意到力道有些大，又想起前一天晚上的口角——伸出双臂。

“亲爱的，生日快乐。”

里哈姆抱了抱母亲，当艾丽娅帮她整理裙子肩带时，她莞尔一笑。阿提夫转头看向苏雅德。

“小东西，”他低声说，“为什么不要穿这条裙子，你看里哈姆多漂亮啊。”这句话让苏雅德的注意力转向了里哈姆，她上下打量里哈姆，然后摇摇头。

“太痒了。”她大声说道。她的嗓音生来就很老成，几近磁性，像是酒吧驻唱歌手的声音一般嘶哑，好像五年来她一直喝威士忌、抽烟似的。

苏雅德的容貌特征存着逝去之人的影子。那双杏眼，眼珠灰黑，像极了阿提夫的父亲——阿提夫对于父亲的记忆仅限于母亲存放在纳布卢斯的老照片上，照片里那个男人盯着镜头。还有嘴巴，微笑时嘴角那一抹轻浅笑意，像极了穆斯塔法。

她的到来纯属意外，让他们有些措手不及，同时也打破了家里的平衡——卡拉姆和艾丽娅，里哈姆和阿提夫——所以即便尚在襁褓之中，她的到来已无异于一场叛乱，带来转世投胎的宿怨。阿提夫紧皱眉头，似乎在认真思考这个问题。“哪里痒？”

“这里。”她边说边指着脖子，挤眉弄眼，“我想穿美人鱼那件。”那是一条涤纶的睡衣，上面印有美人鱼的图案，是苏雅德最喜欢的衣服。

“可是小东西，”他说，“今天是里哈姆的生日。你不想穿得特别一点吗？”

苏雅德眉头紧蹙。“美人鱼也很特别呀。”她说，语气干脆。

“好吧。”艾丽娅大声喊道，“我们所有人都出去玩，苏雅德一个人待在家。”

阿提夫无奈之际，只好使用一贯的伎俩——贿赂。

“如果你穿这条连衣裙的话，我就给你两个第纳尔[1]。”他小声对苏雅德说。她思考着，脸上现出精打细算的表情，然后点点头。阿提夫欢呼道：“她会穿的！”

里哈姆鼓掌表示开心，艾丽娅一把扯过阿提夫膝盖上的连衣裙。

---

1. 第纳尔：科威特货币，1 第纳尔 = 3.5418 美元。

“好了吧，”拿着连衣裙面对苏雅德，“双手举起来。”

“爸爸帮我穿！”苏雅德尖叫着说。阿提夫看到艾丽娅眼睛里闪过受伤的神情。她没有表现出来，只是把头转了过去。

“妈妈，你能帮我编辫子吗?”里哈姆问，她总是那么懂得察言观色。

“好，”艾丽娅说，“我们去洗手间吧。”

她们两个离开客厅去了洗手间。苏雅德从他的身上爬下来，举起双臂呈V字型，像是一位体操运动员。“我要拿着第纳尔去买一头骆驼。”她一本正经地跟他说。

阿提夫无法抑制内心升腾的骄傲，在孩子心中，他是那个更可以依赖的人。他知道不应该这么想。

艾丽娅和大多数母亲不一样。她性子急，易冲动，稍不合意就一整天拉着脸、噘着嘴。和薇达以及其他熟人的妻子相比，她太孩子气，经常睡懒觉，四仰八叉地和卡拉姆待在日光室里给那些木制的小作品上漆；表达感情总是不分场合，兴之所至就会用嘴唇蹭他的胡子，或者突然冲向孩子亲吻他们的额头。然而她的爱又有些心不在焉，好像她只是突然想起这是她的家，他是她的丈夫，他们是她的孩子。大部分时间里，她都是一副急吼吼的样子。一开始，阿提夫觉得可能是因为她刚刚离开纳布卢斯，暂时有些不适应，抑或是因为她刚刚怀孕，对所有的一切有些茫然不知所措。然而，这么长时间过去了，她这种极其自我的作风并没有改善。

他相信孩子们也意识到了这点。他们尚在襁褓中时似乎就已本能地感受到了她的心神不定。

里哈姆出生后的几个星期，阿提夫下班回到家，听到婴儿的哭声在房子里回荡。他惊慌失措，心想是不是艾丽娅摔倒了，所以没办法管顾孩子，可是当他走进卧室，发现艾丽娅就站在摇篮边，俯视着摇篮里哭闹的里哈姆。

他一走进房间，艾丽娅转过身。“我不知道她想要什么。”她说，双手攥在一起，不知所措。

普丽娅切了些草莓当作早餐，桌子上还摆放着皮塔饼、莱勃尼[1]和果酱，还有一碗切块的番茄，中间摆放着黄瓜。

“哇，这个好棒啊！”

“我的同学奥马尔想让我给他刻一只恐龙。”

“那你一定要记得让爸爸帮你削木头。”

“我知道，妈妈。恐龙的颜色他想要绿色和黄色搭配。”

“苏雅德，吃点草莓。”

“草莓有虫子。”

“随便你。”艾丽娅看向阿提夫，往嘴里塞了一块面包；面包屑沾在她的嘴唇上。“今天什么计划？”

阿提夫和里哈姆对视了一眼，微微一笑。

“我们要去沙丘。”他郑重其事地宣布。

“什么？”艾丽娅皱起眉头，阿提夫立刻意识到自己的失误，应该提前跟她说这个计划。“这么热的天？开车去要花很长的时间。还有

1. 莱勃尼（labneh）是阿拉伯风味的浓酸奶。

蝎子。”

“蝎子白天都会睡觉。”里哈姆轻声说，阿提夫的心揪了起来。

“我想带她去。”他说，语气比他想象得严厉，“时间还早。”

艾丽娅睨视了他一下，眼里闪过一道光。你想当着孩子的面这样吗？多年来，他俩用这种无声的语言交流得很顺畅。

“里哈姆，”艾丽娅笑着看向女儿，语气里带着几分哄劝的意味。“你想不想去其他地方，比如玩具店，或者商场？我们可以给你买件新衣服。”她伸手把里哈姆的一缕散发塞进发辫里。

“我们去动物园吧！”苏雅德弄倒了一杯橙汁。

“苏雅德！”艾丽娅猛地打了一下苏雅德的手，开始擦拭倾洒的橙汁。苏雅德脸色变得阴沉难看，泪水在眼眶里打转。卡拉姆坐在餐桌对面，身体前倾，胳膊肘放在桌子上，出来打圆场。

“你想看孔雀吗？”卡拉姆问道，“或者骆驼？”

一时间，苏雅德想哭，可又抵不住诱惑，最终卡拉姆成功了。“骆驼，”她说，“长着大脑袋的骆驼。”

“动物园里也会很热啊，”艾丽娅说，“我想室内更好一些吧。”

你简直不可理喻，你知道吗？阿提夫看向里哈姆。“别担心，小可爱。今天你说了算。”

“去动物园！”苏雅德大声叫道，可阿提夫眼睛还是看着里哈姆。小女孩撕扯着皮塔饼，这是她紧张时的习惯。她抬起头看向阿提夫。

“没关系，爸爸，”她说，“去动物园挺好的。”

“我们就去沙丘。”他又说了一次，感觉有点孤立无援，“今天是里哈姆的生日。”

“今天是我的生日！”苏雅德大叫。

“嘘，”阿提夫说，“今天里哈姆说了算。对吧，妈妈?”

他睁大眼睛看着艾丽娅。暂时休战。今天她生日。艾丽娅的脸上闪现怒火，既而又消失不见。她推开餐巾，桌子上留下一道印痕。

“当然，”艾丽娅说，有些心不在焉，“亲爱的，一切听你的。”

“去动物园吧，”里哈姆说，眼睛盯着撕碎的面包块，“沙丘真的太远了。况且”——阿提夫听着她欢快明亮的声音，心都碎了——“如果去动物园，我们就又能见到小鹿了。”

“可动物园里也会很热——”艾丽娅刚开口说话，阿提夫就瞪了她一眼。你够了。她哑然不语。

“骆驼！骆驼!”苏雅德扭头对卡拉姆说，“学狮子吼。”卡拉姆迎合地咆哮着。

阿提夫身体伏在桌子上，轻敲一下里哈姆面前的桌子。她抬起头。“下周末我带你去，”他低声说，“就我俩。我们可以带烤肉卷去。”小女孩眼睛里闪烁着光芒。

“苏雅德，”里哈姆叫着说，“你想看狮子还是老虎?”

苏雅德想了想。“我想，”她缓缓地说，“看老虎吞大象。”大家忍不住大笑起来，艾丽娅伸手揉搓苏雅德的卷发。

“你个小土匪。”艾丽娅说，大家笑得更大声。

动物园位于市郊，途经穆巴拉基亚集市。孩子们坐在车后座，挤成一堆；苏雅德终于坐上心仪已久的中间位子，晃动着双脚；艾丽娅心不在焉地拨弄着车里的收音机，声音调得非常大，跟着哼唱。阿提夫开着车，不时地盯着后视镜，偷偷地观察喋喋不休的孩子们。

“我要当一只老鹰，”苏雅德说，“不，一头熊。”

“熊生活在森林里，”里哈姆耐心地解释说，“想一个生活在沙漠里的动物。”

“熊!”

“蛇怎样?”

“好！就是蛇。”苏雅德发出嘶嘶地声响，其他两个孩子假装害怕。

和往常一样，阿提夫看到这么多人坐在车里叽叽喳喳、吵闹说笑，心情就会愉悦起来；这个家，他的家。对阿提夫来说，自己的亲生父亲更像是虚构的人物。父亲去世之后，母亲沉溺于悲伤之中无法自拔。他对自己整个家族的回忆只是几个葬礼和节日聚餐。

“带我走。”艾丽娅跟着收音机哼唱，随着音乐晃动着脑袋。可阿提夫知道她已经怒火中烧，即便戴着墨镜也遮盖不了。因为早餐时候的不愉快和昨天晚上的争吵，她在生他的气。他的内心一阵懊悔。他们的争吵如同季风一般，因着他们之间的相互猛击，风势逐渐增大，直到最后如同季风过后光秃秃的树枝般徒劳挣扎。

“我们在动物园不会待太久的。”他说道，以示和解。

“薇达说五点钟之前要回来。”她把音量调得更响。

见效果不佳，他又试了一招。“普丽娅打算做个水果蛋糕。”他故意对着她高声耳语。艾丽娅扭头看着他。在她的超大墨镜镜片里，他看见了自己的脸。

“里哈姆会喜欢的，”她的语气带着狡黠，“不过薇达会生气的。”

阿提夫咧嘴笑。“记得那次给加齐举办的派对吗?”

“‘我告诉过你们不要带任何东西!’”艾丽娅把薇达高亢焦虑的语调模仿得惟妙惟肖。

“还有鸡肉的东西。”阿提夫大笑。

“‘现在我们有双份儿，怎么办？’”

他们会心大笑。艾丽娅稳稳地坐回座位，卷发散落在脸庞上。从侧面看，她还是那么年轻，各个角度——颧骨、方下巴、大鼻子。当她把头向后仰，又开始唱歌时，他隐约瞥见了当初的那个她，那个会取笑他熨烫领带的女孩。这一刻让人如此心动。每每捕捉到这些时刻，他都会把它们珍藏起来作为一种证据——虽然他也不清楚能证明什么。爱情？抑或永恒？

多年以前，在穆斯塔法妈妈家的花园里，阿提夫看到艾丽娅的那刻便为之神魂颠倒：她顶着凌乱的头发坐在那里，双脚翘在一张椅子上，嘴里磕着南瓜子。也就在那刻，他突然想起小时候在清真寺里礼拜时，会偷偷睁开眼，看灰尘在阳光里旋转飞舞。两件事情在他脑海中合二为一——艾丽娅，有关清真寺的记忆——使得与艾丽娅的相遇变得很神圣，似乎是命中注定。

他知道，这是他写这些信的原因。无数次他都想走到她身边，将这些信放在她腿上，乞求她的宽恕。这就是那些年发生的事情，都写在了信里。这就是我们为什么不讨论你哥哥的原因。你总说想知道发生了什么，现在你知道了。

每当想起遇见她的那个下午，他就能原谅她的一切——愤恨不满、超然疏离、偶尔冷酷无情。一到夏天，她便逃离科威特，去安曼度过漫长的夏季，回来时皮肤晒得黝黑，但心情愉悦；然而当她走进宅子里却频频叹息，似乎她之前是在休假，现在不得不回到监狱里。他和艾丽娅度过了半生，这么多年的共同生活让他很清楚，如果她知晓穆斯塔法死亡的真相，一定会决绝地离开他，永不回头。

在动物园的入口处，许多家庭排在售票窗口前面。动物园大门上的油漆已有些剥落。孩子们蹦蹦跳跳地走在他们父母的前面，叫喊着、大笑着。天空湛蓝而清澈，像铺开的锦缎。

“五张。”阿提夫对售票窗口里那个年轻的印度人说。孩子们走在他们前面，讨论着第一站去哪里。“让里哈姆选。”他喊道。

“猴子！”她的最爱。在很小的时候，里哈姆会坐在他的肩头，往关猴子的笼子里扔葡萄。有一次，一只大一点的猴子为了吃葡萄猛打一些小猴子，里哈姆吓得开始哭起来。

看了猴子之后，他们去看了鹿，接着看了胡狼。那些关着动物的笼子里摆放着油漆刷的布景和人造的植物，看起来很是敷衍。动物们回看着他们，眼神倦怠、难以揣测。阿提夫为它们感到难过，也因为炎热的天气而无精打采。阳光强烈到让人眩晕，当他们走过卖冰淇淋的小棚子时，他给孩子们买了刨冰。

“真应该让她穿睡衣来。”苏雅德把红色的冰弄到衣领上时，艾丽娅说道。

“不怕，我们会洗干净的。”阿提夫低头看着苏雅德黏糊糊的小脸，笑着说。

“你脑子里在想什么?”

“什么?”

“你真是”——艾丽娅皱了皱鼻子——“话多。”

他感觉很受伤，像个小孩子一样觉得委屈。“今天是个美好的日子，”他赌气地说，然后提高了嗓门，“对不对，孩子们? 今天是不是个美好的日子?”孩子们转过身，点点头，吵闹着要去看大象。他把头偏向艾丽娅。“看到了吗？每个人都很开心。”除了你。他看到艾丽娅脸上的怒色时，抑制不住内心的满足。但这种满足很快便消失，转化成羞愧。今天是里哈姆的生日，他对自己说。

“看到他们这么兴奋，”他说，语气中充满歉疚，“我真的很开心。”

艾丽娅的脸色温和了许多，他突然很想亲吻她。你太爱那个女人了，婚礼之前他的母亲对他说。

“很好。”艾丽娅说，手指轻轻摩挲着他的手腕。她故意大声说话，好让孩子们都听到。“可是卡拉姆皮肤已经晒伤了。看到他的脸颊了吗？我早就知道天气会很热。”

他把手抽了回来。“你的女儿玩得很开心，”他咕哝着说，“相较你的‘先见之明’，开心更重要。”即使超大太阳镜也无法遮挡艾丽娅脸上瞬息万变的表情。先是受伤、愤怒，最终是隐忍。

穿红色衣服的你看起来那么美。我想你。还记得在你母亲的花园里我们邂逅的那个下午吗？我一直注视着你。你现在看起来和那时一样。

在动物园里转了两圈后，他们回到车里。去薇达家的路上，苏雅德时不时地发出各种动物的叫声。艾丽娅打开收音机，凝视窗外。在薇达家的小区入口，阿提夫向左转，开过一排排别墅。车道上已经停放了几辆车。

“那是萨哈尔爸爸的车！”里哈姆叫道，“还有米里亚姆家的。好多人啊！”

里哈姆声音里透着喜悦，阿提夫和艾丽娅对视了一下，然后——像是被什么刺激到了——艾丽娅关掉音乐，阿提夫关掉引擎，他们转身看向三个孩子，面带微笑。

“到了，亲爱的们。”艾丽娅说。

“让我们玩儿起来，你们准备好了吗？”

孩子们大笑，说准备好了。门咣咣地被打开，安全带啪嗒啪嗒地被解开。争执就此结束。

到了切蛋糕的时间，大家让里哈姆坐在餐桌的主位，苏雅德和卡拉姆坐在两侧。薇达用鲜花编成花环装饰了餐桌，椅子上绑着银色气球。客人们——里哈姆的同学、阿提夫和加齐的同事，都是他们这么多年来在这里结交的朋友——用彩色包装纸和丝带精心包装的礼物堆放在一起。里哈姆被一个个惊喜弄得有点眼花缭乱，因为大家的关注变得有些害羞，大人们夸赞她的裙子，还叫她小新娘。

蛋糕上插着九根细长的蜡烛，艾丽娅点亮蜡烛，朝站在门口的加齐点点头。

“敬寿星小美女！”加齐边关灯边高声大叫。每个人都欢呼喝彩，一时之间沐浴在烛光中。苏雅德站在椅子上，拍手鼓掌。

“巧克力。”她大叫着。

“嘘，”艾丽娅微笑着说，然后开始唱歌，“祝你生日快乐。”其他人也跟着唱起来。阿提夫站在那里注视着这一切：卡拉姆唱歌的时候拥抱了里哈姆，苏雅德在旁边龇牙咧嘴地笑。而里哈姆——身体凑向蛋糕，满心欢喜。阿提夫心潮澎湃，眼泪在眼眶里打转，眼前晃动的是蒙蒙光亮和人影。*穆斯塔法，你应该看看大家为她唱生日歌的情景，艾丽娅的声音盖过所有人。*他深吸一口气，默念：他有一个女儿，三个健康的孩子，一个完整的家。他站在这里，耳边萦绕着美妙欢快的声音。

生日歌唱完，每个人都鼓起了掌，里哈姆身体凑向蛋糕，噘起小嘴吹蜡烛时，口哨声欢呼声不绝于耳。烛火晃了晃，熄灭了。

“再点上！”苏雅德大叫，大家大笑。加齐打开灯，女人们开始忙着切蛋糕，招呼孩子们坐下来吃蛋糕。过了一会儿，艾丽娅朝他走过来，手里托着两盘蛋糕。

“这些孩子闹得很，”她说，“几乎没剩下什么。我好不容易抢到这些。”阿提夫注意到她涂了眼影。

“谢谢。”阿提夫说，接过盘子。

“我看到你哭了。”艾丽娅小声说。阿提夫转过头去，咽了咽口水，羞愧之下感到一线希望——她在观察自己。他很感动。

出乎意料地，她把头靠在他的肩膀上。他们鲜有肌肤之亲，真正的肌肤之亲，不是指尖的轻拭，是肉体的紧紧纠缠，赤身裸体，充满野性。年轻的时候，新婚燕尔，每一秒的独处都情难自抑。就像偷来了整个银河系一般让人激动狂喜，肆意的亲吻，双唇游走于每寸肌肤。

他叹了口气，开始吃蛋糕。艾丽娅靠着他，随着每一次呼吸起伏，身体很放松。总是贪恋过去没有任何意义。他很清楚这一点。贪恋无益。

客人们陆续离开，薇达和艾丽娅打包食物，加齐和阿提夫走到屋外。

“抽烟吗？”加齐问，阿提夫摇了摇头。他穿过房子，想要找一间空房间。晚上的喧闹让他疲惫；偏头痛发作，偏侧的神经不断地搏动。客房里，几个孩子围成半圆形。卡拉姆在用乐高帮苏雅德搭一座塔，乐高是里哈姆收到的生日礼物。苏雅德抬眼看到了阿提夫，阿提夫给了她一个飞吻。

走廊的尽头是加齐的书房，阿提夫开门时闻到呛鼻的皮革和香烟的混合味道。屋里漆黑一片，他花了几秒钟适应黑暗，看到书桌后面的窗台上坐着一个人，窗外月光勾勒出她的轮廓。

“里哈姆？”小女孩吓了一跳，转过身。“你在这儿做什么呢？”

“我在许愿。”声音细微。

“刚才你忘记许愿了？”他微笑着朝她走去，“我们在蛋糕上插那么多蜡烛是做什么用的？”

“很久以前，人们会借着月光许愿。”里哈姆说，又转向窗户。外面，半痕新月挂在天上，细长如指甲。“我在书上看到的。他们相信，烟雾会带着许下的愿望飘向天际。”

她轻轻敲了敲身边的窗台，一支白色蜡烛和一盒火柴并排放着。阿提夫凑近又看了一眼月亮。

“他们是怎么许愿的？”

里哈姆把头靠在窗槛上。“他们会点燃蜡烛，把它举向月亮。”

“然后呢？”阿提夫问。晚饭、黑暗和里哈姆的声音都让他有些昏昏欲睡。

她露出天使般的笑容，脸上突然出现老成的表情。“然后吹灭它。”

他们同时抬头看向那弯细月。阿提夫想象着这个爱读书的孩子读到有关过去和生日的故事后，如获至宝似地珍藏在心底，直到今天。一想到她悄悄地躲在这里许愿，他就难过心疼。

“我能留下来吗？”他问。

她点点头，从火柴盒里抽出一根火柴，在盒子的侧面划了一下。

阿提夫看着她点燃烛芯，脸庞因为烛光而变得明亮，他突然想到穆斯塔法。战争爆发之前，他们还未入狱。阿提夫记得，曾经有一个女孩。他之前完全忘记她了，穆斯塔法偶尔提起过。叫什么名字呢？阿提夫努力搜寻记忆。那名字带着轻快的色彩，又有娇弱之感。他想起那摞没有地址的信件。

里哈姆把蜡烛举向窗户，透过烛火望向月亮。阿提夫的内心充盈着对她的疼爱，纤薄的嘴唇，微圆的鼻头，所有青春期的各种羞涩不安开始在她的脸上显现。他的脑海中出现了关于她的一连串影像——青春年少的她、成年的她，皱纹慢慢爬上她的额头，逝者如斯。

他会把这一刻写给穆斯塔法，里哈姆靠窗的侧影，关于她的时光飞逝。他会告诉穆斯塔法，这个世界已经发生了翻天覆地的变化。他好像看到面前摆着一张白纸，手指不由自主地弯曲起来呈握笔状。*我对此已成瘾*，不久之前他写道。*我的忏悔*。

她深吸一口气，然后呼气；烛火熄灭，一缕烟升起。

“你许了什么愿？”他问女儿。

“愿望是不能说出来的，爸爸。”她犹豫了一下，“我希望一切都不要改变。”她看着他，双眼闪着光芒。

“这个愿望很好。”阿提夫说。他想象着穆斯塔法住在拉丁美洲的一间小平房里，皮肤黝黑，脚上穿着皮质拖鞋。那个久别重逢的女孩和他一起。“非常好，小可爱。”

我们的生命如此渺小，他想，*然而爱会让它无限膨胀，最终一切又会回归如初*。他一只手臂搭在她的肩膀上，抱紧她，最终这个小女孩也会离他而去。空气中残留着火柴划过盒子时散发的味道，他们一起坐在黑暗中仰望天空，许久许久。

RIHAM
里哈姆

安曼

1982 年 7 月

里哈姆通常会在安曼过暑假，在这里，她有很多不喜欢的事物，然而让她最深恶痛绝的是吵闹声。她一整个上午坐在外婆家的厨房里，在那本残破的《飘》的内封页上列了有关安曼的种种不悦。厨房是她能找到的最安静的地方。

蚊子叮咬她的眼皮、脚趾缝，抓破之后留下痒痕；阿姨们沉迷于各种肥皂剧；米米阿姨家隐隐的、挥之不去的腐肉臭味，里哈姆觉得这是她家的两只猫身上散发的味道。她怕猫，说起来有些丢脸——有一次，这两只猫突然跳上餐桌，里哈姆吓得跳了起来，米米阿姨的女儿拉腊和米拉不解地看着她；父亲没来安曼；卡拉姆留在科威特，参加学校运动俱乐部的暑期活动。但这些都不是她最厌恶的。

吵闹声。无休止的吵闹浓得化不开，让里哈姆无处躲藏。在科威特家里，她可以躲在拐角处自己的卧室里，与书架上一排排的书籍为伴。所有的声响——无论是普丽娅做饭时锅碗瓢勺的碰撞声或是父母的交谈声——都会因为相距较远而变得模糊。

然而，在安曼，吵闹声仿佛寄生在房子里。

“那不是我的!”苏雅德声嘶力竭地大喊。

“现在,”她们的母亲说道。她站在厨房里，手里拿着一小袋开封的皮塔饼。“我再说最后一遍。”

里哈姆听到砰的一声，苏雅德出现在厨房门口。清晨的阳光穿过洗碗槽上方的窗户透进来。艾丽娅指着门厅旁边胡乱堆放着的积木和洋娃娃。“那不是我的。”苏雅德又说一遍，声音中带着迟疑。

母亲闭上眼睛，深吸了一口气，然后睁开眼睛，故作开心地说：“里哈姆，准备好了吗？妈妈,”她大声喊道，“我们要走了。不过苏雅德不能去。”

苏雅德跳起来坐在厨房的料理台上，晃动着赤裸的双腿。“不行!你敢!”她说。

母亲的耐性消失殆尽。“真要命，苏雅德!! 每天你都不消停。我就只是让你把玩具收好，否则有人可能会被绊倒，甚至摔断脖子。你希望这样吗?”

“可这些玩具不是我的!”

“不要撒谎了，苏雅德。那是谁的？阿婆的?”

“我不知道——”

“那好。”

里哈姆把视线从书上移开，关切地抬头看，母亲开始清理玩具，然后朝大门走去。“既然不是你的，也不是里哈姆的，那它们就是垃圾，我把它们扔了。”

“你不能这样!”苏雅德从料理台上跳下来。

“为什么不能？又不是你的，你有什么好在乎的——”

“是我的，”苏雅德绷着脸说。母亲没有停住脚步，苏雅德提高嗓门。“是我的！是我的！给我。”

“那就去收好。”

“好！”

“为什么一大早个个都像疯子一样大喊大叫？”

听到这个声音，里哈姆紧缩的肩膀不由自主地放松下来。外婆走进厨房，身上罩着一件茄紫色长袍，头上戴着里哈姆最喜欢的涡旋花纹头巾。外婆是这些喧闹夏季里的一抹亮彩。

艾丽娅看起来有些困窘。“任何事情到她这里都是一番折腾。”她嘟囔着说，“我们今天要开很久的车，她现在就开始捣乱了。”

萨尔玛捡起一个落下的玩偶，递给苏雅德。“苏苏不是那个意思，对吗，宝贝？她知道错了。”

苏雅德眼睛低垂，点头说：“对不起。”

艾丽娅摸了摸苏雅德的头发，声音轻柔了许多，“去海边玩儿的话，你想吃蜂蜜三明治还是奶酪三明治？”

里哈姆在“不悦事件”清单上用工整的小字加了一条：海边。

每年夏天，她们都会住在安曼外婆家里。外婆和姨婆们住在同一栋楼的不同楼层，里哈姆知道这栋楼是外婆家的祖产。整栋楼房建在山上，俯瞰整座城市。每次来外婆家都没什么变化，每个人都有自己的房间，房间里挂满了她们小时候的照片，照片都镶了框。夜幕降临，站在阳台上望过去，整座城市遥不可及、热气蒸腾。

“欢迎来到你们的第二个家。”她们到来时外婆总会这么说。随着年纪的增长，外婆的身材越来越臃肿，脸上的皱纹也越来越多。她一想到外婆独自茕茕地住在这所大房子里，心里就会难过。

可是萨尔玛似乎从无孤单凄凉之感。她经常和姐妹们做饭打发时间，或者在花园里忙活。花园就在房子后面，用栅栏围着。园子里长满了丛丛植物，锦簇花团，还有一棵粗大扭曲的橄榄树。她自己除草浇水，待西红柿和黄瓜长大成熟后采摘。有时，里哈姆会帮她清洗采摘的蔬菜，细沙残留在里哈姆的指缝里。

“喏，这才是食物，”外婆总爱这么说，眉开眼笑地看着桌子上五彩缤纷的蔬果沙拉，“自己种菜自己吃。”

里哈姆听说，他们还有一个花园，但具体是什么样子她不是很清楚，那是近乎虚幻的存在。她所知道的就是这个花园在巴勒斯坦，但已被烧毁。这一切都和她在学校课本里学到的战争有关，和很久以前远离家人、朋友的父亲有关。大人们很少提及这些事情，给出的回答也非常含糊。但很明显，这个话题让他们痛苦不堪，而里哈姆也不是那种打破砂锅问到底的女孩。

今年夏天，母亲的表妹米米阿姨也在。米米阿姨的丈夫去年去世了，她和两个女儿大部分时间住在她的小房子里。里哈姆曾想象过她们家的氛围，死气沉沉、阴郁愁闷，每个人黑衣覆体。然而，没想到的是，她们个个衣着鲜亮，经常开怀大笑。

房子里有很多这位已逝男主人的照片，他长相英俊、胡须浓密——亲吻着胖乎乎的、蹒跚学步的拉腊，一只胳膊搂着米米阿姨，嘴角带笑看着面前插满蜡烛的蛋糕——女儿们谈起他也都若无其事。

“这张照片是爸爸刚生病时拍的。”有次她们谈起一张全家一起度假时拍的照片，拉腊纠正米拉说。姊妹两个性情开朗，容貌姣好，头发乌黑靓丽。她们修长苗条的身形，跟自己母亲开玩笑时的轻松自在，都让里哈姆心生嫉妒。

“太棒了，”艾丽娅常说，“拉腊、米拉她们和你年龄相仿。”卡拉姆不在这里，里哈姆没了借口，只能与她们待在一处。她想告诉母亲，米米阿姨的女儿和她完全不同，她们面容俏丽、行事大胆——她们会用指甲花粉加柠檬调和出染发剂来挑染头发，倒是和里哈姆在科威特念的私立学校里的一些女孩相似。

拉腊和米拉也很清楚她们不是同类人，但在里哈姆看来，她们还算友好，经常客客气气地邀她一起。对她这样平凡的女孩，天生丽质的她们已尽力展现了自己的宽宏大量。

“要不要帮你拉直头发?”有时候拉腊会问她。她们注视着她，热情洋溢——好像她是一辆破车，但还好发动机不错——这让里哈姆感到惊慌。在商店里，她们会努力说服她试穿衣服。

“唔，”她们说，“宽松的设计风格一定适合你……的身形。”她明白她们在尽量避免胖这个字眼。

之后，她们买了甜筒冰淇淋，坐在阳台上，两个人小麦色的双腿伸展搭在彼此的椅子上。拉腊和米拉谈起未来，无比憧憬。

“巴黎，”拉腊说，听语气好像她已经20多岁了，“当然是巴黎呀。要想成为真正的舞者，只有巴黎。”

“呃，巴黎。太冷了。我要搬到西班牙，或者加利福尼亚。”米拉年方十五，纤腰盈盈一握。

“你去那里做什么?”

“唱歌。”米拉总是这么说。她偶尔会在大人们聚在一起喝茶时当众表演。她把头发盘成发髻，后仰着长长的脖颈，双唇微张。那种感觉像是她看到有人以天空为画布作画一般。

“你呢，里哈姆?”两个女孩问她，“你想做什么?”

这个问题实在难以用三言两语来回答。里哈姆是一个羞怯腼腆的女孩，大腿有些粗壮；臀部有些丰腴；左边的乳房不知怎地比右边的大；额头上长了几个粉刺，显得很不光洁；头发软塌塌，也不像妹妹的那样鬈曲。

尽管如此，她依然幻想着长大后搬到欧洲居住。里哈姆从没去过那里，但在她的想象中，她住在只有一个单间的小公寓里，吃着涂了果酱的法棍，喝着绿茶，终日沉浸在小说和绘画中。

里哈姆想象中未来的自己已破茧成蝶，现在的痕迹几近褪尽，偶有残余也化为了虚无缥缈的魅影。在她的白日梦里，未来的里哈姆已把现在的里哈姆抹除得一干二净，遗忘到了九霄云外。即使这种转变会造成一丝哀伤或者嗔怨，会让她感到微乎其微的悲从中来——她喜爱浓稠的麦片粥；她读书时喜欢把一缕头发搭在嘴唇上方，像一撇小胡子；她对旧书的气味十分迷恋——也都不值一提，她果断地抛之脑后。

可她不能跟她们说这些，于是只是轻声回答道：“我想去欧洲，住在单身公寓里。”两个女孩交换了眼神，眼神中满是疑惑和同情。

过去的几个月里，她的幻想中出现了男孩子，幻想着有人疯狂地亲吻她的双唇，这种幻想来得猝不及防。她开始梦到一些男孩子抚摸她，和她共舞，但看不清楚他们的长相；醒来时常常气喘吁吁、羞愧难当，两腿之间湿湿黏黏。白天，她的思绪纷纷扰扰，可无论如何翻飞最终都会回归到男孩上来。

是的，男孩。

拉腊和米拉对于男孩这个话题直言不讳，而里哈姆在科威特的朋友——里哈姆自小熟识的那些女孩，她们腼腆害羞，喜欢互相分享书籍，谈论电影，做过唯一出格的事是有天下午她们买了香烟，一直抽到头晕目眩——从来不会这么肆无忌惮。

“如此性感迷人，”米拉轻声说着一位摇滚明星，“眼睛甜得像蜜糖。”

无数个下午，拉腊和米拉会和朋友相聚在附近的一家点心店。她们会买库纳法和各种糯米卷，聊着八卦，开怀大笑。有时她们学校的男生进到店里，因为刚踢完足球而满身臭汗。他们互相追逐打闹，挑逗女孩们，引得她们大喊走开。

里哈姆饶有兴趣地看着这些互动，就像人类学家在观察一个新发现的部落一般。女孩们甩甩头发，对男孩们莞尔一笑。

“你们太恶心了。”看到男孩吐痰时，她们会说。男孩们会咧嘴大笑。

有时会有胆子较大的男生，通常是拉菲克，捉住一只虫子，四处追女孩吓唬她们，只不过跑得很慢，故意给她们时间逃脱。女孩们尖叫跑走，因为男孩的瞩目而兴奋脸红。

“别追了！”她们大叫，用拳头轻轻捶打男孩的肩膀。

所有的男孩中，里哈姆最喜欢巴萨姆。他和拉腊同岁，比里哈姆小一岁，但却异常沉着镇定。他从不会像拉菲克一样和女生嬉笑打闹，也从不随地吐痰，她只见他抽过一次烟。他的长相不如拉菲克帅气——有点胖乎乎，总是穿一双磨旧了的球鞋。鹅蛋脸，眼角微微上挑。一簇簇的卷发翘着。其他的男孩子叫他罗密欧，里哈姆因此断定他人缘不错。

“为什么大家这么叫他?”里哈姆曾问过拉腊。

拉腊翻了个白眼。“哦，巴萨姆。”她解释说有一次在别人的激将之下，他在操场中央亲了一个女孩子。

“太大胆了！老师看到肯定会开除他的。”

“那老师看到了吗?”里哈姆问。她嫉妒那个被亲的女孩子。

“没有。”拉腊说，“不过从那以后，大家都叫他罗密欧。他那么胖，头发又那么怪异，还不爱说话，叫他罗密欧也太滑稽了吧。你说呢?”

“谁说不是呢。”里哈姆回应道，她刻意表现出的漠不关心出卖了她的本心。

“我们没办法和米米一起去了，”母亲说，“她们一小时前就出发了。大家都准备好了吗？苏雅德，帮我把吃的包好。”母亲准备的三明治堆放在厨房的料理台上。苏雅德开始用纸巾包三明治。她穿了一条棉布连衣裙，一转身，里哈姆就能看到她髋骨的轮廓。里哈姆很害怕接下来的舟车劳顿，况且还要在海边度过漫长的一天。

“你要是再捡贝壳，”母亲跟苏雅德说，“上车之前先洗干净。外婆的车里到处都是沙子。”

“贝壳是给卡拉姆的——”

“我会和她一起洗干净的。”外婆就势打断了苏雅德。“对吧，苏雅德？我们给你哥哥捡一大袋贝壳回去。”

里哈姆眼神有些迷离，突然很想念弟弟——过去的几个月里，他的个子长高了、结实了，下巴上稀稀拉拉长出几根胡须——正是有了他的陪伴，她才不觉得在安曼度过的这些暑假孤立无助。

母亲亲了亲她的额头。“好了，别再闷闷不乐了。”然后朝她眨了眨眼，“海边有很多好玩的。”

母亲一到安曼就像变了个人。在科威特的时候，她会抱怨太累，电视声音太响时会呵斥他们，常常穿着宽松的裤子和 T 恤，眼皮上涂着眼影。可在安曼，她素面朝天，会穿着紧身连衣短裙，紧紧包裹着大腿。她的皮肤和苏雅德的一样晒得黝黑，而里哈姆晒过之后先变红，之后会发痒脱皮。

傍晚时分，她们坐在米米阿姨家的阳台上，和邻里的那些女人们闲谈，那些女人是艾丽娅多年前的同学。她们吃着无花果、饮着茶，品着大块楔形的橘皮蛋糕。从没见过她们的丈夫，也没见过她们的父亲和兄弟。只有小孩子在身边嬉笑玩耍。夕阳缓缓下沉，夜幕悄悄掩下，天空先是一片酡红，慢慢变成橘黄，之后涂上一层紫色。傍晚时分，母亲看起来容光焕发。其他的女人叫她假小子[1]，拿她在学校里的糗事开玩笑。里哈姆坐在阳台的栏杆上，注视着她们。听着她们的笑声和交谈，里哈姆感觉既陌生又神秘。她们谈论着士兵、丈夫、爱情。

“过来，亲爱的。”艾丽娅有时会伸出双臂对她说，里哈姆心存感激地走向她。

---

1. 原文是 aloush，在黎巴嫩解释为阿里的昵称。阿里是穆罕默德先知的堂弟和女婿，在这里译为“假小子”。

“俏佳人，”女人们叫她，“小新娘。”

“我们要把你嫁出去。”她们取笑说。

“真主慈悯，只要嫁的不是科威特人就行。”艾丽娅皱皱鼻子，所有人大笑起来。

“他们有那么糟吗？”

“糟糕至极。还有他们糟糕的国家。那里连一间像样的餐馆都没有。”母亲喜欢模仿当地人生硬的阿拉伯语腔调，还有他们的举手投足。每当她模仿时，里哈姆都会感觉耳朵发烫，对于母亲如此描述她们在科威特的生活以及背叛父亲而感到愤怒。

她的父亲，指尖沾了墨水，低声轻笑时略带迟疑。嘴里塞着薄荷糖，喝茶时薄荷糖碰撞牙齿发出叮当声响。有时，晚饭后他会躲进书房，房门只留一个小缝。里哈姆不得不紧贴墙壁看着他熟悉的背影，伏案埋头写着什么。她喜欢听笔尖掠过纸张的声音，喜欢他那时凝重的表情，对她的凝视毫无察觉。

她非常想念他，多过于想念卡拉姆，想念和他谈论书籍的时刻，想念他考问她书中人物和故事情节的场景。

“安娜·卡列尼娜呢？”他一边剥南瓜子一边说——她最喜欢南瓜子，只是她喜欢把瓜子壳放在嘴里含着，直到没了咸味。“你觉得她的选择正确吗？”

如果父亲在这里，他一定能理解她为什么想要待在家里，为什么宁愿独处也不要跟在米拉和拉腊屁股后面——好像她是麻风病患者，需要被看管一样——还有，为什么讨厌那件圆点花纹泳衣。那件泳衣是母亲刚到安曼时买给她的，和拉腊的一模一样，但穿上之后效果却是截然不同：穿在拉腊那纤薄的身上那么贴合，而穿在她身上却鼓鼓囊囊。她总在外面套一件衬衫。

迄今为止，她还没下过水。即便最热的天气里，她也只是捧着书待在阴凉处。每当有人问起，她总推说胃不舒服。

在她的幻想中，巴萨姆突然就注意到了她。一时之间点心店里的叽叽喳喳声滞住了，他们眼神交汇，如同时钟的指针喀哒卡入定位一般，再也无法移开。他看到她，点点头。

“想去海边走走吗?”他牵起她的手，问道。点心店里所有的人注视着他们离开，吃惊地看着这个来自科威特的害羞女孩。里哈姆和巴萨姆一同离开时，转身朝米拉和拉腊莞尔一笑。

他们一起漫步，直到太阳西沉，夜幕低垂。他说她美若满月——里哈姆在自己的幻想中肆意地改变着自己的形象：身材曼妙、乌黑发亮的卷发——她跟他讲斯嘉丽·奥哈拉，讲她如何让男人很快就拜倒在她的石榴裙下。

“我从没想过会遇见你。”他转身面对她说道。远处，渔船上的灯光在闪烁。里哈姆低下头，忽闪着长长的睫毛抬眼看他——这一招是从她母亲那里学到的——笑而不语。巴萨姆用一根手指轻柔地抬起她的下巴。他们接吻了。

幻想总是在这里戛然而止。里哈姆所了解的肌肤之亲都是从小说还有隐晦的生物课上得来的。她知道会有赤裸的肉体，还有身体的交合——身体向上，通常女人仰面平躺，紧搂男人的脖子——美妙无比、痛快酣畅。

有时她感觉到身体痉挛、抽搐，感觉到髋骨内的悸动和颤抖。她知道这很罪恶。

“明天拉腊和米拉好像要参加一个派对。”去海边的路上，艾丽娅对里哈姆说。她透过后视镜看着她。

“哦。”里哈姆不置可否地回应了一声。身边的苏雅德低声哼唱着，手上卷着一张纸巾。

“应该是生日派对。米米阿姨说你应该和她们一起去。”

在一个不认识的女孩家里，一待就是几个小时，满头大汗，时不时还要偷偷地抬起胳膊闻腋窝是否有异味散出，还得在那些女孩咯咯傻笑攀谈之际努力寻找话题。

“学校给我们布置了暑期的阅读书目，我必须得读完。”这句话一部分是真的；学校确实布置了要读的书，不过那些书她已经读了两遍。

“太好了，亲爱的，”外婆扭过身来笑着对她说，“功课要紧。”

“她可以参加完派对再读啊。”母亲说。里哈姆坐在后座，看到母亲亮红色的指甲敲打着方向盘。在科威特，母亲从不开车，也从不涂指甲油。

“我明天就得开始读了。”里哈姆着急地说。

母亲叹了口气，朝窗外摆摆手，让另一位司机先走。“里哈姆，我们只能再待两个星期了，你和这些女孩待在一起的每分每刻好像要拔你的牙一样痛苦。你这个年纪的女孩儿应该做的不就是一起出去，尽情玩耍、聊天——”

“假小子，不要强求她。”外婆说，然后打开车上的收音机。里哈姆从镜子里看到母亲眉头紧蹙。

“妈妈，我不是在惩罚她。我是想让她享受生活。”

“她本来就很享受。对吧，亲爱的？”

“是的。”里哈姆说，尽可能显得兴致盎然。

“我没有!”苏雅德大叫。

“别说话。”萨尔玛举起一只手，他们突然安静下来。播音员急迫的语调回荡在车里。

“在黎巴嫩南部……几个人中枪身亡……坦克已经开到……”

外婆咂咂舌头，调低音量。“可怜的黎巴嫩。惨绝人寰的屠杀，现在以色列也加入了。”

“他们说有个村庄被夷为平地，尸横遍野。”

“据米米的一个亲戚说，他们一天能有一个小时的通电就很幸运了。大部分时间只能点蜡烛。水也不干净。”

“里哈姆。”苏雅德小声说，里哈姆应声看过去。只见她嘴角带着一丝狡黠的微笑，嘴里咬着一绺头发；手指夹着一个卷成卷儿的纸巾，歪歪扭扭呈细长条状，看起来像一根香烟。她把纸巾卷儿的一端咬在齿间，嘴里还嚼着那绺头发，噘起嘴唇。苏雅德十岁了，一头卷发，嘴唇丰满。里哈姆有点嫉妒妹妹。苏雅德假装吐出一口烟。

“别嚼头发。”里哈姆不假思索，脱口而出。苏雅德嘴里总是咬东西：钢笔、玩具、指甲。有一阵子，母亲在苏雅德的指头上沾了辣酱，可她依然我行我素，最后竟然喜欢上了辣酱的味道。

苏雅德把头发吐出来，紧闭的双唇牢牢地夹住用纸巾卷的“烟”，假装吸气。“呼。”她像女演员一样向后仰着头，呼了口气。

里哈姆忍不住大笑起来。妹妹是个小人精，就像外来生物一般，但却很迷人。去年，他们全家去了水族馆，其中一个展厅里放置着一个巨大的水箱，水箱里灯光明亮。里面有一只水母，还有几条其他种类的鱼，游过之处泛起涟漪。其中有一条是紫色的，鱼鳞闪着彩虹般的颜色。看着它游过，里哈姆脑子里闪过一个名字：苏雅德。

“我在吐烟圈。”苏雅德说。无论是轰鸣的坦克还是被夷为平地的村庄，抑或母亲和外婆有关战事的对话，她都不理，自顾自呵出一圈圈看不见的白雾。

从家到海边开车需要几个小时。她们到达亚喀巴时，里哈姆已经疲惫不堪，隐隐有些想吐。许多家庭在沙滩上已经铺好了床单和浴巾，其间摆放着水果和三明治。成群的男孩在踢球，不时传来他们的欢呼声和牢骚声。一群戴着头巾的女人提着裙子下摆，大着胆子走进海水里，在海水没过腿肚的地方停下。看到这么多曼妙身材，里哈姆的心揪了起来。

“在那儿。”艾丽娅指了指。顺着她手指的方向，她们看见米米阿姨和她的两个女儿各自躺在一条色彩鲜艳的浴巾上。

“我爱大海。”看到她们走近时，拉腊大声说道。她全身都涂满了防晒油，皮肤在阳光的照耀下闪闪发光。三条浴巾之间放着各种各样的防晒油和乳液，还有一大瓶水。

“蜂蜜和酸奶三明治。”萨尔玛放下篮子说。

“谢谢姨妈。”米米阿姨说，“我快饿死了。”她的睫毛膏没有刷好，结了块。上腹部一圈赘肉在莱卡材质的泳衣包裹下凸出来，这让里哈姆不由自主地想起自己的赘肉，心里很不舒服。

她们铺开浴巾，米米阿姨在手提包里翻找香烟。“你听说贝鲁特发生的事了吗？”

“我刚才还跟妈妈说，以色列人就是想这样。”艾丽娅说。

苏雅德跪下来，拿起一瓶乳液。瓶身正面画有椰子树图案，试图营造风光明媚的气氛。

“要不要涂点，我的小美人?”拉腊问。她抬起一只手遮挡阳光避免脸被晒伤。米拉和拉腊给苏雅德起了个绰号——“我的小美人”。

“嗯，”苏雅德说，“我要涂很多。”

“脱衣服。”米拉笑着说。苏雅德把连衣裙掀起来，从头顶脱下，扔在沙子上。绿色的泳衣有些褪色。

里哈姆胸口一阵憋闷。妹妹一屁股坐在拉腊的浴巾上，黝黑的四肢舒展开来，然后双手把头发撩起来，拉腊帮她在肩膀上也涂了一些。苏雅德和这两个比自己大的女孩相处很是融洽；她们似乎被她迷住了。里哈姆小心翼翼地躺在自己的浴巾上，担心裙子会往上跑。

“给我一支。”艾丽娅转向米米阿姨，伸出胳膊说。里哈姆注意到母亲的大腿很紧实，紧致的身体包裹在泳衣里；即便转身，腰间的褶皱也很不明显。

“你们的肺会被熏黑的，姑娘们。”艾丽娅点烟时，萨尔玛斥责说。

“我知道，姨妈。”米米阿姨假装羞愧地说，“我们太糟糕了。”

“我只在安曼抽，妈妈。”艾丽娅说，吐出一缕轻烟。

“她们要走了，”米米阿姨看到女儿们起身时说，“她们无法容忍和自己可怜的、快要晒化了的妈妈待上超过半个小时。”

米拉翻了个白眼，转向里哈姆，小巧漂亮的锁骨处聚起一窝未涂匀的防晒油。“我们去吃午饭。要一起来吗?”

里哈姆明白米拉问这个问题只是客套，并非真心，一定是米米阿姨授意的。

“我得先完成学校规定的读书任务。”她说，指指书包，语气中透着无可奈何。

“太可惜了。”里哈姆听出拉腊声音里的如释重负。

“里哈姆。”艾丽娅开始讲话，语气严厉，但萨尔玛马上打断了她。

“天太热了，”萨尔玛说，站起身来，“我想去买些水。里哈姆，你愿意帮我吗？”

“妈妈，你应该让她——”

“愿意帮我吗，亲爱的？”萨尔玛的声音压过艾丽娅，眼睛盯着里哈姆。她看得出来，外婆了解她的真实想法，就像父亲一样。里哈姆点点头。

商店在停车场的角落里，是一间小棚屋，屋顶是金属材质的。一个男人在那里卖饮料和沙拉三明治。

“这鬼天气。”她们走过沙滩时，外婆说。里哈姆感觉钻到脚趾缝里的沙子像火一样灼热。

“谢谢。”里哈姆眼睛盯着脚趾头。她看到外婆瞥了她一眼。萨尔玛清清嗓子，声音轻柔。

“她们对你不好吗？”

里哈姆摇摇头，努力想要找到恰当的字眼。“好像不在一个频道上。”

萨尔玛大笑。“我在你这个年纪，也认识这样的女孩。她们辱骂我，我常常因此而大哭。有时她们会扯掉我头发上绑着的丝带，丢进垃圾桶里。”

“真的吗？”里哈姆喜欢和外婆独处，了解她过往生活中的点点滴滴。她喜欢在脑海中想象着外婆——一个住在海边的农家姑娘——在一切不幸尚未降临前的生活。

“那是因为我与众不同。她们很清楚这一点。但我直到后来才明白。”

“怎么与众不同呢?”她们到了小棚屋，外婆对柜台后面的男人做了个手势。

“噢，一大瓶水，谢谢。”

“好的，阿姨。”

“冰的，谢谢。”

她们站在那里等着那个男人给她们取水。外婆眼神放空，像是在回忆过往的种种。“我和她们关注的东西不同。我经常祷告，花很多时间独处。”

“我也一样。”

萨尔玛微微一笑。“你一直在读上次祖海伊玛目给你讲解的章节吗?”

“嗯。”里哈姆迟疑了一下。她想要问外婆，在她儿子被杀后，是否还会祷告。大人们很少提起他，里哈姆像是一个有收集癖的人一样，从无意间听到的谈话中了解了一些片段：他的名字叫穆斯塔法；他比她的母亲大五岁；他死在巴勒斯坦，谁——母亲，还有阿婆——都没能见他最后一面。“无端的伤亡，流血事件。我就在想，这个世界发生的一切，有时似乎让人觉得——”里哈姆说，有些支吾。

“安拉冷酷无情。”

里哈姆点点头。外婆突然弯下腰，亲吻她的额头。她轻声说：

“对安拉有所疑问没有错，这代表你把安拉放在了心里。”

自里哈姆记事起，在安曼度假，她最喜欢的就是与外婆相处的时光。外婆和薇达阿姨很像，热情慈爱，总是给她做好吃的。在她很小的时候，外婆会给她洗澡，在洗澡水里洒一些芳香油，洗好后给她编发辫。每个学年结束，她都会把成绩单塞进手提箱的套子里拿给外婆看。

“你太棒了。”萨尔玛每年都会这么说，还把成绩单挂在冰箱上。当有人来家里做客，她向人介绍里哈姆时，总说她是“我们家最聪明的孩子”。

萨尔玛的虔诚让她平添了一份高贵之气，那种庄重优雅是其他戴着头巾的女人所没有的。斋月期间，外婆在日落开斋时并不会大口吃肉，而只是吃一颗橄榄，抿一小口水，这种克制让里哈姆感叹不已。

有时，外婆带着她去家旁边的清真寺做礼拜。那栋带有穹顶的建筑宏伟壮观，庭院用大理石砖铺就；葡萄叶和藤蔓缠绕的拱门庄严肃穆，拱门上刻着：世上无主，唯有真主。里哈姆在课本上学过这句话，能够在现实中亲眼见到书本上的内容感觉很是奇妙。

外婆给了她一条围巾当作头巾，可以包住头发和脖颈，还有一件白色长袍，上面有红色刺绣。长袍对她来说确实过于肥大，袖子盖住了双手，下摆总会绊住她。可穿上它，跟随外婆走上清真寺的台阶，走进瞬间凉爽而幽暗的入口时，里哈姆总觉得自己别样的美丽。在进入清真寺之前，她们脱掉凉鞋，和进寺礼拜的其他人的鞋子放在一处。地毯有些粗糙，赤裸的双脚踩在上面有些刺痒。

清真寺里，大家热切地与外婆交谈，里哈姆明白萨尔玛很受人爱戴。

“头巾真好看，阿姨。”

“今年夏天西红柿长势怎么样啊，阿姨？”

“不错，不错。长势喜人，又大又红。你应该来家里，给孩子们摘一些尝尝。”

“愿真主保佑。”上周，一位老者朝她们走来，“亲爱的萨尔玛，这是您的外孙女吗?”

“是啊，”外婆脸上漾起笑容，“这就是我可爱的里哈姆。里哈姆，这位是祖海伊玛目。”

“里哈姆。”伊玛目笑了笑，眼睛周围聚起条条皱纹。他的头微微歪向她，里哈姆立刻喜欢上了他。“荣幸之至啊。”

“您的清真寺真美。”里哈姆结结巴巴地说出这些话，脸上泛起红晕。这句话自己听起来都很傻，透着孩子气。

祖海伊玛目看了看四周。墙壁上一行行古兰经经文，绿色的地毯，还有坐在角落处的人们。阳光透过大大的窗户倾泻而入。

“哦，是的，”他似乎吃了一惊地说，“确实很美。”他转向萨尔玛。“您的外孙女拥有一双即使从破旧不堪中也能发现美的眼睛。这是一种天赋。”

那天晚些时候，她们开始礼拜，里哈姆叩头，额头轻轻触碰地毯；和其他人一起跪下起身；她闭上眼睛，任由自己跟随四周各种声音牵引，脚摩擦地毯发出沙沙声响，空气中的芳香泛起，又轻轻消逝。

艾丽娅和米米阿姨聊天时一根接一根地抽烟，空气中弥漫着浓重的烟味。每隔几分钟，里哈姆就会把眼睛从书本上挪开，抬头注视着她们的嘴。

“真不敢相信夏天马上就过去了。”

“是啊，要回科威特了。”

“你开斋节的时候会回来吗?”

“可能回不来。孩子们上学——”

“我讨厌上学。”苏雅德说。

“苏苏，该你了。”

苏雅德把注意力转回到棋局上，她在和外婆下棋。棋子经过数周海水的浸泡加上阳光暴晒，已经有了条条裂纹。

“我快被烤熟了，”米米阿姨叹了口气，仔细检查着肩膀，“还记得开学季多可怕吗？孩子们肯定郁闷死了。”

“里哈姆不会。”艾丽娅说。她若有所思地注视着里哈姆。“你盼望开学吗？”

里哈姆想起学校：教室里装有空调，老师对她宠爱，尤其是图书管理员哈达德女士，总是把新书留给里哈姆让她先睹为快。她想起自己的朋友们，不爱张扬，害羞腼腆，也从不会让她拉直头发。

“我等不及了。”里哈姆轻声说。

“多好啊！”米米阿姨嘴里吐出一缕烟。“我家那两个懒姑娘真应该好好学学。”

“没错，”萨尔玛说，“这才是长久之事。聪明、好学。”

“嗯。”艾丽娅笑了笑，笑容中带着迟疑，里哈姆知道她脑子里一定在想，此刻的米拉和拉腊，穿着背心裙在某个地方吃着午饭，叽叽咕咕谈论着男孩子。“没错。”

艾丽娅和米米阿姨开始拆包三明治的纸巾。苏雅德厌烦了棋类游戏，溜达着到了水边，回来时手里抓着大把的贝壳。

“看！”她站在浴巾上方大叫道。沙子四散开来落在浴巾上。“我找到了一堆大贝壳。”

“真要命，苏雅德。”苏雅德坐下来时，艾丽娅忙着抖落三明治上的沙子。

“我在尽量找事做。这是你说的。”苏雅德惟妙惟肖地模仿着母亲的声音。“苏雅德，米米阿姨和我在聊天。不，别去找米拉和拉腊玩，自己玩。”

米米阿姨丰满的乳房随着笑声轻轻抖动。“她模仿得太棒了，假小子。她应该去当演员。”

艾丽娅摘下墨镜，眯起眼朝苏雅德看去，里哈姆听出母亲声音里的笑意。“不懂规矩！看来我得重新教育你。”

“你喂饱我了再教育她。”米米阿姨说。艾丽娅打开一个锡箔纸包着的三明治。

“蜂蜜还是芝士？”

“芝士。”

“妈妈？”

“各来一半，谢谢。”

“那些男孩子越来越聒噪了。”她们都回头看向海边踢球的那群男孩。有一个人把球踢向空中，用头来颠球，球呼啸而过朝着她们这个方向飞来。

“我踢得比他们好。”苏雅德赶忙站起身来说。

“坐下！”艾丽娅警告道，苏雅德坐了下来。

有两个男孩在追球，边跑边笑。他们越来越近，一个高大纤瘦，一个矮小粗壮，面部轮廓也渐渐清晰。

是巴萨姆和拉菲克。

他们从旁边跑过时，里哈姆扭动着坐起身来，低着头，很是难为情。一个想法在她的脑海里快速旋转：这里离安曼这么远，巴萨姆怎么会在这儿。她想到自己的身材，腋窝下出的汗，身上散发的体味，内心极度痛苦。

“哎，里哈姆，”母亲在太阳底下挥动着一个银色的东西，“吃点三明治。”

里哈姆的脸发烫。一想到巴萨姆看见她吃东西，还是这么大块的东西，她就惊恐万分。“我不饿。”她小声嘟哝道。

“什么?”

小点声。里哈姆想尖叫。她用眼角的余光看到拉菲克拿到了球，然后他们两个跑回到那群男孩子中间。“我不饿。”她提高了嗓门。

母亲皱皱眉头，又晃了一下三明治。“早饭之后你就没吃过东西了。”

“我想先游泳。”话一出口，里哈姆立刻后悔了——她在想什么？——母亲脸上掠过惊讶的表情，但同时又像是松了口气。里哈姆突然想通了整个暑假母亲为什么老是鬼鬼祟祟地暗中观察她——原来是出于关心!

“哦，”艾丽娅慢慢放下三明治，“好的。先去游泳，回来再吃。”然后指了指大海。“去吧，去吧。”里哈姆看到外婆眼中的困惑。

里哈姆极不情愿地站起身来。她注视着海水，恐惧让她的心都揪了起来。她用余光看到巴萨姆、拉菲克和那群男孩们一起，互相传着球。如果她要下水，就必须得从他们身边走过。想到这里，她有些惊慌。

“我也要去游泳。”苏雅德站了起来，腿上沾满沙子。她看起来就像小说里维多利亚时期脏兮兮的漂亮小乞丐。“我很快就回来。”她一本正经地对母亲说。

艾丽娅头都没抬，只是咂咂舌头，指着苏雅德刚刚坐的位置。

苏雅德立刻开始哀嚎。“不公平，为什么里哈姆可以去？我也想去游泳。”

“你，”艾丽娅对苏雅德说，“老实坐好。吃完三明治再去。”

“我可以再待会儿，”里哈姆内心很是绝望，提议说，“等她吃完一起去。”

“你去玩吧，亲爱的。她一会儿再去。”

苏雅德注视着母亲，双手叉腰。她们怒目相向了一会儿。最后，苏雅德踢了踢浴巾的边缘，坐了下去，满脸的不高兴。

里哈姆朝大海走去，心怦怦狂跳。她的内心无比痛苦，因为她明白自己现在是大家注视的焦点，好像有一千双眼睛在盯着她。四周似乎突然安静下来，每一个人——沙滩上玩耍的家庭，所有的男孩子，巴萨姆——都停下自己的事情看向她，这让她难以忍受。

她走了一步，又走了一步，脚下的沙子炽热难耐；两条胳膊在屁股两侧不自然地甩动，双膝磕磕碰碰。她知道，所有的人都敛声屏气，看着她极其缓慢地移动脚步。尽管大海看起来离她们坐的地方很近，但对她来说却是如此遥远，似乎要花掉一生，至少好几年的时间才能走完这段路程。汗水顺着乳沟向下流淌，体味越来越重。

终于，她走到了，走到了海边。她快速地朝身后看了看，吃惊地发现根本没人在看她。所有人都在吃东西、聊天。男孩们还在踢球，奔跑着、叫喊着。巴萨姆干脆利落地把球踢向空中。

她盯着看了一会儿。他弓起腿踢球的样子真可爱。他像是感应到了她炙热的目光，转头直直地看向她。她屏住呼吸。他抬手打了个招呼，微微一笑。她快速地向前走，脱掉裙子，扔在沙滩上。看到自己裸露的胳膊和双腿，她羞得无地自容。一定要赶在他走到她身边之前，赶在所有人看到她裸露的样子之前走进海水里。

只有走进海水里，才能远离那些男孩们的笑声；于是，她不断地催促自己。最初的几秒钟，她的肾上腺激素激增，看到巴萨姆的眼睛、他的微笑，心怦怦直跳，所以往水里蹚时，没什么感觉。但海水拍打着她，打在晒伤的皮肤上刺骨冰冷，这让她始料未及。她倒抽了一口气，但依然背对着海岸——他还在看吗？——双脚踩在成堆的贝壳、小石头还有让她发抖的黏糊糊的东西上磕磕绊绊。

很小的时候，她非常喜欢大海。每次都要游上好几个小时，还和卡拉姆比赛抓红色的小浮标。那时，她很喜欢头发上咸咸的海水味，即便外婆用洗发水洗过仍然会留有余味。一个人在海里游时，她常常想象自己是畅游在大海中的美人鱼，身体回转之间，四肢突然变得优美无比。

但现在，她对大海充满了厌恶——波动起伏的海水如同一条巨大的舌头，波光粼粼但充满恶意。她内心一阵恐慌，可眼睛依然注视前方。她想，回头势必会是一场灾难，转身就会看到他。她想象着沙滩上他投来的炙热目光，想象着他跳进海里寻觅她的踪迹。她往大海更深处走去，在海水的拍打下东倒西歪。她明白岸上的人还是能够看到她裸露的肌肤，于是她——快速地——用海水把自己包裹起来。

海水到了上臂的位置，就像浴巾一样盖住了她的乳房。她游了起来。双臂次第划水，身体在水中破浪前行。她深吸一口气，把头潜进水里，游得飞快，直到肺部因缺氧而灼烧；然后抬起头，大口吸气，双腿交替打水。她感觉身体不再冰冷。

充斥在她耳朵里的声音只有海浪声和自己的呼吸声。她依然背对着海岸线，双臂交替划水打圈。一个遥远的记忆突然袭来——小时候母亲带着她来到这里，她娇嫩的小手伸进波光粼粼的水中。

“像洗澡水，对吧?”母亲把她轻轻抱在怀里说。里哈姆抬头看着母亲，阳光在她的头上形成一圈光晕。现在，她想起那个四岁小孩脑袋里在想什么：这是世界上最美丽的女人。

记忆在她的脑海中过滤着，慢慢堆积。此刻，里哈姆感觉海水确实像洗澡水，不再冰冷，这并不仅仅是因为费力划水的缘故，还因海水本身的漩涡。她转身面朝海岸。

远处一抹金黄。

她的第一个念头是，海岸已变得模糊不清。恐惧感席卷而来。她几乎听不见人们说话的声音，听不见他们放声大笑的声音，也听不见他们戏水玩耍的声音。听着海浪刷刷的拍打声，她知道自己离海岸很远，非常非常远。她游的距离已经超出其他游泳的人一大截，那些人在海浪中星星点点。她眯起眼睛望向海岸，看到她们家浴巾的那抹黄色。不宁的心绪稍稍平静，她深吸一口气。

“好吧。”她用一种跟小孩说话的语气对自己说，声音抑扬顿挫。“开始游吧。”

她又吸了一口气，开始踢腿，1——2——3，心里知道这样看起来很蠢，但很庆幸没人看到。她的呼吸变得沉重，嘴巴里不断地灌进海水。她不断地吐气，努力想用双臂把水划开，就像多年前在这里学游泳时学到的那样。她屏住呼吸，直到胸腔快要爆炸了，然后抬起头换气。

就在她大口喘气的那一刻，突然意识到，情况越来越糟——她并没有游向海岸。没有。她努力地划开水面，可事实上只是徒劳地胡乱拍打；她被海浪推得更远。海浪中某种看不见的东西正悄无声息，但又急不可耐地想要拉她入怀。她感觉身体在旋转，周身的海水越来越暖，她惊恐万分。

因为惊恐，她开始挣扎。踢腿，用手抓，用拳捶。她忘记了标准的动作：划水，优美的入水。她的身体——双臂、双腿——和意识似乎融为一体，唯一的想法就是：靠岸。她感到水流的拖拽，依稀记得数年前，有人告诉过她，如果感觉海水拖拽时不要反抗，只需要等待即可摆脱。说这话的人肯定从未被拖拽过，从未感受过如此强大、如此可怕的牵引，好像有很多张网，她被这些网套牢，被海水吞没。

里哈姆听到远处的尖叫声。她使劲眨眨眼看向海岸，可是阳光太过刺眼，除了海水她什么也看不到。海水刺痛了她的双眼，拉扯着她的身体。

四周是深不可测的碧蓝色，她突然沉到水下；头被海水淹没。里哈姆张大嘴，结果吞了一口海水，开始咳嗽、吐水。上浮，她需要浮起来。她的想法很简单。浮起来，抬头，蹬腿。

里哈姆的头浮出水面，她大口吸气，耳朵里充斥着慌乱的喘息声。她明白，如果静止不动，只会越来越没有力气，最后将沉入海底。她的胳膊像灌了铅一般，但她知道自己必须得挥动划水，挥动划水，即使身体在颤抖。

"加油，加油。"她对自己大喊道，声音嘶哑。她的双腿用力踢水，耳边又传来尖叫声，她的身体在海浪中浮浮沉沉。

她看到自己宛如一根脆弱易断的绳子在海水中漂浮。接着，另一个影像出现——自高处向下看，看着自己拼命挣扎、奄奄一息的躯壳。

一道光，看不清的黑暗，隐约一团。里哈姆自思自忖。她需要用力摆脱。

里哈姆又听到叫喊声，声音撞击着海浪：里哈姆，里哈姆。她吓了一跳，因为她认出那是她自己——里哈姆，里哈姆——残存下来的她如游丝般在水中沉浮，远离沙滩。她艰难地大口吸气，努力地回想着里哈姆。那是一段被尘封的记忆——嗯，她现在是位老妇人！这种想法很奇怪，但却异常坚定，就像她很确定自己的眼睛是褐色，或者确定她爱自己的父亲一般——她肯定并且坚信，在另一个时空，她已经活了几十年，她是位垂死的老妇人，而现在所经历的只是那个时空曾经的一段回忆。

她没有时间沉湎于回忆中。又一波海浪打来，身体随之摇晃，汹涌的波涛撞击着肩膀，双臂感到一阵剧痛。她突然明白，如果不叫喊，如果不张开嘴巴说些什么——什么都行，什么都行——她就会死掉，那个老妇人和那个小女孩都会死去，毫无声息，海水会吞没她。里哈姆满心恐惧，张开嘴巴，只有一个名字脱口而出。

安拉。

安拉，哦，安拉，哦。在清真寺里，她的内心暖流涌动，被希望裹挟，心跳加快；外婆给她裹好头巾，和她一起坐在毯子上；周围熏香缭绕，屋顶像一片碧空。她想起这些，内心充盈着浓烈、清澈的爱。

有人在大声叫喊，声音盖过海浪声，但里哈姆已经筋疲力尽，疲累麻木了四肢。胳膊再次带动着身体来回摆动；突然，出现了两条胳膊，不是水，没错，是人的胳膊，脖颈处感受到温暖的呼吸。有人在说，坚持住，坚持住，里哈姆把头靠在——海浪上？胳膊上？——海水无限延伸，闪烁光芒，随之陷入一片黑暗中。

里哈姆躺在漆黑一片的房间里，她能闻到蛋糕的味道。她知道一场盛大的聚会正在进行，所以才会有各种喧闹，无数个声音喋喋不休。他们听起来像是吓坏了，但里哈姆清楚这只是他们的伎俩；他们在假装害怕，因为没有邀请她。她想哭，因为蛋糕没了。突然，鼻孔一阵灼痛，她开始咳嗽。海水、海水，似乎永无止境地从喉咙里不断涌出。一道光闪过，突然啪的一声，不断延伸成一种长着无数臂膀的生物——章鱼。她看到一只章鱼以一种华丽的姿态移动着身体，说着什么。古兰经，她想，她认出了那些乱成一团的经文；只是这只章鱼断章取义，误读了其中的含义。

里哈姆想要斥责这只章鱼，可还没来得及说出口，海水再次从她嘴里喷涌而出，她不断咳嗽。很多条胳膊把她拉起来，有人在拍她的背，她不停干呕。突然她被人从水里拉出来，拉到满是沙砾的海岸上，双手放在身体两侧；她不停地呕吐，沙子上出现一团团白色的物质。芝士，里哈姆心里想，今天早饭她吃了热乎的面包和芝士。

她摇摇晃晃地抬起头，阳光下眨了眨眼睛，看到很多人聚在周围。母亲跪在她面前啜泣。里哈姆突然想到已经很多年没见过母亲流泪了。米米阿姨紧紧搂着母亲。苏雅德站在她们身边，小脸苍白、透着恐惧、眼泪潸潸。浴巾扯得到处都是，食物散落一地。有那么一刻，里哈姆觉得母亲会暴跳如雷，因为食物上沾满了沙子，可是她突然想起母亲在哭泣，为她而哭泣。

“里哈姆。”母亲像亮出一道护身符、一段经文般哽咽着说出她的名字，然后突然把她紧紧抱在怀里；母亲的皮肤散发着一种香气。里哈姆偷偷看了一眼周围的人们，来海边野餐的家庭，还有男孩们。巴萨姆站在那群男孩的一侧；一时之间，他看起来如此年少青涩、透着恐惧。大家七嘴八舌起来。

“她活着，她活着。”

“叔叔，我从没见过一个人能游那么快，你救了她。”

“我看到她趴在你肩膀上毫无知觉时，真主啊，我以为——”

“嘘，我们都这么想，幸好她缓过来了。”

“她是一个坚强的小女孩。被浪卷走了那么远，她一直不停地踢水。”

“她在呼吸，对吗？”

里哈姆认真思考着最后一个问题，意识到自己以前从未想过这个问题，从未想过呼吸——多么了不起的一件事，呼吸，每天都在做的事，她竟然从未想过——现在，她感觉肺部难受，胸口发紧，呼吸不畅，每吸一口气都很剧痛，像是喉咙里长了很多细小的长钉。她转过脸，一下子又吐了出来。

“大家让开，”外婆的声音压过其他人，“大家给她留些空间。她需要空气。”她看到呕吐的沙地上方出现了一只手，手里拿着一瓶水。里哈姆抬头看见外婆的脸，头巾下面脸色惨白，但却极其坚毅。她朝里哈姆点点头。“喝点水，慢点。”里哈姆把瓶子送到唇边，胃有些痉挛，但还是抿了一小口。

一滴海水慢慢流进眼睛，有些刺痛。她眨了眨眼，突然想到，泳衣包裹的赘肉、裸露的四肢，就这样暴露在众目睽睽之下；大家都在注视着她，巴萨姆也在看着她。大家都看到了她呕吐，她心里想，吐出来的白色物质令她羞愧难当。那种熟悉的羞愧感开始作祟。可是，当她听到外婆的呼吸声时，突然意识到正是这一连串的呕吐救了她，让她活着，让她又能够呼吸。

突然，她不再关心谁在看她，谁在注视她。她抬起头，没有看向那些游玩的人群、踢球的男孩、游泳的人，而是看向她的家人，看向仍在啜泣的母亲。她们——苏雅德、艾丽娅和萨尔玛——都在看着她，脸上透着惊恐，好像她已幻化成了幽灵。她渐渐明白自己真的很了不起，单单只是活着，在水里扑腾扑腾，就已经成就斐然。

“里哈姆，”她听见母亲的声音，“里哈姆，是这个人救了你。”母亲指着一位留着胡子的年轻人说。他和家人在附近游玩；他的裤子和衬衫都湿了，紧紧地贴在身上。里哈姆这才看到母亲的衣服也湿漉漉的，上面裹满了沙子。里哈姆意识到，母亲也在尽力地游去救她。像洗澡水，对吧？

“你是一个坚强的小女孩，”那个男人说，“一直在海里扑腾。”里哈姆努力想象着这个男人把她抱在怀里，带她逃离死亡的场景；她并不觉得尴尬。

“谢谢你。”她说，所有人开始大笑，包括母亲，那种大笑是如释重负之后的歇斯底里。

里哈姆向后拢了拢头发，双手已经颤抖得不那么厉害了。阳光下，她眯着眼睛，听着身边人们的说话声。

“真是奇迹。”

“他们得在这儿安排救生员。”

“那片海水还是挺危险的。”

阳光闪耀着光芒，里哈姆自苏醒之后，第一次注意到透过人们双腿之间的缝隙看到的海水是如此惊心动魄的湛蓝。她小声说着什么。除了外婆没人听得见。外婆俯下身来，用她粗糙不平、布满老茧的手揉搓她的头发，周围的人们仍在交谈。

外婆紧紧环抱着她。“是的，”外婆轻声说，只有她们两个听得到。“是的，真神安拉救了你。”

于是她想起，似乎是在梦中，被海水裹挟着的她已经成了老妇人。在另一个时空，她快要死了，而所有的一切都只是那个时空的一段记忆。当海浪拍打着身体时，她呼唤的只有真神安拉。

ALIA
艾丽娅

科威特城

1988 年 4 月

艾丽娅用小匙在茶杯里大力地搅动着，茶杯里的糖早已融化。她发现丁零当啷的声响让人心安，至少可以分散注意力。客厅的窗外，夜幕降临，华灯初上。她怒不可遏地看着窗外的夜色，好像用意念就能把一辆车——从车上下来一个身形瘦长、桀骜不驯的人——给变出来。

“她还没回来？”

阿提夫出现在门口。他眉头紧蹙，脸上聚起的条条皱纹清晰可见。

艾丽娅摇摇头。她身心俱疲，心里有些许焦灼，脑海里翻腾着几小时前的争吵。

“快十一点了，”阿提夫说，“你该睡觉了。”艾丽娅从他的言语中听出些微的责备。阿提夫喜欢安宁；傍晚时分，他会边批阅学生的试卷，边聆听乌姆·库勒苏姆的歌曲。家里发生这样的冲突让他紧张不安。

“你对家里的事应该多关心些。”艾丽娅反击说。他的脸立刻垮了下来，话一出口她就后悔了。

他叹了口气。“好吧。”

他示意她往旁边挪挪，和她并排坐在沙发上。一时间，两人沉默不语，她感觉身体里的每个毛孔都散发着怒气。电视里正在播放一个黎巴嫩的音乐节目，一位长相甜美的女孩登上舞台，开始唱歌。

“她可能又去薇达家了。”阿提夫最后说。

“薇达真会帮倒忙！”她宣泄着内心的愤怒，“只会娇惯溺爱她，还给她做饭。女孩子需要的是自律。”

“薇达又不能不理她。”很明显，再次谈论这个话题让他很不开心。

“哦！但愿如此。”艾丽娅说道，语气中带着讥讽。她端起茶杯，茶水已经凉了，喝到嘴里有一股微温的甘甜。他们再次陷入沉默，眼睛盯着电视；一个穿着蓝色连衣裙的年轻女孩在舞台上走来走去，观众鼓掌欢呼。

几分钟后，艾丽娅勃然大怒：

“这种事情从来不会，从来不会发生在另外两个孩子的身上！”

“艾丽娅——”

“从来不会，阿提夫！一次都不会。卡拉姆是个男孩子，他才应该是常常晚归、捅娄子的那个。但是没有，从来没有。他努力学习，正常交朋友，上学、回家、睡觉。”

“孩子们之间比来比去毫无意义。”

“还有里哈姆。”艾丽娅继续说，她知道自己的声音听起来尖锐刺耳，但却欲罢不能。“你能想象吗？她连打个喷嚏都不会大声。”

阿提夫清了清嗓子，艾丽娅假装没听到。“只有苏雅德这样。”她最后说，像打了一场胜仗，“只有她。”

“每个孩子个性不同，艾丽娅，你最清楚。”阿提夫说。每每说到孩子们个性不同的话题时，他都尽量把想说的话咽到肚子里；她很清楚他想说什么，因为之前听他说过类似的话。就在去年她和苏雅德吵架后，无意中听到阿提夫压低声音对薇达说：

“我从没见过如此相像的两个人。”

这次争吵是因为蔗糖。苏雅德习惯把蔗糖夹在面包片里吃，结果厨房料理台上留下粒粒砂糖，招来许多蚂蚁。普丽娅得一直用海绵除掉它们，海绵上沾满它们的尸体。

艾丽娅和阿提夫不止一次告诉过她要用盘子接着吃。阿提夫脾气好，从不气恼，还会拿那些不速之客开玩笑；但是艾丽娅说话本就尖刻些，还把普丽娅患关节炎的事也扯了进来。

“我们这儿要闹蚁灾了。”她对苏雅德说。

可苏雅德从来都是左耳进右耳出。她还是一如既往地吃蔗糖三明治，一如既往地在料理台上留下粒粒砂糖，一如既往地招来急不可耐的蚂蚁。几个星期以来，艾丽娅对此烦躁不安——完全不顾他人！自私自利，一切想当然。不为他人着想，只图自己方便。

那天下午，艾丽娅正巧看到苏雅德拿着吃了一半的三明治咬了一口，眼睁睁地看着糖粒掉下来。她突然爆发，大声嚷嚷说她没规矩，还把陈芝麻烂谷子的事全都翻了出来，直到最后不可收拾。

“你脑子有病，”苏雅德吼道，在门口气鼓鼓地穿上鞋，三明治碎屑还黏在嘴唇上。“绝对有病。”然后砰的一声甩上前门，就走了。

电视机上方的时钟闪烁的数字显示，快午夜十二点了。电视屏幕里，女歌手后面的伴舞极富挑逗地扭动着屁股。如今的年轻女孩不再像几十年前艾丽娅那一代身穿短裙，头发上戴着羽毛饰品——紧身毛衣、眼线膏、冷色系口红——这种风格艾丽娅现在依旧喜欢。

她们和苏雅德一样，穿着紧身牛仔裤和皮衣。艾丽娅觉得难看极了，显得爱出风头。也许时尚反映了每个时代女性的形象，想到这儿艾丽娅心情好多了。她想把这个想法说给阿提夫听，但他俩之间现在存着芥蒂；他出于好意的沉默于她就是挑衅。此时，电视屏幕上衣着鲜艳的跳舞女郎舞得正酣，映在他的脸上泛着斑斓的光。

女歌手唱完后鞠躬谢幕，掌声四起。舞者退场，灯光变暗。另一位歌手穿着长裙走上舞台，头上裹着头巾。艾丽娅认出了她——来自摩洛哥的歌手，几个月前突然公开宣布自己信奉伊斯兰教，换掉标志性的短装，取而代之，戴了头巾。

"我很好奇她的母亲会怎么想。"艾丽娅评论道。她尽量压低声音，斜眼瞟了一眼阿提夫。这是和解之意。孩子们还小的时候，他俩的婚姻关系一直不是很稳定，但经过这么多年，激情退却，已经转化成了亲情。

他清了清嗓子，斟酌措辞。"或许她的母亲还有另外一个女儿可以平衡一下。"他们两个都大笑起来，艾丽娅向他身边挪了挪。

从某些方面来讲，他的这句话确实有些好笑。迷你裙和头巾控，她总是向朋友打趣说。这是她为两个女儿起的绰号，虽然出于好意，但有时让人听起来却有刻薄挖苦之嫌。

事实上，艾丽娅无法理解——两个女儿，只相差几岁，一个无神论，桀骜不驯；另一个戴着头巾，为人真诚，并且已经婚配。有时觉得她们两个都太过极端，但从某种意义上来讲，又没什么不同；两个人心中狂躁不安，在不同的自我之间不停地切换、穿梭，好似晾衣架上的一件件裙子。

艾丽娅并不是不喜欢里哈姆的信仰，而是心里隐约感到不舒服，因为它被表现得太明显。里哈姆一直以来都很内敛，在刚刚进入青春期时，她就开始询问头巾的事，说想要斋月封斋。艾丽娅和阿提夫虽然为她骄傲，但也有些困惑，他俩常常四目相对，眼神中满是忧虑。

“她能这样我很开心，真的。”阿提夫曾说过，“只是这太——”

“我明白。”艾丽娅说。

看着女儿斋月期间会把目光从食物上移开，听到她在浴室里为礼拜做净身准备时水泼溅的声音，拂晓前随着穆安津宣礼的呼唤起身去礼拜的脚步声——对全家人来说她就像一面镜子，在她的反射下，他们都看到了自身的不足。

艾丽娅是伴随着母亲对真神安拉的赞颂长大的，母亲的信仰为宗教渲染了一种柔和的色彩，所以艾丽娅喜欢穆安津宣礼的呼唤、各种阿拉伯节日、古兰经经文。对于艾丽娅来说，战争结束、穆斯塔法死后，所有这些事情与其说是遗失，不如说是故意丢弃。

然而，多年后，里哈姆用信仰包裹着自己，就像围一条围巾那么简单，从来不会因为礼拜要早起而抱怨，封斋的时候从来不会偷吃一口面包——艾丽娅总是偷吃。这么多年她似乎被信仰吞噬，但艾丽娅和阿提夫除了鼓励她之外，还能做什么呢？做什么都不合适。

这么说来，里哈姆和苏雅德一样让人耗尽心力。两个女儿不断向他们施压，他们不断让步，一开始只是小小的退让，之后越退越多。

“我们需要支持她。”阿提夫说，声音里带着犹疑。当里哈姆开始戴起头巾，在大学研修伊斯兰课程，在医院里做志愿者时，他常常这么说。

去年五月初，里哈姆让她和阿提夫坐下来，用她惯有的温和而略带伤感的语气对他们说要和医院里的一位约旦医生结婚。他俩目瞪口呆，但因为发过誓要保持沉默，所以什么也没说。

那个医生——艾丽娅能想到的只有这个称呼，尽管婚礼在一月举行，尽管她应该称他为拉蒂夫或是里哈姆的丈夫——眼神里透着和蔼，但却极其沉闷无趣。他第一次来家里吃晚饭时，艾丽娅震惊极了：这个人说话轻声细语，态度从容不迫、彬彬有礼，一双皮鞋擦得锃亮。

“我对您的女儿是真心诚意的。”他用常年安慰伤病和垂死之人培养出来的音调跟他们说话，他们两个人对视了一眼。

“他的年纪足可以当你的父亲。”晚饭后，艾丽娅压低嗓音对女儿厉声说道，里哈姆耸耸肩，不为所动。

“他心地善良，妈妈。你很清楚这点。你能看得出来。”她的脸上闪过一丝难以捉摸的微笑。

“还有，”她说，语气坚决，“如果阿婆在世，肯定会喜欢他。”萨尔玛已经去世将近一年了。艾丽娅一下子泄了气。

令人惊讶的是，这次反对声音最大的是苏雅德。

“孩子！”苏雅德站在姐姐的房间里，双手叉腰，里哈姆正往几个手提箱里叠放衣服。婚礼结束后，那个医生就要回出生地安曼，他要带里哈姆一起回去。“他有个孩子，里哈姆。你要做那个孩子的母亲。你明白吗？你到现在还整天抱着毛绒公仔睡觉呢。”

艾丽娅默默地为小女儿鼓掌欢呼，可无论她们说什么，里哈姆都回以微笑，耐性十足。

“他是个好男人。”几个月以来，她不厌其烦地重复着这句话，甚至在婚礼当晚，艾丽娅帮她整理衣服，并且不免俗套地大哭时，她也这么说。艾丽娅哭并不是因为喜极而泣，也不是因为不舍得女儿离开自己，而是因为婚礼现场的凄凉景象：里哈姆臃肿的腰围把白色礼服撑变了形；婚礼上，笑容满面的她看起来如此平凡；她的丈夫看起来面容苍老、无聊乏味；继子满脸不高兴，领结也系得歪歪扭扭。这就是女儿所得到的生活。她多想抓着女儿用力摇她，让她清醒些，告诉她：你不必嫁给第一个喜欢你的人或者要带你走的人。

就连婚礼过程也很无聊乏味，冗长拖沓。宾客们出于好心夸赞里哈姆的礼服，亲吻艾丽娅的脸颊，舞池一直空空如也。最后，苏雅德站起身来，穿着红色礼服，拉着哥哥的手，开始晃动臀部，那姿势足以让宾客们作为谈资说上好些天。

阿提夫在沙发上睡着了，头歪在靠垫上。艾丽娅就这么看着他。多少次她都这么看着他。此刻她猛地冒出一个念头。熟睡中的他看起来更加苍老，鼻翼和嘴角两侧的纹路更深了。她很恼火；她现在如此愤怒，可他竟然能睡得着，但她明白自己这么想对他不公平。有时她嫉妒他的镇静沉着，他的镇定自若让孩子们愿意亲近他。遇到塞车，他总是一脸温和；在书房一待就好几个小时。她有时真想大吼，你到底在想什么。有那么一两次，书房门关着，她怒气冲冲地闯进书房，希望抓到他正做一些不可描述的事情——自慰？和情妇通话？——可结果呢，他只是埋头在写东西。这也会无端惹怒她，那么长时间躲在书房里，抽烟。他能写什么？他的母亲多年前已经去世，他也鲜少和兄弟们联系。

房子里传来关门的声音。卡拉姆出现在门口，头发东结一团，西刺一尖，看来是刚刚睡醒。

“还没回来?”他忍住呵欠。

艾丽娅摇摇头，瞄了一眼阿提夫。“谁知道她在哪儿。”她低声说，怒气又涌了上来。

卡拉姆对她笑笑。“她会没事的，妈妈。”他指了指睡着的父亲，“要叫醒他吗？让他去床上睡?”

“他自己会醒的。学习怎么样了？你这样身体会吃不消的。”

卡拉姆揉揉眼睛。身上穿着运动裤和棉布衬衫，手臂上有浓密的汗毛，他看起来像个真正的男人。“没事。还剩几章就看完了。”

“明天考试?”

他点点头。她叹了口气表示同情，看着那张疲惫的脸倍感心疼。他的生活对她来说是个谜：那些大学里的建筑类课程和偶尔在书桌上瞥见的建筑草图。他曾跟她说过想要在科威特建造摩天大楼，让科威特变成巴黎或者曼哈顿一样的城市。她的内心涌动着一股暖流；这才是让她省心的孩子。

“祝你好运，亲爱的。”

她听着他的脚步声渐渐消失。曾经那个害羞内敛、眼神温和的小男孩，进入青春期后，突然之间长成了身材瘦长的翩翩少年。喉结、凌乱的胡须、少年身体里的雄性荷尔蒙。有段时间，她害怕触碰他的身体，害怕会有什么不妥当。长长舒展的四肢是她孕育出来的，这似乎是一项非凡的成就啊。

或许女儿和儿子之间本就存在明显差异。从某种意义上来讲，女儿们身体的变化在预料之中，她都经历过——渐渐发育的乳房、沾在内裤上的经血、日渐茂密的阴毛。可是卡拉姆，带着他的男性特征、他的陌生感、他的相异性——是她孕育出的一个奇迹。

音乐节目结束了，紧接着是一部美国情景喜剧，讲的是一个家庭，丈夫和妻子之间引人发笑的争论，下面配有阿拉伯语字幕，但艾丽娅喜欢听英语。多年来，她听孩子们聊天，英语训练得还算不错，尤其是各种类型的口语——华丽的、搞笑的、平民的。

阿提夫在她身边动了一下，头突然垂到胸前。他醒了，眨眨眼，一时间有些恍惚。

"谁？"每次惊醒他都显得无比恐慌。

艾丽娅一只手放在他的肩膀上。"你上床去睡吧。"

他打了个哈欠，闭上眼睛。"一起吗？"

"不了，"她尽量让声音显得轻柔，"我想再看一会儿。"阿提夫斜眼瞥了瞥电视。

"美国情景喜剧？这就是我们要的结果？"他会心大笑，"你们外国人啊。"暑假的时候，当孩子们教艾丽娅的母亲——萨尔玛——英语和法语单词时，她常常这么说。你们外国人啊。

即便时间过去这么久了，有关萨尔玛的话题还是一个禁忌。两年的时间艾丽娅总是拆开来一对一对数：两个暑假、两个生日、两个开斋节。阿提夫一只手放在艾丽娅的额头上，就像对待孩子一样。

"愿真主保佑她安息。"他说，眼神透露着严肃。

"愿真主保佑她安息。"她重复着，但内心的悲伤依旧。

他亲了亲她，然后离开了客厅，嘴里散发酸臭的气息。这么多年他都过着无性的生活，和她肢体接触的次数越来越少。她怀疑这和某种礼节有关，好像她已经是年迈老妪，需要被恭敬以待。毕竟她已年近四十五，两鬓已出现丝丝白发，为显得年轻还得刻意染黑。

我喜欢你在我身上留下印记。那些淤痕带来炙烤般的灼痛。如果她这么说，他一定会被吓到。

阿提夫会温厚地对她眨巴着眼睛。他会受伤。也许他会想起从纳布卢斯回来后两人疯狂做爱的夜晚。如果她跟他说这二十年来一直渴望再次拥有那样的肌肤之亲，他一定不会相信。

艾丽娅一个人待在客厅，看着电视里那家人在大笑。刚刚阿提夫提到萨尔玛，此时她的心沉甸甸的。她摸着脖子上戴的细细金链，这是婚礼上母亲送给她的礼物。指尖摩挲着链子，悲伤涌上心头。刺痛如海浪般袭来，过后是钝钝的隐隐作痛。

萨尔玛去世时是冬天，在肆虐安曼三天三夜的大雷暴雨前夜。在她去世的一个星期前，艾丽娅才在姨母们的催促下来到安曼。

"她的身体状况很不好，"她们说，"情况越来越糟。"多年来，萨尔玛的身体每况日下，肺部、肌肉，甚至睡眠都深受其扰，但却诊查不出病症。

在那个星期里，艾丽娅给母亲煮茶，准备香瓜切片放在大浅盘上。晚上，她像婴儿般蜷缩在母亲的床上，梦境多是老虎和洪水，还有摆满燃烧着灯笼的洞穴。

每当母亲因为疼痛呻吟时，艾丽娅都会双手交替帮她揉背。待母亲的呼吸声渐渐平稳，她还继续揉搓，直至手腕酸痛，整个人陷入母亲将要逝去的思绪中。再没有比这更可怕的事了。艾丽娅明白这是每个人的宿命，可一想到此，内心还是涌起极度的恐惧。艾丽娅想象着母亲逝去后的场景，然而能想到的只有煮熟的米饭、修剪的碎发。实在无法想象没有她的日子。

后来大家聊起当时雨云遮日，一道道闪电划破长空的情景时，总会把那场雷暴当作是一种预示。雷暴从下午开始，当时她和母亲正坐在花园里。萨尔玛觉得好了些，训斥艾丽娅不该跑来安曼。

“你有三个孩子要照顾。”萨尔玛训斥说，“你那些姨妈们总爱大惊小怪。”

艾丽娅看着母亲把芝士三明治里的几片番茄挑出来，把面包掰成一小块一小块，勉强吃了一点。

“茉莉花开得真漂亮。”萨尔玛说。天空中乌云压得很低，一片灰暗。

“深冬了，”艾丽娅说，“我来剪一些插到花瓶里，怎么样?”她边说边起身，拍掉长袍上粘着的面包屑。身上这件宽松长袍是她还是小女孩时的衣服。待在母亲身边时，她喜欢穿这些旧衣服，衣服上的霉味让人想起旧日时光。走到那棵茉莉花树旁，她踮起脚尖，使劲够到一株开了好几朵花的花枝。在翠绿色叶子的映衬下，花瓣盈白如珠，令人惊叹。

她扭断花枝，把花朵凑近鼻子，用力一吸。脉脉清香，带着一丝甜味，令人陶醉。这时，有东西啪嗒一声落在她的手腕上，湿湿的、重重的。

“噢!”艾丽娅听到身后传来声响，扭头看见母亲一只胳膊向上伸展，眉毛上扬。“下雨了。”

艾丽娅走回母亲身边，走到椅子旁，放低手臂，小心翼翼地把手腕上的那颗雨滴——还是完美的半圆形——呈给母亲看。“我知道。”

萨尔玛用手指轻轻碰了碰艾丽娅手上的雨滴。雨轻轻落下，噗通噗通地落进喝了一半的茶水里，打湿了三明治外层的面包片。母亲脸上聚起笑容，雨水洒落在她的头发上。她抬头看着艾丽娅，眼神里带着一丝调皮，还有喜悦。

“我们进屋吧。”

那天夜里晚些时候，萨尔玛去世了。天黑沉沉的，蒙蒙细雨渐渐转为滂沱大雨。艾丽娅透过卧室窗户向外看，雨犹如重重的帘子，灰重地掩压了世界，再加上风的助威，一切变得模糊不清。她拉上窗帘。

“为我吟诵经文吧，亲爱的。”萨尔玛的声音隔着毯子听起来模糊不清，有点透不过气。艾丽娅躺在她身边。远处传来隆隆雷声。

“奉真主之名。”她开始吟诵古兰经经文，声音尽量保持平缓。她选择了母亲最喜欢的两部分——《法谛哈》和《库尔西》——吟诵的时候感觉有些羞怯。吟诵结束时，母亲的呼吸已经平稳。

“世上无主，唯有真主。”艾丽娅轻声说，转向母亲，用额头轻轻碰了碰她的肩膀。她们伴着雨声入眠。

艾丽娅被隆隆雷声震醒。晕晕乎乎的她那时才意识到萨尔玛在低声说话。

“你一定要记得。”萨尔玛说，呼吸急促。艾丽娅坐起身，黑暗中看到母亲睁大了眼睛，目光越过艾丽娅身后看向窗户。

“妈妈?”艾丽娅努力让声音保持镇定。

“如果发生了，你一定要想办法记住。”

“发生什么，妈妈?”她感到刺骨的恐惧，以前从未听母亲这样说过。

“以前我错了。我以为能让自己看到不存在的东西。当时我撒了谎。我看到了房子，看到它们不复存在。你可一定要记住。”母亲开始咳嗽，声音有些迷乱。

光亮，艾丽娅心里想。她得开了灯才能知道母亲的状况，此时的黑暗于她突然变得狰狞可怖。慌乱中，她站起身跌跌撞撞地走向窗户，用力拉扯窗帘，几经扯拽，终于拉开。外面，大雨滂沱，街灯模糊。抬头看，只剩一片黑暗虚无的天空。

当她转身回到床边时，萨尔玛已经去世了。她的脸侧向窗户的方向，睁大的双眼在路灯灯头打落的微亮中闪闪发光。

是的，她走了，死亡带走了萨尔玛。虽然人终有一死，可艾丽娅想到未来的宿命仍然备受打击，悲痛欲绝。接下来的一切索然无味但令人肝肠寸断——葬礼，阿提夫和孩子们坐飞机从科威特赶来，萨尔玛的全身被用洁净的水擦洗过，用白布包裹——想到已逝的亲人，穆斯塔法、她的父亲，一个个逝去，像是演练过似的。

但自那个晚上起，一个迷思萦绕心中，时刻折磨着艾丽娅：母亲到底想到了什么？什么谎言？

艾丽娅被外面汽车轮胎摩擦地面的刺耳声给惊醒了，她竟然睡着了。她猛地坐起身，对着发光的电视屏幕眨了眨眼。她站起来时——肾上腺素让她情绪激动，怒火中烧——想起某个有关海水的场景：海里突然出现几根柱子。那是她刚才做的梦，还是在哪里看到过的一幅画？

前厅传来拖着脚走路的声音，很轻。轻声说话，故意压低的笑声。艾丽娅歪着头倾听。是布杜尔，苏雅德从小学时起的闺蜜。她们走得很慢，其中一个还让另一个小声点，她们走进客厅的入口。

“我不敢相信——”

“我知道。”又一阵笑声传来。苏雅德轻按了一下灯的开关；艾丽娅眯起眼睛，有些不习惯突然的光亮。女儿穿着牛仔裤和紧身衬衫，紧到她都能看见胸罩上的蕾丝。

“妈妈。”苏雅德被抓了个现行，有些惊慌，但很快就一脸的恼火。

“黑灯瞎火的你站在那里干什么?”她瞥了一眼电视，“看什么节目呢?”

艾丽娅看看墙上的老爷钟。“凌晨两点了。”

两个女孩都不吱声，相互交换了一下眼色。布杜尔看起来吓坏了；苏雅德先开口说道：“我们玩得晚了。没注意时间。”

“你们去哪儿了?”艾丽娅胸口有团怒火。她双臂交叉在胸前。

苏雅德耸耸肩。“外面。”

“外面，苏雅德？外面哪里?”

“没错，妈妈。”苏雅德翻了个白眼，“我们出去了一会儿，回来晚了，但现在我们回来了。布杜尔，我们去——”

艾丽娅开始尖叫。“外面？外面？你觉得其他女孩子会这么做吗?在外面待到凌晨?”她朝苏雅德咆哮，但心里也松了口气。

苏雅德斜着眼看着母亲；艾丽娅的个子比较高，但苏雅德散发的气场把她给比了下去。苏雅德还是小女孩时，身上就有种女王般的气势，令人生畏。

“因为那个三明治，”苏雅德恶狠狠地说，“就为了那些无足轻重的糖粒。你熬到这么晚对我大吼大叫就为了这个?”

布杜尔站在她身边，紧咬着嘴唇，像是要哭了的样子。“我进房间了。”

艾丽娅对布杜尔的态度有所缓和。可怜的人儿。苏雅德永远都是两个人中拿主意的那个，艾丽娅知道。她总是撺掇布杜尔做坏事。她们十二岁那年，艾丽娅撞见她们在院子里抽烟。布杜尔当场哭起来，不断地说着对不起。可苏雅德又抽了一口之后，才用穿着帆布鞋的脚把香烟踩灭。

“去吧，布杜尔，亲爱的。”艾丽娅说。

“不行，你留下。”苏雅德说。

她们两个同时开口说话，然后怒目相向。布杜尔迟疑了一会儿，还是进了房间，脚步轻柔无声。

“我是想让你开心。”艾丽娅改变策略，“晚归对你不好。”

苏雅德不耐烦地哼了一声，艾丽娅想给她一巴掌。“开心?”她把钱包丢在地板上，一副没事儿人的样子；不过，当艾丽娅看到她绷紧了下巴时，内心还是有小小的满足。“你是说像里哈姆一样开心？还是像你一样开心?”

“嚯，嚯，又来？每天跟唱戏似的。你想每个人都不开心，这样我们就跟你看的那些美国电影一样悲惨了。”最近几个月，苏雅德对于这个家的失望非常强烈，且真真切切。

“别跟我说那些有的没的。”

“什么——”

苏雅德莞尔一笑，像是牌桌上要大获全胜的赌徒。

“你整天跟个被人抛弃的怨妇似的，不就是因为不能住在安曼吗!”

艾丽娅怔住了。“我要叫醒你的父——父亲，”她有点结巴，“让他来跟你讲。他可清楚女孩子应该什么时候回家。”

这个威胁没用，她们都心知肚明。阿提夫对待孩子太过温和，在处理问题时充其量做到不温不火。苏雅德挑起一边的眉毛。

“叫醒他好了。”

“我开心。”艾丽娅大叫道。她为自己的幼稚行为感到羞愧。

“不，”苏雅德捡起钱包慢悠悠地说，“你不开心。你是个骗子，满嘴谎言。你之所以生气是因为我看穿了你。”

苏雅德走出客厅。出去前关掉了灯——一个极大的侮辱——艾丽娅置身于黑暗中，嘴唇微张，怒气在胸腔里翻腾。

过了一会儿——十分钟、十五分钟——艾丽娅才平静下来。她想要追到苏雅德的房间里，拽住她的肩膀，要求她道歉，不然没完，但她还是尽力克制住了这种冲动。她想要大声尖叫，想要恶言相向。她这一生都没有酣畅淋漓地吵过架；薇达为人温和，萨尔玛心肠慈悲，阿提夫为人宽厚，卡拉姆温文尔雅，而里哈姆沉默寡言。

只有苏雅德性格暴烈。还有，她很精明圆滑——这有点滑稽可笑，谁会这么评价自己的孩子呢——非常清楚甩头走开的杀伤力。

很多时候，艾丽娅不愿见到这个女儿。不仅仅是出于愤怒，还有怪异的认同感。从来没人提醒过她这一点，自己肆无忌惮的性情在孩子身上显露无遗。看着苏雅德从她那里承袭来的姿态——阴沉着脸、轻撩头发、撇嘴微笑——她深感不安。在这个女孩身上，艾丽娅看到了自己为人刁恶的一面。

当然，不只像她，她的面容也酷似某个逝去的人。像穆斯塔法一样黝黑的四肢；不耐烦或者害怕时像穆斯塔法一样嘴巴抽动，唇角下垂。

几年前，苏雅德刚刚进入青春期。有一天，她在看电视上的新闻报道时，骂骂咧咧、柳眉倒竖。萨尔玛看到后直摇头，惊讶不已。她说得很轻，艾丽娅几乎听不见：

“真主慈悯，她身上有你哥哥的血液。”

艾丽娅看着女儿秀丽的脸蛋，眉头紧蹙；她脸上的相像和刁恶清晰可见。穆斯塔法，这么多年来他们从未提起过这个名字。她和阿提夫之间心照不宣：如果会带来伤害，那就搁置一边。他们的婚姻里有一个小柜子，里面空空如也但又满满当当、凌乱不堪，存放着情感碎片——穆斯塔法、刚到科威特的头几个月、纳布卢斯。巴勒斯坦如同一张难以辨认的收据，被揉成一团丢在那里；一串串钥匙也因为失去家园而没了用处。战争刚结束的几年，当她提起纳布卢斯，咒骂梅尔和拉宾，说他们不该为人时，阿提夫脸上痛苦的表情似乎在默默地乞求她，为什么要说这些呢。所以她越来越少提及，不提他们抛在脑后的一切，不提她走进儿时卧室的梦境，也不提当她想到那个地方不再属于自己时战栗不已的身体。所有的一切，她都折叠打包，不再提起。

苏雅德有关安曼的话语对她是当头一击。看来苏雅德都知道。

如果艾丽娅能抱持着既来之则安之的态度，那么苏雅德所说的这些就都不存在了。多年来想要搬回安曼的念头如芒在背，让她整夜无法入睡。如果不能住在巴勒斯坦，那就住在安曼，她内心有个声音在说。哪里都行，就是不要住在这个烈日炎炎、令人生厌的国度。这个想法有些卑鄙，不足为外人道，她以为瞒住了家人——每次暑假回到安曼，身边被朋友和家人围绕，她都会被同样的想法刺痛。

我可以留下来。

从本质上来说这算不上背叛，但所引发的后果却是。留在这里，然后呢？和母亲、兄弟姐妹一起。那孩子们呢？无声的争论在她脑海中循环往复，到最后，她厌恶看到镜中的自己。什么样的母亲或是妻子会有这种想法——和孩子们分开生活，独自搬到安曼去住。

“阿提夫希望你过得开心。”米米曾跟她讨论过这件事。只有米米清楚所有的事情；有年夏天，艾丽娅崩溃大哭，向她倾诉了自己的想法。深夜，当孩子们在各自的房间睡去，她们俩促膝长谈。米米认为就算阿提夫要和孩子们一起在科威特生活，艾丽娅也应该留在安曼。“他必须得知道你待在科威特有多痛苦。”

“可他会恨我的。”

“不，他不会。他会原谅你。”

米米说得对。事实上，就算她留在安曼，阿提夫也会原谅她，就像即使她和他离婚或者爱上了别人，阿提夫也会原谅她是一样的道理。因为他对她的爱——她对这件事的认知非常含糊，就像从一闪而过的记忆里随手抓了一下而已——向来简单明了。一点也不复杂。

那年夏天，她和米米在一起待了很长时间，抽烟、哭诉，还一度想要告诉她的母亲。艾丽娅给孩子喂饭时，为他们洗完澡后梳头时，心里翻腾着各种计划。

她本可以过另一种生活。她本可以回到科威特，向阿提夫摊牌。说她憎恶这里的烈日炎炎，害怕这里的夏季；她总是做噩梦，梦见自己被炙烤的黄沙掩埋；她觉得这座城市令人压抑，每日感觉麻木，好似游走在沼泽之中。然而，有天下午她们去海边游玩，里哈姆差点溺水而亡，差点死掉。里哈姆不断呕吐，艾丽娅把颤抖的她紧紧搂在怀里，紧到里哈姆喘不过气来。那天余下的时间里，她不停地哭泣，死命地抓着女儿——如同落水之人拼命想要抓住一块木头、一个人，或者一只救生圈——她知道自己受到了惩罚。

当然，她并不认为安拉睚眦必报或者残暴冷酷。恰恰相反，当她想到安拉时，心里只有爱，这份爱延展、加厚成一个大理石房间，洁白得刺眼，然后如突触般迅速在地球上蔓延，进入母亲祈祷的声音里，进入身边的人的呼吸里。正是因为这份爱，才让安拉看起来如此充满危险，如此令人生畏。因为在那个夏天她了解到，罪恶、真正的罪恶就是遗忘或者想当然。不，安拉不会出于泄愤或恶意来惩罚她。他只是在警告她不要忘记。

艾丽娅坐在黑暗的房间里快速地换着电视频道，电视屏幕上闪跳出各种画面：新闻播报、音乐视频、各类肥皂剧，五花八门。她最后选定了一个关于大象的专题片，调低音量。屁股下面的沙发垫柔软舒适，她把一只枕头夹在两腿之间，内心的愤怒慢慢褪去，变成隐隐的怨恨。痛像一滴墨迹在心中游走。

她突然感觉筋疲力尽，头向后靠在沙发扶手上。她已经没有力气走回卧室了。不管了，让他们睡醒之后找她。在这样的夜晚，这是她做出的最后反抗。

一群混蛋，她想着想着就睡着了。

她梦见一座陌生的城市。有一片沼泽地，一些女人穿梭其间。有人在说外语。法语，或是西班牙语。艾丽娅竟然都能听得懂。有人告诉她转身，说要下雨了。她循着声音走。下冰雹了。有人要死了。

艾丽娅醒来时已经天亮，她的意识还被那片沼泽地和外语拉扯着。阳光倾泻进客厅。艾丽娅以一种不舒服的姿势靠在靠垫上。电视屏幕空白一片；有人——阿提夫，也可能是普丽娅——把它关掉了。她坐起身，在这个沙发上醒来的场景似曾相识——接着想起前一天晚上苏雅德说的话，两人的争吵。看来不是似曾相识，而是真实发生的记忆。

她走进厨房，阿提夫坐在餐桌旁喝着咖啡。艾丽娅听见普丽娅在洗衣房里轻声哼唱，还有洗衣机运转的嗡嗡声。

“早上好。”她说。

阿提夫抿了一小口咖啡，忍住笑。“我没想要吵醒你。”

“那个沙发睡得太难受了。”

“我们得买点好家具，让你站岗放哨用。”他的声音略带调皮，艾丽娅大笑，紧张的氛围终于被打破。她用手掌跟按压脖子，咔啪一声，舒服多了。

“我的背痛得要命。”艾丽娅说。阿提夫的面前摊了一大堆资料，他的公文包打开着。“这些是什么？你还是决定跟我离婚啦？”

“今天开全校会议。”他开始规整文件。艾丽娅依稀记得他说过学院的一些变动。

“那位英国教授？”

“罗伯特院长。”阿提夫说这个名字时语气中带着讥讽，这很不像他的风格。“他是自由党人。一进来就想改变一切。那些英国人，他们还认为阿拉伯人耳软心活，渴望被拯救。我们今天开会讨论他的提议，类似公投。他甚至想要禁止在教室里抽烟，说这会引起哮喘。”

“听起来他很讨人厌。也许他还会负责监督工程建设项目。”

阿提夫咧嘴一笑。“我们请他来对付苏雅德吧。他肯定会被弄得人仰马翻，仓皇逃回英国的。”他喝完咖啡，把杯子放在操作台上。“再会。”这是他们之间的小玩笑，从孩子们在学校里学法语开始的。

“再会。”

他走出去时，一只手放在她的肩上，下巴蹭了蹭她的额头，这是从他们新婚燕尔开始的一个习惯动作。她透过洗碗槽上方的窗户注视着他；他走下车道，在艳阳里留给她一个熟悉的黑色轮廓。

普丽娅给她沏了些茶，煮了颗蛋。当水开始泛起泡沫时，普丽娅用勺子敲破鸡蛋，小心地剥去蛋壳。两小撮盐，一片番茄。

“谢谢。”艾丽娅说。她漫不经心地吃着鸡蛋，心思还在苏雅德身上。

“今天做鸡肉怎么样?”普丽娅边擦台面边问。她的头发间有白发，拢到背后松松地编了一个辫子。

“我在想要不吃羊肉？炖羊肉。”

“羊肉昨天吃完了。我去店里买些?”

“算了，算了。鸡肉就好。普丽娅?”艾丽娅脱口而出。普丽娅转过身，拿着抹布的手停在空中。

“苏雅德……她一直不听话。我苦口婆心，大吼大叫都没用。你知道她怎么——她为什么……这么我行我素吗?”她讪讪地说。

普丽娅注视着她，眼神中既有同情，又有些不满，像是不希望被问到这样的问题。“夫人，想要了解孩子们的想法可不容易。”她停了一会儿，然后开始使劲地擦着操作台。艾丽娅为自己问这样的问题感到羞愧，好像这就承认了她做母亲的能力不足。

艾丽娅用面包蘸干净剩下的蛋黄液，然后把盘子放进洗碗槽里。她朝卧室走去，在苏雅德紧闭的房门前迟疑了一下。她很想拉开房门大吵大叫，但还是内心挣扎着继续往前走。

进了卧室，艾丽娅站在化妆台前，摆弄着上面的化妆品，心神不定。大部分化妆品还没开过封，但已经过期，上面覆了一层薄薄的灰尘。她最喜欢的是那个紫红色罐子，里面装着薰衣草味道的乳霜。她在脸上薄薄地涂了一层，在额头和脸颊处划着圈。

她还是有一些魅力在的，或者说风韵犹存。参加晚宴时，还能引起别人的注视——男人的目光纯粹出于欣赏；女人的细细打量则是出于嫉妒。她能感觉到她们用挑剔的眼神检查她的脖颈上是否有颈纹，胳膊上是否有赘肉。

“腰身好纤细！”她们惊呼。或者，“皮肤好光滑啊。”

而艾丽娅——出于毫无根据的迷信——会找一些木制的东西，然后用指关节轻敲几下。她记得母亲在别人夸赞自己的孩子时会吟诵古兰经。

艾丽娅喜欢自己的身体，就像喜欢自己的卧室、开的车或客厅里漂亮的绿色窗帘一样——它像一件新买的物品，手从光滑的表面划过，或像一台运转良好的机器。漂亮的双腿；即使生了三个孩子依然紧致的小腹。当然，她每次怀孕时都会屏息收腹，身体发福走样时也会惊恐焦虑。

极其讽刺的是，二十年前她讨厌的五官容貌现在却成了她的资本。小麦色的皮肤完美无瑕；方下巴、宽肩膀都赋予她一种优雅之美；还有身高，突然受到很多人的追捧，常常看到杂志上、电影里那些女人踩着恨天高摇摆踉跄。

人在拥有的时候不知道珍惜，米米总这么说。

艾丽娅心里越来越烦乱。她又想起了苏雅德的话，你是个骗子，满嘴谎言。艾丽娅冲了个澡，挑了一条宽松长裤和一件T恤。床看起来温馨诱人，她扑通倒在上面，感觉像是回到了小时候下雨天的时光。

可此刻，阳光肆意地照进房间，况且她已经是成年人了，她提醒自己。房子里还残存着下午没爆发的想要与人争吵的气息。

“该死。”

她踢了踢被罩，突然感觉又饿了。厨房里除了正在烘烤的鸡肉香味、切菜板上一堆切好的蔬菜外，空空如也。艾丽娅突然开始羡慕普丽娅每天的工作：除尘、洗衣、熨烫、叠衣。她整日忙忙碌碌，很少坐下来休息，当然也不会午后躺在床上闷闷不乐。

艾丽娅偷偷地从切菜板上拿了一块萝卜，再一次感觉回到了儿时。不由自主地想起母亲在世时纳布卢斯的厨房：阳光透过窗户倾洒下来，逗引着窗台上的香菜和薄荷。这画面让人心痛，她摇了摇头努力想忘掉它。

艾丽娅在橱柜里窸窸窣窣地翻找。她心烦意乱，极力想要找到什么。一种明确精准而又捉摸不透的渴望。从她怀第一个孩子起就时常发生。母亲跟她说过，怀孕时会想吃些稀奇古怪的东西，比如腌菜配干枣或者酸牛奶和肉桂。可事实上她也不清楚那整日萦绕心头、挥之不去的东西是什么。艾丽娅会花上好几个小时在超市里搜寻，想要找寻灵感，直到那个东西神奇般地出现，就像记忆中的那个词语，她感动得想哭——西瓜配芝士！把沙拉三明治捣碎，再淋上辣椒酱！

艾丽娅把茶包放进一个马克杯里，把杯子搁在操作台上，没有加水。她咬了一口面包，用指尖挑了一点杏子酱，然后舔了舔。不是，不是。她打开冰箱往里瞧，盘算着是不是喝点剩下的扁豆汤，这时突然灵光一现。无花果。她想吃无花果和芝士，羊奶干酪配迷迭香。

她在冰箱里找到一块楔形芝士，用蜡纸包着，可没找到无花果。苹果、葡萄、甜瓜……她都不想吃。只要无花果。有时，她就是这么倔，倔得像一把锁，没有钥匙就无法打开，而这一点是随和的阿提夫可能永远无法理解的。

她走到超市外面，虽然车停在不远处，可湿热的空气包裹着她。现在才到四月，但晴空万里，只见骄阳。几年前阿提夫买了第二辆车，蓝色的，动力强劲。即使过了这么长时间，发动机轰鸣时，艾丽娅还会为之兴奋，感觉手腕拨动方向盘，就能谱写出嗡嗡的生活。

有时，她会想起薇达家以前的司机阿吉特，七十年代初他就回国了。自他回国后，艾丽娅还曾经对印度这个国度着迷了一阵子，通过电视新闻了解印度国内发生的冲突：很多人冲上街头，枪声响起，人群如同木偶一般倒地。一个看起来很狂躁的男人在讲话，他抬起手臂时，袖子滑落到手肘处。艾丽娅努力想象着阿吉特在人群中，或者在扔燃烧瓶，但这不可能。对她来说，阿吉特只应该出现在厢式轿车的驾驶座上。

对于阿吉特的离开，她很难过，但同时又松了口气。他一直以来都像是她的同盟，会从后视镜里观察她。他是那个见证过她失态的人，是这个国家唯一知道她很可能会逃走的人。

超市的一侧有一排饭馆和商店，前面摆了很多长凳，正前方有一个小艇停靠区。阿提夫不喜欢她去超市买东西，他说集市上的水果吃起来更新鲜。但是，艾丽娅更喜欢超市的速战速决；喜欢迈着大步走过推拉门时，冷气呼呼地吹在她身上。在这里，没有摊贩招揽生意的叫卖声，穿梭在过道间时，没人问她想不想要芒果或者香料。来自巴基斯坦、菲律宾的超市员工一言不发，甚至都不会朝她瞥一眼，顾自忙着堆放各种罐装食品，摆放各种水果。她来去自由，没人注意。

很快，她找到了无花果，装在塑料盒里，放在摆成金字塔状的橘子旁边。扬声器里传来一首法鲁兹关于爱情和夏天的歌曲。艾丽娅边朝收银处走，边跟着音乐低声哼唱。她的心情好了起来，手指弯曲抵着盒子，满心期待。

哎呀，母亲过去常说，万物各得其所。该生气的时候生气，该难过的时候难过。你得搞清楚。艾丽娅从来都搞不清楚。各种情绪在她心里翻滚纠缠，就像过去姨妈们在纳布卢斯做的麦克鲁巴一样，很难把饭和葡萄干分挑出来。

去停车场的路上，艾丽娅改变主意，决定先不回家，转而走去海边。小艇停靠区空荡荡的；有几个人坐在长凳上，一个男人沿着栏杆溜达。艾丽娅挑了一个棕榈树环绕的长凳。海水在她面前翻滚，几条船在远处漂浮。这么多年过去，阿拉伯妇女也获得了些微自由，独自坐在一条长凳上打开一包无花果的这种行为已经被社会接受，而这在十年前却是不可能的。

多年前，当艾丽娅在阿吉特的注视下冲进海里时，她感觉自己简直离经叛道，是这个世界上最桀骜不驯的女人，而这个大胆的举动在她心里已经压抑了好几个月。可是，对于新时代的女孩来说，这个举动看起来荒唐可笑。那些女孩，包括苏雅德和布杜尔，穿着紧身裤，在海湾派对上和外国人一起抽着烟——她听到过有关这些派对的传闻，在游艇上喝着威士忌，跳着舞——在黑暗中任由男孩抚摸她们的身体。一个女人晚上游泳的事在她们眼中简直不值一提。

艾丽娅咬了一口无花果肉，闭上了眼睛。即使没有芝士，味道也很完美，这是她最喜欢的水果。她心满意足地吃着无花果，阳光晒在脸上，有些灼热。从昨天看到糖粒从女儿嘴里掉下来之后，这是她第一次感到内心平静。

远处，一个女孩踩着沙子朝小艇停靠区走来。她穿得很简单；黑色连衣裙垂下来盖过膝盖，领口开得很低，露出锁骨。她走过其他长凳，和艾丽娅坐在了同一条凳子上。这个女孩——艾丽娅现在可以看得出，她不是小孩子，可能与里哈姆年纪相仿，不过身材瘦小——跷起二郎腿，瞥了一眼艾丽娅。她们相视一笑，笑容透露出陌生人的羞涩。

艾丽娅感觉内心的平静被打破了，但好奇心被勾了起来。她瞥了一眼女孩：脸颊和下巴轮廓清晰；细细的耳环从耳垂上垂下来；看起来举止得体，但却有股桀骜不驯的劲儿；身上有股味道，像是很久没洗过澡。

女孩子先开口说话。“摩洛哥还是贝鲁特？”

“什么？”艾丽娅被她的声音吓了一跳，粗哑低沉。

“无花果。”

“哦。”艾丽娅提起篮子说，“卡萨布兰卡。”

“它们比黎巴嫩产的还要甜些。我能尝尝吗?”

她的率直让艾丽娅吃了一惊，女孩一只手摊开。手腕上戴了四五个手镯。艾丽娅递过篮子，女孩子拿了几颗，开始剥皮。一时间，寂静无声。

“我叫泰拉，”她像是刚刚想起一样，“谢谢。”

“艾丽娅。”很明显，女孩要年轻很多，艾丽娅介绍自己时应该说艾丽娅伯母或艾丽娅阿姨，可是这女孩身上的某种东西让这件事变得似乎不那么重要。

“你是大学生吗?”艾丽娅开口问道。

女孩一下子来了劲，好像艾丽娅问对了问题。她说话的语速很快，双手随着话语的内容晃动着，手镯碰撞发出丁零当啷的声响。“那些狗杂碎才不会让我们上学呢。上学？发射迫击炮，放毒气。一百个日夜的屠杀，而那个杂种却躺在自己的大理石卧室里睡觉。”

艾丽娅脑子急速旋转。她把女孩的话拼凑在一起猜想。

“萨达姆。”

“那个狗杂碎。”女孩子朝地上啐了一口，好像这个名字脏了她的嘴。“他把我们赶到荒漠里；他想榨干我们。”

女孩应该是库尔德人。艾丽娅斜着眼饶有兴趣地看着她：略带红色的头发，下睫毛下面涂着厚厚的眼影。关于库尔德人有很多种说法，还有一些谣传，与巫术和生活在城市危险地带的吉普赛人有关。女孩把剩下的无花果吃完，吸了吸果皮，然后扔在沙子上。她点了一支烟，又开始说话，声音激动狂躁。

“我和妈妈还有兄弟姐妹七人不久之前来到这里，当然啦，我的爸爸死了。所有的男人都死了。伊拉克军队把男人们聚拢在一起，在我们的房子前切开他们的肚子，谁大喊大叫就射他们的膝盖。对女人——”女孩子又啐了一口，眯着眼睛看着大海。“他们对女人做了非常可怕的事情。他们让丈夫们看着，让小孩子看着。”

“我很遗憾。”艾丽娅说。泰拉捻灭香烟，艾丽娅看到她的指甲被咬得参差不齐，边缘都变黑了。她内心升腾出一阵反感。

“他是一个没有信仰、没娘养的杂种。”女孩子说，“任由我们忍饥挨饿。没有大米的时候我们还吃过纸。”她深深吸了一口气。“幸好我们在他们放毒气之前就离开了。毒气！你听说过吗？他们在孩子身上投放毒气。据说那些死去的人先是闻到苹果的味道，然后就倒在了地上。”

艾丽娅胃里猛地翻腾起来。她突然希望这个女孩子不要再讲了，让她一个人静静。她想起自己粗心落在厨房操作台上的茶包。太奇怪了，怎么会对一个茶包这么挂心？她想到炉盘、茶壶，心里不免一阵忧伤，好像那些都是她虚构出来的东西。她绞尽脑汁想怎么可以不露痕迹地给女孩一些钱；如果贸贸然给她，她可能会受伤，觉得自己被当作乞丐在讨钱。

“你知道饥饿是什么感觉吗？”

艾丽娅眨眨眼睛，看着眼前这个指甲缝脏脏的、抽着香烟的女孩。如果苏雅德在这里会对这个女孩有什么想法呢？她想知道。她会眉头紧锁心生厌恶地走开吗？或者会产生浓厚的兴趣，就像她在科威特对那些舞会和新开的酒店感兴趣一样？苏雅德。艾丽娅默念着女儿的名字。被那些带着浓重口音和身穿定制西装的外国男人所吸引，想要引起别人的注意力——女儿，这很可怕——身穿紧身牛仔裤和有着迷人微笑的女孩能引来怎样的注意力。

“什么?”其实她听到了女孩的问题。

“饥饿。你挨过饿吗?”艾丽娅还没回答，女孩又接着说道，“我的意思不是吃完正餐之后的那种饿，或者等女佣做饭的那种饿。”她突然大笑，短促，带着怒气。

艾丽娅想起在家吃面包时，总会把面包皮扔进洗碗槽里。多年来，没吃完的鸡肉和米饭，都随意倾倒在垃圾桶里。她心里一阵难过。这真的太过浪费。

艾丽娅突然明白，这个女孩绝对会看不惯苏雅德。两个女儿她都会看不惯。教授的孩子——营养充足、娇生惯养、不知感恩。不知怎地，艾丽娅对于自己的这种想法心生欢喜。

艾丽娅摇摇头。她张口准备说不，确实没有，可她却脱口而出“有一次”，这让她颇感讶异。

女孩转向她，眼神里透着怀疑。“我怀孕的时候。”艾丽娅说，“当时要生我最小的孩子。”盘绕在下腹的疼痛无休无止，让艾丽娅刻骨铭心。那次分娩持续了将近两天。“好像发生在昨天，不，就在今天早上。就像刚刚发生。有好几天，什么东西都咽不下去。”水都不行。医生说是难产，子宫出现出血、撕裂的状况，而她的身体对任何东西都不能吸收。“一开始的两天很可怕，好像在斋戒。怎么说呢?”她住的病房窗帘总是拉着。阿提夫哀求她吃点面包。病房外面，阳光明媚、温暖如春，沙漠里火光冲天。“……就像精神错乱了一般。身上每一个细胞都发出饿的信号，可身体却本能地拒绝。”

女孩抽着烟，陷入沉思。“我知道这和你说的饥饿不一样，”艾丽娅赶紧说，“我知道不一样，但我还是——因为你问我有没有挨过饿。”

泰拉点点头。她整理着手腕上的一条银链。“然后呢？”

“我的女儿出生了，”艾丽娅努力地回忆着，想起来了，“一切突然变得吵闹不堪。”里哈姆和卡拉姆都是很安静的孩子。艾丽娅到科威特最初的几年，因为初来乍到，初为人母，一直生活得迷迷糊糊。“可有了最小的孩子后，我好像被摇醒了。”所有的事情在苏雅德面前都变了味，那个会尖声尖叫、自私自利的孩子。

“我从未后悔生下她，”艾丽娅慢慢地说，“但我也不会感恩有她。”

“我们刚到这里时，我最小的妹妹一直哭着喊着要吃大米布丁。”女孩把香烟扔在地上，用脚捻了捻。“太可怕了。这个可怜的小东西，没有记忆，只想着要吃的、要喝的。”泰拉大笑。“她总爱哭鼻子；当我们跟她说什么吃的都没有时，哭得更凶。等她长大了，我要把这些事都告诉她。”

艾丽娅记得母亲在纳布卢斯跟她说过，他们离开雅法时自己也常常哭着喊着要东西。她不记得当时要的什么东西。现在还是没想起来。

“来这里真的很可怕。我觉得我们肯定会活不下去。”

“你们也是迫于无奈吧？”艾丽娅说。

女孩子点点头。“连着好几个星期，我们都会抚摸彼此的脸，努力确认不是在做梦。我们慢慢地喝水，慢慢地做所有事情。慢慢腾腾、小心翼翼。”艾丽娅想起今天早上阿提夫用下巴慢慢地蹭她的额头，还有他走下车道的背影。这么多年来蓄积已久的小动作透出珍惜的意味，当然也有悲戚的成分。她心里想，她的女儿还在睡觉，像小时候一样两手放在腰间、手肘向外躺在那里。泰拉坐在艾丽娅的身边一声不吭，眼睛注视着海水。艾丽娅把无花果篮子递给她，让她再拿了些。

SOUAD
苏雅德

巴黎

1990 年 8 月

苏雅德猛然惊醒过来。电视机里传出的法语新闻频道的声音在房子里回响。这次入侵战争[1]爆发后，她整日浑浑噩噩，闲来无事就上床睡觉，时睡时醒。房子里的每个人都一样，米米阿姨和她弟弟阿马尔吃完午饭后就一直睡午觉，拉腊能睡足整个下午，到晚上才醒来。

她靠着枕头眨了眨眼睛，然后眯起眼看向窗外。夕阳的余晖将房间的木地板染成酡红。电视里播音员播报新闻的声音断断续续地飘进房间里。

“军队……动摇……边境。”

这不是噩梦。每次醒来，都会有一个时刻无比清醒——让她记起所有的事情，再次意识到究竟发生了什么。

苏雅德叹了口气，翻了个身，拉起薄毛毯裹住自己。她睡觉非常不老实，醒来时床单总是扭作一团。她闭上眼睛，把脸埋进枕头里。

---

1. 入侵战争，即科威特战争，是 1990 年 8 月伊拉克对科威特发动的侵略战争。

"睡觉，睡觉，睡觉。"她自言自语道。她真希望自己能一连睡上几个小时，醒来时，外面最好已经半夜。可时间一秒秒过去，她的脑袋里充斥着各种东西，想着伊拉克入侵，想着艾利，还有母亲可怕的电话。然而让人觉得讽刺的是，相较起来，这三件事中伊拉克入侵竟是最无关紧要的。

苏雅德坐起身来，背上一阵剧痛，她不由自主地皱起眉头。她唇焦口燥，浑身肌肉酸痛。

脑海里出现了艾利的模样，是昨天晚上喝了威士忌跳完舞后，他在路灯下的轮廓。当时他耸耸肩说，考虑一下。

苏雅德的艺术系教授朱柏莉女士推荐她参加巴黎高等应用艺术学院的一个暑期项目，可当苏雅德回家把这件事说了之后，家里立刻炸开了锅，卡拉姆戏称之为"巴黎事件"。

"这个项目里有绘画和纺织课程，太棒了！我就想学这些。"她再三对父母强调说。父亲没有直接表态，语气委婉但心里不情愿，而母亲却直截了当予以阻止。

"你要我们把你送去巴黎，让你无依无靠、流落街头?"

接下来的几个月都不消停。控诉、哀求、彻夜争吵。苏雅德说服朱柏莉女士和父母会面，跟他们讲项目的概况、它的知名度，并且朱柏莉女士有几个同事在那边教书，可以帮忙照顾她。苏雅德还要了一份宣传册，逐行逐句仔细研究，可母亲还是不放她走。

"你就是嫉妒!"一天晚上，苏雅德说到最后终于大喊大叫起来，"因为你被困在毫无意义的生活中，你就想让所有人都和你一样痛苦!"

母亲勃然大怒。最终，父亲不得不介入，让苏雅德先回自己的房间。苏雅德在房间里踱来踱去，狂踢房门和墙壁，最后跺着脚走回客厅，一副要跟他们两个大吵一架的阵势。

可是当她深吸一口气后，突然崩溃了。在父母面前，她跌坐在沙发上，哭得像个小孩子。

“求你们了，”她呜咽着说，“求你们了，求你们了，求你们了。”最后她抬起头，直直地盯着母亲。“妈妈，妈妈，求你了。”

数月的大吼大叫、讨价还价都不及眼泪管用，她被放了行。没过一个星期，父母就给米米阿姨打去电话。米米阿姨全家在几年前搬到了巴黎；她同意苏雅德整个夏天都可以待在她家。就这样，苏雅德感觉一切像做梦似的，登上了前往巴黎的飞机。

苏雅德踢开被子，下了床。房间是蓝白色调，窗帘绣着蕾丝花边，桌上摆放着瓷制小雕像。米米阿姨的大女儿米拉原本住在这个房间里，如今住在索邦大学附近自己的公寓里。房间衣柜的抽屉里放着一副扑克牌、一件睡袍和一个贴满贴纸的老旧笔记本。

米米阿姨的两个女儿以及她们的欧式生活方式令苏雅德惊叹不已，望尘莫及：她们两个都已经二十多岁，拉腊和米米阿姨住在一起；两个女孩过着颇有品位的单身生活；每逢周日，米拉回来，她们一起吃着奶油蛋卷配着浆果看着电视，闲聊时法语混合着阿拉伯语，很有味道；即使阳光明媚，她们也穿着及膝皮靴，搭配紧身短裙，头发修剪到肩头的位置。她们总是夸赞苏雅德身材高挑、卷发迷人，可在她们两个面前，苏雅德总觉得自己的两条细腿和一头长发显得土里土气。在巴黎的街头也有同样的感觉，她——在科威特时总有很高的回头率——在那群抽着香烟、涂着大红色口红的优雅女人中间显得如此平凡。

可是，苏雅德从一开始就爱上了巴黎。在这里，至少她的不安有一隅来安放。这里的人并不友善，也不跟人套近乎，多半对她不冷不热。艾利跟她说，这就是巴黎的魅力所在。他从幼儿时期起，每到暑假就会待在巴黎，并且他拥有法国护照。他像是巴黎的一个老情人，稔熟每一个街区、每一条街道。事实上，就是艾利说服她参加艺术学院这个项目的，因为这样他俩就可以一起过暑假了。

这将是他们一起度过的最后一个暑假。之后，艾利会继续留在巴黎上大学，而她会回科威特，从此各奔天涯。那是他们心照不宣的约定。或者说曾经是，结果伊拉克入侵科威特。现在所有事情，所有事情——她家在科威特的房子、卡拉姆的工程学项目、她即将在科威特大学开始的学习（尽管不情愿）——突然都被搁置；一切变得未知，如同一双邪恶之手捧起沙子，扬撒得到处都是。

苏雅德随性地搭配好衣服，黑色紧身裤，超大号黑色 T 恤——在巴黎，她放弃了花里胡哨的衣服——眼尾处化了上挑的眼影，看起来像只小野猫。屋外，夕阳晚霞将褪。

她循着电视的声音走进客厅，在客厅门口站了一会儿，大家都没注意到她。米米阿姨和阿马尔坐在大沙发上。拉腊将双腿搭在咖啡桌上，给脚趾涂指甲油。三个人都盯着电视机屏幕。

“她来了，睡美人利兹·泰勒！”阿马尔瞥见她，说道。这是他给苏雅德起的绰号，很是滑稽，因为她老是打盹，并且她长了两条粗密的眉毛。“过来坐。”

苏雅德挨着他坐下。米米阿姨开口说话，眼睛却没离开电视：“你母亲来电话了。”

苏雅德咬了咬嘴唇，等米米阿姨继续说。她非常害怕接到母亲的电话。在这之前母亲已经打过两通电话：第一通里说他们很安全，第二通说只要父亲把财务问题处理好，护照办理好他们就要出发去安曼了。

“她说了什么?”

“哦。”米米阿姨听起来有些心不在焉，“我告诉她你在睡觉。这几天大家都不好过，她应该让你好好休息。她说明天上午会再打电话来。”

苏雅德对米米阿姨一阵感激。“谢谢。”

“混蛋。”电视里在重播萨达姆讲话的画面，看着他喜笑颜开的模样，拉腊脱口骂了出来。噢，全能的真主，我们已经警告过他们，您可以为我们作证，萨达姆说。房间里寂静无声，大家都盯着屏幕上的这个男人抬起一只胳膊，黝黑的脸上没有一丝恐惧。

新闻报道的画面切换到火光冲天、推土机轰隆作响的场景。苏雅德看着那熊熊火焰，想起家附近的街区，两个月前穿着毕业礼服走进的那间礼堂，还有购物中心，突然感到一阵反胃。过去的这几天，她常常像迷路的孩子般不知所措，总感觉喉咙里有团怒火，想要大喊大叫发泄出来。苏雅德移开目光，注视着那块波斯地毯，一块绿色漩涡状的地毯。

“他疯了。”米米阿姨说。

“不，”拉腊不慌不忙地说，“他就是个混蛋。”阿马尔哼笑了一声。

这个家里充满浓浓的生活气息，彼此之间相互关爱又互不干涉。这看似漠不关心的感觉让苏雅德想起之前在安曼过暑假的时光；那时她多么艳羡米米阿姨用散养的方式教育两个女儿。住在米米阿姨家的这几个星期，她好多次看到拉腊把头伏在母亲的膝盖上，让米米阿姨帮她编辫子。这种场景如果换到她和自己的母亲身上，她想都不敢想。在母亲面前，她总爱发脾气，像一只被倒着捋了毛的猫。

昨天，母亲在电话那头大喊大叫。电话线里有静电噪音，她的声音时断时续。

“该死的电话！苏雅德——阿提夫，我什么也听不到。”

苏雅德嘴巴发干，对着听筒不停地喊：“妈妈？妈妈？”

“喂——苏雅德——听得见吗？”电话里传来一阵低沉的噪音，像是风吹过树叶的沙沙声，人说话的声音变得模糊不清。苏雅德惊恐万分，好像那声音会把母亲拉走一般。突然，母亲的声音冲破杂音，变得清晰。“……该死的转接服务。能听见吗？”

“听得见，听得见！”苏雅德踮起脚尖，一只手掌用力压在米米阿姨家厨房的料理台上。料理台的花岗岩表面光滑冰凉。“你们都好吗？你们大家都在忙什么？”

“苏雅德，我们要离开了。大概几天后吧。这要看多快……车子……机场被炸了……你父亲在尽快处理银行的事情——不确定多长时间。”母亲语速很快，并且断断续续，苏雅德听不太懂。“我们随身只能带几样东西，”母亲继续说道，“一些方便携带的小东西。我知道你有些衣服，不过你有什么东西是特别想让我——我应该帮你带走的。”说到最后这几个字时，母亲的声音有些颤抖。随之，一声模糊的咔哒声，听起来像是吞咽的声音。

苏雅德有些糊涂。“带去哪里？”

“随身带着，”母亲的声音里又流露出怒火，“苏雅德，我们要离开科威特了。没办法，每个人都要离开。”

“可新闻上说这一切很快就会结束。欧洲或美国会提供帮助的。”苏雅德哼哼唧唧地说，自己听起来都很孩子气。

“亲爱的，”母亲的语气有所缓和，“我们不知道之后会发生什么。”

“可他们说——”

“我们要离开了，”艾丽娅没有听她把话说完，自顾自地说，“情况很糟糕，会越来越糟糕，你想让我带什么吗？”

苏雅德的脑海里闪过在科威特住的房子。房间、墙上挂的照片、透过阳台窗户倾洒下来的阳光。想到自己的卧室，脑袋里突然一片空白——她对自己的卧室就像对自己的身体一样熟悉，可现在却突然什么都想不起来了。

“不用带，”苏雅德听到自己说，“什么都不用带。”

“你确定吗？”母亲听起来有些吃惊，“首饰呢？衣服呢？”

“不用带，”苏雅德又说了一遍，语气坚决，“等从巴黎回去我会自己整理。”

“苏雅德，”母亲说，“苏雅德，没人知道之后会发生什么。我们得尽快赶到安曼。”电话线里出现静电噪音，然后又传来母亲的声音：“……我们到了安曼就尽快给你寄机票。可能下周。”

“去哪里的票？”苏雅德反应有些迟钝，头脑昏昏然。

“去安曼，苏雅德，”母亲说，“这样的局势下，你离那么远我不放心。”

“可是妈妈——”苏雅德一阵晕眩，喉头发紧，难以抑制的恐惧来势汹汹，脑海中飘过艾利的声音，就剩这几个晚上了——“妈妈，项目还要三个星期才结束。”

“苏雅德!”艾丽娅咬牙切齿地说出她的名字——有些些厌恶，有丝丝怜惜——苏雅德不吱声了。母亲深吸一口气，再次开口说话时，语气斩钉截铁，好像面对着的是一群惊恐万状的人。“苏雅德，现在在打仗。”

苏雅德坐在客厅里，有些焦躁地抖动着一条腿。她每隔几分钟瞥一下手表。现在才八点，在她的印象中，这个时候艾利那伙人的夜生活差不多开始了。他们常常光顾路边的咖啡店、酒吧，一杯接一杯地灌雪利酒，现在应该聚在红猫咖啡馆了吧。

母亲的那通电话依然萦绕心头，挥之不去。就那么简单的一通电话，她在科威特的旧时生活就不再属于她，一切变得面目全非。搬去安曼，住进新房子，终日和里哈姆还有她的家人待在一起。

还有卡拉姆——她的支持者，全家她感觉最亲近的人——昨天他们两个通电话时，卡拉姆的声音听起来有些忧郁:“苏苏，我可能会去美国。安曼的建筑专业不行。我们给美国的一个大学打了电话，爸爸学校原来的主任在那里任职，那个地方叫波士顿。他们说会考虑紧急申请，专业术语叫政治避难。”

苏雅德从小就和哥哥姐姐害怕的东西——例如蜘蛛、恐高、沙暴——不一样。小小年纪的她心里知道，在大家的眼中，她天不怕地不怕。在学校里，只有她一个女孩子敢蹲在一只孤独无伴的蝎子旁;等再大些，她第一个抽烟，第一个坐在男孩的副驾驶座上。坐在车里，风吹起她的头发，发丝无拘无束地在空中拂动。她知道，大家内心希望她这样。他们喜欢她这种无所畏惧的人。

这就是为什么，她虽然只是个小女孩，却从未提及自己怕过什么；从未说过其实她很嫉妒哥哥姐姐，嫉妒他们能够具体地说出自己的恐惧，勇于直面和消除它们。

少女时期的苏雅德害怕的东西无可计量，不可名状。与其说是某种具体的生物，不如说是影子、没有光线的房间，都让她害怕。她讨厌黄昏，黄昏令她内心饱含恐惧。讨厌从外婆的屋顶下来要走的最后几级台阶。有时她躺在床上，入睡之前心怦怦直跳，好像有人在背后推了她，身体一直向下坠落。她害怕不能呼吸，嘴巴里灌满了水，含着长久以来的渴望。一种窒息感，像是在追逐，不疾不徐。

当她注视着电视屏幕上伊拉克军队的绿色坦克车呈方阵开进沙漠时，心里就是这么想的。

坐在客厅里，苏雅德仔细观察着拉腊。自从来到巴黎住在这里，苏雅德已经学会融入这个家。她模仿这位比自己年长的女孩，做出事事满不在乎的样子。虽然苏雅德跟拉腊一起喝过酒，见过她那些才华横溢的法国朋友，但她俩的关系并未因此变得亲密。拉腊的那些朋友和她一样，年纪轻轻就在大学里当了老师。她们一起大笑，聊八卦。苏雅德在学校里学的一直都是英语，所以很难听懂她们的法语对话，而拉腊在欧洲待了这么多年，阿拉伯语也说得乱七八糟。

苏雅德凭直觉知道米米阿姨不会问艾丽娅家规之类的事，但她还是非常小心谨慎，总是和拉腊悄悄溜出家门，假装自己去忙艺术项目的事情。

阿马尔把电视调到了阿拉伯频道，一位美国记者正在播报新闻，有阿拉伯语配音。

“联合国发表声明，以最强烈的言辞对此予以谴责。”配音听起来虚无缥缈，而记者的嘴巴不同步地蠕动着，她的金色齐刘海直直地垂在眉毛上方，像是苏雅德之前玩的一个玩偶。

拉腊站起身，伸了个懒腰，衬衫下的肚子清晰可见。“我要出去了。”

“好的，”米米眉头紧锁，眼睛盯着电视，“和谁?”

“卢克。”拉腊答道。

“玩得开心。”

“注意安全。”阿马尔说。

苏雅德总是饶有兴致地欣赏他们之间的这种互动，到现在都兴致未减。在她自己家里，这是绝对不可能发生的；有关男孩子的话题——就算谈及一些正直、友善的男孩子——是她母亲的雷区，会引发各种争吵。

她知道轮到她了，于是站起身。“我也要走了。”她大声说，然后敛声屏息。

米米阿姨和阿马尔头都没怎么抬。“注意安全。”阿马尔又说了一遍，眼睛盯着电视机屏幕上坦克和轰炸的场面。

站在街上，她从随身带的小包里摸找香烟，然后抽着烟步入夜色里。走出公寓，她突然有股冲动想要清醒清醒头脑。她最喜欢巴黎这一点——它给人自由行走的能力，真真切切地将身体与悲伤从空间上区隔开来。在科威特，人们无处可走。

米米阿姨住的区域比较安静，大部分都是住宅楼，里面的公寓面积不大，但装修精致，每扇窗户都像是一只闪亮的眼睛。街灯杆用锻铁制成，路灯的各个面都很有设计感。临近街区比较富有，但却是极简派风格；孩子们穿着朴素，女人们总是围着围巾，头发精心修剪有着对称的美感。苏雅德走过一间文法学校，草坪修剪整齐，偌大的校园因为暑假已经空无一人。学校旁边是一座灰色尖顶的教堂。她努力地想象着：在世界的另一个地方，人们正端着枪；烟雾弥漫，一片狼藉。这一切似乎令人难以置信。

入夜风微凉，苏雅德把开襟毛衫裹得更紧，双臂交叉。她打了个寒战。要见到艾利，内心的悸动一如既往。这种感觉在昨天晚上之前就一直存在。

从米米阿姨家到红猫酒吧步行要十五分钟，虽然只有几个街区的距离，但街道的状况却很是不同。褐砂石的房子和哥特式风格的格栅结构渐渐变成脏乱失修的小巷，年轻的阿尔及利亚男人披着长发坐在台阶上，喝着罐装啤酒。其中一个人盯着她，用法语叫嚷着什么，声音带着挑逗。她能听出里面有甜的和回来两个词。街道两旁酒吧林立，霓虹灯闪烁。她径直穿过拉丁区广场，鞋子在鹅卵石路面上发出喀哒喀哒的声响。

“我母亲明天要给我打电话。”昨天她对艾利说。她不确定为什么要说这个，就觉得很有必要。“他们要带我去安曼。”在昏暗中，微弱的光打在艾利的脸上，让他的皮肤看上去很怪异。

“你可以留下来啊，”艾利说道，微笑中带着一丝嘲弄，“你可以结婚。”

苏雅德眨了眨眼，双唇还留着亲吻后的湿润。“结婚？”她并非忸怩作态——而是确实不知道艾利什么意思。和谁结婚？一时间他们陷入了尴尬，她以为艾利建议她再找一个黎巴嫩人结婚，她以为他只是出于同情以朋友的姿态敷衍搪塞她。

“是啊。”艾利歪着头，好像不确定她的困惑是不是装出来的。他的脸上又浮现出微笑，这次看起来温和许多。他握住她的手，她的小拳头就被包裹在了他的掌心里。他们两人盯着手沉默了一会儿，这个姿势有点尴尬，对抗的意味多过浪漫的成分，好像他在阻止她出拳。苏雅德意识到艾利一时之间不知如何开口。手掌心有点痒，但她没有动。艾利清了清嗓子，为了能听清楚他的话，她不得不将身体向他靠过去。

“你可以嫁给我。”

现在，即使只是在脑子里重现那一刻，苏雅德还能感觉到内心的悸动，唇干舌燥。她暗自想过这件事，可是直到昨天艾利说出来的那刻，她才意识到自己竟然如此向往。十八岁，她心里有个声音说道，才十八岁。年纪轻轻，少不更事。还有父母那关怎么过，她要等多久。

但是，苏雅德心中傲慢自大的一面似乎被唤醒，肆意咆哮着。喀嗒喀嗒的脚步声证明她渴望这一面。这个自我占了上风——真不害臊，太可耻了，她试图告诫自己，提醒自己眼前爆发了战争，伊拉克入侵科威特，大批军队拥入，到处火光冲天，可内心的喜悦却难以自抑。

一年前，他们两个在科威特苏甲咖啡馆第一次相遇。咖啡馆毗邻大学，知识分子们常去那里抽烟，谈论贝鲁特战争和巴勒斯坦解放组织。一众人等围坐在环形桌子周围，喝着土耳其咖啡。对于那些自认为是共产主义者、全身黑衣的年轻人来说，这个咖啡馆是他们的首选之地。

苏雅德很喜欢这里。她感觉在这里自己像是一个学者，抽完香烟干净利落地捻灭，烟蒂上沾染着口红，对她来说这优雅至极。在苏甲咖啡馆，她觉得自己近乎完美，是人人都想成为的那种人。会让人嫉妒。她喃喃细语，说话不疾不徐，忽闪着眼睛。这里和那些游艇派对不同；在那些派对里，一堆外国男人环绕在她身旁，她确实得到了更多的关注，可那样感觉太过轻易，那些蓝眼睛的男人为博她一笑耍尽花招。咖啡馆里的女人或是诗人，或善政治，她们穿着垮裤，像男人一般满嘴脏话。

可惜的是，每当这个时候，苏雅德就会感觉格格不入。她不愿承认这点，但事实如此。在学校里，苏雅德一直都不是品学兼优的学生，她对历史和政治都不够敏感。老实说，那些话题令她生厌。她只关注月牙状项链和贝雷帽这种时尚流行之物。还有，她硬着头皮研读马克思主义著作，最后只得作罢，改为读报纸。当那些男人带着讽刺之意说完一句话，眉毛上扬时，她就会大笑；那些男人自以为说了很有趣的东西，其实他们只是自欺欺人。

苏雅德用法语叫艾利那群人黎巴嫩人，这是对他们身上沾染的法国气息的一种认可，而他们似乎对她也颇有好感。艾利是那群人的中心人物，眉毛浓密，身上带着那种自负的魅力。他是典型的黎巴嫩人，贝鲁特大屠杀后离开了那里，自少年时代就在法国过暑假，在科威特法国公立高中读书。他和其他几个男人争论时，会自然而然地转说法语；法语从他的口中流出，流畅娴熟、滔滔不绝。他比苏雅德年长三岁，已经在大学就读，学习政治学，不过他真正感兴趣的是写作。

“我要搬去巴黎了，”相遇的那天晚上，他对她说，“今年年底，我要转去那里学写作。”他和她聊去世的母亲和专横傲慢的父亲，还有他经过诸多争吵最终和父亲达成的协议：在科威特大学学习两年后搬去法国。

“你怎么知道上了一年大学后还会讨厌这里呢？”

他满怀同情地看着她，像是在看一个不谙世事的孩子。“有些事情你就是知道，洋娃娃。”这个绰号刺了她一下。苏雅德虽然不喜欢被这么叫，但她控制住自己不乱发脾气。她终于遇到了一个比她自己还情绪无常的人。

艾利有很多缺点：喝了酒之后整个人变得浮夸，手势夸张，讲话没完没了，一副唯我独尊的样子；会朝女招待抛媚眼；身上有股气味，尤其是喝了一晚上酒之后，虽然不至于特别难闻，但有轻微烧焦的气味，像是皮革的味道或者放了一天的面包的味道；有时候，他的眼里似乎没有她，跟他讲话时，他会眨巴着眼睛，像是忘记了她的存在。而苏雅德习惯了备受瞩目——家里最小的孩子，朋友中最活泼的女孩——被这种熟视无睹给伤着了。

然而，当他一把拉她入怀亲吻她时，她感觉自己的灵魂四散开来，然后又被精心修补。

苏雅德穿过广场，看见靠近广场出口的喷水池。两个十几岁的女孩坐在水池的大理石边沿，抽着丁香烟。其中一个戴着大大的黑框眼镜，说着法语，语速极快，而另一个女孩频频点头。苏雅德从她们身边走过，看到红猫咖啡馆的红色招牌。

走到咖啡馆的入口处，她停了下来，看着脏兮兮、淡红色玻璃窗里自己的影像，胸部将衣服上的字母 *g* 都撑变了形。她有些害怕。很多时候艾利让她捉摸不透，把她气得要命，但她对他还是非常了解的；

她知道，只要看着他的眼睛，就能立刻分辨出昨天晚上他说的话是否真心。

苏雅德在外面站了一会儿，听那两个女孩的谈话，留意到其中几个词：曾经、项链，还有他妈的。两人的对话听起来像是管弦乐队在演奏，抑扬顿挫，热闹非凡。她真希望走上前，坐下来，问问她们自己是否应该回家，科威特会变成什么样子，艾利是否值得托付。

一对情侣摇摇晃晃地走出酒吧，开怀大笑，手里拿着啤酒罐。酒吧里的气息呼地一下飞奔而出——音乐声和闲聊声——苏雅德终于迈步走了进去。

酒吧里永远都是那么拥挤不堪。烟鬼们围坐在一张张小桌旁。房间的一侧有一个长长的木制吧台，吧台后的瓶子如宝石般闪闪发光。调酒师伊凡一杯接一杯地倒着酒，一头银发剪成童花头，每只耳朵上悬着一个金耳环。

苏雅德看到了艾利他们。艾伯特、萨米、马赛尔——在法国过暑假的黎巴嫩人——坐在高脚凳上。以往他们总是高谈阔论，今天却悄然无声、郁郁寡欢；艾利坐在吧台边上，眼睛盯着电视机屏幕，看着关于科威特的最新报道——冲天的火光和推土机，这些在苏雅德看来已经习以为常的场面——神色凝重。电视屏幕的光打在他脸上时明时暗，他的眼神空洞，不知怎地，看起来苍老了许多。

注视着他孤立无助的神情，苏雅德心里咔嗒一声，她知道自己会铭记这一刻，日后回想起来这将是她人生的拐点，此刻她彻底明白了事态的严重性。再也回不去了。她的衣服——很多都是从布杜尔那里借的——还有从窗户上垂荡下来的硕大的“邪恶之眼”。几年前她和母亲吵了一架之后挂起来的那张巨幅地图，蓝蓝绿绿的色块覆盖了整堵墙。她的母校，教室地板上的粉笔，父亲常去买甜瓜的集市。她突然意识到所有的一切都已消逝。这一切都足以让她眼眶湿润。她朝他们走去，想要跟艾利说，希冀他是真心想要娶她。

“苏雅德!”艾伯特看到她，喊道，接着大家问候的声音交织在一起。苏雅德一直注视着艾利。他转过身，满脸的真诚。她明白了：他是认真的。昨天晚上他说的是真心话，直到现在他还是认真的。

“电视上那些狗屁新闻你看了吗?”萨米问她。

“太可怕了。”她回应道，努力压抑住内心的喜悦。他是认真的，他是认真的。

大家小声附和着，苏雅德走到艾利身边。一个可怕的想法掠过心头，或者说是一种怀疑——如果萨达姆不发动侵略战争，艾利是不是永远也不会“求婚”——她突然对电视上火光冲天的画面充满感激。这种想法一闪而过，而且感觉有点病态。她摇摇头，努力打消这个念头。

“你来了。”他的声音低沉洪亮。

“他们烧毁了一切。”

“我知道。”

苏雅德注视着电视，一个长相娇美的记者在播报新闻，但听不见声音。艾利和苏雅德的身后，大家你一言我一语地用法语聊着天。也许他们在地图上再也找不到科威特了。

她要了杯威士忌酸酒，先把酒杯上的樱桃吃了。酒流过喉咙产生灼热感，她喝下去时，内心充满感激。如她所料，她和艾利小心谨慎地聊起“求婚”以外的话题。机场要关闭了，他的父亲要去黎巴嫩了。

“你呢?”她问道，内心充满疑问。突然，她害怕回答艾利的

“求婚”。

“去他妈的贝鲁特。”他说，有那么一瞬，苏雅德看到了他以前的样子。“我一直跟他们说，打来打去毫无意义。我的姑母们说山区还好。可是上帝啊——乡村生活？每天早上放羊喝甘菊茶？不，谢谢。”他眯起眼睛看着电视，苏雅德看出他是在故作轻松。“你妈妈还要去安曼吗？你和她谈过了吗？”

“我没接到她的电话，”苏雅德答道，嘴巴发干。好吧，他们要谈到重点了。“不过还得去安曼。每个人都要去。”

艾利大口灌下一杯啤酒后，看向她，她屏住呼吸。从他迷蒙的眼神可以看出来，他又忘记了她的存在，继而恢复了正常；整个人渐渐平和下来，显得忧郁而温暖。突然他眼睛有了神。

“嗨。”他说。

苏雅德转过身。该死的塞拉菲娜。她是艾利在巴黎过暑假时认识的小伙伴。她站在那里，两只手上各拿一个子弹杯，身上裹着一条蓝色围巾，楚楚动人，隐隐露出雪白的皮肤。流苏垂挂在屁股上方。眼睛像猫，深绿色。鼻子不高却挺，雕得纤秀，脸颊上零星几颗雀斑。过去的几个星期，塞拉菲娜出现在各种舞会和酒吧；苏雅德之所以像朋友般待她，只是出于谨慎，想要将威胁置于自己的监视之中。

好的，哥哥们，好的，一个一个来，当红猫酒吧里的男人们争抢着要请她再喝一杯，闹得不可开交时，她会这么说。她挑选意中人似乎很随性。有时中意从科威特来观光的黎巴嫩人萨米；有时又中意瘦瘦的、留着胡子的巴黎人埃米尔，还有很多充满艺术气息的俊朗男子。每个晚上她几乎只专属于一个男人，任其亲吻自己，之后毫不遮掩地当众补擦口红。

“威士忌，”塞拉菲娜说，“致这个糟糕的夜晚。”

她给苏雅德和自己各点了一杯，苏雅德端起酒杯。她们碰杯。苏雅德猛地喝了一口，享受酒流到喉咙如一团火坠下的感觉。

“坐。”艾利站起来，塞拉菲娜对他莞尔一笑，然后坐在他的椅子上。她和苏雅德紧挨着坐在一起，围巾上的一个流苏碰到苏雅德的大腿。

塞拉菲娜咂了咂舌头。“太可怕了，难以置信，他们都做了些什么！”她瞥了苏雅德一眼，然后用英语说，“惨无人道的男人，萨达姆。”

苏雅德的内心升腾起一股莫名怒火。这个身材娇小、面容姣好的家伙怎么敢咂舌装难过？塞拉菲娜神色凝重，眼睛盯着电视屏幕上军队封锁整座城市的画面。苏雅德突然想抓住她的肩膀摇晃她。她凭什么一脸悲伤地看着屏幕？

你不能丢下我一个人，昨天她跟卡拉姆说，当时声音都变了。你不能。

苏苏，你想象不到这里是什么样子。一切都没了。

现在，苏雅德所能做的只是反复说着“他们烧掉了一切”；身边的这个女人突然抱住她，一时间苏雅德笼罩在一股辛辣的味道中，像是肉桂或者胡椒的味道。

电视里新闻一条接着一条地播放着，没有声音，屏幕下方滚动的法语字幕更新着入侵的战况。大家盯着电视看时，苏雅德环顾四周看着这些黎巴嫩人的面孔。她想起刚刚对塞拉菲娜的怨恨，觉得很是羞愧。她知道萨米是靠奖学金上的大学，他的家人住在科威特市中心的一栋小房子里。他们没钱离开。马赛尔的哥哥为王室工作——自前天开始就没了他的消息。下落不明，假定死亡；苏雅德想起历史课上每次大灾大难发生时都会出现的字眼。她再次为家人、朋友、薇达阿姨、布杜尔，所有那些活着的亲人无声地祷告了一番。

每个人都在说着有关家乡、家人以及那些他们在科威特熟识之人的消息。埃米尔和塞拉菲娜这两位法国人为表示尊重，一直保持沉默，仔细聆听。

“我听说他们洗劫了酒店。”

“据说伊拉克士兵封锁了道路。”

“我姐姐逃不出来。他们把电给断了。”

“还有水。他们任由医院里的病人渴死。”

“还有市郊。人们快要开始吃沙子了。”

“美国人会介入的。”

“去他的美国人。就是因为美国人，那个狗娘养的才掌了权。”

大家七嘴八舌互相争论着，声音越来越大，但眼睛自始至终都没有从电视上移开。伊万不断地给他们倒伏特加，也不收他们的钱。苏雅德想知道酒吧里的其他顾客听他们吵吵闹闹说着阿拉伯语会怎么想。

几个小时过去了，这群男人继续交谈着。塞拉菲娜像编辫子一样编着围巾上的流苏。土耳其蓝，苏雅德心里想。她喝了一两杯酒，不时偷偷地瞥向艾利，他突然变得异常沉默。她现在得回米米阿姨家了，已经快凌晨两点了。他们会担心的。她突然觉得厌烦，厌烦回家，却不得不回家。她希望，哪怕只有一次，她可以有一整个晚上属于自己，在空无一人的街道上游走。像那些男人一样，像塞拉菲娜一样。

“安曼”两个字突然在她脑海中飞舞。晕乎乎的脑袋开始颤悸。卡拉姆不在，要和姐姐、父母一起生活，因为宵禁和学业的事整日争吵不休。她想起里哈姆和她家那个静谧的花园、眼神焦虑的小阿卜杜拉、她那个无聊乏味的丈夫。她想要尖叫。

电视屏幕上又出现了另一个场景，和之前不同。是一座公园，火势炽盛。

“你确定要继续看吗？我可以换一个频道。这个场景太让人伤心了。”伊万眉头紧蹙、神情焦虑地对艾利说。

“不，不，这个挺好。”艾利目不转睛地盯着电视屏幕说。

看着冲天大火，他们陷入沉默。屏幕下方滚过一句法语字幕：今日清晨，这家公园起火了。

“狗娘养的。”萨米用阿拉伯语骂道。

塞拉菲娜一口干了杯子里的酒。她盯着屏幕，眉头紧蹙。“真糟糕，”她用带有口音的英语说，“可是如果家园被毁，儿童乐园还有什么存在的意义呢？”

苏雅德突然愤怒了。她记得六七岁开斋节的一个下午，父亲像往常一样带她去动物园——她特别喜欢喂长颈鹿，当它们用粗糙的舌头舔她手里的薄脆饼干和瓜子时，她兴奋不已——之后就会去这家公园。

“公园里有些小雕像，”她说，然后用法语磕磕巴巴地说，“好像天使。戴着小帽子。”每个人都注视着她，只有这一次，她不在意自己蹩脚的法语。她发现那些黎巴嫩男人眼神里透着恐惧，像小孩子听到了恐怖故事。眼前的一切令他们变得如此渺小。“我喜欢那些东西。”

“小铸像。”艾利补充说，然后只对着苏雅德用阿拉伯语说。他看起来充满感激。“小时候我们也常常去玩。你记得那个入口吗？那个小门。”

“门闩总是卡住，”苏雅德察觉到他内心的悲伤，“我父亲只好轻轻摇晃那扇门，把门闩摇松。”她拥有塞拉菲娜没有的东西。只有她知道被烧掉的是什么，科威特被夺去的是什么。只有她懂艾利。

“我父亲也是，”艾利笑着对她说，“过了这么多年，我都忘了。”

他们一群人拥上街头。男人们卷了大麻烟，空气中弥漫着辛辣的味道。塞拉菲娜抽了一口，在柔和的街灯里，她看起来有些梦幻。时间晚了，太晚了。米米阿姨肯定察觉到她比拉腊回去得还晚，早上肯定有一大堆问题等着她。也许，他们还能闻到她身上的威士忌酒味。

他们走在仄小的街道上，如梦如幻。艾利给了她一支烟，她把烟凑向他手里的火儿，点着后抽了起来。现在的科威特正处于一片火海之中；就在苏雅德走路的此刻，她的母亲正在整理行装。

塞拉菲娜踮脚跳了一小跳，伸手搂住萨米的手臂。围巾上的流苏前后摇摆，腰肢似水柔。这让苏雅德想起薇达姨母，她淋浴之后常常把头发拢到背后编成一握长辫，辫梢像极了蛇信子。薇达姨妈和阿穆·加齐也会去安曼，每个人都会去。而卡拉姆将会去某个遥远的城市。苏雅德抽了抽鼻子，这一切太难承受了。

他们到了拉丁区广场，有个女人在喷水池边拉小提琴，还有两个女人在唱歌。因为喝了酒，苏雅德一开始把她们误认成了几个小时前看到的那两个女孩；不过，她们确实不一样。这个城市里到处是漂亮女人，但每个人都有不同的韵味。

“我们坐下吧。”塞拉菲娜提议道，于是他们四仰八叉地坐在广场的石阶上。石头冰冷，苏雅德蜷起双腿，膝盖抵着胸口；艾利坐在她身边，搂着她的肩膀。

那三个女人唱的是平克·弗洛伊德乐队的歌，法国口音生生把英语歌词唱成了挽歌。

“用鬼魂交换你的英雄，”她们深情地哼唱，“用尚有余温的灰烬交换森林。”苏雅德想起自己卧室墙壁上挂的地图。她第一次痛苦地意识到那面墙已经不属于她了。房子已经被毁掉了。

音乐旋律起起伏伏，他们随着节奏摇摆。其中一位唱歌的女人穿着宽松的连衣裙，到了副歌部分，轻快地旋转，裙角飞扬。“愿你在此。”她们挥了挥手结束表演，男人们吹着口哨，掌声响彻整条街道。这些女人行了个屈膝礼表示感谢。

“我一点都不后悔，”塞拉菲娜大声叫喊着，当小提琴演奏者演奏时，他们所有人开始跟着唱。“无论人们对我好。”苏雅德也跟着唱起来，嗓音低沉粗野。她注视着那位音乐家、那些歌手，还有街灯下喷泉里汩汩作响的水。科威特，再也回不去的地方。

“我不在乎它的逝去。”艾利浑厚的男中音萦绕在她身旁。

透过低垂的睫毛，她偷偷瞥了一眼艾利。当音乐在他们之间流动时，他双眼紧闭，脸上写满天真无邪、少年般的满足与快乐。

她注视着他时，内心涌动的不是爱情，而是客观冷静，异常的冷静，就像在评估一栋房子是否想要住进去一样。我不必离开，她心里想。当她想象着明天母亲拨打电话的场景，想象着母亲一辈子都在说苏雅德，苏雅德，你在哪儿，什么时候回家时，突然意识到这一点。

待这首曲子结束，她下定决心。小提琴演奏者鞠躬微笑，掌声四起后，她会陪他走向喷水池，会靠着他的胸膛，贴近他的耳朵。她会小声说，我愿意。

RIHAM
里哈姆

安曼

1999 年 10 月

里哈姆身体直立，双腿并拢，身体缓缓前倾，手指轻轻触碰脚趾，然后直起身体，小声嘟哝道，“六”。她不断重复这个拉伸动作，完成十次后站定，开始做弓步。法丽达和其他朋友都建议她借由这些动作来缓解后腰的刺痛。

“这些动作也不会伤到你的后部。”法丽达打趣说。她谈吐非常优雅，因此没有直接说屁股。里哈姆知道，朋友们做这些训练是为了达到某种效果，比如收紧小腿肌肉、拉长脊椎。但她只是单纯喜欢做这些动作的过程；听着拉扯间关节发出“咯噔”的声响，感受肌腱和肌肉的伸展和收缩，享受卧室里只有她大声数数的声音。

弓步之后是仰卧起坐，最后压腿：两条腿轮流抬高放在窗台上，脚尖向上，上身尽力向前俯压。做这个动作时，她总爱想象自己是一位芭蕾舞演员，在为演出做热身。她已年过三十，说得婉转些，体态丰满。她告诉自己——无视天生的这副身躯，也不管窗外不温不火的安曼早晨——在这短短的几分钟内，她已脱胎换骨成一位来自俄国的独舞者，即将登台表演。她用尽全力向前俯压，发丝轻轻拂过膝盖，而衣着考究的观众们正殷切地等待着她走到聚光灯下。

这是她一天中最喜欢的时刻——上午八九点钟，吃过早饭，家里的两个男人已经出门：阿卜杜拉去学校上课，拉蒂夫早已在医院忙碌。去年五月，他晋升为主任医师，里哈姆大宴宾客，邀请所有的朋友来家里，她和女佣罗西准备了一盘盘的鸡肉、羊肉、米饭，场面热闹非凡。宾客们推杯换盏直至午夜；宴请结束后，拉蒂夫亲吻着里哈姆，说感觉自己像个名人，众所瞩目。

窗台旁边放着一本笔记本和一支蓝色钢笔。笔记本已经用掉一半，里哈姆翻到今天的任务清单那页。拉蒂夫总爱取笑她。“总统的待办事项清单。”他说。这个玩笑让里哈姆心里有些刺痛，但她只是淡淡一笑。“条理清晰，一身轻松。”她跟他说。她喜欢在一天开始之前，先想好要做的事情。

今天清单上的事情不多：早餐、锻炼、缝裙子褶边、花园小聚、鸡肉抹油、法丽达家下午茶、晚餐。她心满意足、干净利落地划掉早餐和锻炼两项，用头巾包住头发，向客厅走去。经过厨房时，她听到罗西的声音；这个年轻女孩用本族的语言唱歌，正唱到花朵和男人。

这座房子很大。挑高的天花板、瓷砖铺就的地板，似乎让空间增加了好多倍，无限延展。里哈姆和拉蒂夫婚后刚搬进来时，房子比现在小得多，只有三间卧室和一个客厅，一出客厅就是花园。时间一年年过去，他们又加建了几间卧室、一个书房，还有一处游廊。

每次加建，里哈姆都兴奋不已，房子的翻新给她一种变戏法的感觉。连着好几个星期的工程，工人们忙忙碌碌，所有的东西都蒙上一层薄薄的灰尘，所有的东西。眼看她就要忍受不了，准备驱赶所有人离开，工人们此时正好完工退出；房间旧貌换新颜，光鉴照人，洁白一新，非她莫属。

这让她想起种植花木，一堵堵墙壁竖起，一块块地板铺就，如同花园里种植的各色花儿、丛丛灌木、棵棵大树花繁叶茂的景致。就这样，房子——她以一种女主人的姿态站在那里，满心骄傲——日渐盛大。

然而“据点”除外。若非不得已，她都尽量避开花园附近的那个木棚。这么多年过去，他们习惯那样叫它——“据点”——尽管它只是暂时性的。她从未告诉过拉蒂夫，去年有件事让她感受到莫大的惊喜——那次晚宴上，万万没想到——他要撤掉“据点”；那个简陋的空间里摆了五张行军床和装满医疗器械的抽屉，随着时间的推移，使用的次数越来越少。当然，战争、入侵事件爆发后“据点”似乎人满为患，那些人从其他国家前来投奔拉蒂夫；他们走投无路、身无分文。拉蒂夫帮他们缝合伤口，清理枪伤，却不取分毫报酬。

“求您了，医生。”当听到敲门声——有时会在半夜——打开房门时他们会对她说，“别人告诉我们可以来这里。他们说他会帮忙，他们说他会帮助所有人。”

当然，让她引以为傲的是，她有一位成就卓著的医生丈夫；他对这些深陷困境的人表现出强烈的同情心，尽力救治，并且来者不拒。在最初的几年里，里哈姆确实满心骄傲，为那些人做羹汤、煮茶水。当他们身体开始恢复，在她的花园里走来走去时为他们端上水果。

但慢慢地，她的另一面流露出来。对此，她感到羞耻，所以从未告诉过拉蒂夫——恼怒烦心，对设置“据点”之类的事极度厌倦。自私点来讲，她希望她的房子、她的丈夫专属于她。她观察其他朋友的生活，内心充满嫉妒；她们也是医生的妻子，她们的丈夫会回家吃晚饭，院子里没有从蓬头垢面的人身上发出的臭味。

她从未向人提及此事。她承认，这是她的一个污点，是她内心邪恶的一面。如果拉蒂夫知道此事，肯定会说这是事不关己的躲避。所以，心怀怨怼时，她一如既往地：祷告。随着拉蒂夫年纪渐长，难民们来“据点”就诊的次数越来越少，他们转而去了公立诊所。但里哈姆一直祈祷——身心疲惫——希望自己不再怨怼。所以当拉蒂夫接受医院的职位，宣布要停掉家庭诊所时，她彻底松了一口气，身心舒畅；如果不能改变内心事不关己的态度，至少她可以不用再理会。

站在客厅里，她一眼瞥见沙发扶手上搭着阿卜杜拉的一件迪士达沙长袍。过去一年里，他穿长袍的频率越来越高，欧式 T 恤和牛仔裤却被束之高阁。里哈姆叠衣服时，闻到上面有金属的气味。每过一个小时，阿卜杜拉就会进入她的脑海中，稍不经意，就想到他，如同在脑海里牢牢地安装了一个摩天轮，七上八下：一会儿担心他，一会儿又莫名害怕。

她瞥了一眼手表，突然一个激灵。已经过了十一点钟。她冲向花园。每天早上，父亲像时钟一般准时从住的地方走到最喜欢的咖啡馆，和邻居们聚在一起喝喝咖啡、聊聊天。父亲退休以来一直这样，风雨无阻，说是可以强身健体。十一点钟，他会经过里哈姆的花园，如果看到里哈姆，他俩就会坐下来喝杯茶。这是里哈姆和父亲的独处时光，没有母亲、拉蒂夫或者阿卜杜拉在场。

“该死！”她被地毯的边缘绊住趔趄了一下，轻声骂了一句。她把地毯踢平整，然后冲出房门跑进花园。里哈姆家的院子四周围着篱笆。有个身影正沿着篱笆走过来，里哈姆笑意盈盈地看着他。

“我还以为今天见不到你了呢。”父亲边拉下大门门闩边说。他们在一片野花和黑色鸢尾花之间的空地上相会。那边放着几把椅子，父亲选了把茉莉花灌木丛旁的椅子坐下。

“我刚刚在房间里发呆呢，”她笑着对他说，“喝茶？”

父亲摇摇头。“已经喝过了？”她问。对于阿提夫的沉默寡言，她并不介意。这个世界似乎到处——电视新闻里、集市上、街道上——充斥着没完没了的闲扯瞎聊。而父亲的温和沉静让她感觉很舒服。

他仔细查看身边的那株茉莉花树苗，有一片叶子开始焦黄，他用手指轻轻碰了碰。

“你之前说的对，”她说，“我应该只种金合欢的。”

“会没事的。”

“有点枯萎了。都是因为天气太热，什么都活不了。这些可怜的小东西快渴死了。”她心疼地注视着茉莉花丛。她讨厌夏天。

“还是得修剪一下，”他说，“谁知道呢，也许冬天会来得迟些。现在外面还挺暖和。”

“今晚在这儿吃饭吗？”每个星期父母都会来家里吃两次晚饭，罗西会做填肉馅的西葫芦或者麦克鲁巴，都是母亲的最爱。

他迟疑了一下。“要不这周晚些时候过来。”

“怎么啦？”里哈姆留意到他语气中的迟疑。“妈妈又生气了？”

“嗯，”他叹了口气，“昨天发生了一个小插曲。”

"小插曲?"里哈姆知道过去几年里发生了各式各样的小插曲——母亲和女佣或邻居吵架，和丈夫意见不一，抑或和里哈姆的弟弟妹妹闹不愉快。里哈姆猜测应该是最后一个，因为母亲最喜欢的话题就是那两个刚愎自用、不易管教的孩子；他们背井离乡、跨越千山万水，住在一个荒寒的城市。卡拉姆先搬去波士顿，苏雅德也搬去那里之后，她和卡拉姆的联盟固若金汤：卡拉姆和苏雅德不分彼此。里哈姆从未去美国探望过他们；就连苏雅德的儿子扎因和卡拉姆的女儿莉娜出生时，她也没有和父母前去祝贺。扎因和莉娜相隔几个月出生。

父亲的嘴角抽动了一下，闪出一丝微笑。"这次不是苏苏。"

"不可思议。"在所有的话题中，艾丽娅最爱絮叨的就是有关苏雅德的所作所为：不计后果、轻易草率地步入婚姻，浪费青春；还有，几年前出于冲动搬到波士顿。这个女孩带着丈夫和两个年幼的孩子过着颠沛流离的生活，看望我们的次数屈指可数，整日像个小年轻似的，浪费时间和精力就为了那个没用的设计学位。苏雅德举行婚礼时，只有父亲去了波士顿。母亲拒绝前往，说此事有辱门风，她才不去丢人现眼。

"卡拉姆怎么啦?"

"哦。"阿提夫身体向后靠在椅背上，伸了伸腿。里哈姆也靠在椅背上。她珍爱这样的时刻；自己现在是父母身边唯一的孩子，从未离开过父母的孩子。父亲把有关弟弟妹妹的各种消息说给她听时，她感觉和父母属于同一战壕，因为对里哈姆来说，卡拉姆和苏雅德神秘莫测、难以捉摸，他们的生活令人无法想象。她本来计划要去参加卡拉姆的婚礼，但最后婚礼定在安曼举行，仪式非常简单。里哈姆看到那个举止优雅、头发乌黑的女人是布杜尔时，惊愕不已——布杜尔，一个从科威特来的骨瘦如柴的女孩，本来是飞到波士顿去看望苏雅德，结果却和卡拉姆坠入爱河——她站在卡拉姆身边，和他深情拥吻；两个人如此浓情蜜意、满心欢喜，惹得那些姨妈姑母们窃窃私语，谈论两个年轻人不知检点、有失体面。

“他们十二月份回不来了，”父亲说，“布杜尔要论文答辩，卡拉姆一月份又抽不出时间，所以他们计划推迟到夏天再回来。”

“哎呀！”里哈姆举起一只手放到头上。对母亲来说，这个话题非常敏感：她的那两个孩子难得看望他们，她也难得见到自己的孙辈。我所有的表堂兄弟姐妹们都和自己的孙辈住在一起；我呢，一年能见到一次就万幸了。里哈姆左右为难。她知道母亲有些挑剔苛刻，但也觉得弟弟妹妹不负责任、任性固执、不够体贴。“情况很糟吗？”

他皱了皱眉。“我回去的时候太晚了，只听见她在厨房里大喊大叫。”他叹了口气，“她还提到土地的事。”

“噢，妈妈。”里哈姆咕哝着说。土地的话题也是个让人紧张的话题。两年前，布杜尔的叔叔去世后，在埃尔比勒附近留了块地给她。布杜尔通过还住在伊拉克的亲戚把那块地卖了，赚了一大笔钱。艾丽娅每每提起那笔钱就说，她本来可以买股票证券或留着给孩子交学费，或者帮卡拉姆还按揭贷款。可是，布杜尔却把钱拿来报名参加塔夫斯大学的课程培训。

“然后又说到了贝鲁特……”

“噢，不是吧。”

贝鲁特的公寓是另一个争论的点。购买公寓的钱来自薇达阿姨，她没有子嗣，几年前去世了，晚景寂寥；阿莫·加齐去世的时间还要再早十年。薇达留下的钱存在一家瑞士银行，平分给了卡拉姆、里哈姆和苏雅德，一分不剩，这让他们所有人深感震惊。里哈姆和卡拉姆通过一个黎巴嫩律师在贝鲁特各买了一间公寓。苏雅德拿着分到的钱还了波士顿的按揭贷款。但对于他们在贝鲁特购买公寓的事情，艾丽娅勃然大怒，因为那个混乱不堪、充满活力的城市更吸引她的孩子们——所以他们更可能去那里——而不是回到安曼。现在为了能看孙辈们一眼，我不能在自己家里，只能去那个道德沦丧、满是娼妓的地方过暑假。

“然后她跟卡拉姆说布杜尔把钱浪费了，读了一个流里流气的学位，研究什么文学。”

里哈姆摇摇头。“卡拉姆发脾气了吗？”

“当时他很有涵养。后来我跟他聊了几句，他似乎很担心你们的母亲。他说他可能会想办法自己回来，也许会带着莉娜。我跟他说不用担心，你们的母亲只是有点失望。他让我代他向你们问好。”

“真主保佑他。”里哈姆无意识地小声说道。他们陷入沉默，只有昆虫在四周嗡鸣；远处，汽车沿着大路飞驰而过。

里哈姆想，卡拉姆听着母亲用那种口气谈论布杜尔，一定会紧握话筒，手指关节攥得发白。她知道，他一个字都不会说；这点和她很像。只有苏雅德才有话直说，大声反驳。卡拉姆只会默默听着，一言不发，然后挂上电话，微笑地看着布杜尔，假装一切都好。可怜的卡拉姆和父亲一样，温文尔雅、性情温顺。几年前，他宣布要和布杜尔结婚——确定关系后的几个星期内，他们很快订了婚——令人不解的是，母亲愤怒至极。

“我真是不懂你们这些孩子！”里哈姆曾听见她对着电话大喊大叫。“因为战争爆发了，所有的人突然都要结婚？看看苏雅德！看看你的妹妹，卡拉姆。她住在像阁楼一样的公寓里，还要抚养一个小孩。这种生活是你想要的？我们把你送去那么远的地方是为了什么？真主啊，至少你得娶个美国人啊！还能拿个美国国籍。”

这是莫大的侮辱，卡拉姆出于对母亲的爱并没有当场反击。他礼貌地挂上电话之后，一个月都没有再跟她通话。

里哈姆心里暗暗思忖今晚或者明天要给他打电话。他们的电话聊天常常很简短，里哈姆自顾自地说着信仰之类的陈词滥调，空洞乏味、单调过时。在弟弟妹妹身边，她总感觉相形见绌；个子小小、体态肥胖、无趣乏味。即便他们对她很体贴，但态度却像是对反应迟钝或者上了年纪的人一般。她知道，对他们来说她的生活枯燥无味。她有时也会跳脱出来审视自己的生活，如同盘旋在上空的老鹰——她自己就像是一个小圆点，移动的轨迹不过就那些：列出待办事项清单、放声大笑、斟茶倒水。

“你能想象，”有次，里哈姆无意中听到苏雅德对卡拉姆说，“那样的生活吗？一个医生的妻子。整日洗衣做饭。”她叹口气，“换做是我，肯定会自杀的。”

相比之下，卡拉姆和苏雅德有他们自己的世界，纵然千头万绪，混乱不堪却美妙至极。她对于弟弟妹妹的了解只有儿时的记忆，好像突然之间，他们就长大了，脑海里也只是每隔几年见到的模样。听着他们两个的对话——在波士顿住处相距几分钟的路程，相互分享生活点滴和孩子的事情——像是在听另一种语言，云里雾里。他们尝试着让里哈姆参与进来——给她解释他们的工作或居住的城市，大学附近的酒吧和书店——但总觉无趣，还带着些许不自然，好像他们在努力帮她理解她根本不可能理解的事情一样。

和他们的孩子相处倒更容易些。马纳尔、扎因还有莉娜，这三个小可爱都有小麦色的皮肤和乱蓬蓬的头发，像三胞胎。里哈姆对孩子们也只是有个大致印象，先是婴儿，接着是蹒跚学步的孩童，之后便是小朋友了。他们对她的爱真实诚恳，毫无保留。她对他们来说充满异域风情；她是他们的姨妈，他们可以解开她的头巾，摆弄她的长发，她给他们吃百里香[1]，陪他们在花园里探秘。

和他们在一起时，她像变了个人，活泼开朗，和洋娃娃一起玩耍，大声歌唱，但所有这一切都让她心里带着丝丝嫉妒；内心渴望靠近孩子们，与其说是出于爱，倒不如说是在孩子这方面的情感缺失。

过了一会儿，父亲站起身来。“别忘了修剪花枝。再多浇点儿水。”

“那今天晚上？”

他叹了口气。“我们会来。她可能需要处理的事情比较多。”

“晚上会做麦克鲁巴。”

“啊！”她的父亲大笑，“那我们应该会来。”

她注视着他的身影，衬衫的亚麻布紧贴他瘦削的肩膀。“等等！”她突然想起什么，大声叫喊道，“阿卜杜拉。你跟他谈过了吗？”

父亲稍稍迟疑了一下。“谈过了。”他说，似乎不愿再多说什么。

“然后呢？”

阿提夫一只手捋了捋满头银发。三个孩子都继承了这个习惯，紧张的时候就会捋头发。“他有些迷失，里哈姆。”

---

1. 百里香（Zaatar）是中东各国流行的调料，经常出现在叙利亚、黎巴嫩的烤饼、面包上，也用于肉类、色拉乃至于酸奶的调味，用途相当广泛。

“你问过他有关那些人的事吗?”

“一开始他说只是朋友，是在大学里认识的。当我再逼问他时，他承认这些人与政治有关，这段时间一直和他们待在一起。”

里哈姆曾恳求父亲和阿卜杜拉谈。上大学后的这几个月里，阿卜杜拉总是晚归。换做别的母亲可能会怀疑孩子谈恋爱了。但有好几次，她都瞥见几个年长的男人开车送他回家，还在他的衣服里发现政治宣传小册子。拉蒂夫的父亲已经去世，母亲住在叙利亚，阿卜杜拉的祖父母只有阿提夫和艾丽娅，他们——虽然最初对于里哈姆的婚姻充满困惑——一直以来对阿卜杜拉特别疼爱，而这个男孩似乎跟阿提夫联系更多，对他依赖更多；毕竟拉蒂夫一直忙于工作，对他无暇顾及。他们一起去图书馆，去佩特拉古城。里哈姆知道让阿提夫跟阿卜杜拉谈话不公平，像是在利用他对阿提夫的喜爱和尊重。但别无他法，她心里害怕。

“他为什么这么做?”她大声说出自己的疑惑，“到底有什么东西是他需要而我们没有给他的呢?”

“没那么简单。”父亲看起来很心痛，“那些人、那些集会，他们会给你灌输一些东西，这些东西只可意会不可言传。”

“那我可以做些什么？我很担心他。拉蒂夫也担心他。”

“什么都做不了，里哈姆。他得自己去学习。”他开始往外走，然后停下来。“那些集会，他们会让孩子们感觉自己无所不能。”

里哈姆在花园里停留了片刻，脑子里想着阿卜杜拉，然后走回房子，把鸡肉从名单上划去，写上麦克鲁巴。

“我们需要把米泡好，”厨房里，她对罗西说，“然后解冻羊肉。”

罗西挑起细细的眉毛。“不用弄鸡肉？”

“做麦克鲁巴。我妈妈今晚会来。”罗西耸耸肩，并不很在意。里哈姆喜欢她的冷漠，让人她有种如释重负的解脱感，不像以前的女佣总是假装开心、过于拘礼。

“肉一定不要炖得太老。我要去法丽达夫人家里坐一会儿，不过会及时赶回来。”

里哈姆坐在客厅收拾篮子里的线团和毛衣针。织东西能够让她内心平静，她想起外婆。她把电视节目转到一个很受欢迎的土耳其肥皂剧，有阿拉伯语配音。她边织东西边摇头，和剧里的人物对话。

“他会离开你的，”她对着电视里那个金发碧眼、眼尾上飞的小明星说道，“他爱的是你姐姐。他只是贪图你继承的遗产。”

可是当他掏出一枚戒指时，那个小明星还是冲上前去，吃惊地看着火红的花朵，嘴里说着“我愿意”。镜头拉近推向戒指，那枚戒指闪烁着邪恶的光芒。我会爱你直到地老天荒。

“愚蠢，”里哈姆对着屏幕说，“糊涂，傻姑娘啊。”

空气中弥漫着穆安津宣礼的呼唤。三点钟了。如果她继续磨蹭，就来不及去法丽达家吃午餐了。里哈姆把剩余的纱线缠起来，收起毛衣针。她走去卧室，经过挂在走廊上镶框的照片。照片里，家人摆着各种姿势，微笑着、大笑着。苏雅德和婴儿时期的马纳尔；结婚那天的卡拉姆和布杜尔；沙滩上的拉蒂夫和阿卜杜拉。

她本能地开始渥都[1]，已经做过成千上万次，双手自然地移动，把凉水泼溅在手腕上、脚踝上。嘴唇无声地祈祷，双手捧水抹过脸庞、左右两颊至耳后。

多年前外婆教里哈姆礼拜时，里哈姆曾问过有关耳朵的部分。她觉得这个动作很傻，总让她从这个庄严的仪式中抽离出来。因为人们很少洗那个地方，萨尔玛曾这么说过。很容易被忽略。通过突触和细胞的某种连接——有次，拉蒂夫给她解释记忆力的形成，活性细胞震动增强，曲颞叶里的突触相互勾连——这份记忆就在脑海中生了根。每每用水掠过耳后，都会勾起她对外婆的回忆。

里哈姆拉上房间的窗帘，站在拜毯上方——她喜欢在昏暗的光线下礼拜——努力抛却杂念，集中注意力。每次礼拜，都是一场斗争。她的思绪经常回到同一个画面：她看到十几年前在海水里挣扎的自己，看到自己是一个黑色斑点。“世上无主，唯有真主。”她开始礼拜，拜词在唇齿间自然流淌，就像外婆教她的那样。

她的思绪在外婆与儿子之间流转，阿卜杜拉的脸庞飘过她的脑海，还有他坐在餐桌旁挺直的后背。礼拜时，记忆的碎片像雪花般闪现在她紧闭的双眼里。扔在沙发上的那件迪士达沙；阿卜杜拉的胡子；儿子晚归时拉蒂夫紧闭的双唇；外婆身体前倾看向一个咖啡杯，解读咖啡渣的情景。外婆只为客人做咖啡占卜，拒绝为里哈姆和苏雅德进行占卜，就算整个暑假她们一直央求她也没用。

1. 阿拉伯语“渥都”，其意译为“小净”，是伊斯兰教净礼之一，即冲洗身体部分肢体。

里哈姆先向右肩低语说了一句“求真主给你平安、仁慈和幸福”[1]，然后向左肩再一次低语重复同样的句子。然后，她身体放松下来，一如往常，念出所有家人的名字，请求真主赐他们平安。

“……卡拉姆，赐他平安。莉娜，赐她平安。妈妈，赐她平安。拉蒂夫，赐他平安。”完成后她站起身来，然后又跪到拜毯上，惊骇万分。

“哦，还有苏雅德。苏雅德，赐她平安。”

里哈姆正要穿鞋，电话铃响了。她听见罗西拿起电话，几乎听不到说话声音，然后是短暂的停顿。

“夫人！”

“怎么了，罗西？”

“艾丽娅夫人打来电话。她要跟您讲话。”

里哈姆叹了口气，眼睛朝前门看了看。“好的。”她走进厨房，从罗西手中接过无绳电话。“妈妈？”

“那个女孩要把你弟弟给毁了。”

里哈姆向上翻了翻白眼，暗暗责怪自己接了这通电话。“我很确定他之前和一个美国女孩交往时，你也说了同样的话。”

母亲抽了抽鼻子。“那不一样。那个女孩情有可原——她在美国长大，行为粗俗、没有教养。天生如此。”

1. 穆斯林礼拜最后跪坐出拜的时候，先要向右肩道“赛俩目”（祝你平安），然后向左肩道“赛俩目”，因为根据伊斯兰教教义，每个人的左肩和右肩上各有一位天使，右边的天使记录一个人的善行，左边的记录一个人的恶行。

“妈妈——”

“可是布杜尔，”母亲继续说，不依不饶，“是怎么回事，实际上是我们把她养大的！她小时候大部分时间都和我们待在一起。她有正派的父母，良好的教养。我敢说她和第一任丈夫的那些烂糟事儿不堪入耳，不过现在这类事情多了去了。可是我——”

“那个男人对她很糟。”

“——我不明白为什么她开始摆出这副腔调。想要拿到大学文凭，这很好，我替她高兴。你知道我一直很支持女人接受教育。我不嫌啰嗦，一直督促你们。还有苏雅德，她怀了马纳尔不上大学时我悲痛欲绝，但她最后拿到大学文凭，我很开心啊——”

“你以前说她浮夸，妈妈。”

“没错啊，艺术就是虚头巴脑的东西。但是布杜尔，她上了课，接受了教育。真主慈悯，她有一个小孩。如果是硕士学位，我也能理解。可文学有什么好学的！现在好了，还影响到家人，剥夺了莉娜和外公外婆见面的机会。”

“爸爸说他们暑假就回来了。”

“我就知道！你和你父亲总在我背后说三道四。”母亲指责说，“你们总是这样。坐在花园里谈论我，把我当贱民似的任意评说。”

里哈姆叹口气。“妈妈，你知道不是这样的。他只是跟我说发生了什么。我们对此都很失望。”

“很好。如果你真这么失望，就给你弟弟打电话。告诉他，我不能接受这种安排。如果有必要，也跟布杜尔谈谈，跟他们说必须得回来。”

一想到自己要给弟弟发号施令，里哈姆就笑了。她的声音柔和下来，这种语调只有在母亲面前才会使用。“好的，妈妈，我看看能做些什么。”

“只有你让我省心，亲爱的。只有你听话。安拉赐予你恩典。”即使知道母亲反复无常，知道自己之所以被表扬仅仅是因为她永远不会顶嘴，但听到母亲的话她还是有丝丝喜悦。

“我担心阿卜杜拉。”她脱口而出。

母亲哼了一声。“终于知道啦。还好你和拉蒂夫只花了一年的时间就明白了。这孩子十六岁的时候我就一直告诉你他不对劲。他太容易被骗。我说了那么多次，可没人听啊。你看看？如果你和你父亲少花些时间说三道四，多些时间听我讲话，那个孩子现在也就不会陷入麻烦了。还有，拉蒂夫一点用也没有。他是个好人，没错，但太沉默寡言了。做父亲的人，说话得中气十足，做事要掌控全局。记住，绝对不能像你们的父亲。我是既当妈又当爹。我们由着你们这些孩子的性子，看美国卡通片、玩闹嬉笑、读各种小说，从不限制你们。现在你们个个变得软弱无能。”

里哈姆叹了口气。“妈妈，我得挂电话了。”

上次苏雅德和卡拉姆回来探望父母的时候，被阿卜杜拉的变化给震惊到了。“他好像一个圣战分子。”里哈姆曾无意间听到苏雅德对卡拉姆开玩笑说。他们要回波士顿的前一个晚上，大家吃完晚饭后坐在里哈姆的花园里，一边用力拍打着纷飞的蚊子，一边吃着西瓜。果不出所料，他们聊到了政治。

“美国人和他们的导弹，”阿提夫对卡拉姆说，“你们能告诉幼稚的克林顿不要冲动吗？”这是他们家人之间的一个笑话，卡拉姆非常喜欢克林顿。

“告诉你们的原教旨主义者先停止。”卡拉姆反驳道。话题转到莫妮卡·莱温斯基，然后又转到巴勒斯坦的局势。

“据说情况越来越糟。”

“武装起义没有阻挡住那些移民团体。”

阿卜杜拉突然开口说话，情绪激动：“你们都错了。”

“什么意思，儿子？”拉蒂夫问道，声音轻柔。

“所有的这一切，你们所有人，你们说的话真是好笑。一群阿拉伯中产阶级，大部分还都是美国做派——”说到此处，他刻意地看了看苏雅德和她穿的短背心，乳房的上部裸露出来，“——尊享宅邸的舒适安逸，高谈阔论穷人的凄惨生活。好像你们有谁踏足过难民营似的。你们基本不和孩子讲阿拉伯语。”又瞥了一眼苏雅德、布杜尔和卡拉姆，“你们是只可同甘不可共苦的阿拉伯人，你们都是。”

“他说的有道理哎！”卡拉姆试着开了个玩笑，“我们沉迷于美国电视节目，这点没错，但我不觉得这是犯罪。”大家都笑了起来，但笑声中带着迟疑。里哈姆看了一眼拉蒂夫，他扭头看向别处。

阿卜杜拉转向卡拉姆说：“你知道《法谛哈》的念词吗？”

“阿卜杜拉！”她和拉蒂夫同时说道。

“怎么了？我问一下有错吗？关心我身边人的精神世界有错吗？我的家人？”他自然而然地说出这个词。“如果我不说，就没人说了。这正是问题所在。阿拉伯人远渡重洋去到西方国家，崇拜他们杜撰出来的神，喜欢他们的演员歌星，喝着他们被污染的水——”

“我们有滤水壶啊。”苏雅德咕哝道。

“令人作呕。”阿卜杜拉没有理会苏雅德，“我们丢掉了文化，我们出卖了灵魂。我们不该仰仗他们，而要和他们抗争，武装到牙齿。我们应该回归我们的真神安拉。那些会拯救我们的人，不是怯懦的政客，而是真正信仰安拉的人。”

阿卜杜拉坐回到椅子上，看起来心满意足。他拿起茶杯，咕嘟咕嘟地喝着。四周寂静无声。

“如果你那么想，你就是个傻子。”艾丽娅的声音响起，尖利刺耳。里哈姆被她声音里的凶狠震住了。

“妈妈——”

“那些男人像发糖果似的把那些话说给年轻人听，他们试图要给我们的年轻人洗脑。”

“妈妈——”

“不，不。你听我说，孩子。”阿卜杜拉极不情愿地抬眼和艾丽娅对视，“你听我说。那些人竭尽全力要做的，他们竭尽全力想要灌输给你的，说什么你们迷失了，他们是救世主，这个世界充满邪恶，什么你们要谦卑、顺从，要奋力抗争，他们几十年来都在这么做。你以为对他们来说你是第一个吗？他们会挑选那些渴望倾听的人。所以说，不要坐在那里，满脑子想着自己最特殊。不要坐在那里，满脑子想着你们怀揣着天大的秘密。我们所有人都是一团糟。伊拉克一团糟，黎巴嫩一团糟，更不要提巴勒斯坦。但是如果你认为那些伪君子会拯救什么，那些道貌岸然披着神的外衣、蛊惑年轻人的人……那你就是白痴。”

没人说话。拉蒂夫最后清清嗓子，问了波士顿的情况，苏雅德回答时明显松了口气；她跟他介绍孩子学校的情况。罗西端出咖啡，每个人都在说着其他的事情。阿卜杜拉保持沉默，把烟灰弹进野花丛中，尽管跟他说过好多次不要这么做。

里哈姆什么也没说。她注视着母亲，想起了舅舅，他已经去世几十年了。她想起还是小女孩时听家人提起他，照片上的他站在阳光下满面笑容、不羁帅气。从某种意义上来说，她爱上了他。她想听听他的声音，想知道他是否曾经深爱过一个人，想知道他开心时会唱什么歌。

她和拉蒂夫结婚时，阿卜杜拉五岁。拉蒂夫一五一十地告诉她有关阿卜杜拉的事情，就像跟她描述在安曼的房子等着她入住一样，毫不隐瞒。那个时候，所有人都以为她疯了。

"可是他太老了。还有个儿子……"她儿时的朋友这么说，语气因犹疑而渐渐变弱。父亲建议她不要这么快做决定。苏雅德最直接，跟她说这就是个错误。

"你不可能就这样走进一个孩子的生活，还假装是他的母亲。"

但他们都错了。这么多年过去了，他们错了。刚到安曼的几个月里，里哈姆了解了有关这个房子前女主人的事情。阿卜杜拉的母亲，在他很小的时候就去世了。阿卜杜拉对她应该没有太多印象，即便有也已经模糊不清。无论如何，她不是阿卜杜拉的生母这个事实并没有减少她对他的爱。相反，她的爱更加强烈。随着他一天天长大，有时看着他，注视着他低头坐在餐桌前，她的内心就会溢满疼爱。拉蒂夫一直忙于工作，这个小男孩是由很多个女佣抚养长大的。无父无母。他是她的，只属于她。

当阿卜杜拉再长大些，她开始焦躁不安，不知道自己能为他做些什么。渐渐地，她似乎也面临着和所有母亲一样的问题：孩子会离开他们去到其他城市，比如伦敦、伊斯坦布尔或者洛杉矶。这么多年来，她一直担心他会离开去别的地方，就像她的弟弟妹妹搬去美国一样；担心他长大成人后心中没有安拉。

其实，她不必担心有一天阿卜杜拉离开了怎么办，而是应该担心眼下发生的一切。那个“据点”，那些血肉模糊的尸体。

一九九一年。海湾战争已经结束，里哈姆心里却总是充满恐惧。每天晚上她都梦到岛屿，什么东西闪烁着光芒——她必须要拿到，情况紧迫——在海的另一边。如她所知，这个世界已经崩塌。她父母的钱都没了，伊拉克武装势力关闭了银行。他们动用了萨尔玛留下的遗产，卖掉她的公寓，在安曼买了一个小房子，添置了新的家具、地毯、茶壶。卡拉姆住在美国，在电话里谈论着大雪和高速公路的状况，电话线里不时传出静电噪音。苏雅德的人生发生了最为怪异的转变：留在巴黎，仓促结婚，从米米阿姨家搬出来，和艾利一起住进了一间公寓。

傍晚时分，里哈姆和父母、拉蒂夫聚在一起看电视新闻。阿卜杜拉常常头枕着她的腿入睡。拉蒂夫开始说起大量难民拥入，医院已经人满为患。

“到处都没有抗生素，很多人伤口都溃烂了。”他说，“我得做点什么。”里哈姆注意到他紧咬牙关，知道有事发生。

她怎么会因此而不爱他？他的慷慨解囊、他的能力，是这个男人的妙手回春治愈了他们。这些难民突然闯入他们的生活，带来虱子和夜惊，家里时刻散发着抗菌皂和滴露消毒液的味道。他们睡在“据点”里，里哈姆在里面铺了地毯，换上干净的床单。她做了成锅成锅的炖肉。她怎么会计较——他们一个个饥肠辘辘，眼神中透露着羞愧——拉蒂夫为他们做的一切呢？

她不会。

（但事实上她很计较。他们让她想起自己灵魂上的黑色斑点，就像很多年前她在海水里瞥见自己的不圣洁。尽管自那以后，她每天都不停地擦洗。）

她努力做到一视同仁，对于难民们的遭遇不过多地投入情感，而是扮演一个年轻妻子的角色，切面包、削土豆。但是他们中偶尔会有女人坚持帮厨，跟她提起抛在身后的城市。那个时候，难民似乎源源不断，尽管伊拉克战争后有一段平静期。但差不多每一年，都会爆发新的冲突，他们就会出现在门前，操着不同的方言，皮肤黝黑。无论何时，像约旦敞开国门一般，拉蒂夫都会敞开家门。

里哈姆执意要擦洗她灵魂的黑暗面，似乎那些难民们只是她和拉蒂夫的责任。在过去整整一年里，她的关注点都在他们身上；直到现在，她才把一部分注意力重新集中在这个不受重视、完全被忽略的人身上。

阿卜杜拉。

回望过去，每个画面里都有阿卜杜拉。给难民们分汤时，他在厨房做作业；电视上播放大量新闻时，他在观看；半夜住在“据点”的难民因为拉蒂夫清理伤口而发出痛苦的喊叫时，他躺在床上，毫无睡意。还有那些孩子，那些脏兮兮的孩子，他会和他们在花园里玩耍，和他们分享玩具。那个时候，里哈姆几乎注意不到这一切，只是偶尔会以他为荣。

但现在她一切都明白了。阿卜杜拉注视着那些难民时会发出疑问：他们为什么挨饿？他会问。为什么真主让他们挨饿？

为什么他有枕头而他们却没有？为什么士兵会刺伤小孩？

故事的开始稀松平常，只是源自一个小男孩的焦虑。阿卜杜拉只问里哈姆这些问题，因为里哈姆已经是他的妈妈，在他噩梦惊醒时会安抚他的情绪。她从未向拉蒂夫提及，也从未想过情况会变糟。阿卜杜拉把所有的一切拼凑在一起，一件件小事连成一幅令人毛骨悚然的画面。之后他变得异常愤怒。

法丽达的家真是气派。家具熠熠生辉，房间里充斥着各种气派壮观且不可触碰的古董。每次做东，她的两个菲律宾女佣都会在桌子上摆满食物，填塞了肉和坚果的葡萄叶、各类点心、三种不同口味的库纳法。今天，大大的浅盘上摆满了切成三角形状的西瓜。

“这是这季最后的了。”法丽达说，递给她们盘子，“好好享用，好好享用。”法丽达，就像她的豪宅一样，雍容华贵，并为之孜孜不倦地努力；她的头发拢在脑后以露出她白皙秀颀的脖子。她每年去两次巴黎，回来会给她们带一些廉价的小装饰物、香水或者绑着丝带包装精美的马卡龙。

来喝下午茶的这些女人大部分都是医生的妻子，她们之间的友谊水到渠成，她们的相互扶持让里哈姆感觉很欣慰。从小到大，她的朋友不多，即便十年过去了，这些聚会仍然给她带来新奇的感觉。她们其中的一些人是在医院做志愿者时遇到自己的丈夫，就像里哈姆一样。其他人，比如罕那迪和露简，在结婚生子之前是护士。然而，从前的这些生活大家很少提及。

“微风习习，好舒服啊，”露简点着头看向露台敞开的门，“好漫长的夏天啊。”

“据说今年冬天的天气会很恶劣。”

“很好啊，毕竟夏天这么热。”

“下过第一场雪之后你就不会这么说了。”

一阵大笑，大家的盘子里摆满水果和甜品。里哈姆在她们当中年龄最小，也最为虔诚，只有她戴着头巾。有时候，里哈姆感觉她们把她当作小孩子。

“昨天晚上你们听新闻了吗？”

“去它们的吧，”罕那迪说，她往嘴里扔了一颗葡萄。“让绞刑架见鬼去吧。”

“那女人们呢？孩子们呢？不是所有的人都是激进分子。”

这么多年过去，她们对话的内容也随之演变。有段时间，大概八九年前，她们的对话只是围绕孩子的问题——尿布和哺乳，给牙牙学语、蹒跚学步的小孩准备薄荷混合橄榄油的调制品。她们的谈话没有禁忌，聚会因此而变得神圣。她们谈到裂开流血的乳头，谈到生完孩子后双腿之间变得松弛。

大家会问她阿卜杜拉的事情，以母亲的身份邀请她加入聊天。跟我们说说他的学习吧，她们会说，或者他不愿意吃饭的时候你怎么做？从这点来讲，她们很是体贴友善。

但是，刺痛感——没有自己的孩子；奇怪的是，在这件事情上拉蒂夫很坚定，总说怪自己年龄太大——挥之不去。最近几年，她慢慢释怀，再也不用聊怀孕、学步儿童之类的事，转而开始谈论青春期孩子的种种艰辛。这是代沟，她们相互安慰道。

“我发现了宣传手册。”尤思拉说。里哈姆转向她，神情专注。“在萨米尔的夹克里。”

“巴勒斯坦解放组织的?”罕那迪问。

尤思拉摇摇头。“别的。一个伊斯兰组织。”

“这些狗杂种，”沙赫德说，“他们专门针对这些年轻人。”

“吸引力在哪儿，我不懂，”法丽达噘起嘴巴，“好男孩怎么会深陷其中呢?”

“金钱。”

“可能是群体的归属感吧。同志情谊。”

“他们感觉自己无所不能。”里哈姆慢吞吞地说道。大家纷纷点头。女佣们在房间里忙活，给杯子里添新煮的茶水。大家沉默不语，各怀心事。

“儿子。”罕那迪说。她是个动作麻利的女人，有三个儿子。“麻烦，麻烦，他们就是麻烦。一辈子都在努力保护他们——战争、女人，现在又是政党。”她耸耸肩。“然后等他们长大，就会离开。”

“什么都没有养儿子困难。”露简表示赞同。

法丽达优雅地轻哼了一声。“拜托，至少儿子的事情也就那些。现在的女孩要比男孩疯狂多了。”

大家小声表示同意，话题转到朋友的朋友，远房表姊妹，那些误入歧途的女孩。故事里总有一个来自好人家的女孩，受到一些不好的影响——一个男孩或者一个任性不羁的同班同学。很快她开始堕落，整日里喝酒、抽烟、乱性。谈论这些时，她们的语气充满同情。

“还有，想想梅萨姆的女儿!”法丽达啧啧道，“她家的法拉去贝鲁特探亲一个星期，就一个星期，现在她说这个女孩已经无可救药。整天在外面瞎逛，牛仔裤腿高高卷起。就在上个星期，梅萨姆回到家发现法拉自己把头发给剪了。”

“不是吧！”露简大叫道，“她的卷发那么漂亮。”

“那个女孩说她想模仿布兰妮·斯皮尔斯。在我看来，这些女孩简直一团糟。”

“依我说，法拉想怎么弄头发就怎么弄呗。”罕那迪说，“只要她不叉开腿就行。”

“罕那迪！”

“怎么了？哎呀，我们都不要装傻充愣了。你们又不是不知道吉安的女儿尼斯琳的事。”大家的脸色都变得凝重阴郁，想起街头巷尾传她怀孕的故事时那个女孩苍白的脸，想起她们全家毫无预兆地搬去了英国。“事实上，这些女孩不只是剪短发、穿短裙那么简单。她们在自暴自弃。”

“太可怕了。”

“时代完全不同了。”

里哈姆想起自己的妹妹。她怀疑妹妹婚前是不是处女，是不是会把第一次留在结婚当晚。

“我最担心的是孩子们有什么事会瞒着我们。”

“感念真主，我家的阿尼亚不是这个样子。”法丽达说，“她可是个好女孩，规规矩矩。”

大家纷纷赞同。但是，里哈姆想起上次见到阿尼亚时，指甲上涂着鲜红的指甲油。这件事她从未跟法丽达说过。

她和阿卜杜拉是不是也这样？她怀疑。在别人看来很明显的事情自己却要否认？是爱掩盖了真实，让我们出现了盲点吗？不过，她比拉蒂夫看得更清楚，也许这就是做继母的好处，中间跳过了一步。她能看到拉蒂夫看不到的东西。

她到家时，车道上空空如也，拉蒂夫和阿卜杜拉还没回家。房子里飘散着茄子和肉的味道。里哈姆走进厨房时，罗西在搅拌什么东西。操作台上，放着一盘茄子条。她捏起一根，煎得恰到好处。

“很棒。”她说。罗西点点头，眼睛仍然看着碗。

穆安津宣礼的呼唤响起。里哈姆很快完成渥都，她知道阿卜杜拉和拉蒂夫随时可能回来。礼拜时，脑海中还回响着那些女人的话语。她闭上眼睛，浮现出阿卜杜拉的脸庞，她做了一个决定。

还没有做完礼拜，她就站起身来，沿着走廊，走过拉蒂夫的书房，来到阿卜杜拉的房间。悬挂在门上的“邪恶之眼”辟邪物用责备的目光盯着她。稍停片刻，她推开房门。

她感觉每次心跳都伴随着愧疚。从阿卜杜拉进入青春期以来，她就养成了一个坏习惯，常常在他房间的抽屉里窸窸窣窣地翻来翻去，寻找什么？她也有些含糊。证据，或是警示。

阿卜杜拉的卧室不是加建的房间。随着他渐渐长大，他们问他想不想要换个房间，他不愿意，说喜欢房间外面的风景。窗外有每年四月开满香橙花的树木。里哈姆蹑手蹑脚地走进房间，好像他正怒不可遏地躲在壁橱里。

幼时，他的房间里摆满一排排的活动人偶，像阅兵队伍般整齐排列。现如今，这些人偶都已不见踪影，他过去爱读的悬疑小说和课本不知去向。架子上出现了几个版本的《古兰经》，与神学和预言有关的书籍，书名很长，还有约旦大学的历史书和课本。他上个月考进了这所大学。

有本书吸引了她的注意力——蓝色的书脊上写着“昆虫百科全书”，是他十二岁时她送的礼物。他被一只黄蜂给蜇过，于是对它们产生浓厚的兴趣，还有蜘蛛、蚂蚁、蝎子，一直问她：“它们吃什么?”“它们释放毒素的时候，那些毒素去了哪里?”“它们做梦吗?”最后，她买了这本书；连续几个月他都会大声朗读其中的段落。

看到那本书还在，心里升起一阵暖意。她总是仔细查看架子上那本书是否还在。如果不见了她会怎么做呢——就像其他被丢弃的书一样——她不知道。

床头柜上放着一摞小册子，封皮上有一座宣礼塔的图片，下面用毛笔字写着：如何服务于真主？他拿这么多的小册子做什么？里哈姆自问自答：散发。

她草草翻阅了小册子：大段大段关于世界迷失的文字，毫无新意、令人生厌；过去的黄金时代；回归伊斯兰教的纯粹形式——伊斯兰教教法，里哈姆心里想——西方的邪恶力量亵渎了他们的青春岁月。

她坐下来，继续往下读，全神贯注。她认同其中的一些观点——宗教已经变成边注，不过是事后的反思，如今人们已深陷物质的泥沼。但她认为，撮火谴责是怯懦的表现。祈祷和面包一样都是好东西，跟她种植幼苗前翻土一样简单明了。这是过去外婆在花园里对她说的话：安拉在植物的根茎里，在手指里，在水里，在干旱里。好坏皆有。它的意义过于复杂，很难具体到任何一种事物。里哈姆对电视上出现的那些精明锐利、长满胡须的男人有种厌恶的感觉——他们嘴上说着安拉的伟大，说着奴役和谦卑，但实际上他们被愤怒笼罩着，沉浸其中。他们只是愤怒。

况且把责任推给西方很容易——虽然他们的音乐确实都是祸根，他们的电影里充斥着裸露的女人——或者说变贪婪太过容易。里哈姆觉得这样确实很方便，只是为他们不良的行为找到一个理由。这个世界上还是有一些让人敬仰的人，一日五次，褪去华丽珠宝、绸缎衣裳，跪下来，沉默不语，心怀谦恭，祷告。

这不就是她做的事吗？每天她净身、俯首，把自己完全展现给安拉。或者可能正是这样，她才不舒服；小册子似乎像是对她、拉蒂夫、他们的物质富足、去贝鲁特游玩、装有空调的府邸的抨击。但是我们很感恩啊，里哈姆跟内心里的隐形陪审团辩解道，非常感恩。有时，她感觉自己在刻意地抱持着感恩之心，好像这样就不会被夺走现在拥有的一切似的。

听到轮胎碾压碎石路的声音，她有些惊慌，急忙丢下小册子。屋外，拉蒂夫的脚步声、开门的声音传来，她起身，循着声响走出来，听到他在叫她的名字，声音低沉而熟悉。

他拿着一张报纸坐在沙发上，瞥见里哈姆时，脸上笑得堆起褶子。她知道，他越来越苍老，头发已经全白。以前的影子渐渐消失，他不再是那个她第一次遇见、拥有小麦色皮肤的医生。老态逐渐显现，并且会继续显现。手背和脚背上的老年斑越来越多，静脉血管越来越凸显。对此她没有感到憎恶，反而因为他衰老的面庞感到宽慰；这让他完全属于她。她自身的瑕疵——屁股不好看，肩膀上有星星点点的粉刺——也变得情有可原。

“今天的待办清单完成得怎么样？”他问道，咧嘴一笑。

“全部完成了。”她汇报说。

“干得好。那法丽达好吗？还有你的那些姐妹们?”

“挺好的，她们问起你了。”

拉蒂夫把报纸对叠起来。“拉姆安拉又有十几个人被逮捕了。”

“妈妈和爸爸一会儿过来。罗西正在做麦克鲁巴。又有一件事惹她生气了。”

“让我猜猜，”拉蒂夫微微一笑，“苏雅德。”

“是卡拉姆。”拉蒂夫抬起头，有些吃惊。“我懂你的意思，”她说，“可怜的卡拉姆。布杜尔要考试，所以他没法回来，暑假才能成行。但是你知道妈妈这个人。她听了之后勃然大怒，说他们自私自利，说没人把她当回事。”

“嗯，”他耸耸肩，“她也有她的道理。”

里哈姆心里产生了抵触情绪。“可她有点不切实际。他们很忙，布杜尔要毕业——”

“那让他带莉娜回来。”

里哈姆叹了口气。“你的口气和妈妈好像。求你啦，如果她提起这件事，什么都不要讲。”

“你知道我不会多嘴的。”

“阿卜杜拉在哪儿?”她怯生生地问。她发现，他俩很少聊儿子的事。

他双眉紧蹙。“不知道，可能在上课——”他们听到开门关门的声音，然后是脚步声。

他们对视了一下。“回来了。”拉蒂夫的眼神里闪过一丝安慰，她也松了口气。每每阿卜杜拉不在他们的视线范围之内时，她都会屏息凝气，紧张万分。

里哈姆想，寻常人家大抵就是这样。三口之家坐在厨房里：母亲、父亲、儿子。父亲读着报纸，儿子沉默不语坐在那里，而母亲则把橄榄、坚果、杏干放进洗碗槽旁边的瓷碗里，落日给窗台上的植物染上了翠绿色。她偷偷看看身后的两个男人，一样的沉默寡言。

快七点了。父母随时会到。她几乎能感受到房间里寒气逼人，渴望罗西能回到厨房，用她冷漠的气场填满它。阿卜杜拉坐在离父亲两个椅子的位子上。他点上一支烟，厨房里充满烟味。他像个态度粗暴的王子，来自上个时代，脸庞年轻、精致，但胡子根根坚硬。

里哈姆脑海中出现阿卜杜拉卧室里放的小册子，还有那个邪恶的宣礼塔。他在生父母的气，生所有事情的气。他的怒气在某种程度上令她恐惧。

“课上得怎么样?”拉蒂夫问，把报纸折叠起来放好。他的嗓音粗哑生硬。

阿卜杜拉一直低着头。他耸了耸一侧肩膀。

“有学什么有趣的东西吗?”

一阵沉默之后，阿卜杜拉说道：“没有。”

拉蒂夫看了看里哈姆，摇摇头。

“我要去收拾了。”他说，一副很挫败的样子，“他们很快就来了。”他离开厨房。里哈姆继续干活，突然窗台上一个快速移动的东西吸引了她的注意力。

“噢!”她突然深吸一口气。“噢!”她看见阿卜杜拉肌肉绷紧。“快来，阿卜，快来看。”她看到那个令她惊慌的东西被挡在玻璃外面。一只甲虫。一对触角，闪亮的黑色外壳，奇怪的嘴。

阿卜杜拉向她走来。他们注视着那只甲虫，它停了一下，然后转身快速离开，身体出奇的灵巧。

“那是卡帕甲虫。”阿卜杜拉说。百科全书。里哈姆沉默不语，内心带着希望。

“你对它们很了解。”她对他说。胡子掩盖不住他嘴角的笑意。

“很容易，”他说，“它们的硬壳不一样。”他从碗里偷偷拿了一颗橄榄，扔进嘴里。

“嘿!”她用力打了一下他的手腕，两人相视而笑，有些腼腆。她心里想，就像学习音乐一样，让他自愿来到她身边。尽量不要吓坏一个充满警觉的生物。她的脑海中充斥着各种想法，所有她现在可能要说的事情，就是要把他拉回来。

她追随着他的目光透过窗户，看向花园，看向“据点”。两个人静静地看了一会儿。

“你父亲还说可能要在外面弄个花房。”她说。

“那会很奇怪，”他的声音有些孩子气，数月来第一次柔声说话，“对吧?”

于是她完全明白了他的意思。终于明白了。在经历所有之后——见证了陌生人生活的惨状之后，在拉蒂夫给他们带来一片狼藉之后——他们达成共识。这让她有了勇气，去见阿卜杜拉之所见。

“是啊，”她听到自己低声说，“好像我还能听见他们的声音。我一直想起他们，阿卜。”她非常害怕，不敢抬头看他或者大声说话，好像他是她手掌心的一只飞蛾，轻轻的呼吸就会吓跑他。她深吸一口气，决定冒一次险。“我知道你觉得自己是唯一害怕的人，亲爱的。其实我也害怕。一直都是。”

他转向她。四目相对，她看到——令她吃惊——恐惧。“没人谈起过他们。我们从来没说过什么。好像他们是一场梦，好像我们都在假装是一场梦。”

她知道阿卜杜拉在等她说下去，她知道罗西随时会回来，门铃随时会响起。她知道现在必须要说。一段记忆闪过脑海，一个难民几年前帮她淘洗欧芹，就在这个洗碗槽上方。里哈姆记得，那个女人的手指用指甲花染成了黑色。那个女人说起过自己的丈夫在一棵树上吊死。里哈姆现在竟然想起她，这太奇怪了。竟然想到这个永远不会再见的女人。

真奇怪，她唯一想要告诉的人竟然是阿卜杜拉。说不定她真会告诉他。即便不是现在，那么晚饭后也会说。或者明天早上。她会告诉他自己一直在做的梦；告诉他，再过几十年，有些人在她记忆里依然会留有印记。她会跟他说起自己的恐惧，多年前她在海水里感受到的恐惧。

“听着。”她说，阿卜杜拉看着她，眼神渴望着她推心置腹的倾诉。

SOUAD
苏雅德

贝鲁特

2004 年 6 月

苏雅德往咖啡里加了一勺糖，开始搅拌，然后叹了口气，又加了一勺。新的一天即将来临，要完成的事也步步逼近。她端着杯子走进餐厅，马纳尔和扎因正坐在长长的木质餐桌旁吃麦片粥，桌子是她几周前买的，此外还买了几张床、银质餐具和天蓝色沙发。正如她一直跟卡拉姆说的，这些都是生活必需品。她和孩子们已经住了将近一个月，可公寓还是像没人住似的，淡蓝色的墙壁上没有任何装饰；光透过没有窗帘的窗户倾泻而入。

一阵沉重的脚步声之后，艾丽娅出现了，咂着舌。“我应该把它们都烧掉。”

“你是说箱子？”

“你说说，有谁需要六张天文学地图？六张！我跟他说，‘阿提夫，你不是宇航员，留一张就好。’可他说不知道留哪张，还要我保证不能擅自丢掉任何东西。”

“肯定有地方放的，妈妈。”

“空间不是重点！”箱子的话题很是敏感。她上周带了七个箱子来到贝鲁特，箱子里装满从安曼的房子里收拾出来的旧书和杂七杂八的东西。“重点是浪费。”

马纳尔和扎因继续吃着麦片粥，对于外婆发脾气这件事习以为常。艾丽娅从安曼过来，本来是要帮苏雅德和孩子们安顿下来，但多半时间只是抱怨贝鲁特的种种，隐晦地批评马纳尔、扎因的美国身份和做派。

“有地方放的。”苏雅德又说了一遍，“把所有东西放进储藏室吧。我今天回来可以帮你收拾。”就在此时，马纳尔放下勺子。

“我不去。”她说，“我可不要再来一次漫无目的的购物之旅。”

漫无目的。尽管有些恼火，苏雅德还是微笑以对，但眉头微锁，透过黑框眼镜，神色严肃。孩子们在波士顿常吃的麦片牌子，这里怎么都找不到，所以她一直买家乐氏早餐麦片。马纳尔每次吃都要加好多糖。现在看着马纳尔又在往麦片粥上撒糖，苏雅德满心愧疚。

“你不用跟来。”苏雅德欢快地说，自从他们搬来这里，她一直保持这种语气。“你可以待在家里或者下楼去布杜尔家。不过我保证，你跟来的话，可以随意挑选放在你房间的东西。”

“什么都行？”马纳尔眯起眼睛，苏雅德叹了口气。她知道这个保证带来的后果——长颈鹿印花的窗帘、胡萝卜色调的灯罩。十三岁的马纳尔聪明、果敢、狡黠、大大咧咧、不拘小节。过去的苏雅德会声色俱厉，立各种规矩，但那是以前，现如今一切都变了。苏雅德只是小口抿着咖啡，向她许诺：

“什么都行。”

“娇生惯养的外国小孩。”艾丽娅用阿拉伯语嘟囔着说。苏雅德没有理会。

“莉娜可以和我们一起吗?”扎因问道。

“当然!”苏雅德尽量显得热情高涨，就像她记忆中的足球妈妈[1]一般。“肯定很好玩。我们买好东西后可以去那家卖沙瓦玛的店里，买些三明治什么的。马纳尔，我们可以去把你的刘海修剪一下。”苏雅德伸出手想摸摸孩子们，但马纳尔身体向后缩。

“我喜欢现在的发型。”

“苏雅德,”艾丽娅说,“卖沙瓦玛的地方很脏。他们烤肉用的是老鼠肉。”

“妈妈。”苏雅德看到扎因眉头紧皱。

“我喜欢那家卖沙瓦玛的店，妈妈。”扎因急吼吼地说,“炸薯条超级好吃。”扎因面带微笑，两眼放光，显得迫不及待。听到此话，苏雅德的心碎了——那种语气，那种热情洋溢，是刻意为她做出来的。

她们走下一段楼梯，来到卡拉姆的公寓，卡拉姆和布杜尔在这里过暑假。这栋楼已有些年头，墙面破旧但却很有格调。房子靠近滨海路，俯瞰林立的店铺、川流不息的车辆、蜿蜒曲折的马路，距离美国大学也只有几步之遥。楼里住的尽是大学教授和他们的家人，大部分人对苏雅德都很友好。他们的两间公寓位于第五层和第六层，足以让他们透过电线杆和楼宇间隙隐隐瞥见地中海。

“这房子本来就是避暑用的。”里哈姆给苏雅德打电话聊起贝鲁特

1. 足球妈妈（Soccer mother）指的是经常驱车带孩子参加体育活动、音乐课程等的母亲，被视为美国社会中上阶层妇女的典型形象。

的公寓时说，“我基本不住，妈妈和爸爸每年也就住几个星期。房子一直闲置在那里落灰。你住进去是在帮我的忙。”

两套公寓的门廊完全一样，上面配有精美的木雕图案。尽管知道门没锁，苏雅德还是敲了一下，两下。

艾丽娅哼了一声。“这是什么意思，美国作风?”她推开门大喊道，“卡拉姆!”苏雅德翻了个白眼。“卡拉姆!”艾丽娅大步走进去，孩子们和苏雅德跟在后面进了门厅。

“卡拉姆不在。”布杜尔走了出来，身上穿着睡衣，头发凌乱。“早上好，小可爱们。”她大声叫道，“莉娜在里面，亲爱的。”扎因从她身边飞奔而过，马纳尔朝客厅的阳台走去。布杜尔示意苏雅德和艾莉亚随她进厨房。里哈姆的公寓粉刷成了蓝色，而卡拉姆和布杜尔家的墙壁是翠绿色的，他们把两间房子分别叫作绿屋和蓝屋。

“房子里有股烟味。”

“那我跟蒂卡说让她开下窗户，阿姨。”布杜尔缓缓地说。苏雅德很欣赏她的平静坦然，巧妙地闪过冲突，就像跨过翻倒的鞋子一样。“喝杯茶?”

“加糖。”艾丽娅坐在厨房餐桌旁，“苏雅德的眼镜很脏。”

“不脏。”苏雅德左眼里的一根血管抽动了一下。

布杜尔拿杯子时偷偷走到苏雅德身边，捏捏她的手臂。“放松。”她低声说，然后提高嗓音，对她说，“裙子看起来不错，苏苏。”

苏雅德拽拽裙边。上周在商店里，苏雅德蜷缩在更衣室，被袒露的乳沟吓到，可是布杜尔坚持要她买。

“她看起来像妓女。”

“妈妈!”

“怎么了！”艾丽娅摆出无辜的模样，耸耸肩。“确实很像。”

“我觉得她看起来很美。活力四射。”

“活力四射。”这个词从艾丽娅嘴里说出来，让人听了想死。“有哪个离了婚的人想看起来活力四射？”

布杜尔举起一只手。“拜托。你看到这个城市的女人了吗？”她给苏雅德倒了杯咖啡，“跟她们比起来，这件衣服就是伊斯兰教的罩袍。”

艾丽娅哼了一声：“妓女之城。”艾丽娅和布杜尔都极其厌恶黎巴嫩女人；在这一点上，二人默契十足。

“你们两个，”苏雅德拿起杯子说，“是在凭一己之力戕害女权主义。”还要再多喝些咖啡才行，她心里想。

公寓里有东西摔碎的声音，接着一片沉默，然后一阵爆笑。布杜尔和苏雅德相互对视。

“莉娜！”布杜尔大喊一声。

莉娜出现在厨房门口，身上还穿着睡衣。她今年九岁，只比扎因小几个月，但她看起来更小些。就年龄来说，她个头不高，骨瘦如柴。头发顺滑如丝，常常会从辫子和马尾里松脱出来，散落在肩膀上。翘翘的小鼻子，一双明亮闪烁的大眼睛，里哈姆总说。甚至在莉娜还是婴儿时，苏雅德就被她吸引，她的骄纵易怒，她不羁地咧嘴笑，难以驾驭却如此珍贵；她愿意与人亲近，而马纳尔——搂着她时，整个人松垮垮的——从来不会。

“怎么回事？”

莉娜掩饰住笑容。“没什么。”扎因出现在她身后。

“扎因，亲爱的，怎么回事？”

扎因迟疑了一下，看看莉娜：“我们弄掉了一个相框，不过我们正要清理。”

莉娜狠狠瞪了他一眼：“嘘。”

“乖。”布杜尔说，“莉娜，我们说过撒谎会怎样？”

莉娜没有理会母亲。“我能喝咖啡吗？”她问苏雅德。

“喝了会长胡子的。”苏雅德说。她记得这句话，在科威特时，母亲和薇达阿姨总爱这么说。那时，她很害怕，害怕一觉醒来会像父亲一样长出又粗又硬的八字胡。

“不，才不会！”她两只手叉腰，双腿外八。连艾丽娅都哈哈大笑起来。

“小心烫。”苏雅德说着，把杯子小心翼翼地凑到她的小脸前。莉娜噘起嘴唇，喝了一口。做了个鬼脸。

“味道像土。”她一本正经地说。

“小孩子最不能碰的就是咖啡因。”艾丽娅评论道。

“咖啡因！”莉娜大叫，“咖啡因，咖啡因，咖啡因。”她蹦蹦跳跳，像小兔子一样跳向她的母亲。扎因看着妹妹古怪滑稽的动作非常开心，大笑起来。布杜尔没有大吼她，也没有制止她，只是摇摇头，张开双臂。她用双腿夹住莉娜，给她重新编辫子，乌黑亮丽的头发在指间飞快闪动。编完辫子，她用脸颊轻轻碰了碰莉娜的头顶，然后放开她。莉娜冲出厨房，扎因紧随其后。

“穿好衣服。”布杜尔叫道，“苏雅德要出发了。”她看了一眼苏雅德，一只眉毛向上挑起。“她带坏了扎因。”

这栋楼楼高十四层，每层只有一户，一部古旧的锻铁电梯运行在各楼层之间。电梯到达大厅停下来，轿厢地面比大厅的地面高出一寸，莉娜和扎因夸张地从电梯里跳出来，马纳尔跟在后面，无视他们的喋喋不休。

在波士顿，自艾利离开家后，苏雅德心里有种莫名不安，她希望贝鲁特在某种程度上能安抚她的这种情绪。一开始她以为是自己年纪渐长，将近三十；但不是，远不止于此。二月里的一天傍晚，她在一个加油站里，手握气泵，闻着汽油味，突然顿悟，明白这个地方就是她不安情绪的所在。它存在于杂乱无章的购物中心里，存在于高速公路路灯的光影中，存在于税收季节中，存在于美国郊区，存在于这么多年来她生活、睡觉、醒来的地方。

贝鲁特在召唤她。她想换一个新的环境。她想回家，她对扎因和马纳尔说。当时马纳尔只是注视着她，淡淡地说，什么家。

家是某个熟悉的地方，那里的人和我们长相相似，语言相同，你们在那里可以学阿拉伯语，可以离阿公阿婆近些，永远不必回家问“头上裹烂布的家伙”是什么意思。

从公寓到购物中心要经过一栋栋奢华的大楼和一条条脏腻的大路。前几年，苏雅德在暑假的时候来过贝鲁特，但几个星期前的一个周五，她和孩子们到达这里时已经半夜，一切都显得不同。他们穿梭于各个航班之间，精疲力竭，还要忍受着机场管制造成的漫长等待，最后苏雅德一开口说阿拉伯语，安全人员就以一句“你们不是黎巴嫩人”结束这一切。他毫无顾忌，就像在说“太阳是热的”一样直白。他们终于到达接机厅，卡拉姆已经等在那里。他们开车从机场回家，沿途的景致触目惊心、飘渺梦幻——一栋栋千疮百孔的大楼，远处若隐若现的海岸线，路边嗖嗖掠过的广告牌；广告牌上一会儿是穿着性感内衣、摆着撩人姿势的女人，一会儿是神色凝重严肃的男人。

现在情况也是一样；他们在去购物中心的路上看到很多广告牌。其中一则广告上一个女人叼着一根香烟，下面印着一行字：美好的时代已经到来；而其他大楼的外墙上贴满广告传单，上面的男人眼神清澈、迷人。殉道者，她心里想。

在这个陌生国度里，所有的事物中——陡峭险峻的道路，断电，仍然蚀刻在这个城市肌肤里的战争——这是最让她恐惧的。海报上的男人——死去的，或者前赴后继赴死的。他们狂乱、呆滞的眼神和那些劫机者别无二致，那些劫机者的脸已深刻在她的记忆中，如同发生在昨天。那天，艾利早早回到家，和她挤在电视机前，屏幕上灰烟四溅、大火冲天、房屋坍塌的画面反复播放。

苏雅德接连几天一遍遍观看着世贸中心双塔的倒塌。世界都在屏息凝视：画面重复播放，一次次重生，完好无损、银光闪闪、金碧辉煌，可最终依然难逃坍塌的厄运。每次重播都像是刚刚发生，毁灭如此巨大，近乎磅礴。苏雅德注视着尘雾笼罩的街道，看着人们惊慌失措的脸庞，听着他们因为失去所爱而痛苦的尖叫。她感觉自己的心随着晃动的镜头在跳动。浓烟和大火从那些楼房里溢出，像是枪伤里流出的鲜血；人们开始往下跳，小小的身躯在空中摇摆翻滚，显得如此不真实，像是噩梦中舞动的玩偶。一位新闻播音员播放了一段紧急电话录音，录音里传来一个女人的声音，歇斯底里，她在向接线员求救。苏雅德努力想象着，如果自己是接线员，能对这个女人说什么，其他人可能会怎么说，那个接线员最后又是怎么说的。对不起，哦！上帝，对不起，我很抱歉。接下来的好几个星期，苏雅德抚摸着双腿、耳朵、脸庞，她还活着。她想象着自己在那幢楼里，望向窗外，思忖着，意识到自己濒临死亡是一种什么感觉。抑或，意识到自己已经死亡。

苏雅德感受到那些人的坠落，体会到人急速坠地时的痛苦。这意味着什么，她想问，当你只是一具躯体，一具你突然不舍的躯体，一具在空中翻滚而落的躯体？

就在那个晚上，她对艾利说的唯一一句话就是“他们在跳楼”，他摇摇头，红了眼眶。他把她紧紧搂在怀中——在那之后的好几个星期，他们都相处甚好，像是第二次蜜月，尽管时间短暂，但这种情况肯定在整个国家的很多家庭都出现过——亲吻她的额头，低声说着什么，她没有听清。我爱你。或者你难道不爱我吗？

如果我们离开这里，苏雅德曾对孩子们说，我们就自由了。我们就能创造新的生活。一位老朋友帮她在美国大学找了份工作，担任兼职讲师，教授大学英语入门课程。课程简单易懂，平淡无奇，收入微薄，因为她没有博士学位——实际上，在上了一连串夜校和远程讲习班之后，努力拼凑才勉强获得设计专业本科学位——但她仍心怀感激。

有时她坐在阳台的地板上，独自抽烟，不是为了尼古丁，而是为了在黑暗中看着烟雾上升形成一系列螺旋状和曲线状的简单乐趣。即使午夜时分，楼下汽车的鸣笛声、人们的吵闹欢笑声也打扰不到她。她的心随着阿拉伯语而提起。如果闭上眼睛，就像是坐在楼下的咖啡馆里，周围的男人们正在谈天，她不必开口，一言不发，身心自在。

她想念穆安津宣礼的呼唤，想念家乡的食物，想念说阿拉伯语时舌头打结。在贝鲁特，她变回了巴勒斯坦人。一开口说话，这里的所有人——从出租车司机到银行出纳员——就能知道她来自何处。这让她想起科威特。在她小的时候，出身背景的不同并未给她奇怪的感觉；

科威特是一个移民聚集的地方，似乎每个人都来自其他地方。艾利来自黎巴嫩，布杜尔来自伊拉克。即便一个人的出身背景单薄卑微，多年未曾提及：但你与你的父辈同源同根。

美国不一样。你能梦想成真。记忆都不悠远。她遇到过墨西哥人、德国人、利比亚人，他们的英语带着浓重的口音，但每每问他们来自哪里，都会回说是本地人。苏雅德的皮肤晒成棕色。当她努力解释时，人们都会愣住：哦是的，她住在科威特，哦不，她不是科威特人，哦不，她从没去过巴勒斯坦，哦是的，她是巴勒斯坦人。迂回婉转的思考逻辑让人一头雾水。

世贸中心双塔倒塌后，每每乘坐地铁，其他乘客都会向她投来异样的目光，但生活在自由的郊区，意味着那里的人们更宽容。如果有什么需要就告诉我们，跟她要好的妈妈们会说。要是有人对你无礼，告诉我们。在波士顿以外的地方，她感触更深。有次去得克萨斯看望朋友，她和布杜尔停在一家加油站抽烟。苏雅德感受到店员——两个年轻的中西部男人，眼睛像冰锥一般——自始至终盯着她们。其中一个男人把找零用力地扔给她，几枚硬币掉落在地上。苏雅德的恐惧如同钟声一般唤醒了她。当她们离去时，她听到“恐怖分子”和“婊子”的字眼，接着传来一阵大笑。

“送葬者会赢。”

“不可能！他太弱了，极限特工肯定会打爆他。”

“呐。走着瞧，他就是个失败者。”

“那是因为他要诈！还记得上次吗？他用一把椅子砸肖恩·迈克尔斯，裁判没有看到。”

“那个裁判是个傻子。”

“你是个傻子！”

“孩子们！”苏雅德说。车后座的喧闹叫嚷声平息下来，莉娜和扎因继续低声争论。苏雅德接连不断地听到“白痴”“冠军”“椅子”。过去的一年里，摔跤一直是扎因最喜欢的事情，自从他们来到贝鲁特后，莉娜很快也喜欢上摔跤。他们总是这样——莉娜和扎因，年龄相差几个月，情投意合。在波士顿时，他们一起长大，彼此换衣服穿。扎因的旧衣服和玩具传给莉娜，两个人一起发明海盗和机器人游戏。

苏雅德开到一个十字路口，看到迎面而来的车停了下来。她后面的吉普车司机狂按喇叭，还有吉普车后面的那辆车。吉普车上的男人示意她开车。“等一下。”她小声嘟哝说。她一点点挪动转弯，然后开始紧张。“哦，走吧，走吧。”她说，跟那个男人挥手让他先走。

“他可能在骂你。”马纳尔取下耳塞，一本正经地说，咚咚作响的音乐从耳机里传出，听起来有不祥之感。

“很可能。”苏雅德语气欢快地说。

“他是对的。”马纳尔说，“你本来就应该继续往前开。”马纳尔戴上耳塞，头靠在车窗的窗框上。粗硬的头发——不像艾利的那样纤细，苏雅德的那样卷曲，而是介于两者之间，毫无魅力可言——像头上顶着一个光环。她闭上了眼睛。

巴黎对婚后的苏雅德来说完全变了样，四射魅力退却，变得死气沉沉。白天变得越来越短、天气越来越冷，持久的侵略也沉寂下来。在极其刺骨的清晨，她突然发觉自己在幻想科威特的生活。如果只是为了过暑假，巴黎因着林立的商铺、博物馆和咖啡馆似乎天高地阔、广大无边。但作为她的新家，这个城市令人烦躁，鹅卵石铺就的街道人满为患，天空中云朵密集。

艾利设法说服他的父亲拿出一笔钱作为结婚礼物；没出一个月，他像变戏法似的在贝尔维尔街区一栋昏暗丑陋的楼房里买了一间公寓。这栋楼房夹在一家中国餐馆和一间印度布料商店中间。

一开始，苏雅德被精致的小房间给吸引住，看到粉红瓷砖铺就的浴室和床铺上方的天窗，拍手称赞。当天，她在空空的公寓里旋转舞蹈，沐浴在清晨的阳光中，脑海中构想着他们的生活——为小小的观景窗配上花边窗帘，厨房堆满法国奶酪和意大利面。他们把墙壁粉刷成黄色，还为客厅买了香草味道的蜡烛。

然而，香草味道过于浓烈，黄色看久了令她作呕，尤其是在她怀孕之后；这个颜色让她想到蛋黄。艾利在家外面的生活有声有色——写小说，学习他钟爱的大学课程，彻夜和同学在酒吧里辩论、聊天。苏雅德却什么都没有。她总是无缘无故地流泪，却无法向艾利解释原因，也无法解释她因何恼怒厌烦，因何躁动不安。她上课上得不情不愿，之后漫长的下午无所事事。一天最渴望的事就是他回到家中。这种情况持续了一年。转眼，又到了冬天，是她来巴黎的第二年，她怀了马纳尔。

科威特侵略战争发生后几个月，有一天，他回到家中看到她在电视机前哭泣。

“他们用动物练习打靶。”她抽噎着说。

她刚刚看过一则入侵报道，每每提及动物，伊拉克军队打开笼子射杀那些四处逃窜的生物时，眼泪就会夺眶而出。有一个画面，是一只长颈鹿，身上中了无数颗子弹。苏雅德想起童年时期见过的那只长颈鹿，怀疑是不是就是她爱的那只。

“嘘，关掉吧。”他用手臂环抱着她凸起的肚子，用鼻子摩蹭她的脖子。

但天气非常冷，她已经哭了好几个小时，再加上他呼出的口气有股酸臭味，令她作呕。

“别碰我!”她说，心情很是郁闷。

他全身僵住，手臂从她的腰间抽离出来。他们发生了激烈的争执，这种争执在之后的很多年里发生过成百上千次——饭馆里，孩子们的生日派对上，晚上喝了酒之后，有时还没到晚上喝酒的时间就开始吵——最后争吵成了家常便饭，乏善可陈。但在那次争吵中，艾利语气恶毒，骂她可怜可悲。苏雅德气到发抖，听到自己吼了回去，话语失控，说后悔嫁给他，尖叫着说自己大错特错。他们竟然可以这样伤害对方，真是糟糕透顶，令人恐惧。

但同时——她也松了口气。虽为人妻，但年岁尚小；数月来，她拼命学习法语，常常在巴黎的小巷胡同里迷路，这次吵架算是一种情绪上的释放。愤怒让她打起精神，想起以前的自己。

最后他跺着脚摔门而出。她泪流满面地准备晚餐，一边搅拌二手铜锅里的意大利面，一边大声咒骂他。奶油酱凝结成块。突然幡然醒悟：她讨厌巴黎。

她不是为那些动物流泪，也不是为失落之城流泪；是为自己。母亲是对的。她想念大家：卡拉姆、父亲、布杜尔。苏雅德双手抱着鼓鼓的肚子，浑身颤抖。她渴望见到母亲，这太不正常了，她想念艾丽娅的冷静沉着，心中隐隐作痛地想着母亲踱进这间狭窄拥挤的公寓，一只眉毛上扬，神情充满讥讽。

这让她有了力量。眉毛扬起的影像，母亲的声音。好了，苏雅德，看看你都做了些什么。她想起以前感受到的愤怒，竟然觉得神清气爽，甚至心怀一丝渴望。

她任由铜锅在火上烧焦熏黑。

这是这么多天里苏雅德考虑的事情。那个晚上，她意识到自己犯下了错误，深陷爱情又毁掉爱情，但为时已晚。那个年少无知的自己，快要做妈妈的自己，愤怒满溢。屋子里弥漫着烧焦了的铜的味道。

当然，生活还要继续。之后他们买了大房子；艾利毕业后找到一份教书的工作；他们搬到美国。在某种程度上，波士顿让她松了口气，即便这里总是下雪，耳边总是充斥着各种各样的口音。苏雅德离开巴黎时没有任何留恋，她从来不曾爱上过这个城市。在波士顿，他们的生活平静如水，生活的内容围绕几个孩子，承欢膝下。他们住过萨福克附近很多狭仄局促的公寓，苏雅德和附近有小孩的年轻妈妈们相约带着孩子一起玩耍，每天下午喝着苹果汁，闲聊孩子长牙的事情。周末参加各种生日派对，和布杜尔、卡拉姆在户外烧烤，冬天堆雪人。每隔两个暑假，她会订机票，和布杜尔、卡拉姆以及孩子们一起飞回安曼——艾利总是百般推辞，说他得创作小说。他们拎着用胶带捆缠在一起的大包小包，辗转于机场之间，历经千辛万苦，去探望艾丽娅和阿提夫。抽抽水烟，和母亲拌拌嘴，在海里游游泳，两个月很快过去，孩子们个个身强体壮，皮肤黝黑，头发蓬乱急待修剪。

他们最终搬进一栋像样的房子里，房子自带一小片草坪和狭窄的走廊；还有一间天花板倾斜的楼梯间，苏雅德时常撞上去。他们为账单、假期、孩子参加的课外活动争吵；为下雪前或下雪后是否要在车道上撒盐争吵；为艾利要创作的小说争吵。苏雅德从十几岁在科威特的那间咖啡馆第一次遇到艾利时，就听他说起这本该死的小说。它像是一个不受欢迎的小住客人，阴魂不散，烦扰她的婚姻生活。没完没了。有时，艾利会说小说即将完成，可很快一切又变了；他咒骂说写的东西全是垃圾，接下来的好几个星期都坐在书房里，神情阴郁地望向窗外。有两次，他把上百页的稿子扔进浴缸，一把火给烧了，她吼了他好多天。

这么多年过去，他们的婚姻有好多次似乎都走到尽头，直到最后艾利彻底死心，离开了这个家。

斯宾尼超市是一个综合性的购物中心，大楼极为壮观，里面有家具店、书报亭，还有一家杂货店。他们一行四人走进入口，入口处有一个标牌，上面是法语的洗衣精广告。

一位斯里兰卡男人站在一排排购物车旁，看她走近时，打开锁链推出一辆购物车给她。他身后站着另外一位斯里兰卡男人，手里拿着购物袋，身上穿着原色制服，看起来像童装，很滑稽。这个城市随处可见奴仆的痕迹，女仆跟在主人一家身后，男人在加油站和建筑工地工作。

连布杜尔也有一个女仆，叫蒂卡，暑期的时候会雇她，但是苏雅德对此很是反感。她在蒂卡面前，在安曼母亲家里的那些女仆面前，总觉得尴尬不安——普丽娅离开后，母亲变得吹毛求疵——总得字斟句酌、很不自在，每次要她们做事时都会以*如果您有时间，也许，在您方便的时候，也许您可以……*作为开始。

她推着车走到市场导图前，旁边紧挨着一个糖果亭，里面摆满成罐的彩色糖果。

“我想要一个!”莉娜伸手去够一个瓶子里的棒棒糖。

“小心。”

“我要紫色的那个。”

苏雅德叹了口气。“莉娜，现在是上午十一点。”

“求求你，好不好嘛?”

这个小女生微微一笑让人没了脾气。苏雅德摇摇头。“不是吧，莉娜小姐? 里面大量的糖分，还有各种化学品?”

“嗯。”莉娜咧嘴一笑，“我喜欢化学品。美——味——极——了!”

“好——吃!”扎因从旁帮腔。

苏雅德面带微笑，看着扬起的小脸。她想象不出他们的生活中会有悲伤，不敢想他们会遇到爱情、受到伤害、苦恼烦心。我不适合做妈妈，她曾经在醉酒后对布杜尔坦白说。对接下来发生的事一无所知，会让我寝食难安。

“好吧。”她说，孩子们激动地大叫。“好吧，好吧，好吧。”

“你应该定一些规矩。”马纳尔咕哝着说。

苏雅德默默数到三。“我就是个不讲什么规矩的人。”她高声喊道。

莉娜和扎因挑选完棒棒糖，蹦蹦跳跳地向前走，叽叽喳喳。走过书店，有一家小小的葡萄酒店铺，架子上摆放着颜色深暗、闪着光泽的瓶子。她迅速把目光移开。

有时她能觉察到，马纳尔和扎因会小心翼翼地注视着她，即使她在做极平常的事：折叠洗碗布、倒茶、打哈欠。她知道他们很害怕——尽管马纳尔的害怕已经彻头彻脑地转变成愤怒——她会再次陷入以前的状态；艾利离开之后数月来抽噎啜泣、借酒浇愁、整晚失眠、不断给艾利打电话——你怎么能这么做？我为你付出了所有。她对着电话一遍遍歇斯底里地大叫，最后他把电话转到语音信箱，她甚至给他留言。有时，她还会和扎因睡在一起，让他摸她的头发。

那个自己一点也不遥远，并且令人惊惧；一想到此，她的内心感到羞耻，浑身颤栗。

“我知道你们生我的气。”那天早上她告诉扎因和马纳尔，没错，是的，他们要离开卡拉姆、布杜尔和莉娜，他们要永远离开波士顿。“我知道你们很生气。你们应该生气。我一直都做得不好。我知道你们害怕搬家，我真的很抱歉，这么做真的很抱歉。但我答应你们——”

她稍稍停顿了一下，噙着眼泪。她看着孩子们，马纳尔沉默不语，但满是责备，扎因眼神中充满信任，她开始哭泣。扎因起身，拥抱她，苏雅德蜷缩在儿子的怀抱中，而马纳尔轻蔑地看着这一切。

过了一会儿，待她情绪完全平静下来，准备开口讲话时，突然脑子里一片空白。她只是说：“我答应你们会做得更好。”听上去毫无信服力。

他们步行上楼到室内休息玩乐区，里面有各种玩具、垫子，还有一个临时图书馆。在美国购物是不可能把孩子留在这样的地方。绑匪、变态狂、杀人犯——每一条街都潜伏着威胁。她在波士顿的时光就像屏住了一口长气。

“好了，孩子们。”她对扎因和莉娜说，“我需要去买几件东西，你们能坐在这里不要弄坏东西吗？”她停顿一下，接着说：“不要打架。”他们点点头，嘴里含着棒棒糖。她转向马纳尔：“你想要和我一起吗？帮我挑些东西？”

“不要。我想看床单，我不喜欢那些花里胡哨的东西。”

苏雅德感觉脾气上来了，深深吸了口气。“好吧。那我们在这儿碰面——孩子们，我说过不要打架——一个小时后见？好吗？”马纳尔无所谓地耸耸肩。苏雅德试着开了个玩笑。“你想吃棒棒糖吗，马纳尔？可以让你心情愉悦。”

她的脸上没有一丝笑容。

苏雅德注视着马纳尔离开。对她来说，女儿已经变得认不出了；过去她听到有人谈论孩子时，心里会想真是胡说八道。自己的孩子，这个你曾经喂养、抚慰、整晚为他/她唱歌的小生命，怎么会成了陌生人呢？

但现在就是这个情形。她的女儿，那么陌生。她孕育出这个小生命，每次都会抱上几个小时。她知道她身上的每道疤痕，每一块骨头的生长，整晚注视着她的胸膛随着呼吸起伏。现在，女儿却拖着这副臃肿的身躯，脑子里的想法让人难以揣测。

苏雅德觉得，一部分原因可能是因为体重。女儿曾经是一个胖嘟嘟的、脸上带着酒窝的婴孩，然后长成一个胖乎乎的小姑娘。这么说真的很丢脸，但苏雅德很担心马纳尔的体型，祈祷女儿长大后身材会苗条修长。她看着女儿，眼神锐利，出于需要，出于爱，像是一个人在考察地形，看是否有电缆线、陷阱，或者树里是否有隐藏的网罩。

现在，马纳尔十三岁，身材丰满，臀部肥大，乳房很大却下垂。她的体格像一位年长的女人，双臂丰腴，大腿粗壮，虽然脖颈惊人的纤细、脸蛋迷人——有着艾利般的大嘴，嘴角总挂着几分不屑；还有苏雅德般的鼻子和杏眼。

马纳尔已经有所觉察。过去的一年，她买了一整橱柜的黑色衣物——牛仔裤、吊带背心、衬衫，还有袜子。苏雅德知道，马纳尔一定无意中听到有人不经意地说黑色会让你显瘦，然后铭记于心。

“叛逆期。”布杜尔常说，“我们那时候都那样。”

苏雅德从来没跟布杜尔说过自己的恐惧，艾利离开后，她失去了马纳尔，毫无回旋余地：当马纳尔回到家发现苏雅德喝了两杯伏特加，没有准备饭菜；当苏雅德要马纳尔为弟弟做三明治——或帮他刷牙，帮他辅导功课——而她上楼躺下来放声大哭。她怎么可能不讨厌我呢？她想问布杜尔，但内心太过恐惧。

家居装饰店划分为几个长过道，分别是蜡烛、灯具和厨房用具区域。苏雅德推着手推车穿行在过道中，把几条毛巾、一个茶壶和几个平底锅丢进车里。摊薄煎饼用，她心里想。扎因喜欢配有肉桂和香蕉的煎饼。

走路的时候，连衣裙紧紧包裹着臀部，她使劲向下拽了拽。布杜尔是对的。其他女人都身穿颜色鲜亮、过于暴露的衣服，女仆推着购物车跟在她们身后。苏雅德看到一个女人朝另一个女人挥手，她们奔向对方，互亲脸颊，发出响亮的声响。

“你好！”她们大叫道。其中一个女人涂着口红，红光闪闪。

他们搬回来之前几个月里，苏雅德常常想起贝鲁特，设想约旦的生活：生活安静慵倦，坐在花园里喝茶，听穆安津宣礼的呼唤。

然而，这里的女人充满激情，穿得像一面面旗帜一样。他们比巴黎的女人还大胆，即便年长的女人也会穿荧光色的衣服和紧身裙。在美国住了那么长时间，她常常穿着烟管牛仔裤和工装衬衫，并且都是黑色的，因为艾利觉得性感。看到这样的穿衣打扮，她觉得甚是惊人。

她轻轻抚摸着陈列出的窗帘，布料华美，一边走一边从架子上取下商品——几个抱枕、一台榨汁机、几个相框。她意识到，这是她第三次为房子添置家具，第三次把零散的、不需要的物品拼凑起来，试图在他们周围建立一种生活。

在波士顿，她一直把房间墙壁的颜色保持为哑白色，想着能抚慰人心，为她的婚姻注入一些平静。现在她讨厌白色，白色令人压抑，像是生活在无穷无尽的薄雾中。白色的沙发、白色的地毯、白色的盘子。

现在她想要感受色彩，最好浓烈到能品尝出它们的味道。她想要西瓜红的餐具，光照到玻璃酒杯上能闪出蓝色或绿色的光；他们吃东西时墙壁上有黄色的光。她渴望彩虹般绚烂的色彩。

从头再来，飞机降落在贝鲁特时，她对自己说。她在波士顿的生活已经非常遥远，像一块污渍几乎消失于地平线，那里居住的人也是——邮递员和邻居，当地杂货店的红发出纳员，曾一起享受欢乐时光的女人们。所有那些组成生活的琐碎点滴，已一去不复返。这让她想起科威特，感觉像是一段漆黑的走廊，在过去的几个月里，她一头栽进这种未知中；仿佛她在用脚和手指感知，除了触摸到的那些琐碎之外，其他一无所知。

一个小时后，她推着购物车回到休息玩乐区。马纳尔坐在一个懒人沙发上，脚边放着购物篮。她耳朵里塞着耳塞，嘴唇随着歌曲蠕动。莉娜和扎因从玩具上跳起来。

“我赢了比赛。”莉娜说。

“她耍赖。”扎因说。苏雅德摸摸扎因汗津津的额头。

“去付款啦，亲爱的。马纳尔?”女儿极不情愿地摘下一个耳塞，“你都买好啦?”

“马纳尔拿了青蛙!”扎因大叫。马纳尔脸上浮现一丝得意，把篮子拿过来。

“还有彩虹!”莉娜说。

购物车里满是五彩缤纷、乱七八糟的东西。有窗帘，点缀着巨大、俗气的彩虹；有独角兽贴纸，小孩子玩的，闪闪发光；还有一只陶瓷青蛙，吐着蓝色的舌头。

“马纳尔——”她看到马纳尔眼神中透露出扬扬得意。叛逆期，她提醒自己。“你要用这些来装饰你的房间？用青蛙、独角兽和彩虹?”

“是，”这个词简短、干脆，“我觉得彩虹好看极了。”

“好看极了。”莉娜随声附和道。

“很好，”苏雅德挤出一丝笑容，“很好。那就这样吧。我们走吧。”

收银员表情冷漠，留着长长的指甲，上面做了法式美甲。她在等顾客把所选的商品放在传送带上时，一根手指轻叩着键盘。苏雅德看着五颜六色的玻璃杯、丝质窗帘和相框在传送带上滑过。

“还有那只篮子?”收银员示意马纳尔。

马纳尔看了一眼苏雅德。“马纳尔，”苏雅德叹了口气，“你确定要这些东西吗?”

马纳尔果敢地点点头，但苏雅德看出一丝犹豫。

“哦，好吧。你选得不错；那只独角兽和蓝色墙壁搭配在一起会很漂亮。”她们继续看着对方。很明显马纳尔想要吵架。至少今天不吵，苏雅德心里想。

“夫人?”

“马纳尔，这位迷人的女士等着呢。”

马纳尔的眼睛在篮子和传送带之间扫来扫去。“可能——可能我不需要窗帘。”她不情愿地说。苏雅德尽量不流露出表情，却忍不住咧嘴笑了。一阵寂静过后，她们两个爆发出一阵大笑。

“夫人？”收银员敲着手指，很不耐烦。

莉娜和扎因开始跳来跳去，被笑声感染。

“独角兽戴了一个蝴蝶领结！”

“我也要一个！”

“绿色……塑料……灯？”苏雅德翻翻篮子里的东西，倒抽了一口冷气。

马纳尔咯咯笑着说：“它和青蛙很配。”苏雅德扯出那只陶瓷青蛙，巨大的红色眼睛突出。

“它看起来杀气腾腾。”他们笑得前仰后合，马纳尔抓着母亲的胳膊保持平衡。

“夫人，大家等着——”

“我们之后再来，”苏雅德抹了抹眼睛说，“今天就要您装袋的那些。不好意思。”

收银员翻了翻白眼。她从马纳尔手里接过篮子，放在身后的地板上。

“我想要那只青蛙！”莉娜大叫道。

扎因附和说：“买那只青蛙！”

“我们要买那只陶瓷青蛙。”苏雅德跟收银员说。

车里的氛围轻松自在。马纳尔把耳塞放在腿上，苏雅德摆弄着收音机。

“我看见这条黑白相间的羽绒被，当时我就想买它。”车行驶过程中，马纳尔说，“就像我们在曼哈顿住过的酒店里的那样。爸爸说那是现代主义风格。”

听她提到艾利，苏雅德像是被鞭子小小地抽了一下，但她尽量保持声音平稳。“听起来很美。我们可以买一个黑色床架，再买一些纱帘。”

“再买一块小地毯。”马纳尔补充道。苏雅德真想亲吻女儿。

《宛如祈祷》从收音机里传出来，苏雅德调大音量，开始跟着唱。她偷偷瞥了一眼马纳尔，她的嘴唇也在动。车后座上，莉娜和扎因手舞足蹈，头随着音乐摆动。苏雅德摇下车窗，他们被温暖潮湿的空气包裹着。

“当你呼唤我的名字。”苏雅德大声唱道，孩子们突然爆发出一阵大笑，包括马纳尔在内。她的心，她的心随着笑声暖起来。这些是她爱的人。她的心中燃起希望。它时明时灭，变化莫测，她能像试咸淡一样尝出它的味道。她会修复好破碎的东西。一定会修复好的。

回到家不到一个小时，客厅里便一片狼藉，袋子和泡沫包装扔得到处都是，扎因和莉娜用包装纸做成披肩，在房间里来回乱窜。

苏雅德正在厨房里组装一个碗碟架，专注于找到每个金属配件所在的位置，这时她听到砰的一声，接着一连串脏话。她循着声音进了客厅旁边的储藏室。

艾丽娅坐在瓷砖地板上，膝盖处的裙子皱作一团，周围的箱子全都半敞着。一个紧靠墙壁的书架，上面一半的空间已经摆满。几缕卷发挡着她的脸；她脸颊通红、气喘吁吁。一个箱子翻倒在地，书散落在瓷砖上。“我要和你父亲离婚。”她嘟囔着说。

苏雅德强忍住笑，蹲下身来。

“里面装的什么?”

“谁知道? 这些年来他收集的没用的东西，一直放在安曼的书房里落灰。灰尘厚得都能在上面写字。他什么东西都不舍得扔! 看看这个。”她从最靠近她的箱子里扯出一本大部头的书——《植物的生命周期》，里面夹了好多散页。书又砰的一声被扔回箱子里。

苏雅德挨着母亲一屁股坐在地板上，突然身心俱疲。母亲眼神锐利地看着她。

“生病了?”

“只是累了。”

“我告诉过你不要喝这里的水。”

“妈妈，我没生病。”

她们突然沉默不语。苏雅德突然意识到，她和母亲很少并排坐下来：总有一个人想要努力摆脱对方。

“孩子们在斯宾尼超市买了些东西，”她说，“我们买了窗帘、盘子和新床单。”

“好，”母亲说，“需要置办一些东西让他们有家的感觉。”

苏雅德回想起母亲没有参加自己的婚礼，这件事似乎成了邪恶的魔咒，就像邪恶的教母出现在婴儿的摇篮旁一样不祥。你要记得此刻，苏雅德宣布订婚时，艾丽娅在电话那头跟她说。你要记得这个时刻，真希望你能听进去我说的话。

“他们讨厌这里。”苏雅德听到自己说出此话，很是吃惊。她的喉咙有些刺痛。“他们想念艾利。”她突然感觉浑身无力。

空气在她们之间凝固。艾丽娅盯着自己的膝盖。

“他们还小，”她喃喃低语，“会习惯的。”

苏雅德泪如泉涌。母亲没有抬头，手猛地伸过来抓住她的手，快得像响尾蛇吐信子。狠狠捏了一下。

“你也一样。”

所有人都下楼准备吃晚饭。苏雅德走到阳台上，灯光是甘菊茶的颜色，投射在地板和墙上变成灰白色。对她来说，此刻是一天中最微妙的时刻：黄昏时分，太阳已经下山——白天已过去。黑暗吞没整座城市之前，她最想喝酒，她想喝上一指宽的伏特加，第一小口的感觉如同走进洗澡水里一般。

够了，够了。她走到阳台栏杆处，凝视着几近消失的夕阳，海天之间被晚霞染红的天空，空气咸湿。

她还爱着他。每天早晨醒来，她都要面对这个事实。有时，她会用舌头探测一下疼痛的牙齿，确定它依然疼痛。事实上，她还爱着那个不爱自己的人，那个丢下她的人，这似乎非常丢脸；有时，那个词让她晕眩：她被丢下了。但是她忍不住。她恨他，她爱他，她永远不会原谅他。这三个结论就像三名列队的士兵，是她坚守的真理。

她从未像他离开后那样爱他。在他离开后的日子里，她的眼中只有灰色——波士顿没完没了的冬天——傍晚长得像持续了好几个星期。她发现自己不断地播放老歌，那些他们在巴黎时听的老歌，还会用法语跟着唱。多少个下午——那些死气沉沉、荒废虚度的时光，孩子们在学校上课——她翻看照片，用手指在上面勾画他的脸部轮廓，尽管她知道这个从电影里学来的举动隐约有些滑稽可笑。她难得下厨做晚饭，烧的都是艾利爱吃的菜。看着孩子们吃，她泪流满面。

令苏雅德惊叹不已的是时间。被挥霍虚度的时间。自她十八岁以来，如旋风般席卷她生活的——十八岁，在喷水池旁的那个晚上，她答应艾利的求婚，之后匆忙步入婚姻，接着有了马纳尔，这么多年尝试着为人母，为人妻——是时间。她把时间看作一个人，视作令人战栗、无法抵御的东西。不然还能作何解释？这些年时光荏苒，整个二十世纪九十年代的巴黎和波士顿、令人厌恶的街区、廉价餐厅、患了感冒的孩子们，现如今一片模糊——那些冬天，整个冬天，她的记忆能捕捉到的只剩下一沓纸巾，捏着小鼻子，最后鼻涕变得绿绿的、黏黏的——还有争吵，她和艾利一吵就好几个小时。是时间，拽着她一直旋转、旋转、旋转，当它最终停下来，她环顾四周，眨眨眼睛，三十二岁了。

够了。站在空无一人的阳台上，她大声说出口，但声音却轻柔。

“够了。”这个词语有自己的生命节律。

她小心翼翼地走下楼梯。空气中有丝丝寒意。她下定决心，明天要去游泳，趁夏天还未过去。她会穿上和布杜尔一起去买的黑色比基尼，一直待到太阳开始落山，然后去海边的一家饭店吃油炸小鱼。

走到布杜尔的公寓门前，她推开房门，走了进去，脱掉鞋子，光着脚走向餐厅。声音嘈杂，卡拉姆说了什么，惹得布杜尔大笑。有那么一刻，她停在走廊里，注视着他们——卡拉姆和布杜尔，两人坐在桌子的两端，桌子上铺着淡黄色桌布，上面摆着一盘羊肉和米饭。母亲坐在桌子一侧，左右两边坐着莉娜和扎因；马纳尔坐在桌子的另一侧，正把面包撕成小块。

马纳尔说了什么，莉娜大笑，模仿马纳尔把挡着眼睛的头发捋到后面的样子，笑容点亮她的脸庞。苏雅德内心充满感激。她有股强烈的冲动，想要告诉女儿她有多漂亮，她将来会有多漂亮。她深吸一口气，突然很想吃香喷喷的肉，于是走进餐厅。大家都抬起头看向她，开始忙着递盘子，招呼她坐下，问她茶里要不要放糖，告诉她坐下来，坐下来吃东西。

LINAH
莉娜

贝鲁特

2006 年 7 月

“我们要不了十分钟就能回来。”莉娜躺在床上，一条腿伸向空中，伸向那道斜照夕阳透过窗户形成的光柱。窗帘上，一只蜘蛛正慢慢往上爬。她轻轻地弹动着光脚丫，灰尘轻舞飞扬。

“大人会发现的。”

她懒洋洋地趴到床上，把脸深深地埋进枕头里，声音沉闷地开口道：“我无聊得都快死了。”

“没人会因为无聊死去的，”扎因回道，“无聊又不是癌症。”

莉娜伸腿狠狠踢了他一下，正踢到他的胫骨上。

“哎呀！”

“帮帮我，”她哼唧着说，翻了个身，双手一下子举到头顶，“我真的快死——了！”

莉娜等着扎因的回答。良久，她坐了起来，皱眉看着坐在桌前玩电脑游戏的扎因，噌地一下挪到床边，眼光越过扎因的肩膀，端详着他。扎因穿着件 T 恤衫，商标翻了出来，头发也该剪了，卷发已经长得盖住了耳朵。

“哼，”她怒冲冲地说，“你说话不算数。”

“我没有说话不算数。”扎因平静地说。电脑屏幕上，他一下子开枪射中了三个僵尸。

“你之前同意了的。”

“我只同意了抽烟的事。”说到“抽烟”这个词时，他的声音突然降了下来。虽然莉娜一点都不担心有人会走进来，可她还是和扎因一起扭头瞅了瞅紧闭的房门。上星期机场被轰炸[1]之后，大人们就无暇他顾，终日坐在客厅——围成一团看电视新闻，遇到停电就骂骂咧咧，轮流下楼到哈瓦的店里买回大盘大盘油腻腻的炸鸡。最近几天，午饭和晚饭就没吃过别的东西。“我可没同意去阿布·拉菲的店里买。”

“要是从你妈妈那里拿烟的话，她会察觉的。”

僵尸倒在地上，绿色血液慢慢从它们身下洇出。扎因扭头看着她。

“不知道她会不会发现。”

“我们已经一个星期没出家门了。大人们连便利店都不让我们去。感觉跟坐牢一样。”要是莉娜的父亲在这儿，肯定该批评她动不动就小题大做。不过，扎因只是点了点头。“肯定很好玩。我们就等大人们看新闻时偷偷溜出去好了。”

扎因的表情仍旧充满疑虑。“也许吧。”

“你答应过的。”她开始埋怨扎因。抽烟的念头几周前就有了，那时，战争还没爆发。滨海路上，几个年龄比她大的女孩倚坐在栏杆上，嘴里叼着烟，晒成棕色的长腿荡来荡去。她一下子就被这几个女孩子

---

1. 这里指的是 2006 年的以黎冲突。

吸引，看着烟雾从她们嘴里徐徐吐出，袅袅上升，是那么冷艳魅惑。

“好吧，好吧。”他回答。

莉娜听得出来，扎因已经被说服，于是心满意足地躺回床上。窗帘上，蜘蛛还在努力向上爬。

刚刚过去的两周简直不堪回首。时不时地会停电，这倒没什么，之前每个夏天都会遇到。可是，扎因和她再也不能到外边疯跑着玩，再也不能去街头的音像店赖着不走，享受空调房的清凉宜人。连去马利克的冰淇淋店都不可能，更不用说到海边了。就连待在家里也处处受限，大人们不让他们靠近阳台，扎因和她就偷偷地跑到阳台上，吹吹凉风透透气。要是大人们聚在一套房子里，他俩就会被赶到另外一套房子里待着。

看电视去。大人们一直这样指派他俩。可是，每次他们看电影的时候——把窗帘拉上，坐到瓷砖地板上，这样感觉最凉快——却从来都看不完。刚看了一半，大人们就风风火火地拥进房间，命令他俩走开，窗帘拉开，看到撒在地上的面包渣，劈头盖脸地训他们一顿。电视信号最近几天一直不稳，不定哪套房子里的信号突然就会断掉。

到另外那套房子去。信号一断，大人们就会把他俩赶走。每个人都心烦意乱，坐卧不安。垃圾箱里扔的全是烟头。

夏天本来不该是这样的，莉娜思忖着。夏天本来应该天天到海边游泳，应该每晚打保龄球，到饭店吃饭，彻夜不睡地打电子游戏。今年夏天，啊，今年夏天本来应该是最精彩的，因为她终于年满十一岁，大人们同意她和扎因一起单独去海滩玩，不再需要马纳尔的照看。

可是，现在一切都完了。这个夏天，除了忍受燠热就是随时喂蚊子，再有就是时不时的爆炸声震得窗户簌簌晃动。大人们不是说要逃走，就是说什么军舰，讲什么爆炸。电视上，所有人都在大叫大嚷，头摇个不停。

这样的日子已经过了九天。九天前，熟睡的莉娜被叫醒，睁开眼看到的是扎因惊恐的脸。

“出事了。”

听到这话，她的第一反应是大人们发现了她和扎因用放在塑料瓶里的方糖逮到的蚂蚁。

“蚂蚁出事了？”她坐起来问道。

扎因摇摇头。“好像机场出事了。你妈妈让你赶快起来。所有人都慌成了一团。”

接下来的几个小时堪比世界末日。屋外大街上交通一片混乱，喇叭声此起彼伏，声浪一波波地传到屋里。大人们眼睛紧盯着电视，可是只要莉娜和扎因靠近窗户，他们就朝他俩吼个不停。

“谁都不知道会发生什么事。”妈妈对她说，声音紧张得变了调。

那天，所有人都聚在绿屋里。大人们坚持要孩子们待在他们身边。电视上，新闻循环播放着同样的画面。机场浓烟滚滚，一位老者说着什么囚犯的事情，呼啸而过的飞机从机舱投下一颗颗鸡蛋似的炸弹。里哈姆阿姨切了几盘面包，搭配浓缩酸奶，大家围坐在沙发上，边吃边盯着电视看。大人说的话她听不大懂，却能听出他们声音中透出的紧张。

“你们觉得他们会还击吗？简直是自杀行为。”

“感谢真主，拉蒂夫和阿卜杜拉不在这儿。”

“幸好妈妈和爸爸也不在！你们能想象妈妈要是在这儿的话，会是什么情形吗？”

“他们应该放了那些人的！”

“我简直不敢相信你居然这样说！”

“要是没了机场，那——”

“嘘，别在孩子们面前说这些事。有的人就能开车穿过叙利亚。”

“联合国肯定不会坐视不管。”

“你什么时候见联合国采取过行动？”

电视上有个男人穿一件白袍，双目炯炯有神，留着长长的胡子。莉娜在商场附近张贴的海报上见过这个人。广告牌上，这个男人正在演讲，手伸向前，好像要用力拍死一只苍蝇。男人身后是绵延起伏的群山。记得在波士顿时，她去好友苏珊家，和苏珊在客厅玩，苏珊的爸爸正在看电视里播的新闻，这个长胡子男人当时也出现在屏幕上。

野蛮人。苏珊的父亲说。这几个字像橄榄核一样，从他嘴里吐了出来，掷地有声。

眼前发生的一切她似懂非懂。世界上有好人，也有坏人，蜘蛛侠的电影里是这样演的，她和苏珊交换着看的福尔摩斯探案故事里也是这样写的。有时她听到父母说起以色列和巴勒斯坦，谈起战乱，谈起领土，也谈到有人死去。莉娜知道有人干了坏事，所以眼前的这一切才会发生——被轰炸的机场，电视上那一群人，楼下街道传来的嘈杂声，夜幕低垂时每隔几个小时就会响彻天际的隆隆声，还有昨晚震碎了浴室窗户、把大家都从睡梦中惊醒的爆炸声。她怕死，可她更怕身边的人——特别是父亲和扎因——一个个死去，只留她孤零零一个人活在世上。前不久，莉娜看了一部电影，里边有个小女孩乘坐的飞机在热带海岛坠毁，小女孩成了唯一的幸存者。她可不想跟这个小女孩一样。

大人们懒得和他们啰嗦。只有里哈姆阿姨关心她和扎因，耐心地问他俩要不要一起诵读古兰经。以前的每个夏天，他俩都会跟里哈姆阿姨一起诵读古兰经——莉娜记得，小时候她和扎因总是待在里哈姆阿姨位于安曼的家里，蜷在阿姨床上午睡。空气中弥漫着甜甜的杏仁味，飘着淡淡的樟脑味，里哈姆阿姨在他们近旁，轻声诵读《法谛哈》。这是莉娜最初的记忆。那时的里哈姆阿姨跟其他大人的关系总是淡淡的，好像其他人——莉娜的母亲，还有苏雅德——都是小孩。正是因为里哈姆带给他们的疏离感，让莉娜和扎因称呼她时，一定要加上阿姨这两个字——好像直呼其名就是对里哈姆阿姨的大不敬。

几天前，里哈姆阿姨发现他俩在绿屋的阳台上荡秋千，一句批评的话也没说，反而坐在他们身旁，掏出那本残破不堪的《古兰经》，读了起来。

“外边在打仗，”阿姨说，“人跟人打仗，祸事接着发生。许多人死去。我们无能为力，只能静静等待。当然也可以祈祷。”

他们在阳台上坐了近一个小时，看太阳慢慢沉落大海，听楼下交通刺耳喧嚣。里哈姆阿姨没有一丝畏惧，声音遒劲，就连章回之间的衔接也无丝毫顿挫。

诵读结束时，她说：“真主啊，请保佑我的心肝们平安无事吧。”

夏天，莉娜会跟扎因在学校结交的朋友一起玩，都是些街坊的孩子：卡米尔、亚历克斯，还有托尼。从三年级起，扎因就和这几个孩子交上了朋友。战争爆发之前，他们五个经常在滨海路转悠，分享玩过的电子游戏，讨论看过的电影。他们身后，浪花飞溅破碎。

他们几个能成为朋友——莉娜心里有过怀疑，虽不知该如何用语言形容，但感受却越来越深——应该跟他们的不合群有很大关系。这几个孩子跟其他小孩不一样，跟莉娜在波士顿的同学差别更大。托尼是个麻烦精。亚历克斯的妹妹患有唐氏综合征。卡米尔非常漂亮，金色长发飘逸动人，可是却极度腼腆，除了跟他们几个说话，平时只会在笔记本上画海景。

他们都有异国血统。亚历克斯的父亲是约旦人，托尼的父亲是瑞典人，卡米尔的母亲是英国人。在莉娜看来，他们就像自己去年在生物课上学到的管水母[1]一样，一堆大杂烩聚在一起，互帮互助。

至于莉娜，她总觉得自己全身上下都散发着与周围人格格不入的气质，如同皮肤下透出的磷光般无处可藏。几星期前，和卡米尔在马利克店里吃冰淇淋时，莉娜说起了朱拜勒[2]。当时，扎因的学校里最受欢迎的一个女孩子也在店里，这个叫玛丽的女孩无意中听见了莉娜的话。

“你根本就不是黎巴嫩人。”玛丽突然提高嗓门说，声音尖锐刺耳，引得店里的顾客都扭头看着她们。

莉娜吓了一跳，结结巴巴地想要驳斥玛丽。“我——我们家在这里有房子，我们每个夏天都回来——。”

玛丽撇撇嘴，神情刻薄。“这算什么呀？听听你自己说阿拉伯语时

1. 管水母：属于腔肠动物门，包括水母、水螅、海葵和珊瑚，它是由多数异形个体集成的群体，产于温带、热带地区的海洋中。
2. 朱拜勒：黎巴嫩历史悠久的古城，位于地中海岸边。

的怪腔怪调吧。”玛丽身后的几个女孩子都嗤嗤地笑了起来。“像你们这样的人根本就不配在这里生活！我妈妈跟我说了一堆你们巴勒斯坦人的破事。我舅舅就是在战争中被巴勒斯坦人打死的!”莉娜感觉到十几个人的目光都紧紧盯着她，耳边传来窃窃私语。卡米尔呆若木鸡。

莉娜茫然无措，哑口无言。她想说家里从来没人提过他们是巴勒斯坦人，正如从来不会有人主动谈起自己是伊拉克人一样。她还想说不管是外公外婆还是爷爷奶奶来探望，一说起被占领的村庄和无休止的轰炸，他们都会陷入忧伤之中，语气中透着无奈与悲凉，好像提到的那些地方早已消失得无影无踪。她想说自己从没去过伊拉克，也没去过巴勒斯坦，她的家在波士顿，贝鲁特是她夏天的家。玛丽一定搞错了，不管是谁杀了她舅舅，一定不是莉娜这帮人，不管“这帮人”指的是谁。

可是，这些辩解如此苍白、如此无力，于是，她什么也没说。

走廊里传来脚步声，一会儿工夫，门被推开，妈妈出现在门口。

“该吃午饭了。”妈妈的头发油腻，眼睛下有大大的黑眼圈。

“还是吃鸡肉吗？”扎因做了个鬼脸。

“我不饿。”莉娜说。

“还有点米饭。莉娜，你早上就没吃饭。快点。”

厨房里，蒂卡正站在水池旁刷锅。布杜尔拿出两个盘子，摆在餐桌上，用力有点猛。“蒂卡，麻烦你给他俩做点吃的吧。”

“吃鸡肉吧？”蒂卡边说边在围裙上擦着手。“还有一些鸡肉用锡纸包着。我加热一下。”

莉娜掀开锡纸，瞥了一眼盘子里冰冷油腻的鸡肉，暗暗示意扎因，两人一起做了个鬼脸。

“我们可以吃披萨吗？”母亲转身要离开时，莉娜问道。

“不可以，莉娜，你们不能吃披萨。”布杜尔厉声说。随后，她深吸一口气，脸上闪过一抹自责的神色。这一丝自责被莉娜看在眼里。布杜尔伸出手，轻轻把挡在莉娜眼前的几缕头发替她撩到耳后，说：“要不明天吧，小淘气。”

蒂卡热了两盘鸡肉，放在莉娜和扎因面前。两人不约而同地剥掉鸡肉焦脆的外壳，闷闷不乐地嚼着。“味同嚼蜡。”扎因说。

蒂卡笑了起来。扎因看着她，开口道：“你能给我们做点土豆和鸡蛋吗？”

“对！”莉娜噌地一下从椅子上跳了下来，跑到蒂卡的身旁。蒂卡娇小玲珑，就算站在搁脚凳上，也不过刚刚和莉娜一般高。平时在水池前干活的她得站在小凳子上才够得着水流。“求求你啦，求求你啦，求求你啦，求求你啦。”莉娜低下头，轻轻咬着蒂卡的胳膊。小时候，莉娜总爱用这样的方式对蒂卡撒娇。莉娜爱蒂卡，就算回到波士顿，也会时不时地梦到蒂卡。“求求你啦。”她口齿不清地说，嘴里混合着蒂卡皮肤上的肥皂水味和汗味。

蒂卡尖叫连连，甩开了胳膊。“松开，你这个野丫头。”她龇牙笑着喊，“想吃什么味道的？淡的，还是辣的？”莉娜跟扎因看了对方一眼。

“辣的。”两人异口同声。

有时，经不住莉娜的恳求，蒂卡会把家乡的照片给她看。她来自斯里兰卡一个名叫马特勒的城市，有一次蒂卡把马特勒这三个字用泰米尔语写在一个小纸片上，给莉娜看。纸条上的字线条舞动，不像是字母，倒像一只只曲线优美的甲壳虫。

照片上有一排小屋，屋顶青苔覆盖，周围种满了阔叶植物，还有许多棕榈树。有的棕榈树弯折着，伸出的枝叶细细长长，触碰着小屋，好像在轻吻小屋的脸庞。屋前站着一群人，全都肤色黝黑，身材小巧，跟蒂卡一样。男人们留着稀疏的胡子，女人们带着层层叠叠的手镯，一直延伸到肘部。去年夏天，蒂卡回家休假，回来时给莉娜和马纳尔带了好几盒色彩艳丽的手镯。手镯的主材质是玻璃和金属，点缀着莱茵石和小颗粒的水晶。

因为这里是我工作的地方，不是我家啊。有一次，莉娜问蒂卡为什么从来没见过她戴手镯，蒂卡这样回答。她的语气很温柔，可是这句话还是刺痛了莉娜。她知道，马特勒有一个男孩，跟马纳尔一般大，身材纤长瘦弱，带一副眼镜，照片上有他——是蒂卡的儿子。

马纳尔从来不戴手镯，天天穿着棉布衬衫和牛仔裤，就算在炎夏也是同样的装扮，所以莉娜把她的手镯据为己有，全部套在两个胳膊上。手镯色彩缤纷，西瓜红、柠檬黄、活力紫，看着就让她流口水。

蒂卡把两盘红艳艳的土豆和鸡蛋摆在桌子上，又端来两杯牛奶。

“解辣。”她笑着说。

鸡蛋美味可口，辛辣无比，吃了整整一周的面包鸡肉，换换口味还是不错的。莉娜辣得双眼水汪汪，扎因辣得脸色都变了。

“真主啊。”他语无伦次地说着，猛地把牛奶灌进嘴里。

“没那么夸张吧。”莉娜说，耸了耸肩。其实，她的嗓子也辣得像着了火，可她还是故作镇静地小口喝着牛奶。

“撒谎。”扎因边咳边说，“你都辣哭了。”

“我没哭，就是有点儿辣而已。”等到蒂卡进了厨房旁边的洗衣房，她才又开口说，“哎，那就去阳台吧。我觉得咱们可以去蓝屋，到你妈妈房间的阳台。她不是总在那儿抽烟吗，对吧？那儿肯定早就扔了很多烟头了。”

扎因叉了一大块鸡蛋。“自从门房跟她说过之后，她就不在阳台上抽烟了。好多烟灰都掉到阿扎尔先生的绿植上了。”

“那我们去马纳尔屋里的阳台上？”

“没门儿。她会杀了我们。”

“也对。”莉娜重重坐回椅子里。“反正马纳尔要是看见我们抽烟，肯定会跟大人告状。”

“告什么状？”他俩吓得赶快扭头。马纳尔正慢悠悠地走进厨房，手里晃荡着一本书，书页随着她的走动哗啦哗啦响个不停。她穿着件T恤，上边印着三叶草，两边各有一只正在跳舞的矮妖精。

“你看的是什么书？”莉娜问她，想要把话题岔开。

“福克纳。”马纳尔把头微微歪向一边。“到底告什么状？”

“不关你的事。”

“这是我们的私事。”扎因说。

马纳尔笑了起来。“私事？”她打开冰箱门，拿出一罐冰可乐。“就跟你们的脏话俱乐部一样？”

“走开!”莉娜尴尬地吼道。他俩犯了一个致命错误，那就是把几年前设立脏话俱乐部的事告诉了马纳尔。要是莉娜和扎因跟大人吵嘴，或者闲极无聊，他俩会偷偷溜到某套房子的阳台上，大声把脏话喊出来。有些脏话是从电视上听来的，有些是父母嘴里说出的，还有些是跟着学校里高年级的学生学来的。他们爱极了干这件事，说出来的脏话就像一把把刀从嘴巴里飞出来。结果，把这件事告诉马纳尔之后，马纳尔哈哈大笑，嘲弄他们是幼稚的小屁孩儿。

“你是个变态。”莉娜对着马纳尔逐渐走远的背影说。“我简直受不了她。”她恨恨地跟扎因说。

他点点头。“她总觉得自己是大人。”这一点最让他们容忍不了：天天跟他们一起玩的马纳尔，为他们写剧本、帮他们精心编排话剧、假期跟他们一起在大人们面前演话剧的马纳尔，居然嫌弃他们是小屁孩儿。

“孩子们，吃完了吗?”

莉娜吓了一跳。父亲和苏雅德一起走进厨房。跟莉娜的妈妈一样，他俩看起来也疲惫不堪。苏雅德手里拿着一包万宝路烟，从一只手扔到另一只手上。她的短裤已经磨破，T恤上有块污渍。

“嗨，孩子们。”她把烟盒在手上磕了一下，抽出一支烟。“蒂卡给你们做了鸡蛋？卡拉姆，你问过门房了吗?”

“还没呢，”莉娜的父亲用手指拢了拢头发，“昨天他说是发电机坏了。全城的电力供应都在下降。他说昨晚发电厂肯定被炸了。再过几个小时应该就能恢复正常吧。”

“这帮混账东西。”苏雅德往厨房的操作台上一坐，靠近开着的一扇窗，把烟点着。

“苏雅德！孩子们在这儿呢。”

苏雅德皱皱鼻子，又深吸一口烟。“去蓝屋吧，孩子们。”

莉娜和扎因同时抗议。

“凭什么啊？”

“刚才是你让我们到这里的！”

“上帝呀。”苏雅德用力在操作台上拍了一下，发出砰的一声巨响。这一声吓住了他们，两人噤若寒蝉，就连莉娜的爸爸也不再吭声。本来，苏雅德是所有大人中最没架子的一个，平时表现得跟个孩子一样。他们要是搭城堡，她就会帮他们用报纸折国旗。演话剧时，她总是会扮演邪恶的女巫，发出刺耳、短促的怪声。

“够了。别再磨磨唧唧叨叨个不停了。莉娜，你要是再提一次去沙滩玩，我就尖叫。扎因，别再用你那楚楚可怜的眼神跟我撒娇了。”苏雅德的声音有点变调，她自己也意识到了，所以她又深吸一口烟。“求你们了，”她说，“求求你们，行行好吧。今天都别找事。上楼去，找个电影看。不是有个新电影吗，讲的是一群律师还是什么的片子？”

“是破案片。”扎因静静地说。

“好吧，”苏雅德温柔地说，“一群破案的人。拜托了，上楼去看这个电影吧。去吧。”她对他们笑了笑。“要是你俩听话，我等会儿去便利店给你们一人买一杯冰淇淋。”

莉娜和扎因看看对方，无声地交换了意见。扎因点点头，他们从桌旁站了起来。“我要巧克力甜筒。”莉娜交代阿姨。苏雅德伸出舌头对她做了个鬼脸。

她父亲笑了起来，声音在她身后响起。“这两个古灵精怪的小人。”

“还不如说是俩小土匪。”

客厅里，妈妈和里哈姆阿姨正在看电视。莉娜一声不吭地从她们身旁走过，她俩头都没抬。走出绿屋，来到空无一人的走廊上之后，莉娜才轻轻用胳膊肘捅了捅扎因。

“现在去吧?”

扎因看了看她，有点犹豫不定，然后点点头。“走。”

他俩学着最喜欢看的电影里的间谍，偷偷摸摸地走下楼梯，踮着脚尖走下每一级台阶。在大楼入口处，他们躲在角落搜寻门房哈桑的身影，哪儿都没有。莉娜先跑了出去，站在大楼外的人行道上，吃惊自己居然轻轻松松地就跑了出来。

“我们终于出来啦。你怎么了?”她看到扎因眉头紧锁，连忙问道。

“外边……空荡荡的。”他说，看着眼前的大街。大部分商店大门紧闭，停车位上一辆车都没有。平时这条路上总是人声鼎沸，闹哄哄地挤满了大学生、年迈的夫妇，还有骑着电动车在拥塞的道路上左冲右突的人。可是现在，只有一辆车疾驰而过，好像怕被人看见一样。莉娜脑子里出现了飞机失事电影里的女孩。

“看起来跟僵尸电影里的场景一样。”扎因说。

世界已是末日，莉娜想到了这句话。她咽了下口水。“我们去阿布·拉菲店里买完赶快就回来。他的店一直都开着。”她向左转，从临街一排大门紧闭的店铺前走过。扎因犹豫了一下，随后下定决心，跟了上来，脚步在莉娜身后响起。

他们沿着人行道朝前走，路过一家高级酒店，酒店门口两侧摆放着葱翠繁茂、鲜花怒放的植物。门童的注意力被她吸引，歪着头，带着询问的眼神盯着她。这俩孩子这会儿在外边干什么？她加快脚步。

夕阳西沉，暖乎乎的空气中充斥着烧糊的沥青的味道，让人恶心。前面有几个男人横穿马路，看起来十分邋遢，好像他们都在矿井里待了一整天，刚刚出来一样，头发乱蓬蓬，衣服脏兮兮。

来到熟食店和面包店聚集的街区，有那么一会儿，莉娜还以为自己走错了地方，所有的店铺都没开。突然，她看到有一扇门——门头上方开裂的招牌写着：阿布·拉菲商店——开了一道缝，平时放在门口的鲜花和水果已不知所踪。

店里有个女人，蓬头垢面、肤色棕黑，站在摆着奶酪的货架前。不知为何，莉娜一下子就看出她是个女佣，斯里兰卡人，虽说她的着装很奇怪，既没有穿制服，也没有穿漂亮的纱丽。平时，莉娜总是见到成群结队的斯里兰卡女佣休息日时穿着纱丽逛街，可是眼前这个女佣却穿着件不称身的裙子。裙子长到膝盖，肩膀和胸围对她来说太大，看起来松松垮垮，好像她只是随便拿起一件衣服试试看穿上好不好看。她的长发漆黑凌乱，垂到腰际，手里抓着一把里拉[1]。

商店空空荡荡，只有这女人一个顾客。阿布·拉菲阴沉着脸，闷闷不乐地坐在收银台后边。许多货架都空了。以前，她和扎因来这里帮父母跑腿买东西时，阿布·拉菲总是会塞给他们一块士力架，或是一罐芬达，可是现在，阿布·拉菲看着他们，眼神迷茫。

“你们来干嘛？跟你家大人说我店里没肉了。牛奶也没了。今天早上全卖完了。码头上那帮白痴说会有一批新货会来，可是那些混蛋把港口封锁了。”

莉娜张口结舌不知该说什么。这次冒险突然看起来好傻。出乎她

1. 里拉：黎巴嫩货币。

的意料，扎因清了清嗓子，上前一步。

“给我拿一盒万宝路，要绿色的那种。给我妈妈买的。”他看出阿布·拉菲有一丝犹豫，赶快补上一句。阿布·拉菲耸了耸肩，拿出了一盒香烟。

“一块五。”他说。

扎因递给他几枚硬币。莉娜惊奇地看着阿布·拉菲把那盒烟从柜台上推出去，不偏不倚滑到扎因的手里。

“现在，赶快回家。我这儿可不负责照看孩子。嘿!”莉娜和扎因吓了一跳。他们顺着阿布·拉菲的目光看过去，只见那个深色皮肤的女人把一包花生抓在手里。“别再等一等了，你明白吗?”他说着不连贯的英语，“要买什么赶快拿，买完就走。”

女人脸上的表情莉娜从未见过：狂躁、怒气冲冲。他们看着她抓了一堆乱七八糟的东西——辣味果仁、一袋皮塔饼、一大块软质乳酪——神色仓皇，好像干旱时节因饥渴难耐而到处觅食的动物一样张皇。

说不清是什么让莉娜僵在门口，扎因站在她身旁，手里抓着香烟；说不清是什么让他俩紧盯着阿布·拉菲把那一堆杂货摆在面前，用指头在一个巨大的计算器上戳来戳去。那个女人低着头，目光盯在地上。

“一万五，两万三——一共四万八千里拉。”他报了个总数。然后，用英语傲慢地说：“现在，付钱吧。”

女人把手里皱巴巴的几张纸币扔到柜台上，双眼仍旧低垂。

“这是干什么？开玩笑吗？这只有一万里拉。”

女人一声不吭。

“说话，姑娘。你觉得我这里是做慈善的吗？回去跟你家夫人说，她得——”

“夫人不见了!”女人突然爆发。她猛地扬起了头，长发不断地抖动。“夫人不见了，先生也不见了。他们都走了。”

“哦，这跟我有什么关系。”阿布·拉菲用阿拉伯语咕哝着。

“他们五天前就走了。”这女人的话匣子一旦打开，就像惊天巨浪冲破了堤岸，她滔滔不绝地说着，双手胡乱挥舞。“我一醒，他们就不见了。我等着。等到吃午饭，等到吃晚饭，等到太阳落山。我一夜没睡，两夜不合眼。我一直等着。我把衣服洗好，大米泡好。可是他们还没回来。他们一听说打仗就跑了。他们跑了——”说到这里，她的声音开始发颤。“他们扔下我，自己跑了。把我扔在这里。我到处找我的护照，找不到。我给大使馆打电话，他们说帮不了我。他们让我待在房子里，不要到窗户前。我没法给我的孩子们打电话。我回不了家。吃的东西快没了。电也停了。”

“我们走吧。”扎因轻声说。可是莉娜的双脚像生了根，脚上穿的夹脚凉鞋好似粘在了门口铺的油地毡上，整个人动弹不得。阿布·拉菲和那个女人互相瞪着对方。

“钱花光了，”那女人简单地说，“他们走了。”

阿布·拉菲气得脸色发青，反感至极，却又精疲力竭——他受够了自己的店是唯一还在营业的商店，受够了又要度过漫长的一天，不是无休止地跟人解释面粉已售空，就是听到南面传来爆炸声时对杀千刀的以色列人的诅咒声。

“四万八。”他重复道。莉娜只想揍他。“要么你就滚出去。”

“可是，夫人和先生——”

“四万八！难道我没有孩子要养吗?”他用阿拉伯语骂骂咧咧地说

了一大堆，“想找人帮你，到别处去。别来我这里。你看看我的店。”他用手指着货架上寥寥无几的存货。“要是想吃面包，付钱。鸡蛋！苹果！奶酪！付钱！付钱！”吐沫星子喷得他嘴唇上到处都是。“我要是帮助一个斯里兰卡人，明天就会来十个要我帮。”

女人瑟缩了一下，盯着柜台上皱皱巴巴的几张纸币。接着，她伸出一只手，撩开耷拉在脸前的粗硬短发。她的侧颜好像硬币上的人物肖像，鼻子高挺，额头光洁。

“面包，”她终于开了口，“只要面包。”她的声音冰寒刺骨，就连火红滚烫的玻璃也能被瞬间冰冻。看看你干的好事，她无声地谴责着眼前的男人，看看柜台上这几张皱巴巴的钞票，瞅瞅我的头发有多久没洗了。这一刻会让你记一辈子。

女人付过钱，手里抓着一袋皮塔饼，高昂着头，骄傲地从莉娜和扎因身边走过——檀香和汗味混合着从她身上散发出来——好像他俩根本不存在，走到店外，大门在她身后发出嘭的一声巨响。直到这时，阿布·拉菲才注意到莉娜和扎因还站在门口。他盯着他俩，长久不语。

“走吧。”他终于说，“赶快跑回家。”

他们匆忙跑到大街上，眼前的街景突然陌生了起来：柏油路面坑坑洼洼，头顶的电话线缠乱交错。莉娜心想，这个城市如此丑陋。她想回波士顿，想念那里修剪齐整的草坪，灯光璀璨夺目的圣诞月，带有冰淇淋摊位的小区游泳池，还有弥散在教室的粉笔味。路过酒店时，那个门童又盯着她看。这次，莉娜没有避开他的眼神。

走到楼口，正碰上门房提着一罐水走出来。“你俩干嘛去了？”扎因双臂交叉放在胸前，把香烟藏了起来。

“办点杂事。”扎因设法开口说，然后拉着莉娜进了大门，跑上楼梯。莉娜隐约有头晕目眩的感觉。

“到蓝屋去。”她提醒扎因。这会儿他俩本来应该正在看电影。

房间昏黑，空荡。“快点，”扎因说，“得把屋子弄得好像我们正在看电影。”俩人手忙脚乱地拉上窗帘，打开电视机，开始播那部侦探片，接着把靠垫扔到地上，跟地板上扔着的一堆脏衣服放在一起——苏雅德真不是个勤快的主妇——可是，不知为何，他们的举止透着浓浓的悲凉，好像两个本来就是孩子的小孩故意向人展示做作的天真。

那盒烟仍被扎因紧紧攥在手里。“给我。”莉娜说，接过烟盒塞到短裤口袋里。

屋子漆黑一团，闷热难耐。电视上演着电影，可是莉娜的思绪却已走远，脑子里浮现那女人耷拉的嘴角和油腻蓬乱的长发。电影看到一半，突然停电，电视机没了图像。有一会儿，他俩默然不语。莉娜感觉到扎因关切的眼神。

“我们去放烟花吧。”

莉娜崇拜地看着扎因。只要他愿意，扎因可以非常有趣。去年夏天他们买了一些烟花，父亲和苏雅德拿到楼顶放给大家看。往后退，他们大叫着，火花喷溅时发出嗤嗤的声音，再慢慢隐去，只剩点点微光。对啊，她心想，璀璨烟花会让他们心情变好。

“大人们会疯掉的。”

扎因耸耸肩。莉娜简直想拥抱他。“你还留着吗？”

“不知道妈妈把烟花放哪里了。可能在厨房的橱柜里吧。”

橱柜里，各式罐头、咖啡和过期饼干被塞得满满当当，就是没有烟花的影子。浴室水池下没有，凌乱不堪的卧室里也没有。他们把屋子里的每个抽屉都翻了个底朝天，却遍寻不着，可他俩却仍旧兴致勃勃，为终于有事干而激动不已。

突然，扎因兴冲冲地说："储藏室。妈妈总是把所有她觉得没用的东西都扔到那里。"

莉娜皱了皱鼻子。"那里很难闻。"

"屏住呼吸就行了。"

她跟着扎因沿走廊来到客厅旁边的储藏室。房间特别小，比壁橱大不了多少，里边散乱地堆着些板条箱和各式盒子，靠墙放着一个半满的书架。储藏室凌乱不堪，满地狼藉，乱七八糟的杂物跟瘫在地上的巨兽一样，他们得小心翼翼地绕着走才能避免踩到巨兽的四肢。这里的一切都是过去生活的点滴记录。

"这儿就跟纳尼亚王国一样。"莉娜呼了一口气。

烟花早被他们抛在脑后。他俩在纸盒子里翻翻捡捡，找到一堆毛绒玩具、断掉的跳绳，还有一些他们根本不记得曾经拥有过的东西。莉娜在一堆杂物里扒扒拉拉，兴奋不已。自从战争爆发之后，这还是她头一回觉得全身充满了活力。有个篮子里塞满了苏雅德的披肩，莉娜挑出一条，披在肩膀上。有时间我会给你打电话，她无声地说，眼前是假想中的男生。

"我的任天堂！"扎因弯腰捡起一个磨损变形的掌上游戏机。有个鞋盒里装了满满一盒豆豆娃[1]，莉娜把这些毛绒玩具拿在手里，闻到了灰尘的味道。

---

1. 豆豆娃（Beanie Babies），也常称为豆豆公仔，是一种使用豆状 PVC（聚氯乙烯）材料作为填充物的绒毛玩具。

来电了，电影的声效填满了整个客厅，可是莉娜和扎因都置若罔闻。扎因正把书从一个纸箱子里往外拿。

“真主啊，这些书太旧了，都快散架了。你看这本。”他拿起一本有着紫色书脊的书，封面上写着阿拉伯文字。有一页从书里掉落，飘飘荡荡地停在扎因的膝盖上。

“你妈妈平时会来这里吗？”她想象着苏雅德夜深人静的时候，偷偷溜到这里，给豆豆娃排排坐，一条条地试戴这些色彩艳丽的披肩，“来看看这里放的东西？”

没有回答。莉娜抬头，看到扎因正皱眉看着手里的一本书。“这本书里有东西。”他说。

莉娜伸长脖子看去。深褐色的封面上，画着一轮烈日和一株仰望太阳的植物。翻到内里，扎因抽出厚厚一扎用茶色橡皮筋绑着的纸张。两人围拢在一起。这叠纸张古色古香，每一页都写得满满当当，字迹工整。有些用的是蓝色墨水，有些是黑色墨水。纸张年深日久，早已泛黄、脆薄。

“上边的字是阿拉伯语。”扎因失望地说。他和莉娜的阿拉伯语阅读能力都不行。“哇，这得有差不多一百页吧。”

“我猜这是谁写的日记。”莉娜坐直身体。很可能会发现不为人知的秘密，这个想法让她目眩神迷。这可比当什么侦探好玩多了。“我们找到了一本日记！”

“不是日记。”扎因眯着眼睛，仔细看着纸上的字迹。“这不知道是谁写的信。看，每张纸上都有抬头，末尾也有签名。”

莉娜开动脑筋，使劲思考起来。这会是她父母之间的情书吗？要么是艾利写给苏雅德的？也可能是过去的老友写来的？

“抬头还有日期呢。这张纸上写着 1998 年。”扎因说。

“不是 9，是 7，傻子。”

“哦，是 1978 年。”突然，大门洞开的声音打断了两人的热烈讨论，有人叫着他们的名字。

“莉娜！扎因！”

“他们跑哪儿去了？”

听到大人的声音，他俩呆若木鸡。脚步声响起。扎因无声地说了句惨了，莉娜立刻想到肯定是门房告密，大人们已经发现他俩偷偷溜出去的行为。他俩站了起来，拍掉身上的灰尘。扎因把那叠纸塞到衬衫里边。

等他们来到客厅，却发现大人们——里哈姆阿姨、莉娜的父亲，还有苏雅德——正谈着新闻，根本没人理他们，就连马纳尔看起来也是忧心忡忡。卡拉姆拉开窗帘，室外最后一抹昏黄的夕阳漏了进来。

“嗨！”

“你们去哪儿了？”苏雅德问道。

扎因瞥了一眼莉娜。“刚才停电了。”

“嗯，电又来了。楼下的电视信号接收器不管用了；所有频道都没信号。我们得试试这个电视机。”

“不好意思啊，孩子们，你们晚点儿再看电影吧。”

“把靠垫放回原位。这是什么，脏衣服吗？”

他们不情愿地把靠垫堆好。扎因小心翼翼地挪着脚步，笨拙地弯着腰，把靠垫抱在胸前。

“真的是脏衣服。天啊，苏雅德，你有多久没打扫——”

“我一直催妈妈收拾！”

“这会儿别找事，马纳尔！卡拉姆，不好意思，外边到处在打仗，家务事得先等等了。”

“显然如此。”卡拉姆小声嘀咕了一句，苏雅德狠狠地瞪了他一眼。

“调到八台。”里哈姆阿姨对调台的马纳尔说。

播音员看起来疲惫不堪，阿拉伯语的新闻标题出现在屏幕下方。莉娜只听懂播音员说的寥寥几个词：军队、炮轰、安全措施。她想看看屏幕上的字，可是字幕滚动得太快，根本看不清。以前，每次到安曼，外婆就会责怪父亲和苏雅德：你们把这几个孩子真养成美国人了。他们连亲外婆说的话都听不懂。莉娜喜欢外婆，可又有点怕她。外婆留着又长又尖的指甲，不管去谁的屋里，她都带着漫不经心的神态打量眼前的一切，好像什么都提不起她的兴致。

播音员说了什么和声明有关的话，随后画面切换，屏幕上出现了一面插着绿色旗帜的墙壁。一个长胡子的男人走到高台上，开始讲话。莉娜脑子里出现了那个头发粗硬的女人，还有她说只要面包时的语气。电视上的男人在说什么公平公正，双目炯炯有神。

“哦，我的天呀。”苏雅德一下子走到沙发旁，打开了客厅阳台的门，点燃一支烟，对着里哈姆阿姨和卡拉姆抬起另一只手的手掌，做出停止的手势。“别批评我，我是认真的。我的客厅我做主。谁都别啰嗦。”

“你俩刚才都干吗了？”莉娜的父亲心烦意乱地问了句。

“看电影。”莉娜回答，声音在她听来非常奇怪，也不知道大人们能不能听出她在撒谎。也许父亲听出来了，因为他没再说什么，既没说抽烟对他们的肺不好，也没让他们到另外的房子里去。

“小淘气们，”莉娜的母亲从苏雅德背后伸出头说，“今天晚上我们吃披萨吧。你们觉得怎么样？要是再吃一口鸡肉，我都要开始咯咯地叫了。”说着，她笑了起来。

忽然之间，莉娜一刻都忍受不了播音员的说话声，也听不得母亲的笑声。眼前的一切全都不对。她站了起来，全然不理会扎因担忧的神色。

“我去洗个澡。”她对大家说。

“莉娜，得节约着用热水。”

她转头看着父亲。父亲的表情如此忧伤，眼镜上布满污渍，突然之间，他看起来是那么平凡。我真是老了，有一次跟他俩一起玩时，父亲开玩笑似地对莉娜说，这个念头让她不寒而栗。

“我只用凉水洗，”她温柔地回道，“保证。”

绿屋空空荡荡，让人沮丧，不过转而她就听到厨房传来碗盘的叮当声和蒂卡的脚步声。她想跑到蒂卡身边，紧紧拥抱她。

色彩艳丽的浴室是唯一一间父母同意按照她自己的意愿布置的房间。水池上方有一面镜子，镜子上贴着足球图案的贴纸，是小时候的设计。地上铺着一块五彩缤纷的长毛绒浴室垫，浴缸底部也贴满了各色贴纸。

莉娜拧开热水龙头，把龙头扭到最左边，出来的全是热水。接着，她脱掉衣服，扔到地板上，站在镜子前，久久凝视镜中的映像。蒸汽弥漫开来，渐渐地将她包裹。检视自己的身体对她来说好像是一件必须要做的事情，一件要持续下去的事情。身体真是奇妙。过去几个月，趁着家里的女人们脱衣洗澡的工夫，她偷偷透过锁孔观察着大家的身体：马纳尔身上的肉有点多，两腿之间有一块三角形地带，长满了黑色的毛发；苏雅德的乳房很小，全身都光溜溜的；还有她母亲，长毛的地方修剪整齐，乳房比所有人的都大。

她自己的身体呢，天天都是一个样，一点变化都没有。瘦骨嶙峋。身材扁平，平胸，屁股也不翘……就跟地理课上学的冻原[1]一样一览无余。

“没料小姐。”她大声说。这个词是她从学校一个八年级的学生那里听来的，当时那个长得跟男生一样的体育老师正好从走廊走过。

把热水用光之后，莉娜走到卧室，身后留下一串湿漉漉的脚印。打开衣橱，找了件外婆在安曼给她买的睡衣穿在身上。

“他们走了。”她大声说，学着女佣的腔调。她想回家，虽然这个想法听起来挺孩子气。为什么大人都喜欢待在这个城市？要是她能决定，那就永远都不要回来。她想跟苏珊一起去英国的伯克郡参加夏令营，跟女生们一起彻夜不睡地讲鬼故事，跟大家一起做友情手链、骑马、看话剧、滑水。去年夏天，莉娜从苏珊家偷了一本夏令营的宣传册，把里边的所有内容看了个遍，牢记于心。

从卧室出来，莉娜没有上楼，沿着走廊来到父母的卧室。跟其他房间一样，这间卧室的墙壁也是绿色的，天花板上围着一圈波浪形的白色镶边，一块柿子色的波斯地毯铺满床前的地面。过去，她跟扎因和马纳尔一起就在这间屋子里排练话剧，因为这里地方宽阔，最适合跳来跳去、翩翩起舞。床的上方挂着一幅油画，画的是伊拉克的露天

---

1. 冻原：意思是“无树的平原”。在自然地理学中指的是由于气温低、生长季节短而无法长出树木的环境；在地质学是指零摄氏度以下，并含有冰的各种岩石和土壤。

市场，有卖银首饰的摊位，有卖香料的摊位，还有个男人手里捧着一把水果。

莉娜在屋子里漫无目的地走着，随手拿起什么，再放回原位——一个首饰盒，还有一个小小的木雕小鸟，是父亲多年以前亲手做的。她渴望触摸眼前的一切。打开衣橱，指尖轻轻扫过悬挂的衣物，轻触着父亲的卡其裤和T恤，还有两条丝质领带，每年夏天他都会带到这里。母亲的裙子。她把头埋进一条绿松石色的长裙——母亲经常穿着这条裙子参加各类聚会——深吸一口气。栀子花的甜香，混合着一丝汗味。这熟悉的味道让她悲伤，好像父母不是在楼上，而是在遥远的异国；不是近在咫尺，而是远在天边。

幼时，她总爱穿母亲的衣服，模仿母亲打电话，学着母亲的腔调谈工作、谈家庭。要是遇到阴雨的周末，无所事事待在家的母亲会帮她打扮起来，把珍珠项链绕在她的颈间，再把迪奥香水轻轻涂在她的耳后。打扮停当之后，母亲会大叫，有个迷人的女士要找你，卡拉姆，父亲就会跑到房间里。一看到她，父亲总是做出一副头晕眼花的样子，用手紧紧抓住心口，装作没有认出她。然后，他们三个一起哈哈大笑，她轻快地旋转，感觉自己美丽迷人。

她光脚走到父母卧室的阳台上，感受着夜色深沉，空气温暖。阳台上有几盆植物，叶片肥大，颜色泛紫，父亲每天早上都会给这几盆花浇水。苏雅德就不行，总是忘记给楼上的花浇水，于是她的阳台上到处摆的都是枯死的植物。

阳台很大，环绕着一圈铁栏杆，透过栏杆可看到楼下车来车往，楼宇间隙隐隐可见片片蓝色大海。阳台上放着一张桌子，摆着一把椅子，桌上放着不知是谁的马克杯，杯子空着。桌旁有一盆茉莉花，是母亲的最爱。看着这怒放的白色花朵，莉娜的胸口隐隐作痛。

她坐在茉莉花旁，把脸埋进交缠在一起的枝叶里，把这盆花当成了枕头。叶片刺得她的脸生疼，一根小枝戳着她的耳朵，可她趴着一动不动，深嗅着甜甜的花香。

良久，她脱离花枝缠绕，靠墙坐好，抬起头，仰望星空。两周来，这是她头一回无人陪伴。夜空如洗，新月挂在半空，闪着柔和的光。远处，隐约可听到隆隆的回声，从南边传来的爆炸声。她记起屋外的世界，到处熊熊燃烧。他们在屠杀我们，一个女人对着电视镜头说。警报声响起。

她有点希望家人会到处找她，想要看到他们脸上焦急的神情。小时候，她总爱跟大人捉迷藏，就算妈妈严厉地批评她，她也乐此不疲：有时藏在衣橱里，有时藏在床底下，直到听到大人的声音因恐惧而颤抖，她才会突然跑到他们面前。一直以来，她都不明白大人们为什么会火冒三丈、大发雷霆。这是我送给你们的礼物，她总是想对他们说这句话。你们以为我丢了，可我一直都在。

眼前的景象突然改变。一道闪光劈开了夜空，寂静被低沉的轰隆声打破，声音好像就在近旁。莉娜吓得呆若木鸡、动弹不得，感受到脚底地板的震颤。从阳台看去，可见一道道浓烟从南面的楼群之间升起。十五或二十分钟之后，阳台门被人推开。

“终于。”扎因说。

莉娜叹了口气。“找到我了。”

扎因一脸困惑。“你刚才故意躲起来的吗?”他把门关上，坐在她对面，没穿鞋的脚脏兮兮的。“他们又炸了一栋大楼。新闻上说的。楼上都炸锅了。”

“你觉得我们会死吗？”

“别傻了。”扎因说，可是声音却在颤抖。月光下，他的眼睛又大又亮。

一道道闪光划破天际，在地面炸裂，犹如倒置的烟花。从这里看去，整个夜空犹如白昼，滚滚浓烟笼罩了高楼，覆盖了大海，好像整个大地都成了浓烟和烈焰的天堂。那个女人的孩子们是不是正等着妈妈给他们打电话呢，莉娜想。太阳落山之后，她一个人待在那么大的房子里干什么呢——在莉娜的想象中，那是一所老式贝鲁特风格的大理石房子，装饰乏味，填满了虽奢华但一点都不舒服的家具，有个会客厅，大大的落地窗，海景一览无余——现在她不再等待了？

“要是我们离开的话，会带上蒂卡的。”扎因说。就是这样，扎因和她心有灵犀。

他们陷入沉默，心里想着那个女人。

“真希望阿婆在这儿。”莉娜突然说，脑子里出现了一幅画面：阿婆挑剔地打量房间，怒气冲冲地批评大人们天天买些不新鲜的鸡肉吃，抱怨热得要命的天气。她的火爆脾气对他们来说，如强心针一样让人安心。许多事，无须多言，阿婆都一清二楚，开斋节时她就跟布杜尔说，要是莉娜想穿着牛仔裤参加晚宴那就让她穿。她想跟阿婆讲一讲在阿布·拉菲店里碰到的那个女人，想听阿婆说些睿智、尖刻却抚慰人心的话。

扎因扔了个东西给她，她下意识地伸手接住。一盒火柴。他咧开嘴笑了起来。“脏话俱乐部。”接着，他摊开手掌，那盒香烟放在他的掌心，微微有点弯曲。“在你的短裤口袋里找到的。就扔在浴室地板上。”

“烟灰扔到哪儿?”

“管它呢。”

扎因挑了支没有弯折的烟点着，递给莉娜。她接了过来，带着些微惊讶看一缕轻烟袅袅上升。她想起坐在滨海路栏杆上的那群女孩，回想她们用两根手指夹着烟的优雅姿态。莉娜学她们的样子猛吸了一口。烟丝燃烧，她咳了起来。扎因也吸了一口。

“好辣。”他倒抽一口气。

“习惯就好了。”三口、四口、五口之后，烟雾入肺越来越容易。她微启双唇，看烟雾从嘴里缓缓飘出。扎因清了清嗓子。“我觉得是阿公写了那些信。好像是写给一个名叫穆斯塔法的人的。你知道穆斯塔法是谁吗?”

莉娜绞尽脑汁地回想着。名字好像有点印象，可是却记不得什么时候听过。她摇摇头。

“哦，是个巴勒斯坦人。阿公写给他的。我正在看其中一封。那封信上提到了一所房子。”扎因从口袋里掏出一张纸，展开，结结巴巴地用阿拉伯语读了起来。“我们每个人都有自己的房间，还空了几间。这座房子总是让我想起你母亲的房子，记得你母亲搬走之后，你天天抱怨房子太大。”

“要是他写的信，为什么这些信会放在储藏室?”

扎因耸了耸肩。“我也不知道。”他看起来漠不关心，莉娜明白他的心思。这些信件距离他们太遥远，上边写的东西已是年代久远，不是当下，不是眼前的炸弹，不是商店里那个女人让人心碎的话语。

“阿布·拉菲是个混蛋。”莉娜一字一顿、小心翼翼地说。这是她第一次用脏话骂人。

“看。”扎因低声说，指着前方的景象。虽然远处爆炸声不断，救护车的警笛声不绝于耳，虽然空气中烟雾浓重，刺激得她喉头发痒，可是，眼前的一切却是如此摄人心魄。一颗颗导弹如彗星般啸叫着划破漆黑夜空，炫目耀眼。

流光溢彩，灿烂夺目。莉娜突然记起小时候发生在波士顿的一件事。好几年前的一个夏夜，全家人一起去嘉年华会游玩。大雨刚歇，空气甜润，草叶上汇聚着一颗颗晶莹剔透的露珠，她的鞋子踩在上面，发出嘎吱嘎吱声。回家后，她坐在浴缸里，父亲给她洗脚，草叶混着泥土顺水流下，在排水口旁打着旋儿。

嘉年华上有个摩天轮，他们全都坐了上去。快到最顶端时，烟花在他们头顶绽放，整个夜空被装点得色彩斑斓、灿烂夺目，有如彩色硬糖。快看天空，她听到母亲大声对父亲说。真想一口把它吃掉。

看着海面被火光照亮，尘封已久的记忆突然回到莉娜的脑中。她想起母亲说过的话，记起她是怎样把漆黑的长发甩来甩去，如此美丽、如此迷人。还有艾利。她记得艾利给大家买了冰淇淋，自己吃得手指黏乎乎；记得苏雅德吻着艾利的脖颈；记得自己是多么思念他，虽然他现在远在世界的另一头。她为扎因难过，也为马纳尔难过。这些记忆让她内心充满渴望，渴望回到留给她美好回忆的童年。这些片段在她脑中闪回，让她觉得自己似乎正在飞速旋转，灵魂也好似出了窍。整个世界如此疯狂、如此混乱，她想回到她的世界——就算大楼在熊熊燃烧，就算炸弹不时爆炸，就算大街上有人在哭泣——可是，她的世界消失得好快，太快了，不等她喘口气，童年已逐渐远去。

“里哈姆阿姨说以色列人还要再轰炸好几周。”扎因突然开口，吓了她一跳。她想要耸耸肩表示不在乎，可是扎因已看向别处。香烟对肺部的刺激越来越小，她想要吐一个烟圈，可吐出来的烟一下子就散了。

“这个烟味道有点甜。”扎因说。

“是薄荷味的。”

“我爸爸动手打过我妈妈一次。”扎因若有所思地说。这句话悬在半空，莉娜犹豫着该说些什么。她想说大人也不是十全十美，又想说他们自己就总是无意中打破东西，不过这些她都没说出口。突然之间，她只想让扎因开心起来。她一下子轻巧地站了起来，把手中的烟递给扎因。

“嘿!”扎因接过香烟，吓了一跳。

莉娜后退一步，闭上眼睛，默数到三，然后身体向前翻，双手顺势跟上，一下子倒立了起来。扎因说话时，她听出了他声音里透出的笑意。

“哇，”她听见他说，“你这是在干吗?”

莉娜紧闭双眼，身体垂直于地面。再过一会儿，双臂会酸痛。可是现在，她觉得自己轻盈得像空气。她想打侧手翻。她想去找到那个头发粗硬的女佣，让她搬过来住。她想拥抱扎因，让他感受自己剧烈跳动的心。她想跑到屋里去，张开双臂抱住父亲，轻轻亲吻他的面颊。她想在父亲耳边私语，*有个迷人的女士要找你，卡拉姆*。

“太棒了。”扎因说。

莉娜睁开眼，身体仍然像箭一般笔直，呼吸开始急促。她还不想开口说话，不想破坏眼前这上下颠倒的世界。有那么一会儿，阳台上的地砖变成了屋顶，群星璀璨的夜空在她的脚底，就像一张柔软光滑、闪闪发亮的地毯。

ATEF
阿提夫

安曼

2011 年 6 月

最开始她忘记怎么说“石榴”这个词。去年的一个晚上，艾丽娅对他说：“给我那个——。”她脸上的表情很奇怪，好像正在梦游的人突然被惊醒般迷茫。她眨着眼。

阿提夫等她说下去。“给你什么?”

“那个，嗯……”她脸上出现害怕的表情。“红色的那个。”终于，她咕哝着说了一句，用手指着石榴。接着，各种小状况层出不穷：她在附近的居民区转来转去不认得路，她记不得阿提夫的生日。

“妈妈有些不对劲，”几个星期之前，在她花园里坐着聊天时，里哈姆这样说，“感觉怪怪的。肯定出问题了。”

阿提夫把目光移开。“她刚刚变成这样，里哈姆。”

“她的情况越来越——”里哈姆犹豫了一下，“严重，更迷糊。总是糊里糊涂。”

阿提夫想着妻子。艾丽娅每天早上都会喝一杯加两块半方糖的茶，这点小小的仪式感已成为她生活的一部分。“肯定没事的。年龄不饶人。每个人都会经历这个过程。就在昨天，我找个钥匙都用了二十分钟。”他的喋喋不休反而把内心的惶恐暴露无遗。过去几年，艾丽娅的举止越来越古怪，犯迷糊的次数也越来越多——搞不清方向，叫错名字——可是这种种表现全部被大家误以为是艾丽娅爱唱反调所致。

“爸爸，”里哈姆深吸一口气，“昨天，她来我家吃饭，我走开接了个电话，离开的时间连一分钟都不到，结果却花了一个小时才找到她。”

阿提夫的心一下子就揪了起来。“她去哪儿了？”

“阳台上。”

“哦，”他放下心来，长吁了一口气，“她喜欢在阳台上看风景。”

“不是的。”里哈姆的语气有一丝不耐烦。这太少见了，所以，阿提夫不再说话。“你知道阳台上装的那些铝合金门闩吧，孩子们还是小宝宝的时候我们不是总把门闩上锁吗？好了，我找到她的时候，这些门闩全部打开了。她正设法往外爬。”

“什么？”他莫名其妙地想起花园里那些浅色的银莲花，想起几个月前艾丽娅跟他吵架，批评他爱花爱到不可救药。“她干吗要往外爬？”

里哈姆叹了口气，就是这声叹息让阿提夫明白自己有许多情况都不了解。为了不让他担心，里哈姆尽最大可能地隐瞒了艾丽娅的病情。

“她说战争打响了。萨达姆马上就会占领这里，她得赶快逃走。”

那天晚上，他仔细观察艾丽娅，看她吃晚饭，看她洗脸，看她上床睡觉。突然，一切都一清二楚。这就跟孙辈们爱玩的光学游戏一样，图像一旦出现，就不可能视若无睹。这就是妻子现在的样子，脸色晦暗，头发毛糙花白。

“那个女孩儿，”上床之前，她说，“偷了我的唇膏。”阿提夫没有问是哪个女孩儿。

阿提夫帮她把头发拂到耳后理顺，手指轻轻滑过她头发稀疏、裸露的头皮，爱抚地摸着她形状精致的头骨轮廓。

“她不让我们带她去染发。”里哈姆后来跟他说，“她觉得理发师要毒害她。”

他突然意识到，这么多年来，这是他第一次看到艾丽娅本来的样子。过去的十年，他早已习惯了妻子化着精细的妆容，梳着一丝不苟的发型，留着优雅的指甲，身上涂着一层又一层的护肤品，描着唇线的双唇涂上珊瑚色的口红。可是，光彩照人的外壳下，藏着的是如此脆弱的老人。

厨房传来女人的笑声。阿提夫想着是苏雅德。等他走进去，才发现坐在桌前的是莉娜和马纳尔，正往涂着厚厚草莓果酱的皮塔饼上撒百里香。两人都穿着吉卜赛风格的飘逸长裙，裙子轻薄如纱。莉娜头上编着辫子，海蓝色的玻璃珠子穿插其间，汇集到头顶；满头的珠子好像烟花一样缤纷绚烂。一看到他，她们停止了聊天。

“嗨，阿公。”马纳尔跟他打招呼，声音轻快悦耳。

“阿婆准备好去医院了吗？”

阿提夫犹豫了一下才回答。“我们正在劝她。里哈姆和纳伊瓦妈妈正在动员她。”

“她会去的。”莉娜温柔地说。阿提夫知道有人已经把艾丽娅早晨的大发雷霆告诉了她们。她拒绝穿衣，对他大吼大叫，说她没病，不需要去医院。

“见到你父亲了吗?”他问莉娜。

莉娜耸耸肩。“可能在外边吧。”

“这怎么可能?”马纳尔开口说,“已经到这个年代了,我们家的人还在到处你找我,我找你?大家都不会用手机吗?”她对阿提夫说,“妈妈刚才在找你。”

“这是个典型的后科技时代的隐喻,”莉娜俏皮地说,“折射出我们是多么孤独。”

“算了吧。这是典型的自恋。就好像不管什么时候,只要我们需要,想找的人就得立即出现一样。”马纳尔边说边打了个响指。一粒香料粘在她的下巴上。阿提夫饶有趣味地听着她俩的谈话。他喜欢这两个女孩子,喜欢她们的冰雪聪明,也喜欢她们的淡泊。

“确实。”莉娜若有所思地说,边说边挥舞着手里的面包,好像那片面包是根魔杖一样。“妈妈给我们打电话,要是我们没有接,应该说没有立刻接,她就会惊慌失措。”她还留着青春叛逆期时剪的参差不齐的发型,嘴唇上打了唇环,鼻子上打了鼻环。去年听说这孩子还吸毒。当时他无意中听到莉娜和里哈姆的聊天,两人说着什么被捕,还说起跟一个男孩子私奔了几周的事。

他们都回来了,这让他十分开心。尤其是孙辈们,更让他感动。本来还想着他们肯定会找各种借口,跟他说自己来不了。苏雅德还住在贝鲁特,卡拉姆和布杜尔住在波士顿;再小一辈的散落在世界各地。过去几年,他们回来的次数越来越少,艾丽娅的身体状况也不允许他们再进行长途飞行。

可是,这一整天,电话一个接一个地打进来——扎因、莉娜,还有苏雅德。他们跟他说自己的航班信息和到达时间,再用温柔的话语安慰他。

孙辈们把自己的生活抛在身后，来到这里，跟他说着结结巴巴的阿拉伯语——阿卜杜拉在伦敦上大学，马纳尔在曼哈顿实习，莉娜和扎因正在佛蒙特州参加夏令营。他们在做什么并不重要，重要的是他们都回来了。

里哈姆大步走进厨房，看起来是那么疲倦。“她马上下来，纳伊瓦妈妈正帮她穿衣服。早上好，姑娘们。”几年前，艾丽娅不小心伤到髋部之后，纳伊瓦妈妈就开始照顾她。

“早上好。”她们一起说。

“爸爸，你得提前把资料准备好。”里哈姆口中的资料指的是这几年在贝鲁特和科威特看病留下的病历，被他锁在书房，跟护照、毕业证和孩子们的出生证明放在一起。我的丈夫，是个守财奴，艾丽娅总爱这么说。这样该用的时候才好找，他总是慢慢悠悠地回她。我把你的一生都珍藏了起来。阿提夫手里拿着一个塞得鼓鼓囊囊的牛皮纸信封从书房走出来，看到阿卜杜拉站在走廊，一脸踌躇。

“阿公，”他开口说，“我想看看你还好吗。”

阿提夫喉头一阵哽咽。“我——”他一下子找不到合适的词，“我能做的就是好好照顾你外婆。”

“这我就放心了，”阿卜杜拉温柔地说，“管他结果怎样。”外孙的眼角已经有了皱纹，发际线也开始后退。他长得越来越像父亲。有很长一段时间，大家十分担心阿卜杜拉，担心他的愚忠，担心他的固执，担心他把无数个下午的时光都花在跟街坊那些年长的男人们一起高谈阔论政治问题上。阿提夫跟他谈过，可这孩子太顽固不化，说什么都听不进去。美国的双子塔倒塌，伊拉克战争打响。骤然之间，如久梦初醒般，阿卜杜拉找到了内心的安宁与平和。

现在，出乎阿提夫的意料，他冷不丁地一把将正跟他说话的阿提夫拉到怀里——这孩子平时总是那么内向——低低地说了一个词。

“但凭天意。”

阿提夫回到厨房，看到大家都在，姑娘们坐在桌旁，卡拉姆和苏雅德站在她们身边。里哈姆正在帮艾丽娅把衬衫上的线头弄掉。扎因搅拌着咖啡，听到苏雅德的话，嘲讽地对着马纳尔挑挑眉。

“我们不知道会去多久，”苏雅德说，“记住往鸡肉上滴点油，一定不要忘了七点钟把鸡肉从烤箱里取出来……扎因，你在听吗？马纳尔，记住把鸡肉从——”

“妈妈，知道啦！”

“我们又不是六岁小孩。”

“还得往鸡肉上涂些柠檬汁，”苏雅德继续说，根本不管孩子们的抗议，“再放些盐——”

“我的天呀。”

卡拉姆用力扯了扯苏雅德的衣袖，“行了。”

“对呀，真主啊，求求你，赶快让她出去吧。”

“马纳尔，别说了。”

“好了好了，该走了。”里哈姆柔声说。

艾丽娅突然大叫一声，吓得大家同时转头看她。她站在门口，低着头，粉色头皮透过稀疏的白发若隐若现。等她抬起头，只见她嘴巴微张，牙齿外露。她在笑。

“妈妈。”卡拉姆轻唤道。她看向他，笑得像个小姑娘。

“我不喜欢那个电影，”她用阿拉伯语畅快地说，“无聊透顶。”

“咱们走吧。”阿提夫说。

卡拉姆开车，阿提夫坐在副驾驶的位置，艾丽娅和女儿们坐在后排。阿提夫漫不经心地调着车载收音机，找到一个频道，正放着齐亚德·拉赫巴尼的歌。每隔几秒收音机里就传来静电的噼啪声。身旁的卡拉姆时不时偷瞄他一眼，后排里哈姆跟艾丽娅说话的声音清晰可闻。

他们驶过麦加街，经过一家家临街店铺，街头商贩们朝路过的汽车晃着手里的袋装大枣，有家比基尼专卖店里摆着身穿海蓝色氨纶泳衣的人体模型。车窗外的热闹吸引不了阿提夫，他眼里看不到街边的餐馆，满大街一年比一年青春的女学生们对他来说也如空气一样。越过挡风玻璃，他目视前方，眼神迷离空茫。

身旁的卡拉姆欲言又止。阿提夫知道这孩子想安慰他。可是，没人能安慰他。阿提夫想告诉孩子们，他和艾丽娅的关系对作为旁观者的他们来说，犹如雾里看花，看到的只是支离破碎的片段。他还想告诉他们，自己和艾丽娅说不上琴瑟和鸣，但也不能算婚姻不幸。生活一地鸡毛，每隔几个月艾丽娅都会发顿脾气宣泄愤怒，而他则会躲到自己的小天地把压力释放。可是，不知为何，这看似阴暗如囚牢的婚姻外壳，包裹着的却是他俩之间超乎寻常的爱，虽如璞玉般粗糙，却鲜活生动、充满激情。

专科医院的建筑风格极具吸引力，外观朴素大方，粉刷一新，阳光充足。他们在大厅办手续。阿提夫想象着走进各个科室看病的人，听到自己得脑瘤、得癌症的噩耗之后，再回到这里的心情。触景生情，他们应该越发沮丧。另外一些人——虚惊一场，都是些小毛病，有的是偏头痛，有的只是化验化验血——一定会愁云尽扫，惊喜交集，就连空气中的粒粒尘埃在他们眼中都是那么美好。

求求你，安拉，让我们成为那愁云尽扫的人吧。

这个祷告太投机，真是丢脸。对于信仰，阿提夫充其量就是个投机取巧的人，不像母亲那般内心虔诚，也不如里哈姆那么意志坚定。对他来说，真主在他需要的时候眷顾一下就行了，平时该干吗干吗。里哈姆手里拿着母亲的病历复印件，正跟苏雅德一起和坐在桌后的接待员说着什么。真主保佑她，阿提夫想着。他这一生，遇到的女人都比男人能干。他想到了马纳尔和莉娜，要是她俩跟着来医院，估计也会轻轻松松包办一切。

“我约了跟西玛见面，快迟到了。”

“艾丽娅，西玛会等着你的。”

“你怎么知道？我们约的六点。”西玛是他们过去住在科威特时的邻居。

“我给她打过电话了，跟她说我们会晚点过去。她说不用急，让你先好好看病。”

“真的？”

“真的。”阿提夫尽量放缓语调，哄着她。跟艾丽娅说话时，阿提夫的语气就像跟小时候的孩子们说话一样。孙辈出生之后，他也是用这种语调跟孙辈说话。

“妈妈，这是蒙拉医生。”一个五短身材、身穿卡其制服的秃顶医生出现在他们面前。他微笑着和艾丽娅握了握手。

“雅各布夫人，很高兴见到您。”

“我跟西玛见面已经迟到了。”艾丽娅跟他说。

听到这话，医生处之泰然。“那我们就速战速决。”他看着其他人，“大家去我办公室吧。”

“我讨厌看她变成这个样子，”阿提夫听到苏雅德小声对里哈姆说，“就跟看着一头被困在笼子里的雄狮一样。”

走过一条两侧挂满风景画的走廊，他们跟着蒙拉医生来到办公室。办公室漆成了明快的蓝绿色，墙上挂满了各种大脑解剖示意图。办公桌上放着一个塑料的大脑模型，部位不同，颜色也各异。大家分别找地方坐了下来，苏雅德坐在检查椅上。医生坐在办公桌前，抬起双手，好像要为他们表演节目一样。

“今天先做几项检查。”他说，接着给他们解释了要用到的仪器，说到磁共振成像技术多么有效，讲到了要检查脑脊液，测试反应能力，还要评估她的认知能力——这些专业术语他们似懂非懂，可是听起来似乎带着不祥的预兆。

“做这些检查就为了脑成像?”里哈姆问道。

“我的大脑一点问题都没有。”艾丽娅说。

“当然没问题，夫人，”医生说，“这都是常规检查。”

阿提夫特别喜欢这个医生，好像医生掌握着生杀大权，自己必须要依赖他一样。他可以想象到医生下班后的生活，坐在某处的阳台上，给自己倒上一杯亚力酒，轻抚着妻子的长发，给她讲一个人的身体能出多少可怕的状况。

“我现在带你过去，”他对艾丽娅说，“先做些最基本的检查。”

“我跟西玛见面已经迟到了。”她又说了一遍，咬着下唇，茫然无措。

“检查很快就结束，快得你都感觉不到。”医生说。

他们回到等候室。半个小时过去了；一个小时过去了。墙上挂着的电视机正放着电影，已经演到一半，他们也懒得换台。

“那个女人是他妻子吗?”卡拉姆问道。

“应该是警察。”里哈姆说。

苏雅德出去抽了两次烟。她一眼电视都没看，一直低着头发短消息。时不时地，能看到她唇角轻扬。阿提夫凭直觉知道，苏雅德跟一个男人交往已有一阵了。可是小女儿对私生活却讳莫如深。跟艾利离婚之后，从没听她提过任何男人的名字。

每次去贝鲁特，他和艾丽娅都会住到苏雅德家里。战后，她重新装修了房子，屋子粉刷一新。屋子黑白两色——黑色沙发、黑色桌子、白色墙壁、白色地毯。就连窗帘也是黑色镶着蕾丝花边，好像寡妇的黑纱。

阿提夫无法想象生活在这样单调的黑白世界里是什么感觉。可是，每次来到这里，苏雅德总是开开心心地——这一点，也表明她正深陷爱河——跟他开各种玩笑，幽默到让人不可思议。她带他逛哈姆拉大街[1]，向他展示这条大街的点滴变化，再领他去她和朋友几年前合伙开的古玩店参观。

---

1. 哈姆拉大街（Rue Hamra）：是黎巴嫩首都贝鲁特的一条街道，也是贝鲁特的经济文化中心。

“眼前经济形势这么差，开个这样的店简直是自寻死路。”她语气轻快地说着，在店里走来走去。小店真小，只有巴掌大，透过一面玻璃墙，繁忙的街道一览无余。大街上，大学生们来来往往。平时，店里摆满了各种精美绝伦的小物件，有样式别致的古董镜、珊瑚项链，还有用皮绳绑着的笔记本。

可她一定是有自己的打算的。人人都喜欢漂亮的东西，就算时世艰难——也许正因为时世艰难，漂亮的东西才有市场——小店的收入也能让她经济上从从容容。每次要离开贝鲁特时，他都依依不舍，感叹女儿寻觅漂泊这么多年，终于过上了想要的生活，就像一个流落荒岛的幸存者，突然住进了贝壳宫殿。

电影演完，新的影片又开始，是个恐怖片，开头五分钟上演了一场惊心动魄的汽车追逐战。“已经检查好长时间了。”阿提夫终于开口。

里哈姆看了看表。“我们跟医生说让他彻底检查的，爸爸。”

“她会发狂的。”

“医生把她照顾得很好。”

“这是个好兆头。”苏雅德从手机上抬起头，“要是有问题，他肯定该叫我们过去了。”在国外待了那么多年，她的阿拉伯语逐渐在退化，“叫”这个字的发音她都能说错。你女儿，已经是个彻头彻尾的美国佬了，艾丽娅总是语带讥讽地说。

一想到妻子，性格强硬的妻子，语言犀利的妻子，阿提夫就心如刀割。他站了起来。“我去给大家买点喝的。咖啡？果汁？路对面有一家便利店。”

“我去吧，爸爸。”卡拉姆说，阿提夫挥挥手制止了他。

“我想走走。”

“我要咖啡，”卡拉姆说，“不加糖。”

阿提夫转向女儿。“你俩呢？”

“雪碧。”

“橙汁。”

离开医院，阳光暖暖地照在脸上，心头一阵轻松。他步履匆匆，好像要迅速逃离这里。道路两旁高楼林立，有医院、有公司、有银行。路过一个户外咖啡店时，阿提夫走了过去。咖啡店外坐着一群年轻女人，抽着烟、聊着天。有个女人穿了件无袖连衣裙，胳膊上文着图案精细、色彩艳丽的文身。这就是安曼的现在和将来——文身的女人、优雅的同性恋男子，青春逼人，打破常规。这个念头让他莫名兴奋。

回去的路上，快到诊所门口时，阿提夫看到有人朝他挥手。是苏雅德。

“爸爸！我们都在找你呢。”她叫道，“检查完了。”

办公室的气氛凝重，医生坐在办公桌前，表情严肃。护士把艾丽娅带了出去，阿提夫好想过去陪着她。

“大部分检查结果要过几天才能出来，不过我想先和大家谈谈我的初步诊断。”

雅各布夫人，医生说，症状已经开始出现。阿提夫突然注意到墙上挂着的毕业证和学位证，证书镶在镀金相框里，字体优雅精细，看起来威严无比。

“情况不太好。”医生平静地说。

他们听着。医生的话一个字一个字地敲击着阿提夫，如油滴入水，变成珠串，一颗颗滚过心头。他呆呆地看看女儿的脸，再看看儿子的脸。医生的声音忽大忽小，阿提夫感觉自己如溺水般沉入水底，每隔几分钟才会探出水面，听到医生的说话声。

“至于能否治愈……这要看……大家要做好心理准备……研究表明……”看着眼前这个男人的嘴巴一张一合，阿提夫头晕目眩。突然，大家都站了起来，卡拉姆跟医生握手道别。

“下周见，”蒙拉医生说，“到那时信息更准确。”他跟阿提夫握手，阿提夫拉着他的手不想松开。

艾丽娅在等候室。随后，大家来到医院大厅，一个个无精打采地站在那里。阿提夫交叉双臂放在胸前，又放了下去。“现在该回家了吧。”

苏雅德抽噎着，抱住了母亲。

艾丽娅皱皱眉，身子向后趔，严厉地盯着她。“你又干什么坏事了？”

大家不由自主地都笑了起来，就连苏雅德，也流着泪笑出了声。

交通一片混乱，等他们终于回到家——一路沉默不语，就连收音机也抗议似的劈劈啪啪响个不停——夕阳早已西沉。纳伊瓦妈妈站在门外抽烟。他们一下车，她就扔掉香烟迎了上来。她挨个看了看大家面无表情的脸，点了点头。“好吧。”

走到门廊，一股难闻的金属腥味扑面而来。苏雅德把手袋扔到一旁，用力闻了闻。

“该死的。我跟他们交代了要把烤箱关掉。”她大步流星地走进屋里，声音越来越大。“我有没有告诉你们这帮白痴——”

“我累了。”艾丽娅咕哝着说。

“我带你上床。”阿提夫说。

“不用。”纳伊瓦妈妈温柔但又很坚定地把手放到他的手臂上，“我来吧。”

“这是我的事。”他说，嘴巴干涩难忍。不记得有多久没喝水了。几个小时了吧。好像去医院之前喝过。

“您去坐吧。来，”纳伊瓦妈妈对艾丽娅说，“我们上床睡觉去。”

“我们还得等他呢。”艾丽娅轻快地说。

他们都警惕地看着她。终于，阿提夫开口问道：“等谁？”

艾丽娅转过头，面带责备地看着阿提夫，好像他才是那个糊涂的人。“穆斯塔法。”好像有只看不见的手在胡乱拉扯，阿提夫胃里一阵痉挛。

“他晚点才过来。”纳伊瓦妈妈哄着她说，“现在我们先去好好洗个澡。”

她们沿着走廊走出了大家的视线。有好一会儿，阿提夫、卡拉姆和里哈姆都一声不吭。

“以后这就是常态了。”卡拉姆一针见血地说。

里哈姆摇了摇头。“不，”她边说边把头巾解开，“以后会越来越严重。”里哈姆的语气平静如水，对阿提夫来说，这是典型的里哈姆式回答。听天由命，再不好的消息也波澜不惊。

他跟着他们来到客厅，阿卜杜拉、扎因和女孩们都在。苏雅德站在他们面前，挡着电视机。场面剑拔弩张。

“就让你们干这一件事，”苏雅德说，“就他妈一件事。”孩子们一言不发，满脸不屑。

“怎么了？”卡拉姆问道。

“鸡肉烤糊了，全部都糊了。”苏雅德愤怒地瞪着他们；孩子们避开她愤怒的眼神。“我向真主发誓，以后就是把活交给三岁小孩也不——”

“妈妈，我们知道错了。”扎因突然插嘴。苏雅德大吃一惊，接着说了下去。

“哦，你们知道错了？真的？那你们倒是说说为什么我们晚餐就得吃薯条？”

“因为我们可以点外卖。”

“苏雅德。”里哈姆轻唤道。门廊里传来开门关门声。

“这是什么味？”布杜尔走进来，手里抱着食品袋。她让卡拉姆陪着家人去医院看病，自己也没闲着。

“他们把鸡肉烤糊了！”

“只不过是有点焦而已。”阿卜杜拉补了一句。

莉娜和马纳尔不知道低声说了些什么，两人一起咯咯笑了起来。沙发那头的阿卜杜拉也扑哧一声笑了出来。

“闭嘴。”苏雅德呵斥道，“你们无能就算了，别再表现得跟个没脸没皮的无赖一样。”

“我们点外卖吧？”布杜尔傻乎乎地说，卡拉姆赶快对她摇了摇头。

“你们太无法无天了！”苏雅德怒气冲冲地叫道。

“天哪，反正也没人想吃鸡肉，有完没完。”莉娜嘟囔着说。

“莉娜！”布杜尔放下袋子。愤怒会传染，屋子里的怒气如失控的野火般在他们之间蔓延。

“各位，各位，”卡拉姆伸出双手，“我们都喘口气，行吗？忙了一整天，大家都累了。”他转头看着孩子们，恳切地说：“医生做了许多检查。结果不太好。”

四个孩子脸色大变。

“怎么回事？”扎因的眉头皱了起来。

“你们跟医生说她记忆混乱的事了吗？”阿卜杜拉问道。

“是阿尔兹海默症。”苏雅德厉声说。阿提夫简直想打她。他看着孩子们——这不都是他的孩子吗？——一个个惊慌失措的样子。布杜尔惊得倒抽一口气。扎因眨眨眼，低下了头。阿提夫一阵心疼，好想抱抱他。这心软的孩子总是第一个掉泪。

“苏雅德！”里哈姆警告她别再说下去。

“确诊了吗？”马纳尔目瞪口呆。她问卡拉姆：“这是什么意思？”

卡拉姆刚想回答，苏雅德突然怒气冲冲地开了口：“意思就是她需要大家帮助，她的忘性会越来越大，她需要孙子孙女的孝顺和照顾，而不是你们这帮白痴，只会坐着看垃圾电视，跟你们说话，你们听都不听——”

“苏雅德。”

“——别再假装吃惊、假装心疼了，要是想帮忙，就给我们打打下手，别再半夜三更还在外边鬼混，喝得烂醉，抽着大麻——”

这些话一出口，四个孩子神色大变，身子僵直，表情冷硬。阿提夫知道要发生什么事了。“够了。”他恳求大家。

太晚了。马纳尔愤然说：“噢，就好像你一直深爱着阿婆一样。”

有一会儿，屋里的空气好像突然凝滞，气氛急转直下。

“马纳尔，亲爱的。”里哈姆赶快打断她。

“别，别打断她，让她说。她一直都恨我。”

“我干吗要恨你，少幼稚了，你是五岁小孩吗？”

“她不是这个意思——”

“扎因，别瞎掺和。”

声音越来越大。孩子们全都站了起来，屋里的人突然分成了两大阵营。一个阵营是孩子们——到底哪些算是孩子？——另一个阵营是大人们。

阿提夫知道自己被自动归为大人的阵营，他想抗议。布杜尔上前一步，心烦意乱地想要制止这场争吵。

“大家都很难过，”她的声音盖过了吵架声，“难免会口无遮拦，放狠话。我们只需要——”

“这跟你有什么关系，”莉娜尖刻地讽刺母亲，“干吗什么都要瞎掺和?”

“可是你说这话于事无补。”布杜尔说。

莉娜不屑地低哼了一声。“哼，你他妈的饶了我吧。”

“莉娜!”卡拉姆吼道。

“怎么啦?”莉娜恶狠狠地顶了回去。

“我们坐在家里，”马纳尔开了口，“担心阿婆，一个个心急火燎，只能想方设法转移注意力，结果你们一回来就开始歇斯底里地吼我们，怪我们把鸡肉烤糊了。”

“他们要懂我们才见鬼了呢。”莉娜跟她说。

“浪费口舌。”

“该死的，莉娜。”卡拉姆刚一张嘴，还没来得及说下去，屋里已经吵翻了天，每个人都嚷了起来，声嘶力竭，吵得不可开交，吵得天翻地覆。

“你们整天就知道小题大做！跟去年暑假一个样!”

“别招惹她!”

这都是我的骨肉，阿提夫无奈地想。我的孩子们。

“兔崽子[1]，”苏雅德用阿拉伯语愤愤地说，“你们这帮没教养的兔崽子。”

“我的天呀，她又开始了。”

愤怒在阿提夫体内聚集，猝不及防地冲破了他的胸腔。

“够了!”他大吼一声。

屋内突然静寂无声，大家都把目光转向他——温和的阿公、沉默寡言的阿公，平时总是静静地在嘴里含着薄荷糖，终日坐在扶手椅上看电视的阿公——带着敬畏的神态。

他在门廊上找到了苏雅德和卡拉姆，两人正坐在秋千椅里一前一后地晃荡着。夜色深沉，群星璀璨。他们看起来平静了许多，就像两个做错事的孩子一般。他想着莉娜说的话，才发现自己对孩子们的生活一无所知。

“爸爸，”苏雅德开了口，“刚才……”她的声音越来越轻。过了一会儿，她拍拍身旁的空位。“坐过来。”

她拿起放在膝盖上的一盒烟，弹出一支；卡拉姆也抽出一支。

“别抽烟。”她警告他，从嘴里吐出一缕乳白色的烟雾。

“好。”卡拉姆听话地回答，顺手把香烟点燃。

“随你吧，”苏雅德转头看着阿提夫，“我可劝过他了。”

阿提夫伸直双腿，左脚的拖鞋掉在地上。他贪婪地深吸一口气，

---

1. 原文是 Kis ikhtkom，阿拉伯语，意为“公兔子”。

好想抽一支，可是烟雾总是刺激得他嗓子发痒。

“快看！”苏雅德突然说。阿提夫以为她又在说抽烟的事，等转过头，才看到苏雅德正凝视夜空，入迷地看着散发黄色光晕的星星。

“哪一颗是北极星？”他问道，“我从来都分辨不出。”

“先找到北斗星，”苏雅德把烟塞到嘴里用牙齿咬住，伸出手指向天空，“沿着这条线看下去。从北斗七星的第一颗星向那个方向延伸。看。”阿提夫跟着女儿的手指看过去，一下子就看到了北极星，明亮闪耀，高高挂在天际，俯瞰着群星。

阿提夫脑中出现了一幅画面，是附近清真寺的庭院，庭院里橄榄树飒飒作响。还有那空白的墓碑，一排排长眠地下的人们。儿子跟他说过波士顿的墓地，一个家族七八代人都葬在一起。这样的景象曾让卡拉姆惊奇不已，上百年的家族居然能长眠在同一块土地上。可是对他们家人来说，葬在这片土地上的只有萨尔玛和薇达，还有从纳布卢斯搬到这里的阿姨们。没人知道穆斯塔法埋在什么地方。阿提夫自己呢，等他的大限到来，应该也会长眠于此。可是儿女们的归宿会是哪里，他忧伤地想着，美国？还是贝鲁特？孙辈们又如何？孩子们终有一死的念头吓了他一跳，他赶快紧闭双唇，默默祷告了一句真主保佑。

女儿的笑声如系在气球上的绳子，把他飘飞的思绪拉回到现实。他定定神，跟卡拉姆一起转向苏雅德，好奇地看着她。

“你们还记得那件黑裙子吗？有一次我们去薇达阿姨家吃晚饭时妈妈穿的那件？她突然站起来离开餐桌，我们问她干吗，她说——”

“我讨厌这个衣领，”卡拉姆接着她的话头，“花了一百第纳尔买罪受，快痒死我了。”

他们全都笑了起来，先是呵呵笑，慢慢地，笑声越来越大，笑得上气不接下气。冷不丁地，苏雅德第一个停止了大笑，轻声啜泣起来。阿提夫感觉到女儿软绵绵地靠在他身上，一只手环绕着他的肩膀，把下巴放了上去。他记得，小时候的苏雅德就喜欢跟个小猴子一样攀在他身上，还记得她总喜欢伸出舌头，对着大街上路过的人做鬼脸。“爸爸。”她在他耳边轻声说。他静静等着她说下去，可是，她什么也没说。

走廊的门突然被拉开，里哈姆从屋里走了出来，站在秋千前。她盯着他们，沉默片刻。

“别说教，里哈姆，”苏雅德弹掉烟灰，“这会儿别说什么抽烟有害健康的鬼话。”

里哈姆伸出手，朝苏雅德弯了弯手指。

“给我。”他们三个都目瞪口呆地看着她。

“你疯了吗?”

里哈姆一声不吭，手伸着。苏雅德瞥了一眼卡拉姆，突然哈哈大笑。她把手里的烟递给里哈姆，瞠目结舌地看着姐姐。

“这是真的吗？我不是出现幻觉了吧?”

里哈姆把烟放在唇间；他们瞪着她，看她跟个瘾君子一样悠悠长长地深吸一口，就像刚获假释的囚犯一样贪婪。她的头轻轻后仰，把烟雾在嘴里含了一会儿，片刻之后，再一口气吐了出来。

“我的，”苏雅德说，声音极度震惊，“天呀。你他妈到底是谁?”

“苏雅德。”阿提夫下意识地制止她说脏话。

“不好意思，爸爸。”

“怎么了?”里哈姆无辜地问道。她弹弹香烟，四个人一起看着烟灰呈弧形掉落。更让他们吃惊的是，她的声音里带着笑意，还带着小女生一样的欢快。“今天可是漫长的一天。”

孩子们进屋之后，阿提夫独自一人待在走廊上，想着艾丽娅，想着卡拉姆，想着孙辈们。他的思绪飞转跳跃。还想什么呢？孩子们已经知道了，孙辈们也知道了。疲倦慢慢将他包裹，嘴里还在不停喃喃自语：他们知道了，他们都知道了。这个念头好像帮他卸下了千斤重担。对孩子们而言，他和艾丽娅的生活已不再如隔雾看花，一切细节清晰呈现，有如近看佛罗伦萨精美的雕像，脚趾断裂，石块风化。

他突然陷入沉睡，心里清楚自己已睡着，明白自己正在梦中，正如他清楚地知道自己现在身处的地方——洒满阳光的街角，身旁的汽车喇叭声此起彼伏——只有在梦中才能到达。当然他会回到这里。低下头，他看着双手，皮肤光洁饱满，是年轻人的手。

“阿提夫。”声音低沉、婉转，略带笑意，是艾丽娅。她也正当妙龄，看起来简直如小女孩一样青春逼人。艾丽娅身穿一件摇曳生姿的长裙，黑色短发紧贴下巴。这是我的生活，他想着，我曾到过这个街角。他记得这条裙子，也忆起妻子朝他走来，面带微笑，音乐从一辆开着窗户的汽车里飘出。环顾四周，他看到那家杂货铺和熟悉的街景。这里是科威特。

“橘子又吃完了，”声音再次响起，性感迷人，“我从安曼给你带些回来。”她把他的手轻轻握在手心。

橘子。这段记忆有如电光火石，猝不及防地出现在他的脑海里。他知道，自那天之后，他就没想过跟橘子有关的事。他记得那闪着光泽、饱满多汁的果实，记得艾丽娅在安曼跟母亲度过一个夏天之后，回到他身边，这些橘子就跟长筒袜和胸罩塞在一起，放在行李箱里，艾丽娅再从行李箱中把橘子掏出来。可是，他内心却清楚，就算艾丽娅的手正紧握在他手中，这段记忆也是不存在的。一个虚假的回忆。她从来没带橘子回来过。可是，承诺永远都在。虽然他讨厌她总是到安曼度假，可是，听到她的低声浅笑，他的心就跟着雀跃。这么多年以来，他心里的一部分一直在等着这份从安曼带回的礼物。

“你总是忘。”他听到自己这样说。听到这话，艾丽娅松开了拉着他的手，站在他面前，看他的眼神既有爱恋，又有同情。接着，她抬起手，轻抚着他的脸颊，过去的美好时光立刻就回到他面前。这正是他留恋的。他留恋这样的时刻——过去的那些年，还有正值芳华的妻子温柔的触摸。他留恋科威特的生活。他更留恋过去曾经拥有的一切。他迫切想要留住这一切，因为他知道，梦境马上就会消失，自己随时都会醒来。

艾丽娅把手放在他的脸颊上一动不动。跟我说话啊，他想要大叫，快点，没时间了。

“亲爱的，”她开口了。他的艾丽娅，满头乌发优雅大方，亮紫色的唇膏性感迷人，两条秀腿紧致纤长，“我要走了。”

阿提夫身子一震，醒了过来，好像有人猛力摇晃他一样。放眼四顾，梦中的一切都消失不见。一切都是老样子。他一个人坐在秋千上，远处传来汽车驶过的嗖嗖声，越过头顶纠缠交错的电线杆，星星仍在闪耀。那条洒满阳光的道路，此起彼伏的汽车喇叭声，还有艾丽娅——甚至连科威特骄阳似火的炽热都还在他的皮肤上停留。摸了摸脸庞，湿漉漉一片。好像已经哭了好几天。他揉揉眼睛，有点难为情。

他以为苏雅德和里哈姆会在客厅里，可是走进去才发现，客厅空无一人。应该在卧室吧，他想着。孙辈们也不知所踪。

跟刚才吵架时的喧嚣相比，现在屋子一片沉寂。走廊里传出低沉的说话声，空气中隐隐飘来令人忧伤的民乐，马纳尔的最爱。他朝着声音传来的方向走去。

“真主啊。”这个词脱口而出。

是艾丽娅。深陷扶手椅。她一定是自己从卧室里出来的，下巴上还沾着一块蛋黄。屋里只开了盏台灯，昏暗的光线照得她脸上阴影幢幢。有一会儿，阿提夫一动不动，也不敢碰她。又站了一会儿，他慢慢走到她跟前，突然意识到，她死了。

就在这时，不知何处传来嘶嘶声；过了片刻，阿提夫才意识到声音是从妻子的喉咙里发出的。她没有死，只是睡着了。接着他就看到艾丽娅的胸脯一起一伏。好像为了强调自己还活着，艾丽娅突然鼾声大作。

说来奇怪，阿提夫居然有点小小的失望，也许是因为他本已准备好了接受最坏的结果。他蹲在妻子面前，轻抚着她的白发，手势有些不自然。因为他知道，要是把她惊醒，自己肯定会挨上一耳光。

只有厨房有灯光。里边传来说话声。还有笑声。他如饥似渴地朝着那热闹走去。来到走廊尽头，他静静地站着，透过房门朝里看去。厨房门半掩着，孙辈们的声音清晰可闻。

“……全完了。”

“今天早上她叫我雅斯敏。我连雅斯敏是谁都不知道。”

“说不定是她故去的朋友。真他妈难受。”

“你们还记得过去她怎么批评我们吗？早些时候，我把杯子直接放到桌子上之后，突然吓了一跳，还以为她会跑出来教训我。”

“难道他们在美国都不知道用杯垫吗?”孩子们笑了起来，善意地笑。

“真主啊，”马纳尔的声音比较冷静，“这所房子跟陵墓一样冰冷。昨天晚上我跟加布说，要是他生病了，我就会把我们共同生活的房子一把火烧掉。想想就让人心碎。感觉现在她就跟个活死人一样，从一个房间走到另一个房间。真不知道他怎么忍受得了。”

他们在谈论自己，阿提夫意识到。

“他爱她啊。”阿卜杜拉的声音带着一丝责备。

马纳尔沉默不语，其他人也一样。阿提夫知道他们在思考着他对艾丽娅的爱。

“可是，他们之间的爱难道你不觉得——”，长长的停顿，“——太微不足道吗?”

阿提夫听出马纳尔的嗓音微颤。他记起，几年前马纳尔和阿卜杜拉有过一次争吵。当时大家正在吃晚饭，马纳尔站起来，对着阿卜杜拉吼道，就算圣人也可能是个混蛋。艾丽娅把这件逸事讲了一遍又一遍，每次都哈哈大笑。

“也许这根本无关伟大或微小，”莉娜深吸一口气，又长长地呼了出来；阿提夫知道她在抽烟。“也许这就像水乳交融的两个人，彼此是对方存在的意义。就好像要是没有他们，我们剩下的人根本就不可能存在于世。”

“她说的有道理，”扎因停顿了一下，“这就是他在信里总说的话。”

阿提夫一下子挺直了身子，耳朵发烫。他探身向前，仔细倾听外孙的话。

“……现在他的记忆要为他们两人而珍藏了。”

花园里灌木丛曲曲弯弯，树木高大挺拔，一草一木他都了如指掌，于是他逃到这里，在黑暗中跌跌撞撞地走到一块地势低洼的地方，无花果树就种在那里。他走到树下，坐了下来。

他当然知道这些信会被他们看到。盒子运到贝鲁特之后，他才意识到这些信也在盒子里。为时已晚。多年前他已停止写信，可是一想到这些信件就在近旁，时不时能看到那本有着深褐色书脊的书，知道书里藏着他的一生，对他来说也是个安慰。

每次去贝鲁特，他都会提醒自己找找那些盒子，把信找出来。可是，贝鲁特的夏天总是忙乱不堪，大人们动不动就爆发一阵狂风骤雨般的争吵，孩子们满屋子乱跑，外边举行各种抗议集会，城市到处设置路障。总是坐在回程的飞机上他才会想起这些信件，发誓下次一定记得找找。

战争结束几年后，他倒是趁大家去海滩的功夫，偷偷跑到蓝屋的储藏室，把每个盒子都扒了个遍。在那间尘土飞扬、长满霉菌的小屋里，他一待就是几个小时，终于找到了那本《植物的生命周期》。把书抓在手里，感觉松松垮垮、平平整整，就是一本普普通通的书。那扎信不见了。

他的脑子开始疯狂旋转，看谁最有可能把信拿走。艾丽娅？真主啊，真主啊，可千万别是艾丽娅。不对，要是艾丽娅发现了的话，她早就该质问他了，也许会气得把这些信一股脑扔他脸上去。儿子和女儿也不太可能：苏雅德对什么都漠不关心，里哈姆太老实，卡拉姆又太注重礼节。

那么，肯定是孙辈了。

他吃惊地发现自己居然面带微笑。慢慢地，微笑变成大笑，笑得越来越响，笑声填满了整间小屋。最奇怪的是，他毫不介意。这种感觉就好像卸下了千斤重担，他终于可以全身而退。

孩子们看完会怎么想？他永远也不会知道。现在想来，要是开口问他们，会把一切都毁掉。最好把一切原封不动地展示给他们，让他们做个冷静的旁观者吧。现在，他们了解了他的心路历程。是的，他很开心。

一道微光从走廊照到花园，沐浴着夏天种的植物。微光映衬下，银莲花的轮廓影影绰绰，尖尖的叶片刺向沉沉夜空。瞧你那些丑陋可笑的花。

她要离他而去了。她早已抛下了他。愤怒像从两端一起点燃的烟花，烤得他五内俱焚。他口干舌燥。她要离他而去了，跟她哥哥一样把他一个人抛下。他把双手插进身旁的泥土里，想着纳布卢斯。

半个世纪以前的那天清晨，清爽宜人，太阳照常升起，天空呈现淡淡的粉色。以色列已经占领加沙地带和西奈半岛。耶路撒冷老城附近正在打仗。即将到来的战事让阿提夫兴奋不已，身上每根汗毛都因激动而倒竖。要反抗了，他想着。终于要打起来了。空气中似乎都是战火的味道，群山在阳光的照耀下充满活力。

他来到萨尔玛的老屋前。穆斯塔法正坐在门前台阶上，双腿蜷曲在胸前，别别扭扭地偏向一侧。手指间夹着的香烟几近燃尽。阿提夫跃上台阶，站在他面前，穆斯塔法的双眼仍旧盯着地面，头也不抬。

“你在这儿干吗呢？”

“阿提夫。”穆斯塔法声音中的乞求对阿提夫来说并不陌生。时不时的，这种怯懦就会露露头。虽然穆斯塔法帅气、迷人、讨人喜欢，可是这样完美的外表之下，掩盖着的是一个内心极度缺乏安全感的小男孩。阿提夫怒火中烧。这会儿还来这一套？

“你到底在这儿干吗呢？”他重复了刚才的问话。穆斯塔法扔掉烟头，声音低沉软弱，跟小孩子说话一样。

“我觉得我们应该离开这里。”

阿提夫眨了眨眼。“离开这里。”他慢吞吞地重复着这几个字，语调平静。

“到科威特去，或者去安曼也行。可以开车去约旦。军队已经撤退了。纳布卢斯马上就要陷落。要是现在走，晚饭时间我们就能赶到安曼。”他动了动腿。阿提夫明白为什么他的姿势刚才看起来那么别扭了——穆斯塔法身旁放着一个黑色的小行李箱。

他要走了。伊玛目的样子在阿提夫脑中一闪而过，还有清真寺的男人们，以及触目皆是的蓝白以色列国旗。传单上和海报上印的“阿拉伯人不是人，阿拉伯人是蛮族”的字样触目惊心。居然要离开这里。他想到穆斯塔法身后的房子，这可是萨尔玛阿姨的心血。他想到艾丽娅，知道她为了留在纳布卢斯宁愿放弃一切。要是不得不离开，艾丽娅肯定会砸烂所有的窗户，把地上撒满盐巴再走。他看着穆斯塔法写满害怕的脸。

阿提夫在脑海中仔细搜寻，想要找到最伤人的话说给穆斯塔法听。

“你是个胆小鬼。你他妈的胆小到家了。”阿提夫的声音发颤，说出口的每个单词都在他耳边炸裂开来，犹如子弹，射进他自己的胸膛，看不见的硝烟弥漫。可是，话一出口就收不回了。这时的他已经不受控制。我需要他，我需要他，我需要他，阿提夫的思绪凌乱。“你什么时候决定逃走的？你想要跑去找你的姐妹们保护你吗？想要躲在你母亲的裙底吗？”

穆斯塔法待在那里一动不动，难以置信地看着阿提夫，帅气脸庞上的每块肌肉都绷得紧紧的。两个男人面对面站着，空气凝滞，紧张气氛一触即发。阿提夫做好了挨打的准备，于是他逼着自己说出了最致命也最伤人的话。

“你要是想临阵脱逃，那就走吧。本来就只有男子汉才会留下。”

穆斯塔法垮了下来；这句话对他的打击其实毫无必要，就像对着一具尸体补上一枪一样没有意义。他脸上的表情坦率单纯，犹如一扇洞开的窗户，对阿提夫展示着即将发生的事：三天之后，以色列士兵会逮捕他们，会把萨尔玛的房子毁坏殆尽。一连几周，他们会在牢房中睡去醒来。电击永无休止，阿提夫被打得皮开肉绽，直到他供出穆斯塔法的名字，一遍又一遍地对折磨他的士兵重复，他们问的每个问题，答案都是穆斯塔法。

最后一次见到活着的穆斯塔法时，他正拼命踢着身边的一个士兵，狠命地踢、不停地踢。阿提夫看着，心如刀绞，想起自己是如何骂他胆小鬼。

这一切现在还都没有发生。炸弹落在别处，纳布卢斯依旧安宁。依然是早晨，世界即将倾覆。穆斯塔法终于回过神来，站了起来，扬扬眉毛，讽刺地朝阿提夫微微鞠躬，转身打开大门，一阵风似的走进屋，无声地告诉了阿提夫自己的决定。行李被他扔在门廊。

阿提夫渴盼重写历史。多年来，他为自己构建了一个虚幻的世界。这里是巴勒斯坦，他会这样安慰自己。这里的每条街道都是我们曾在纳布卢斯走过的，这里是我们从小长到大的熟悉街区。这里有我们爱着的一切。

他用想象中的画笔在脑海中再现了这个世界，一切都栩栩如生。小贩们在大街上沿街叫卖“香瓜，谁要香瓜嘞”的声音此起彼伏，市场上依旧挤满了汗流浃背的人们。群山像甜瓜一样内部被掏空，断崖寸草不生，经过几百年的风雨洗礼，平滑如镜。田地一望无垠，一个个村庄、一座座房屋如这片土地一样历史悠远绵长。

他还会重塑穆斯塔法。他纤长浓密的睫毛，他身上散发的辛辣气息，未熄的烟头从他手中掉落的样子。还有萨尔玛阿姨家那扇涂成蓝色的大门和开裂变形的门框。

打我啊，他想对穆斯塔法大嚷。跟我说让我滚蛋，朝我脸上使劲打。抓起那该死的行李箱，往车道上走啊！我肯定会跟着你的。我一定会跟你走的。带我跟你一起走吧。这样你才能救自己。我们才能活下去。

可是，穆斯塔法只是挑挑眉，打开大门，走了进去。他也走了进去。

屋子里，家人走来走去，身影落在溢满金色灯光的窗户上，看起来影影绰绰。有人打开了前门廊的灯。屋外清凉舒爽，让人心旷神怡。可是阿提夫穿的衣衫太单薄，寒意料峭，双腿坐得太久，疼痛不已。头顶，夜空繁星点点，有如带斑点的鸡蛋。微风拂过，银莲花枯萎的花瓣飒飒有声，像裙子摩擦发出的窸窣声。他一直都喜欢花儿变黄的样子。

他激动不安地站了起来，不由自主地往花丛深处走去。花丛深处伸手不见五指，他胡乱摸索着，终于摸到了那些细长的花茎，还有花茎顶部刚刚长出的喉部。他把一株银莲花拔了出来，又拔了一株。花茎在他手指中是如此纤细。一块石头割破了指尖，痛彻心扉，却正是他需要的。

我会把房子烧掉。对。就是你头顶的这所房子。他一株接一株地扯着银莲花，双手鲜血淋漓。

“阿公。”

他气喘吁吁地回头。四个孙辈站成一排，看着他。

“阿公，”阿卜杜拉咽了口吐沫，斟酌着要说的话，“妈妈还有大家都在找你呢。他们派我们出来叫你进屋去。”

“我得把这些花拔掉。”阿提夫指着那一片东倒西歪的银莲花。阿卜杜拉突然担心起来。他们走到树前。

“她讨厌这些花。”阿提夫努力让声调平静。孩子们你看看我，我看看你。莉娜最先上前，跪在他旁边，黑暗中，她头上的珠子发出叮叮当当的声音。扎因也跪了下来，接着是阿卜杜拉。他们跟莉娜一起，用力扯着剩下的花。

阿提夫看着他们。他记得，多年以前，这群孩子还整天一起演戏，一起唱生日歌。有一次他过生日，他们给他烤了个蛋糕。简直是场灾难。他在门外偷偷听到几个孩子焦躁不安地讨论着那一地狼藉，担心大人看到那一堆被打碎的鸡蛋。他本可以进去，把屋子清理干净，也可以批评他们一顿，可是，他却呆呆地站在门口，一动不动地看着这几个世间最美好的小东西。

扎因和莉娜把拔掉的花堆成一堆。他想象着自己在他们这个年纪的样子。十六岁，充满无限可能的青春。马纳尔走到阿提夫身边，也跪了下来。

“你外婆过去住的房子带一个大花园。房子在纳布卢斯，那时她的哥哥还在。”阿提夫的声音有些哽咽，“我经常去她家玩。”

他现在得为他俩珍藏这些回忆。是的。阿提夫接着说了下去。

“房子很漂亮。树下摆着桌子。每到夏天，我们在花园里一坐就是几个小时。”

马纳尔抬起双膝，下巴放在手背上。“是哪一栋房子？”

“你外曾祖母的房子。萨尔玛阿姨的。”阿提夫记得那高高耸立的房子是那么气势恢宏，也记得风从走廊回旋而过时发出的呜呜声。

那所房子，之后住过的房子，每一栋房子都在他脑中闪回。他下意识地又伸手触摸身旁的泥土。他们住过的所有房子，用过的长柄咖啡壶，买过的地毯和窗帘；一个人一生中到底要拥有多少扇窗？这些房子在他脑中一一浮现，有如精灵般不可捉摸，又如逝去的爱人无法触碰。母亲小屋的斜坡屋顶，萨尔玛阿姨家厨房的大理石地砖，他和艾丽娅在纳布卢斯的小房子，科威特的别墅，贝鲁特的公寓，还有这栋房子——安曼的家。对艾丽娅来说，还有雅法的房子，一栋更加古老、早已消失的庄园。这些房子在他脑中闪着白色的光，好像盐之屋，潮汐来去，冲刷过后，不留一丝痕迹。

“我还以为我有许多时间——”马纳尔停了下来，内疚不已。阿提夫等着她说下去，“去问她以前的事。”

“以前的什么事？”

外孙女耸耸肩。“她的一生。”

他知道他们都在看着他。可怜的孩子们，无知的孩子们呐。他悲哀地想着。什么是一个人的一生？是非争论不断；随随便便塞在抽屉里的照片簿；以为拥有了爱，一切难题都迎刃而解，可现实却是一地鸡毛。不停迁徙，忍受痛苦，就算明知会受伤，也一往无前。这就是生活，他想跟她说。生活就是活着。

他想着自己美丽的妻子，想着在她母亲花园里的那个下午，想着初次和她见面时清真寺的灯光。纳布卢斯，花园般的城市。他深爱着穆斯塔法，也深爱着他那目空一切的妹妹，他家的房子，还有他家的财富。我想要拥有这一切。他在一封信上这样写道。肺腑之言。

“哎，艾丽娅，”他大声喊道，猛然又停了下来。他想向她倾诉，“我可怜的姑娘。”他不知不觉地哭了起来。几个孩子凝视着他，默不作声。阿提夫知道，他已经改变了这几个孩子的一生，刚刚经历的一切会长留他们记忆深处，融入他们的血液，成为他们人生阅历的一部分。等到大限将至，他们还会记得这一刻的空气清凉、繁星闪烁，还有站在无花果树下哭泣的老人。

“阿公。”马纳尔胆怯地喊了他一声。阿提夫叹口气，转向她。

“怎么了？”他等着他们说些陈词滥调来安慰他。可是，什么都没有。四个孩子像军人一样站在他面前。马纳尔深深地吸了一口气。

“在这儿待着吧，”她跟他说，声音坚定，“我们进去跟他们说别管你。”花园里，微风吹拂、夏虫啾啾，夜晚充满了活力。“在外边再待一会儿吧。”

说完，她轻轻拍拍阿提夫的肩膀，阿提夫顺从地待在了原地。

MANAR
马纳尔

雅法

2014 年 9 月

“女士，女士，来我们店吧，我们有最新鲜的鱼!”

“来吃新鲜的西瓜和奶油啦!”

“您想尝尝羊肉吗，女士？喜不喜欢吃碎羊肉面饼?”

“美女，来我们店里吃吧!”

侍者揽客的声音在雅法老城的港口街道此起彼伏。他们站在自家餐馆门外，汗水浸透了衣衫。已近黄昏，夕阳沉落，可是依旧湿热，空气中夹杂着浓厚的咸腥味，这味道让马纳尔想到了贝鲁特。裹在长裙下的大腿覆满汗水，黏黏糊糊。晨吐——一直持续到下午——终于过去之后，她饥肠辘辘。每走到一家餐馆前，侍者就会对她微笑，把带有流苏装饰的菜单朝她伸过来。刚到耶路撒冷时，这些喋喋不休、热情洋溢的商贩让她不好意思拒绝，于是，只要有人招呼她，她就不由自主地被人带着到一家咖啡馆喝咖啡，或者到一个小店买东西。

在这里待了几周之后，马纳尔早已熟悉了他们的把戏，也开始喜欢跟这些小贩们周旋。再说她在这里的时间已经不多了，还有不到一个星期的时间她就得登上飞机，飞行无数个小时，横跨整个大西洋，回到曼哈顿去，回到波澜不惊的生活中。

她停在一家餐馆前。餐馆门口摆着一份装饰华丽的菜单，她仔细看着菜单上的菜名——碎羊肉面饼、黎巴嫩烤鱼、葡萄叶包饭。一个小个子秃头侍者出现在她身旁，用阿拉伯语跟她说话。

“我们餐馆后边也有吃饭的地方，景色超级美。可以给您安排在临海的位置，坐在那里，能感觉到浪花溅到您的脸上！”

她不出声地笑了笑。这样夸张的描述对她来说已不稀奇。

“你们有辣椒核桃酱吗？”

“啊，黎巴嫩人？”侍者笑得更开心了，“有的，有的，我们给您做。专门招待您！”

马纳尔被带进了餐馆，抬头看见一张金色挂毯覆盖了整面墙，挂毯上绣着“安拉”字样。露台上摆了几张小桌子，的确，可以俯瞰地中海。景色美到让人窒息。她下意识地抓紧手袋，这成了她在某些特殊时刻的习惯。手袋里装着——除了一瓶产前服用的维生素和护照之外——那叠有些磨损揉皱的信。她的幸运兔脚[1]。

“好好招待这位女士，”男侍者对另外一个较为年轻的侍者说，“她是我们的黎巴嫩姐妹。”

马纳尔克制住冲动，没去纠正他。只要一开口，别人就能从她的口音判断出她是哪里人，真让人恼火。口音就跟指纹一样，给她打上了烙印，暴露出她的生长轨迹——黎巴嫩血统的父亲，巴勒斯坦血统的母亲，出生在巴黎，成长在美国。一个杂种，她最好的朋友塞哈姆

1. 幸运兔脚：是一种幸运符号，许多文化都认为兔脚是能带来好运的护身符。

这样称呼她。

在曼哈顿时，塞哈姆和马纳尔下班后会约着一起去喝几杯，有时也会跟在学校认识的几个姑娘聚一聚，几个经历相似的人如磁石般相互吸引，同病相怜。她们这群女生年轻精干，大部分都带有巴勒斯坦的血统，却在丹麦、澳大利亚和西雅图长大，起的名字也不带有任何民族色彩，一个叫玛雅，还有一个叫达娜。

“怪不得你的生活一团糟。你这一辈子随时都在进行语码转换，从一种语言切换到另一种语言，感情不混乱才怪呢。”塞哈姆总喜欢这样评价她。刚开始马纳尔还会反驳，后来也就心安理得地接受了这个说法，有时甚至会得意地想，原来自己所有的困惑，生活中的所有混乱，都是从长辈那里传承下来的。

飞往特拉维夫的整个航程既漫长又难受。机舱里坐满了哈西德派教徒，还有许多疲累不堪的夫妇，带着蹒跚学步的孩童。让马纳尔没想到的是，自己居然能睡着，还睡了好几个小时。飞到葡萄牙上空时，飞机上下颠簸，把她从座位上颠起来，又直直地摔下去。她开始恶心反胃，刚刚跑到狭小的卫生间就吐了个天翻地覆。

吐完之后，她呼了一口气，接点水漱口，然后洗手。虽然已尽量避免看镜中的自己，可眼角余光还是捕捉到了一个模糊的影子——头发乱七八糟，脸色苍白如纸。

“天哪，简直就是布利克街[1]醉鬼的翻版！”她咕哝着说。这是她和表妹莉娜之间的经典玩笑，因为经常看到纽约大学的女孩子们在曼哈

1. 布利克街：美国纽约曼哈顿格林威治村的一条著名街道，咖啡店和酒吧云集。

顿的酒吧外喝得酩酊大醉、吐得昏天黑地，就给她们起了个这样的代号。

回到座位上，马纳尔前额抵住冰冷的窗户，闭上了眼睛。虽然离开曼哈顿才半天时间，内心却涌起强烈的思乡之情。她想念绿点区的林荫道，也留恋公寓里终日弥漫的中式点心的香味。

还有加布里埃尔。温柔的、亲爱的加布。她想着他日渐稀疏的头发，他的前妻和付给前妻的赡养费，脑子里浮现出自己告诉他这趟旅程时他困惑的表情。

“你想现在就去吗?”

“这个时候最合适不过了。”她说。

“这——个——时——候——”他的手指在空中一个音节一个音节地弹着；这个男人，一旦烦躁不安，立即变得迂腐十足，“——最不合适了。”

五个星期之前，他用百合花装点了整个公寓，砰地一声打开一瓶香槟，给她的杯子里倒满雪碧。他单膝跪地，眼泛泪光，向她伸出一只手。她说了“我愿意”，可他还是让她重复了两次、三次、无数次，直到他俩都开怀大笑。

“我想去看看。”她说。

“这地方又不会跑，”他反驳道，“干吗那么急?”

就是这样——正是因为没什么可急的，她才迫不及待。要是现在不去，她永远都不会去了。这么多年来，她在电视上看着新闻报道，报道和定居点相关的消息，报道从天而降的白磷弹投到加沙地带，看着挤满难民营的瞎眼孩子们，还有孩子们被严重烧伤的小手。愤怒在她体内聚集，于是，她参加了巴勒斯坦正义学生社团的集会，在哥伦比亚大学的隔离周期间大喊口号：解放巴勒斯坦，还巴勒斯坦以自由！她的书桌上方贴着一张海报，已经贴了好多年。海报上，一个年轻男人做出投掷的动作，一块石头飞向空中。海报边缘用阿拉伯语写着一行字。他的手臂像箭一般弓起，脸被头巾遮盖得严严实实，石头刚刚离开他的指尖。她模模糊糊地知道这类海报想要表达的主题太不切实际，最多只是发泄一下仇恨。可是，不管这个男人瞄准的目标是什么，她都希望他能准确命中。

夕阳没入大海。从她的位置看去，隐约可见远处一块岩石上站着的渔民。旁边的桌子上坐着一位美女，深褐色的头发，穿一身看上去很昂贵的连衣裙，正跟身旁的两位男士说说笑笑。他们的桌子上放着两瓶亚力酒、几个扔着鱼骨头和用过的餐巾的餐盘。那两个男人相貌英俊，肤色白皙。留着胡子的那个人注意到马纳尔，看了她几眼之后，笑了起来。

眼前海景迷人，空气中突然充满了情欲的味道，马纳尔赶快把注意力放在菜单上。这些天，正是因为这美到让人窒息的景色，所有的不快——检查站、士兵，还有难民营——才变得不那么难以忍受。

“女士，您决定点菜了吗？”一位年龄稍长的侍者出现在她面前，西服翻领上别着一朵花，鲜红欲滴。侍者风度翩翩的仪态让马纳尔想到了自己的父亲。

她抬头对他微笑。“辣椒核桃酱。你再帮我推荐点其他的。”

“啊，那我责任重大啊。”他看着大海，装作冥思苦想的样子，然后打个响指。就连他的侧颜也神似艾利，一样的翘下巴，一样的鹰钩鼻。“烤鱼排，搭配青豆和番茄，再加点鹰嘴豆泥。”

“太棒了！”

“要喝点什么吗？我们有红酒、亚力酒……”

“白水就可以了，谢谢。”

“白水。”侍者重复一遍，赞许地点了点头。

无论到哪里，她都随身携带着那扎信，用纸巾包好，绳子缠紧再放进手袋里。

上次扎因从波士顿来看望她时，把信给她带了过来。“去的时候带着这些信。”他说，把包裹递给她。她强忍着才没让眼泪掉下来。这些信对扎因来说，是无价之宝。自多年前把信从储藏室偷走——对他来说，是借——再没归还之后，这些信就成了扎因的心头肉。

“小扎。”她刚一开口，扎因就伸出手阻止她再说下去。

“你应该把这些信带去。试着找找信中提到的地方，说不定还能找到他们住过的那所房子呢。”

她突然想对扎因倾诉，告诉他自己怀孕了，告诉他加布向她求婚了，向他坦白一切——是的，他是结过婚，可是他的第一段婚姻已经结束了，前妻已经回爱荷华州跟家人住在一起，我不确定想不想要这个孩子，可又下不了决心不要，我爱他，可他却是个土生土长的美国人，对我们的文化太不了解，所有的事都要我来解释，我快要压抑死了——一切应该告诉家里人的事。可是，她只是伸出手，接过了这扎信件。

“谢谢。”

多年来，这些信件从来没离开过扎因。每到夏天，全家人会在贝鲁特团聚几个星期，他就把信一起带过去。他们四个——莉娜、扎因、马纳尔和阿卜杜拉——坐在阳台上，抽着烟，讨论着信里的内容。阿卜杜拉帮大家把信件翻译成英语，因为他们三个始终搞不清阿拉伯语的时态和动词用法。他们像讨论书中情节一样讨论着信里的内容。阿提夫写到了发生在纳布卢斯的战争，也写到了他在科威特的岁月。信中提到的人物——逝去的伯祖父，一些老朋友，还有他们自己的父母——如电影中的角色，那么虚幻、飘渺。

信里有些内容她已烂熟于心。我很担心孩子们。有时候在这个城市醒来，看着外边，黄沙满地。我发誓，我能听到纳布卢斯的唤拜声，也能听到阿布·纳比勒沿街叫卖面包的声音。伙计，我甚至能闻到你身上的烟味，听到你不停催促我快点的声音。

他们得出了一些结论：信中写的内容有些艾丽娅知道，有些却是不能说的秘密。有一点是明明白白的，那就是他们本不应该看到这些信。这种偷来的秘密让他们更觉珍贵。

严格来说，马纳尔并不算是第三者插足；遇到加布的时候，他和妻子已经分居。马纳尔爱加布，爱他的神经质，爱他的各种小毛病，爱他肩膀和后背上长的不算浓密的体毛，虽说他讨厌这些体毛，抱怨体毛让他感觉像野兽。她更爱他款款深情：婚礼致辞时他泪如泉涌；每晚睡觉之前，他都会捧着她的脸庞，对她说“我爱你”。

她对加布毫无保留。给他讲自己糟糕至极的童年，身材圆滚滚，父母天天吵架，被迫从巴黎搬到波士顿，再从波士顿搬到贝鲁特。告诉他自己一半巴勒斯坦血统，一半黎巴嫩血统。还说起自己第一天上学就生了病——其他孩子嘲笑她戴眼镜，给她起外号“马呆子”——因为喝了变质的酸奶，结果胃疼了好几天。她向他抱怨父母的离婚，也对他讲她对父亲的爱和对母亲的鄙视。

她告诉他，父母离婚之后，她觉得自己终于可以独占父亲的爱。可有时她又羡慕扎因，因为扎因毫不掩饰对父亲的厌恶，还因为扎因说到父亲时，仍旧直呼其名，叫他艾利，而不是爸爸或爹爹。她希望自己能把父亲抛在脑后，把所有过错都归结到他身上。可是，那样的话，就意味着自己要彻底放弃生命中的一段美好时光和亲密关系。她说自己和母亲终于停战，虽说时不时还会爆发小摩擦。去年因为停车的事，两人又大吵一架，气得二十四岁的马纳尔跟个十几岁的孩子一样歇斯底里地嚷道：“我们根本不是你的孩子，我们就是你生活的看客!”

她告诉他，自己坐在粉笔味和汗味交织的教室里，听老师聊着塞林格，讲着十进制小数，谈着古罗马的往事，课间休息时朋友们热闹地分享她们对这个男孩或那个男生的痴迷。可是，自己虽身在此处，心却不知流落何方。有一次上历史课，大家讨论“9·11”恐怖袭击，历史老师直接用了“阿拉伯人”代替“恐怖分子”。这个词一出口，大家全都盯着她，她紧张得脸通红。

她告诉他，自己喜欢沿着学校寂静无声的走廊一直走，走到尽头，进入空无一人的盥洗室，看着镜中被洗手池上方的小镜子分割幻化成无数个的自己，闻着弥漫在空气中的漂白水味和尿骚味。只有这时，她才感觉到自己的肉体和灵魂终于合二为一。

“我就去三个星期。”她告诉加布，“放心吧。”

“我跟你一起去吧。”

“加布，”她终于说，“求求你了。”

有好一会儿，他一声不吭。她知道自己的态度伤害了他，也知道他想参与进来。你不能，这话她没说出口。你根本不懂得这次旅行对我来说意味着什么。亲爱的加布，在美国白人社区出生、长大的加布。

他平静地说：“现在可不是独自一人满世界乱跑的时候。”

可不算是一个人。

这让她有点难为情；知道怀孕的消息之后，她才决定开始这段旅程。

巴勒斯坦是她们家永远的痛，一个永远不会愈合的伤口。外公外婆从来不提任何有关巴勒斯坦的事。拜访故里的计划总是被各种突如其来的状况干扰：外婆生病，认识加布，扎因大学毕业。

只有他们几个孩子在贝鲁特悠长的夏日里，谈论过巴勒斯坦。有好多年，马纳尔总会想象自己风尘仆仆、庄严肃穆地走在巴勒斯坦的土地上，眯着眼看向太阳。所以，当她尿到那根小棍子上，看着蓝色的加号出现的那一刻，她知道她的生活即将开始新的篇章。就在那一刻，脑海中的形象突然鲜活了起来。她不知道该如何向加布解释这一切。可是，她现在必须得走；她曾经孤独，以后也注定孤独。

跟外公说了即将开始的旅程，外公只交代她，注意安全。

“谁也不知道会发生什么事。”马纳尔听着电话里传来的噼噼啪啪的静电干扰，安曼到曼哈顿的信号十分不稳。

“阿婆有没有什么想要的东西？”这句话刚一出口，马纳尔的心微微疼痛，想到外婆现在的状态：总怀疑女佣是间谍，还认为萨达姆又掌权了。

“艾丽娅，”外公大声喊着，“马纳尔问要不要从巴勒斯坦给你带什么……”一阵低语，“巴勒斯坦。”又一阵静默，接着是外婆含混的回答。突然，很难得的，外公爆发一阵狂笑，打断了外婆的话。

“她说，不管他们问你什么问题，都让他们见鬼去！”

每个下午，马纳尔都会在老城游荡，到处走走看看，逛逛布局紧凑的茶叶店，驻足倾听买卖凉鞋和肥皂时的讨价还价声。

一到周末，她会背起破旧的双肩包，向东走到大马士革门附近的公交站，随便坐上一辆公交车，去往不同的城市。特拉维夫、海法、希伯伦。约旦河西岸——那道水泥墙看起来那么不祥，无论何时，只要出现在她视线中，都会如初见般吓她一跳——伯利恒、拉姆安拉、纳布卢斯。

这些在书中读到过、用笔在地图上圈过的地方，就这么突然出现在了她面前。空气中弥漫着水果的甜香和汽车尾气的味道。*我居然来到了拉姆安拉*，她不可思议地想着。*这里是海法*。曾经，她对巴勒斯坦的渴盼如此强烈又难以捉摸。这里就像帽架一样，承载着她所有撕心裂肺的痛苦和折磨。可是突然间，巴勒斯坦近在咫尺，所有的想象都变成了现实。这里的人头发颜色和她一样，说话的口音和她一样，可这些人却真正生活在这里，她傻乎乎地想到。他们迎着照在这块土地上的朝阳醒来，在这里举行庆典，列队行进参加葬礼，亲眼看着定居点和边检站如雨后春笋般越来越多。当她忙着跟美国男孩子上床，忙着写关于移民社群大迁徙的论文时，这些活生生的人却在这片土地上，努力成为巴勒斯坦人。

在边检站，她出示了护照，等着带尖齿的金属门为她打开；这里的以色列士兵总会对她点点头，放她过去。她却总是对他们不理不睬，张扬着对他们的鄙视。护照就是我的通行证。她在给扎因的信中这样写道。

把这次旅程的精彩在电子邮件中重现是非常困难的事。许多个夜晚，她坐在酒店附近的网吧里，茫然无措，不知该给家人朋友和加布写些什么。干脆用了一堆像是“印象深刻”和“大开眼界”之类毫无意义的词，否则该如何解释经历的这一切——那一排排身穿制服的娃娃兵们；在边检站排着长队挤成一团等待通行的女人们；以色列男人跟她调情时她的慌乱；遇到的巴勒斯坦人对她都很友善，可看她的眼神却充满怜悯，就好像在说她和我们不一样——然后点击发送。

内心深处她曾幻想，一旦踏上这片土地，来到这个她魂牵梦绕、刻骨铭心地爱着的地方，久已迷失的信仰就能找回。她想要在这里感受直击心灵的震撼。她想象着坐在滨海咖啡馆里读马哈茂德·达尔维什[1]的诗，还想象自己激动地跪在地上，双手捧起故乡的泥土放进口袋里的情形。

可是，从踏上这片土地开始，一切美好的想象都灰飞烟灭。飞机广播里传出杂音，接着一个男人低声却飞速地广播着航班到达信息：我们即将降落特拉维夫本·古里安国际机场。随后，一切都开始加速进行。几分钟的工夫，空乘收回头戴式耳机，关上行李舱，走道里一

---

1. 马哈茂德·达尔维什（Mahmoud Darwish，1941—2008），巴勒斯坦的伟大诗人，在阿拉伯世界家喻户晓，在世界诗坛也享有盛誉。

个哈西德派教徒左摇右晃地开始祷告。马纳尔把头抵在窗户上，看着下面分割成一块块的陆地。从空中看去，下边可能是某个地方——像棋盘一样整齐排列的楼房，大片大片红土之间是向四面八方延伸的高速公路，暗蓝色的地中海轻拍着海岸线。

看着眼前的景色，她的大脑突然一片空白，双手紧紧抓住了手袋。

入境检验处排了长长的队伍，移动缓慢。队伍前方有一家人，看起来像是美国人，对着玻璃隔间后面坐的海关工作人员微笑，手里拉着妈咪袋，拖着双肩包。三个全身晒得黝黑的姑娘咯咯笑个不停，也不知道她们身旁的安检员说了些什么。海关人员快速翻动着一本本护照，页面翻过如小鸟展翅。盖上章，即可通行。等轮到你的时候，塞哈姆交代她，记住要礼貌。要避免眼神交流。微笑。

轮到她了，马纳尔把护照从玻璃下方递过去，等待着。她面前的海关人员浓眉大眼，长得像年轻版的阿尔·帕西诺。

“马纳尔。”他若有所思地说，边说边迅速翻看着护照，检视着以前盖过的已经褪色的章，随后停在最近的一页。就算隔着玻璃，马纳尔也看清了章上刻的阿拉伯字：贝鲁特。海关人员眯起眼睛瞅着她。

“你是阿拉伯人?”

他用带着口音的英语指示她到等候室去。等候室位于一片封锁的区域，墙上固定着一台电视机，一位身材敦实的女工作人员手里拿着马纳尔的护照，让她找地方坐。

脏兮兮的窗户旁有几张塑料凳子排成一排，已经坐了几个人。他们会让你跟其他阿拉伯人坐在一起。马纳尔对面坐着一个年长的老女人，手里拿着一张报纸扇着风，双腿不停地抖动，小声地骂着什么。

“每次都这样。这帮狗娘养的。”等到工作人员进来，让她跟着他走，那女人先用希伯来语，又换成阿拉伯语，喃喃自语道：“当然可以，陛下，当然可以。”

电视上用希伯来语播着新闻，连续出现了几个大火的镜头，好像是什么地方发生了火灾。马纳尔等着。长时间的飞行让她双腿痉挛，可是她却不敢站起来伸展一下，随后又为自己的胆怯而羞愧。

等了将近三个小时，一个年轻的工作人员出现在走廊，叫着她的名字。他看起来最多有二十岁。她站了起来，心怦怦跳，手袋的皮质带子被她攥得黏乎乎。那个男人带着她穿过一条看起来死气沉沉的走廊，经过几扇半开的门。

“进来吧。”房间没有窗，墙壁刷成了奶白色，里边放着一张长桌，两把金属椅子分别放在桌子两侧。马纳尔坐了下来，年轻人头都没抬，匆匆翻阅着面前的一叠文件，护照摊开，放在最上边。“那么，”他抬起头，“你来这里干吗？”

他们会故意刁难你，塞哈姆跟她说过，*这样的话，我们就不想再来了*。

所有问题都是预料之中的，她已经回答过好多次。他问了她的家庭，问她在哪里出生，问她在纽约的生活。这个年轻人的嘴边长了几颗粉刺；看他的手指不停地在下颌骨那里摸来摸去，马纳尔就知道他为长了这几颗粉刺而感到难为情。她不由自主地同情起这个年轻人。

“你父亲在哪里？”

在康涅狄格州，写着没人看的小说，她想这样回答，可是这会儿似乎不是开玩笑的时候。“也在美国。”

她母亲是在哪里出生的？她外公什么时候离开纳布卢斯的？她母亲现在住在哪里？她的护照上怎么盖了那么多黎巴嫩的章？她外公回

过以色列吗？她外公在安曼到底是做什么工作的？

这么多关于外公的问题让马纳尔不知所措。她那瘦瘦高高、安安静静的阿公，总是含着薄荷糖，一喝茶嘴里就咔哒咔哒响。一起度过的夏夜，外公经常整晚都不发一言。

她外公什么时候拿到约旦护照的？安曼的房子是谁买的？她外婆什么时候离开纳布卢斯的？

“我不知道。”马纳尔跟这年轻的工作人员说，一遍又一遍地重复着同样的答案。

他带着鄙视的眼神看着她。“你不知道？”

他给她端来一杯水，拿了些饼干。他让她写下爷爷、奶奶、外公、外婆的出生地。写到一半，她停了下来，不太确定到底是哪里。纳布卢斯，是外公外婆的出生地，可是，在这个名字旁边，她加了个问号。是纳布卢斯吗？她记得，纳布卢斯是他们逃离的地方。可是纳布卢斯之前呢？他们来自哪里？她在记忆深处仔细搜寻着。胃里有点恶心，一股生鸡蛋的腥味往上涌。

好好跟他们周旋，马纳尔。她能听到塞拉姆的鼓励。

可是，她又累又热又渴，话已经冲口而出，声音尖锐，怒气冲冲：“我外公已经八十多岁了，他已经有几十年没来过”——她甚至没办法说出以色列这个词——“这里了。问这些问题有什么意义？”

年轻人突然抬头紧盯着她，一抹说不清楚——是嗤之以鼻还是厌恶——的神色在他眼中铺展开来。

“这是出于安全考虑，女士。”

他走了出去，二十分钟、三十分钟。走廊里有声音，有人在笑。房间的地板上铺着难看的菱形地砖。她开始数到底有多少块地砖，一会儿就放弃了。终于，门开了。年轻人把她的护照放在桌子上。

“你的手提包，”他说，“我要检查一下。”

眼前的一切突然慢得让人难以忍受。她抓着放在膝盖上的手袋，掀开手袋的盖子，把唇膏、维生素和几条口香糖放在桌子上。她看着他在这一堆东西里翻来拣去，发现了那个带拉链的小包。她能感觉到自己的手指摩擦着如锯齿般的金属拉链。他掏出了那扎信。有一会儿，他俩谁都没说话。

“这是?”他盯着她，眼神犀利。他解开橡皮筋。“这是什么?”

她面前浮现一张脸，是扎因的脸，写满了信任。那一行又一行，用文字书写的历史。她想象着外公的一生正紧紧攥在这个男人手里，阿公那一行行整齐的书写啊。他的一辈子。他们要把这些信抢走了。莉娜和扎因会杀了她。

“女士?”

请帮帮我，她无声低语。说完这句话，不可思议的事发生了。体内好似有什么被搅动，从胃部上涌，顺着食管冲了出来，她赶快弯下腰。呕吐物从她嘴里喷涌而出，像是压力突然被释放，冒着热气，让人恶心，喷溅在丑陋的地砖上。她能感觉到那个年轻人震惊的眼神。她重重地呼吸。

“我怀孕了。”她得意地说。

年轻人懊恼不已，好像他俩正在玩一个游戏，可她却突然作弊了一样。狗屁，看起来他正想着这个词，可是却不敢大声说出来。她能感觉到这会儿他的大脑正飞速旋转，想象着《赫芬顿邮报》上可能出现的批评文章，可能面临诉讼，更有可能导致流产。

他耸了耸肩，好像在说：一点都不值。随后，把那扎信扔回她的手袋，用手掌根把手袋推到她面前。

他站在那里，朝她身后点了点头，那个方向是屋门，是走廊，是手持护照等候审查的队伍，是一排排出租车，是广阔天地。

“走吧。”他说。

出机场之后，一切正常。可是，出师不利的感觉却挥之不去。无论走到哪里，她都觉得与周边环境格格不入，始终疏离无依。第一次到老城时，哭墙让她着迷。她呆呆地站在那里，看着人群如潮水般来了又去，走到哭墙前，再离哭墙而去。入口处有一群身穿制服的年轻人。女兵们美得让人心神不宁。

读过的每一本导游书中，对耶路撒冷的介绍都在诠释着同一个事实——这是一个神奇的城市。漫步耶路撒冷，感受厚重历史。每一块石头，都发出远古的回响。对这座老城的热情随着文字的描绘在马纳尔心中慢慢地滋生蔓延。那么，她终于要亲手触碰这座魅力之城了吗？内心深处的渴望与迫切，想要寻求自己与这个世界的联系，想要找到祖先在这里的生活痕迹，在这里都能实现吗？

可是，阿克萨清真寺让她失望，圣墓大教堂也让她扫兴。虽然每个市场都弥漫着各种香料混合的味道，每个清真寺都镶嵌着精美的文字，她还是觉得单调、乏味。有时，看着夕阳的余晖洒落在耶路撒冷，听着怡人的音乐低低吟唱，感觉着充满活力的城市，神圣和自豪感会油然而生。可惜，这样的时刻总会被一些杂音破坏，呼啸而过的车流，谁家孩子的哭闹，她的手机铃声。

就像小时候度假一样。出发之前，她如准备考试一般搜集着目的地的资料，阅读相关介绍，研究相关历史，寻找可看景点。结果，真到了目的地之后，她才发现，自己准备得越充分，游玩中越兴味索然。去魁北克旅游之前，去大峡谷旅游之前，去伦敦旅游之前，她都从学校图书馆借了一大堆相关书籍，贪婪地看着各种山川高楼的图片，学了一大堆毫无意义的形容词（迷人的、巨大的、激动人心的、超凡脱俗的），结果，等到了这些地方，她居然感觉没什么可看的，也没什么——因为已经有一大堆现成的词等着为她描绘眼前的壮观——可说的。

去过的所有地方中，纳布卢斯最让她失望。这个城市于她本应感觉最为亲切。虽然外公外婆的故事在这里上演的并不多，可这里是他们成长的地方，是他们相识的地方，也是他们步入婚姻殿堂的地方。

马纳尔早已构想出一个美丽的纳布卢斯：土地肥沃、一望无垠，到处都是橄榄树林，黄色丘陵围绕着深谷。她看到过一张照片，照片里她年轻的外公外婆对着镜头开心地笑着，头顶天空深蓝，地上银莲花次第开放。

可是，这里根本没有银莲花。从拉姆安拉开出的公交车散发着潮气和霉味，混合着车里那些中年男人身上的汗臭味。车窗外，大片黄土地一晃而过，稀稀拉拉的树木点缀着泛白的丘陵。跟圣经上描述的一样，马纳尔想着，看着窗外的树丛和间或出现的一群群山羊和驴子。

公交车驶入纳布卢斯，无边无际的峭壁和丘陵高高耸立在两侧，有如幽闭恐惧症似的感觉向她袭来。她觉得自己好像困兽，陷入了重重包围。

她花了好几个小时也没找到外曾祖母的房子。不得已，她把艾丽娅的一张照片给市场上的小贩看，小贩耸耸肩，朝着悬崖峭壁的方向随便一指，她就朝着这个方向走去。走啊走，不停地走，直到看到远处一个不起眼的尖塔，她才突然灵光一闪，想起外公提到过附近的一个清真寺，于是她朝着清真寺的方向走去。终于，路上出现了一排房子，下一秒，自己要找的那一栋出现在眼前：跟照片上一样的沥青屋顶，周围一圈茉莉花树篱。眼前的这栋房子跟照片上一样，却又有些不同，前院看起来小了些，外墙刷成了蓝色，院子里不见了晾衣绳。

马纳尔站在房前，站了好长时间，手里拿着那张照片。照片里，外公和外婆是五十年前的样子，旁边站着一个留胡子的男人，一只胳膊随意地搭在艾丽娅肩上。她的伯祖父——穆斯塔法。穆斯塔法已去世多年，早在他们所有人出生之前。马纳尔看一眼有些模糊、带有颗粒状纹理的老照片，再抬头看着眼前真真切切的房子，再看回老照片。她等待着，等待一切的发生，等待着内心翻天覆地的转变。可是，什么感觉都没有，只觉得自己像个私闯民宅的人，贸然闯入了一段不属于她的记忆。

今天早晨，马纳尔一时心血来潮，决定去逛逛雅法。雅法有长长的海岸线，向外延展，与大海相接。整个城市破败、凋敝，墙上到处都是乱七八糟的涂鸦，可是却令人迷醉。近距离看去，雅法的沧桑与衰老一览无余。这是一个让她感觉安适的城市。

就连这个餐馆也处处是残破的痕迹，桌子开裂、木头褪色。侍者把马纳尔点的烤鱼端了上来，鱼肉点缀着柠檬切片，盘子一角装饰了一小枝薄荷。她感动不已。

“请您慢用。”侍者说。

往鱼肉上挤一点柠檬汁，撒一点盐，她慢慢地咀嚼着，其味无穷——柠檬皮的酸、香菜的香，还有薄荷的凉。她看着海岸线，也看着旁边桌上的那三个人。女人的深色头发挽成了一个圆发髻，沉沉暮色中，侧颜优雅端庄。只见她不耐烦地朝身旁的两个男人一挥手，眉头皱了起来。这三个人正用带有口音的英语热烈地讨论着什么，可是海浪声太响，马纳尔只听到了片言只语——好像是说什么一日游，丢了的行李箱，还有那个女人对佩特拉[1]城的渴望。

夜色渐浓，侍者把灯笼点亮。阳台笼罩上了一层浪漫色彩。海滩上，几百码开外，有个蒙了面纱的女人和两个小孩，三个人一起坐在铺了床单的岩石上吃水果。

留着胡子的男人捕捉到了马纳尔的眼神，微微一笑，举起了手中的玻璃杯，向她打招呼。马纳尔礼貌地回应，然后看向别处，双颊发烫。

海滩上的一家三口吃完了水果。马纳尔看着那个母亲把一条大围巾披到一个孩子的肩头，替她拂开脸前的发丝。旁边餐桌上的女人伸了个懒腰，打了个哈欠。

“阿里亚娜。”没留胡子的人喊道。女人的眉头又皱了起来。

“别跟我说这个，亚当。”她说道，小口地抽着刚刚点燃的香烟。意大利人。马纳尔在心里说。

“就一天时间而已，最多两天。”这个金发男人长相一般，说话带有英国口音。他看起来跟每天拥入曼哈顿金融区的男人们没什么两样，

1. 佩特拉：约旦的一座古城，位于安曼南250公里处，隐藏在阿拉伯谷东侧的一条狭窄的峡谷内。

只不过穿着打扮却像是个旅居国外的人——下身穿着全棉裤子，上身着浅色衬衫。虽然那女人朝他翻了翻白眼，看向大海，不再理他，他还是一如既往地对她微笑。

海滩上的母亲已婚，马纳尔能判断出来，有丈夫、有温馨的小家，过着庸常的生活，叠叠毯子，往米饭锅里撒点盐。她跟丈夫的相遇肯定不会是在酒吧里，更不会是在旅途中。他们一定是经人介绍认识的，两家的父亲一定都认为这段婚姻门当户对，是天作之合。马纳尔想象着那个女人简单的婚礼，已婚妇女们开心地大声欢呼，新娘走进庭院，新娘的父亲把新郎——一个身材高挑、紧张不安的男子——拉到一边，低声对他说了许多严厉却贴心的话，告诉他要好好照顾自己的女儿。

突如其来的热泪涌上她的眼眶，面前的餐盘和远处的海滩全都朦胧了轮廓，柔化成了片片绿、点点黄。她低下头，眨着泪眼。

她和加布永远不会有这样的婚礼。父亲——已经被康涅狄格的生活同化，除了还留着那一小撇胡子，和一般的白人没什么不同——永远缺席。母亲会有些困惑，但一定会为她开心。外公什么意见都没有。马纳尔知道，自己永远也没机会过上按部就班的生活。她身边的人——朋友们、莉娜，包括母亲——都被剥夺了过庸常生活的机会，特别是马纳尔自己。她们刻意宣告要过与众不同的生活，她们去酒吧，跟陌生男人打情骂俏，对了，还跟他们上床。夜复一夜的约会，跟一个又一个注定让她心碎的男人牵手，红唇妖艳，身姿挺拔。未婚先孕。是的，她想着。逝去的再也无法挽回。

“是美国人吗?”

马纳尔眨眨眼。桌子对面，那个女人正直直地盯着她。女人的声音沙哑。

“嗯，”漂亮女人总是让马纳尔不自在，“不完全是。我有一部分巴勒斯坦血统。”

女人的脸上绽开笑容。两个男人抽着烟，饶有趣味地看着马纳尔。“我们在这里的一个非政府组织工作。我叫阿里亚娜。”她的发音抑扬顿挫。“你来雅法干什么？旅行吗？”她在发“雅法”时，跟阿拉伯人的发音一样。

马纳尔点了点头。“就是到处看看。”

留着胡子的男人把烟掐灭，开口说：“我们等会儿去海边参加一个庆祝，是几个朋友搞的音乐会，带点儿募捐的性质。离这里不远。”

阿里亚娜把手肘撑在桌子上，手托下巴，微笑着，妩媚诱人。

“你也来吧。”

短短的一段路走得轻松惬意。夕阳早已沉入大海，空气中却仍残存丝丝热气。阿里亚娜和她的两个伙伴口角不断。留胡子的男人叫吉米，金发男子叫亚当。他们已经相识多年。四个人并成一排走着，把整个人行道挡得严严实实。亚当时不时会偷看阿里亚娜，马纳尔猜出这两个人有故事，要么是亚当单恋，要么两人以前有过一段。吉米的嘴唇丰满性感，说话的时候专注地盯着马纳尔。马纳尔穿着宽松上衣，怀孕的迹象还不明显。

“刚到这里时，我觉得在这儿待上一个月就够了，最多两个月。什么都乱七八糟，更别提他妈的那些检查站——我以为肯定会受不了。”

“然后呢？”自从到这里之后，这样的故事马纳尔听过了不下一百个版本。

吉米耸了耸肩。肩膀在薄薄的衬衫下肌肉紧绷。“爱上这座城了。我们都爱上这里了。这座城市让人心碎，可是，我却狠不下心离开。”

“别听他胡扯。”阿里亚娜大叫道，“牛排刀都比吉米浪漫。”

“你呢，你不觉得咱俩半斤八两吗，安妮?”他一笑，牙齿发光。

“别那样说我。”阿里亚娜话音里带的一丝愠怒出卖了他们之间的三角关系。亚当爱上了阿里亚娜，阿里亚娜偷偷爱着吉米，吉米的心还没找到归宿。

那我算什么？其实马纳尔知道答案——在餐馆里随便搭上的一个姑娘，跟他们一起去听音乐会，相互做个伴，然后再从他们眼前消失，回归自己的生活。就这么简单，却充满了诱惑。

“看。”亚当手指前方。顺着他手指的方向，马纳尔看到彩灯闪烁。阵阵强劲的音乐节拍远远地传来，是电子乐和手鼓的混音。

“要不要爽一下?”吉米在口袋里摸索着，大家都听话地停下了脚步。

他拿出一支细长的白色大麻烟卷点燃，大麻麻醉剂的味道立即充斥了他们身旁的空气。每个人都深深地、悠长地吸了一口。亚当把烟卷递给马纳尔，她不情愿地接了过去，可是立刻就报复性地深吸一口，快感直冲头顶。她默默地跟加布道歉。就一口，她替自己找借口，不会有影响的。

“真主啊。”

吉米亲切地笑着。“劲儿够大，是吧?”马纳尔把大麻递给他，回应着他深情的注视，感觉全身陶然。一切都让她沉醉——身旁这两个男人，漂亮的阿里亚娜，魅惑的夜晚，万里之遥的纽约，亲爱的加布，即将开始的新生活，还有脚底的石板路，厚重的石墙，上千年的历史把他们包裹。

感觉好极了，她想。

音乐出人意料地吸引人，人们一群群地站在沙子上翩翩起舞。歌手是个其貌不扬的女人，声音悠扬，越过鼓声，萦绕在她心间。几个十几岁的男孩在人群间穿梭来去，偷偷地卖着啤酒。吉米给她买了一杯，她把啤酒举到唇边，趁吉米不注意，全部泼在沙子上。阿里亚娜和亚当早已不知所踪，可能在人群中正相拥起舞吧。

“请你跳支舞吧?”

加布出现在她脑海。他那满满一柜子的粗线毛衣。他对她最深切的爱。一支舞而已，她对自己说。

她任由吉米把她拉进人群，所有人的身体都在随着节拍不停地舞动，音乐震耳欲聋、激昂狂野。吉米带着她不停旋转，直转到她再也想不起加布，记不得曼哈顿，忘掉了一切。

“你是哪里人?”吉米温暖的气息吹在她耳边。

马纳尔思考着。“我们住过很多地方。不过我的外公外婆，也就是我妈妈的父母，来自纳布卢斯。一九六七年的战争之后他们才搬走。”

“在那之前呢?”

马纳尔侧头看着他。“在什么之前?”

“有许多人，”吉米带着她转了个圈，微微喘着气说，“是一九四八年之后才搬到纳布卢斯的。在那之前，他们有的住在耶路撒冷，有的住在阿卡，有的住在雅法。”

“我知道这个。”语气中的傲慢显示出其实她对此并不确定。她确实知道这段历史，可是却从来没有把这段历史和自己的外公外婆联系起来。她想着她的阿婆，终日待在安曼家里的客厅，坐在扶手椅上，眯着眼睛看电视，困惑的神情罩在她脸上，永不会散去。你的故乡在哪里，马纳尔默默无声地问道，关于故乡你还记得些什么？

马纳尔现在已经挪到了人群中间，妖娆妩媚地扭着屁股，头发散落下来，遮住了眼睛。吉米在她身旁舞动着，用阿拉伯语跟着音乐唱着歌。她把第二杯啤酒也倒在了沙子上，举起空杯子放到唇边。鞋子已被她踢到不知什么地方。

此情此景让她想起在历史课上读到的故事，那些古希腊人上战场前举行的穷奢极欲的宴会。裸体女人，耽溺肉欲，大桶饮酒，狂野的音乐响彻夜空。她想象着大屠杀正在发生，占领军把他们包围，革命的火种出现，燃烧，再熄灭。大敌当前，所有的欢宴、所有的放纵看起来应该都是悲壮不朽、英勇无敌、让人迷醉。只不过，马纳尔知道，这里一直如此，夜夜笙歌。

这里让马纳尔痴迷——不仅仅痴迷于其悠久的历史、帝国的更迭、衰落再崛起，更醉心于这个民族那穿越千年的回响，微弱却持久。就算国土被吞并，人民被重新安置，就算家园被侵占——儿女们说着敌人的语言，忘记了自己的母语——可是，信念永存。

她慢慢地在舞者中间移动，吉米在她身旁，胳膊环绕着她，两人在沙地上走着——我的鞋子哪去了——一直走到大片岩石滩。吉米拉着她的手，在岩石间穿行，远离了沙滩上的狂欢者。音乐声渐息，淹没在阵阵海浪声中。

“很高兴你跟我们一起来，”他在她耳边喃喃低语，“纳布卢斯女士。”她心如鹿撞。

他要吻她了。她不会拒绝的。这就是一段艳遇，等回到曼哈顿，她会跟莉娜和扎因讲，也会跟塞拉姆说。你永远也猜不到……

突然，加布往细长的香槟酒杯里倒雪碧的样子出现在她的脑海。她收回思绪。

“我的鞋子不见了。”马纳尔看了他片刻。月光下，他看起来老了些。“等一会儿。”

他慢慢地笑着，表情困惑。马纳尔匆忙走开，赤裸的双脚陷进沙子里。她走过巨大的卵石，经过几个抽烟的男人，穿过人群——大家依旧在跳舞，也许有人在亲吻，也许他们彼此相爱。已经很晚了，她想着，太晚了，现在已经是凌晨，太阳很快就要升起。她不停歇地走着，一直走到铺满鹅卵石的大街上，小石子硌得她双脚生疼。十分钟、十五分钟，她一直朝前走，直走到音乐声消失不见，远离海滩，两旁出现房屋。路边的两棵树之间有一个看起来隐蔽的拱门，于是，她走过去，坐了下来。

马纳尔在拱门下坐了很长很长的时间，神思恍惚，直到穆安津的低吟声响起，才惊扰了她，把她的思绪拉回到现实。曙光慢慢点亮天际，她的双脚脏兮兮，肚子咕咕叫。手袋里的东西乱七八糟；手机彻底没电。塞到钱包里的一叠以色列镑也消失不见。可是，啊，找到了，带拉链的小包还在。马纳尔把信纸掏出来，打开，重复着已经重复了无数次的动作。像考古学家一样，她拿着信又细致入微地看了起来，生怕错过一点点精彩。她一页页地翻着，直到找到最喜欢的那一页。

昨天晚上，我梦到难民在废墟里偷东西——一个女人带着手镯的手，还有不知是谁的眼睛，这封信的开头这样写道。“眼睛”这个词被划掉，又重新写了上去。

我梦到了萨卡的那些人，梦到了营地，还梦到了遍布美国的陆军基地。他们在秘密房间里碰头，铺开地图，指指点点，做好打仗的准备，醒来就穿上靴子，步伐整齐地走到外面。唤醒他们的是内心的愤怒。愤怒驱使着他们走上小道，穿过雪堆，越过沙丘，他们的呼吸频率一致，步伐相同。前进、前进，大地催促着他们。他们手持来复枪，瞄准目标，朝着想象中敌人心脏的位置，扣动扳机。

冲动之下，马纳尔大声读了起来。嗓子因之前的歌唱而嘶哑。她想到多年前跟扎因和莉娜一起演出的舞台剧，想象着拱门前有观众在听着她的朗诵。

“可是穆斯塔法，我们还是渴求这一切。我们反抗，是为了记住。”

她停了下来，远处传来引擎的颤动声，有人发动了汽车。她把注意力转回到信上，呆呆地看着上边的文字。

“记住这片土地上的那上百个地名，”她接着读道，“这就是活着的意义。”

最后，马纳尔把信收好，伤感地站了起来，沿着街道往前走。走到一家还没开门的店铺前，她停下脚步，看着玻璃里映照的人影。眼前的自己让人沮丧——头发乱七八糟，睫毛膏糊了两眼。她皱了皱眉。

“傻子。”她喃喃低语。如此准确的选词让她特别开心，不由自主地笑了起来，手指尖轻轻滑过小腹。她突然渴望到海边去。走在狭窄的小街上，路过大门紧闭的美容院和面包店，再往前走，转弯，就在那儿，晨曦微光里，苍白的大海静静地等待着她。

雅法。她有种想说些什么的欲望，长久以来埋藏在心底的话。要是她开口的时候身旁有人就好了。

沙子里的贝壳碎片和小石子扎得她脚疼，脚趾接触到凉凉的海水，特别舒服。她深吸一口气。

“我根本没有理由来这里。”答案如此明显，她突然觉得很好笑。于是，她开始大笑。“根本……没有……任何……理由。”她不停地笑，直到大笑变为狂笑，她才意识到自己可能是在流泪。冷静下来之后，她沿着海岸线漫无目的地走着，刺骨的海水轻拍她的脚踝。

这里真美，眼前的一切——湍急的海浪，海水好似积聚了全部力量，只为在沙滩上开出白色浪花。天空如被打湿的白纸一般轻盈、透明，薄得好似轻轻一撕就会撕烂。初升的朝阳触碰万物，一切皆璀璨生辉。她的大脑本已疲惫不堪，可现在却突然想到几个希腊神话——点石成金的迈达斯和飞向太阳的伊卡鲁斯，这些故事曾经花了她好几年才记住。所有的故事她早已忘记。

她坐了下来，任海水轻拍裙角。她决定在这里留下印记。在湿湿的沙地上，她用手指写下了这些名字。

艾丽娅，她想了想。艾丽娅·雅各布。停下来，思考一下。阿提夫·雅各布。脚趾踩在沙子上感觉软软的、痒痒的。她在两个名字之间画了一条线，又往下画了一道。他们的家谱。里哈姆、卡拉姆、苏雅德，她想了想。在妈妈的名字旁边，她写下了艾利，然后在两个名字之间打了个大大的叉。天上稀疏地挂着几颗星，隐约可见，像白色的小斑点。阿卜杜拉、马纳尔、莉娜、扎因。

看着这些名字，她又开了口。“现在我们在这里团聚。”她慢慢地说，举起湿漉漉的双手，捧住脸颊，再顺着头发往下滑。她脑子里出现一幅画面：全家人都站在这片海滩上，一字排开。这个画面莫名地让她高兴起来，她把下颌抵住双膝，若有所思地对着海浪说：“你也来，阿婆。”

她在自己的名字旁边最后又画了一道线。加布里埃尔。在这个名字下边画了一个箭头，箭头指向一个小小的问号。利亚？琼？还是达拉？她突然意识到，肚子里还有一个人，等着她给起名字。

马纳尔闭上眼睛，头向后仰，面向天空。等她睁开眼睛，看到一个男人和他儿子正在沙滩上走着，眼睛盯着她。男人肩膀上扛着一堆脏脏的渔网，渔网上打着灰色的结。等他们走近些，她看到男人皱着眉，脸上不以为然和关切的表情交织着。男孩长得很漂亮，有着小鹿一样温顺的眼神。他盯着马纳尔，好奇写在脸上。

“快点儿走。”父亲轻推了儿子一下，又警惕地看看马纳尔。

马纳尔很想抗议他的不礼貌，用阿拉伯语吓他一跳，身体因这个念头而发抖。可是，从渔夫的眼睛里，她看到了自己的狼狈：全身湿透，坐在海水里。在他眼里，自己只是一个无病呻吟、无所事事的外国人，而不是一个因顿悟而痛彻心扉的女人。外国佬，她能听到他这样想。

于是，她垂下眼帘，摇摇晃晃地站了起来，湿透的裙子缠着她的双腿。她微微弯腰向他道歉。一个巨浪扑来，冲上沙滩，海水冲走了她写下的名字。她的家人，来了又去。这片大海，不属于他们任何一个人。

“我要走了。”她用阿拉伯语对那个男人说。

走到他们身边时，她抬头看了一眼，只一眼。男人仍旧看着她，可是他的眼神已经跟刚才不同。她对他点了一下头，男人也对她点点头。

EPILOGUE
尾声

贝鲁特

电视一直开着。总是能听到打仗的声音，别处在打仗。有时候各种声音嗡嗡嘤嘤交汇在一起，杂乱无章，说着她既听不懂也不信任的话语。这样的时刻，艾丽娅总会目不转睛地凝视着咖啡桌上那道Z形划痕。或者，看着涂了珊瑚色甲油的指甲上的豁口。要么，就瞅着磨得有点毛糙的窗帘边。大脑一片空白时，艾丽娅会下意识地搜寻各种不完美，一旦找到，她就如溺水之人终于找到救生索一样紧盯着这些瑕疵。

屋外传来洗衣机运转的声音，这声音让人心安。走廊里，纳伊瓦妈妈轻快的脚步声也响了起来。艾丽娅从睡梦中醒来。她喜欢这间卧室，有让她安宁的绿色墙壁，有透过薄薄窗帘洒进来的满室阳光。可是，她还是想念安曼的那间卧室，想念卧室窗外的那棵杏树。

清晨，思念尤甚。

“纳伊瓦妈妈。”她叫道。一眨眼的工夫，那女人就出现在卧室门口。

“早上好，”纳伊瓦妈妈的声音有点粗，带着巴勒斯坦口音，“要起床了吗？”她看着艾丽娅，双手叉腰。“今天可是个好日子，”她开心地说，“你知道为什么吗？”

艾丽娅翻了个身，后背对着她，把脸深埋进纯棉枕头里。

“走开。”

房子里有个小婴儿。也可能是在另外一套房子里，那里总是热热闹闹，关门声砰砰响。这些屋子好像会变形，大家总是一会儿凭空出现，一会儿又突然消失。所有人都围着那个小宝宝转，目不转睛地盯着她，充满柔情地对她低唱摇篮曲，只要她咯咯笑，大家就鼓掌。有一次，艾丽娅问谁是孩子的妈妈，一个满头小卷的女孩走到她跟前，亲了亲她的脸庞。小宝宝一哭，那女孩就轻拍她的小屁股。有时宝宝的母亲——名叫马纳尔，艾丽娅时不时会想起她的名字，顺口就能叫出来——会把宝宝递给她，让她抱在怀里。

那一刻，艾丽娅会一动也不动，嗅着小婴儿身上散发出的甜甜奶香味。抬起头，会看到大家都看着她，眼泛泪光。

他们错了。她知道自己跟以前不一样。不太对头。等想起来自己得了什么病，悲伤就会哽在喉头，刺痛她，好像往嘴里塞了一大把干辣椒，却忘记了咽下去那般痛苦。这就是——她不知道该如何用语言表达这种感觉，有时记忆如丝般流淌，有时分不清今夕何夕，有时再次彻底迷失——回答他们的问题时，她态度粗暴生硬的原因。跟她说话时，他们的脸庞总是被希望点亮，语气轻柔如幼儿呓语，就连阿提夫也是一样。艾丽娅，你还认得扎因吗？妈妈，你知道我们在哪儿吗？

“行了，行了。”她的语气总是那么尖刻，看他们一个个脸上带着受伤的神情，“你们以为我是什么，白痴吗？”

房子里有个瘦骨嶙峋的女孩子最为和蔼可亲。女孩很年轻，最多十八九岁，身材跟青春期女生一样，细胳膊细腿，可是，她脸上的神情却女人味十足，或者说是沧桑。如此哀伤的眼睛，艾丽娅想着，真想问她是什么让她心碎。她想象着女孩的悲情故事，可能她的爱人死了——还这么年轻——也许身患绝症。

可是，每次只要看到艾丽娅，女孩的脸庞瞬间就会被喜悦点亮。

“亲爱的感觉怎么样啊？”她跟艾丽娅开着玩笑，“我们去看看绿植长得怎么样吧？”然后，女孩会慢慢地扶着艾丽娅站起来，把艾丽娅全身的重量都压在自己身上。这孩子看着瘦，倒是挺有劲。估计骨头长得结实。女孩喜欢带她去阳台坐着，看看外边的景色，纠缠交错的电话线，如织的人流，还有碧蓝的大海。

阳台上放着十几个花盆，有些藤蔓上结着西红柿，有些花枝上点缀着白色、蓝色和紫色的花骨朵。那女孩把缠到一起的高大植物的叶子往后拽，扯掉干枯发黄的叶片，再往花盆里浇水。艾丽娅喜欢看她干这些事。她们在阳台上一坐就是几个小时，直到落日西沉，没入大海。除了侍弄花草的时候说几句话，这女孩总是静默着。有时会陷入沉思。那一刻的她，悲伤愈浓，刻在她下垂的唇边，印在她浓黑纤长的睫毛上。

有一次她问艾丽娅：“想不想跟我一起出去转转？我们可以找家有

情调的咖啡馆坐坐，喝杯茶。”

有那么一会儿，艾丽娅动了心。走在大街上，身旁人来人往，车辆穿梭。她会陪着她。这个骨骼结实的女孩。可是，她很快就打了退堂鼓。

“我只想待在这里，”艾丽娅细声细气地哼唧着，“哪儿都不想去。”

“好吧，”那女孩——莉娜——说，“没问题。我们哪儿都不去。再坐一会儿吧。看，这朵花快开了。”

女孩摘下一朵花，手指染成了紫色和金色。

就算她忘掉这些温情时刻——那种感觉更难描述，可是当她散了的心神有片刻完整时，这些细碎的片段仍会如潮水般涌来——她也知道自己有点不对头。他们都看着她，眼前的这一张张面孔，虽和颜悦色，可自己却跟他们素不相识。他们给她端茶倒水，让她吃面包。他们给她盖上毯子，问她觉得天气怎么样。他们问她饿不饿，问她有没有什么想要的东西。

电视机总是开着。她醒着的时候，她睡着的时候，她吃饭的时候，电视机都在播放着各种节目。艾丽娅能听到电视的声音。有时他们看电影，有时看音乐类节目，缤纷的色彩在屏幕上绽放，美丽的少女随着砰砰砰的鼓点声翩翩起舞。大部分时间放的都是新闻，表情冷峻的播音员播着严肃的新闻。就算屋子里空无一人，新闻播音员仍旧不停地播报。

新闻里的内容一成不变。什么地方在打仗，艾丽娅知道。凭直觉就知道；实际上，战争好像是她唯一永远铭记在心的东西。什么地方在打仗。战争一直在打，有一方正节节败退。谁跟谁打，谁快被打败，她却不清楚。

一个年轻姑娘光着身子，全身污秽不堪。爆炸摧毁了一个城市。有人捡拾家人被炸得开膛破肚的内脏器官。一个男人把自己点燃。一个男人把一面国旗点着。一个男人把一个女人按到水下淹死。一个男人被挂在树上吊死。一个死去的男人身上爬满了苍蝇。

他们谈论着这些事。

“我觉得不应该让她听到这些。”

“那怎么办？我得知道发生了什么。再说，她也不——”

“她不应该看到这些画面的！”

新闻播音员提到了“独裁者”，屏幕上同时出现了一个留着胡子、肤色苍白的男人。过去的某段记忆在艾丽娅脑中一闪而过；记得她以前还觉得这个男人很有魅力呢。那个男人放出了一群狼，去屠戮自己的人民，播音员这样说。艾丽娅脑子里出现一幅画面，男人站在白雪皑皑的山顶上，浅绿色的双眼眯成一条线。他一声呼啸，十几只猛兽一起嗥叫。进攻。灰色的身躯在山坡上狂奔，闯进山脚下的村庄，朝孩童和大人们猛扑过去。在他们身后，留下的不是道道爪痕，而是堆堆白骨。

“把电视关掉。”

“她又没看。”

那些猛兽不是狼。艾丽娅知道。那些猛兽是人——正常人，留着或短或长的胡子，手腕纤细。他们把这些城市放火烧掉，把房子翻个底朝天，把粮食搜刮得干干净净。他们让孩子们排成一排，剥掉他们的衣服，往他们嘴里开枪。一匹狼可以被杀死，可以被困住，可以被剥皮。可是，艾丽娅知道，这些人——她记得他们，记得他们举的旗帜，记得他们的尖牙利齿——的肌肤如钢铁般坚硬，就算被杀，第二天早上变换样貌照旧重生，每一天都比前一天更可怕、更强壮。

“看。她睡着了。”

有人敲卧室门。艾丽娅把头死死埋在枕头里。

“妈妈。”门开了。“妈妈，记不记得，我们今天要出去。记得吗？你想穿哪件衣服？”

艾丽娅讨厌自己说话时声音的颤抖。“我累了。”

“该起床了。”语气比刚才坚定。屋里传来脚步声，还有窸窸窣窣的声音。阳光洒满整个房间。艾丽娅紧紧地闭上双眼。女人叹了口气。“妈妈，睁开眼睛。”

过了一会儿，艾丽娅偷偷地睁开眼看。女人还站在床边，穿着一件薄纱裙，头发修剪得特别短，跟个男孩子一样。她正上下打量着艾丽娅，神情焦虑。

“阿提夫……”

女人的眼睛亮了。“爸爸在客厅。我带你去找他。”

艾丽娅靠在女儿的胳膊上，步履蹒跚地走到前厅。要是迈的步伐不对，臀部就会剧烈疼痛。几个月之前，她在浴室摔了一跤，好像有什么地方粉碎性骨折，之后在医院住了很久，天天看着电视上播的同一部土耳其连续剧。

她们走到客厅门口，艾丽娅踌躇着不想进去。

“没事的，妈妈。爸爸在里边。”

阿提夫。艾丽娅走进客厅。满屋子人，看着电视聊着天。咖啡桌上一个大盘子里，装满了薄肉饼，盘子旁边放着几杯茶。小婴儿被妈妈抱在怀里，踢腾着小腿。阿提夫坐在扶手椅里。一看到艾丽娅，他笑容满面。大家异口同声地跟她打招呼。

“漂亮妈妈今天感觉怎么样?”

“我们今天要出去逛，记得吗?”

“阿婆，你想吃点薄肉饼吗?”

“艾丽娅，坐下吧。”阿提夫的眼睛明亮、深邃。女儿扶她坐到沙发上，每个人跟她说话，她都点头、微笑，听他们聊音乐、聊海鲜餐厅。阿提夫给她切了一块三角形的肉饼。口感浓郁，美味至极。小婴儿开始闹人，一个年轻男子站了起来。

“过来，我们来飞高高。”他嘴里发出呼呼的声音，小婴儿挥着小拳头开心地咯咯笑。艾丽娅听她们谈起过这个小宝贝，声音很轻，没让宝贝的妈妈听见，边说边啧啧有声。我简直不敢相信她居然嫁给了一个美国人，她们说。

“阿婆，要不要喝茶?”

“我们晚点会吃蛋糕。”

艾丽娅看着那个年轻男子。“扎因。”一说出这个名字，整个屋子都静了下来，只有电视还在没心没肺地叨叨个没完。大家都转向她，惊喜交集。

“对，阿婆，”年轻人把小婴儿抱了起来，“我是扎因。”

小婴儿咂着嘴也笑了起来。

“亲阿婆一下。”

小婴儿肆无忌惮地对她绽开笑容。“阿婆，起来！起来!”她灰色的双眼闪烁着无所畏惧的眼神。她琥珀色的头发丰盈如云、亮泽卷翘。

艾丽娅记起里哈姆、苏雅德和卡拉姆小时候，她跟他们玩的一个游戏，抱着他们在空中飞速旋转，再呜呜叫着把他们放到地上。

她低下头，看着盘子里的面包。他们脸上的雀跃让她疲累。该怎么跟人解释这种心力交瘁的感觉？他们不会感同身受。几十年累积下来的倦怠。母亲曾经这样说过。

“妈妈，今天是你的专属日子，想穿哪件衣服？纳伊瓦妈妈说估计你会穿那件灰色的裙子。”

“纳伊瓦妈妈还说要帮你做头发，妈妈。给你编个漂亮的辫子。”

“我准备穿件绿裙子。”眼神和善的那个女孩子开口说。她坐在沙发扶手上，满头浓发凌乱不堪。“你最喜欢的颜色。”

艾丽娅想要对她微笑，可是却凝噎难言。记忆中的那抹绿色，在晾衣绳上翻飞舞动，还有母亲伸手收衣服的样子。她站了起来。

“妈妈！”责备的语气，“小心啊，记得吧。你要是想站起来，别忘了跟我们说。”

“我要回房间。”声音里又带着一丝颤抖。

“好，”那女人说，带着点哀求，“还得给你找件漂亮衣服穿呢，对吧？穿那件锦缎的吧。”

“她穿那件衣服最好看了。”

“跟女王一样。”

身后，传来小婴儿的喊声。“起来，起来！”

回到卧室，艾丽娅让那女人离开。女人不情愿地走了出去。独自一人的感觉令人陶醉。艾丽娅在床边坐了下来。窗外，不见了葱茏的树木，不见了缤纷的鲜花，呈现在她眼前的是密集的电话线，是对面大楼的阳台。窗子大开着，一阵微风吹过，吹皱了窗帘，吹进了满室海水的咸味。

“安拉啊。”她大声地说，声音喑哑。

这里是纳布卢斯。她十八岁。窗外，无花果树开始发芽，满树橄榄绿的叶子。空气清爽怡人。盛大的婚礼即将精彩呈现。宴会厅里坐满了人，都在等着她惊艳登场。我跟他们交代过了，蜡烛周围要摆满鲜花，妈妈对她说。每个桌上摆一打鲜花，空气中得甜香弥漫才行。

她兴奋地期待着这一刻。穆斯塔法会陪着她，在婚礼进行曲的音乐声中走到汽车旁，她会穿着白色婚纱飘逸地旋转。还有阿提夫，阿提夫在等她。她想象着紧张不安的阿提夫，嘴里含着薄荷糖，春风满面的样子。

还得收拾收拾头发。她斜睨着镜中的自己，头发凌乱卷曲。真该听妈妈的话用橄榄油护理一下，可现在已经来不及了。衣橱上放着一把刷子，她拿下来用力在头上扯来扯去。随后皱眉瞅着梳妆台上的面霜和香水。眼影哪去了？大红色的口红哪去了？好不容易在抽屉里找到盒胭脂，涂到嘴唇上，再涂到脸颊上。又找到一小截眼线笔，拿起，在眼睛周围画着圈。

真漂亮。看着镜中的影像，她泪湿了双眼。不能哭，要不妆该花了。她警告自己。

我的女儿会美如天上的明月，妈妈这样告诉过她。她突然迫切地想要见到妈妈，虽然妈妈就在隔壁，正在梳妆打扮，挑选头巾，可是，她心里却填满了对妈妈刻骨的思念。有个念头一直纠缠着她，好像有什么东西在眼周晃来晃去。她甩甩头，注意力回到镜中。

衣柜里挂着几件裙子，颜色淡雅、色调柔和。她突然想起，自己的大部分衣服和物品已经搬到两条街开外的小房子里。那里，是她和阿提夫的家。

她在衣柜里翻来翻去，手指一下子触到如丝般柔滑的面料，拉出来一看，是一件无袖长裙，色泽暗淡柔和。以前没见过，她想着，应该是新的。

裙子到臀部那里还比较合身，可是再往上就有点紧了。她用力拉，先把乳房捞了出来，再塞进裙子里。穿好之后，她轻轻拍拍头发，嗅了嗅腋窝。走廊里传来脚步声。肯定是法丽达，艾丽娅想着，也可能是妈妈。有人敲门，接着有人喊她的名字。是个男人。

阿提夫！

艾丽娅的脸腾地红了，双手下意识地放到锁骨上。还没等她喊出他的名字，门已经打开了。她慢慢地转身，像一朵花一样绽放在他的面前，眼眉低垂，害羞地盯着地板。

“你现在不能跟新娘见面，”她故意逗他，“妈妈会生气的。”

没有回应。这沉默在艾丽娅听来，是言语无法表达的惊叹。过了一会儿，她抬眼看他，他还是一动不动地站在那里。可是，他的脸跟以前不一样了。头发也变灰白了，估计是沾上了粉笔末，也可能是一层土。他得好好洗个澡。虽说以前还从没吻过他，也没被任何人吻过，可是艾丽娅现在好想依偎到他怀里跟他拥吻。她朝他走去，看到他突然深深低下的头，又下意识地止住了脚步。等他抬起头，已是泪流满面。他的眼泪吓了她一跳。

“艾丽娅。”他低低呼唤她的名字。她突然讨厌起自己的名字，不明白为什么一个名字居然承载了这么深的忧伤，那么重的哀愁。“艾丽娅。”

她知道，自己不能再听到这个男人叫她的名字了——她也看出来了，自己不认识这个人，他根本不是阿提夫——更明白，根本就没有婚礼，这里也不是纳布卢斯，热闹的聚会、明灭的蜡烛、纯美的白纱裙，所有的一切都已灰飞烟灭。她会再次生病，会动不动就尖叫，会把仅剩的几瓶精美的香水瓶砸到墙上去。她转过身，不顾臀部剧烈疼痛，冲进浴室，锁上门，静静地站着，呼吸急促。镜中影像如她一样重重地喘息。她盯着另一个自己，忘记了先前的一切。只剩啜泣。

他们在门外劝了她好长时间才说服她打开浴室的门。虽然把门打开了，可是她既不让纳伊瓦妈妈进去，也不让阿提夫进去。最后，莉娜好言好语地跟她商量，才被放了进去。莉娜帮她换上睡衣，扶她坐在盖着盖子的坐便器上，把毛巾打湿，擦掉她脸上的化妆品。脏毛巾被放在水池里清洗，红色的胭脂、黑色的眼线全都顺水流走。

“闭上眼睛，亲爱的，”莉娜说，温暖的气息拂过艾丽娅的脸庞，“再擦几下就干净了。”

“你身上有烟味。”

莉娜吓了一跳。她向艾丽娅眨眨眼。“就把这当成我俩之间的小秘密吧。”

“小宝宝呢？”

“琼吗？跟马纳尔在一起。马纳尔正哄她睡觉呢。”

“我想回家。”热泪突然涌上她的眼眶。

“哦，阿婆，”莉娜停了下来，脏毛巾在手中晃着，哀伤地看着艾丽娅，“我知道。”

莉娜服侍她在床上躺下，轻轻帮她关上房门。屋里空气凝滞，屋外车流的声音清晰可闻。艾丽娅看阳光斜照在天花板上，形成部落风的图案。她看着这光与影的变幻，直到沉入梦乡。

梦中，有个男人正把茶倒进玻璃杯，再慢条斯理地把杯子里的水洒到一张精美绝伦的波斯地毯上。房间深邃幽暗，四面白墙。艾丽娅目瞪口呆地看着他，也看着那酒红钴蓝的地毯被茶水浸透。

地毯被你毁了，她对他说。

他调皮地看着她，故意逗她似的又往地毯上倒了一杯水。

总比失火强，他说。

艾丽娅突然惊醒，喘不过气，心脏剧烈跳动。屋里光线暗淡，一片昏黑。有那么可怕的一瞬，她还以为自己失明了。可实际上，只是暮色深沉，光线正一点点消失。她已睡了好几个小时。

梦中毁掉的那块地毯让她心痛。她讨厌做梦，讨厌出现在梦中的人，总是如过眼云烟，留给她支离破碎的记忆片段，永远无法复原如初。

艾丽娅小心翼翼地往客厅走去，手里拄着他们给她买的那根木质拐杖。这应该算是向他们示好的表现吧。走到门口，她先在没人看见的地方站了一会儿，然后用拐杖轻敲墙壁，走了进去。

客厅到处都是花。一打一打的花，屋里成了魅紫和深蓝的花海。有木槿、有茉莉，还有几枝细长的黄玫瑰。一束气球系在卡拉姆坐的椅子上。他们都在。马纳尔抱着宝宝，扎因、莉娜和阿卜杜拉坐在沙发上。她一下子想起了他们所有人的名字。毫不费力。里哈姆捧着一个蛋糕进了客厅；苏雅德和阿提夫正低声说着什么，语调轻快。

“她来啦！”

“如明月般美丽动人！”

“哦，妈妈，你用拐杖啦，太好啦！”

“扎因，快扶她坐下。”

“扶着我的胳膊，阿婆。”扎因说，“我们给你办了一个派对。”他把她安置到阿提夫的身旁。“因为你不，”——他清了清嗓子——“因为你不舒服，所以我们就想着在家里庆祝。”

“你知道今天是什么日子吗，妈妈?”里哈姆问她。

“我的生日。”艾丽娅回道。

这次大家都发自内心地笑出了声。轻松的氛围在屋里荡漾开来，犹如一阵风吹散了忧愁。所有人都谈笑风生。

“蛋糕上撒了覆盆子糖霜。”

“还有樱桃！”

“还有樱桃。我觉得应该还有椰子吧。”

粉色的海绵蛋糕上，外圈摆满了草莓和樱桃，中间写着她的名字。

卡拉姆把灯关掉，房间顿时陷入一片黑暗。艾丽娅内心又一阵慌乱，跟刚醒来时的感觉一样。阿提夫像是有了心灵感应一样，抓住了艾丽娅的手。她紧紧地握住。她看他们点亮蜡烛，烛火明灭，橙色和红色流光溢彩。他们给她唱生日歌。先用阿拉伯语唱，再用英语唱，然后马纳尔、扎因和莉娜一起用法语唱。马纳尔唱的时候，小宝宝在她怀里扭动着身子。烛光映照下的孙辈们魅力四射，肤色棕褐，生机勃勃。唱完之后，大家一起鼓掌。就连艾丽娅也跟着鼓掌。

“生日快乐!”他们一起喊道。苏雅德俯下身，亲了亲她的脸庞，眼泛泪光，对她说了些包含“爱”这样的字眼的话。她的宝贝女儿。曾经彻夜不归的叛逆女儿，自己还扇过她一巴掌。艾丽娅想起那一幕，好像做梦一样，好像这事只是发生在邻居家。

“祝妈妈长命百岁。”里哈姆跟纳伊瓦妈妈一起，边切蛋糕，边对艾丽娅说。一刀下去，粉红色的奶油夹心慢慢地流了出来。

一百岁。小婴儿该长大成人了，说不定都结婚了。这个念头让艾丽娅难以忍受。

屋里处处欢声笑语。孙辈们讲着什么故事，大人们惊讶地听着，不置可否地摇着头。扎因和莉娜盘腿坐在地毯上。阿卜杜拉和阿提夫手舞足蹈地聊得起劲，亲密地争论着和政治有关的话题。阿卜杜拉把某些政客们叫做自大狂，引得孩子们一片赞同。每个人都夸赞蛋糕好吃。决定下次试试芝士蛋糕。艾丽娅微笑着，拆开一个个包装精美的礼物——款式不同的围巾，珠宝首饰，还有一本相册——马纳尔把小婴儿递给她时，她也有精力抱一会儿。

“宝贝儿爱阿婆。”马纳尔笑着说。

终于，坐在屋子那头的卡拉姆和她四目相对。“妈妈，你累了吧，对吗?”他温柔地问她。她点点头。她的心肝宝贝。

纳伊瓦妈妈站在床前，端着杯水，摊开的手掌里是一堆五颜六色的药片。她把药片一粒一粒地递给艾丽娅。等艾丽娅全部服下——蓝色、红色、橘色——纳伊瓦妈妈放下杯子，关了灯。一片黑暗，只有窗外的街灯透进零星灯光。

“晚安。”纳伊瓦妈妈对她说，“生日快乐。”

独自一人的艾丽娅又有了如释重负的感觉。可是，心底最深处却传来阵阵钝痛；内心烦躁不安，不是愤怒，更多的是悲伤。她想到了母亲——想要母亲出现在自己面前的渴望耗尽了她的全部力量——想知道母亲要是在的话会对自己说什么。睡吧。早上醒来就好了。

总比失火强。

结婚前一天，妈妈有些事瞒着她。艾丽娅记得母亲紧闭的双唇和下垂的目光。可是，她只顾着自己开心，什么也没说，本想着晚点再问，可是，“晚点”只是借口。跳不完的舞，让人目眩神迷的灯光，婚礼举行，倏忽而过的主妇岁月，战争爆发，住到科威特，穆斯塔法死去——一想到他，艾丽娅就心痛得无法呼吸，五十年之后依然如此。亲爱的穆斯塔法。她现在已经比他大了几十岁了。还有她的生活。为了生存，她颠沛流离、饱经风雨，如沙滩上那小小的贝壳，被海浪冲刷得面目全非。突然间，她年华不再。母亲已逝。那些问题再也没机会问出口。

有人在卧室走动，惊醒了艾丽娅，是阿提夫。她静听他做着上床睡觉前的准备，衣服叠整齐放好，换上睡觉常穿的迪士达沙长袍，走进浴室关上门，门缝下透出一道灯光。浴室传来水流的声音，他在冲厕所。

然后，他小心翼翼地躺到她身旁，举止贴心让人心疼。

“阿提夫。”她叫他。

他转向她，黑暗中几乎看不到他的表情。屋外传来汽车喇叭声，城市慢慢地陷入沉睡。

“阿提夫，我喜欢你送的花。黄色的那些。”

黑暗中看到他洁白的牙齿，她知道他在对她笑。他的手从毯子上方伸过来握住了她的。他是真的爱我，她想着。阿提夫站在花园里，含情脉脉地看着她。转眼已是一生。他们现在又回到了青春激扬的时代。阿提夫那么爱她，一如以往。她往他跟前凑去，身子沉重，动作笨拙。她把手放在他脸上，渴望要他，迫切地想要他。我还年轻着呢，她想着。于是，她又回到妙龄，他们的生活刚刚开始。

“艾丽娅。”他想拒绝，可她根本不给他说话的机会，告诉他保持安静。她把他往自己身边拉，她的嘴唇碰到了他的，他们吻着对方，有股酸腐的味道——是她的口气，还是他的口气？不管是谁，身体散发出的陈腐气息让她难为情——在他俩之间散开。她的臀部肌肉痉挛，可她不管不顾，一直把他往自己身上拉，直到他放弃抵抗，爬到她身上，抚摸她的大腿和腹部。她兴奋地喘息着，双手抓着自己的乳房。乳房干瘪皱缩，可她现在才不要想这些，什么都不想。

“真主啊。”这个字像水流一样冲出他的嘴巴。

她紧紧地抓住他的两腿间，直到变大变硬，再放进她那里。刚开始有些疼，可是，很快两人就找回了熟悉的节奏。他们呻吟着，身子用力拱起再落下，终于，有液体射在她体内，阿提夫重重喘息。

完事之后，他俩静静地躺着，一动不动。良久，寂静被阿提夫有节奏的呼吸声打破。他睡着了。艾丽娅躺回原位，感觉到双腿间的湿润。她不想把这液体洗去。她想让阿提夫的味道在自己体内留存。

艾丽娅想着晚餐时吃的蛋糕，还有他们为她唱的生日歌。半梦半醒之间，她的脑海里出现了风帆，梦到有人把她的眉毛全部拔掉。她梦到了一艘倾覆的船只，远处好像传来婴儿的哭声。哭声被窗外呼啸而过的汽车声盖住。艾丽娅醒了过来，眨着眼睛。婴儿又哭了起来，这次声音比刚才大，艾丽娅才意识到原来这声音是真的。

她从床上坐起来。宝宝没人管，她想着。她得去喂喂她。

她用手扶着走廊的墙，小心翼翼地迈步。客厅一片漆黑，只有阳台门开着，沙发、咖啡桌和黑乎乎的电视屏幕都沐浴在从阳台漏进来的路灯灯光里。哭声越来越大，是从阳台传过来的。艾丽娅的火一下子起来了——他们怎么能把宝宝一个人扔在阳台上?

等走到阳台上，才发现宝宝的母亲正坐在摇椅里，一前一后地晃着，宝宝被她抱在怀里。每次摇椅向后荡，都会发出吱嘎吱嘎的声响。她轻声细语地对宝宝说着什么，引导着宝宝找寻她的乳头。散下来的黑发遮住了视线，所以艾丽娅的出现一点都没有惊扰到她。艾丽娅看着她裸露在外的乳房和湿润的乳头，震惊不已。她赶快退回到客厅。

夜晚清凉舒爽，她坐在靠近阳台的扶手椅上，感受着这清凉。应该给宝宝拿张毯子盖，再陪她们坐一会儿，可是，她突然疲累不堪，一点都不想动。一声呜咽传来，再次沉寂。艾丽娅知道宝宝已经衔住乳头，开始吃奶。不知为何，她的乳房也跟着有了感觉，让她想起喂奶时的快感。

宝宝的母亲开始唱歌，声音粗哑。

“睡吧，睡吧。”

这些词句耳熟能详，对艾丽娅来说，如喝的水一样熟悉，又如自己的双手那般了如指掌。她举起双手，捂着脸颊。

“睡吧，睡吧。”

曲子盘旋在艾丽娅的脑海，带给她许多美好回忆。母亲的花园，还有科威特的庭院，虽然忘了是哪个庭院。她坐在那个庭院里，怀里的一个宝宝正在吃奶，她的嘴里哼唱着同样的曲调。现在，坐在黑暗中，她静静地听着这年代久远、直击灵魂的天籁之音。

ACKNOWLEDGMENTS
致谢

致吉娜·海泽曼，本书的第一位读者和编辑。感谢她无私奉献宝贵的时间，毫不掩饰对这本书的热爱，充分发挥其专长精心编辑。她不求回报，只希望我能继续写作。对我的厚爱，我没齿难忘。我要特别表达对米歇尔·泰斯莱的感谢，作为我精明能干、勇于冒险的经纪人，她拿着一堆庞杂的手稿不遗余力地帮我联系出版事宜。感谢我的编辑，思维敏捷、体贴周到的劳伦·魏因，在我写作本书期间，一直鼓励我，给我信心，告诉我这是一个值得讲述的故事。还要感谢皮拉尔·加西亚·布朗、汉娜·哈洛、塔良·罗德、艾莎·米尔扎、特蕾西·罗、丽萨·格洛弗、洛里·格拉泽尔，以及所有工作在霍顿·米夫林·哈考特出版公司的朋友们，你们对这本书的出版付出的努力和热情令人难以置信，和你们共事，是我莫大的荣幸。特别感谢 A. M. 希斯图书代理公司的维多利亚·霍布斯，感谢你不遗余力地把这本书发行到大洋彼岸。也要感谢可爱的乔卡斯塔·汉密尔顿和哈金森出版社为本书出版做出贡献的团队成员们。

谢谢你，亲爱的玛德琳·史蒂文斯，你提出的修改建议得到了大家的一致赞同，然而你却从来不会居功自傲，不会对我说出“我早就告诉过你了”这样的话。感谢所有热爱诗歌的朋友们，感谢细致入微的编辑和出版商助我出版诗集，还要感谢诗歌交流会给我机会与世界各地才华横溢的人们相识。没有诗歌的浸淫，我不可能找到自己的写作旋律。感谢你们，我聪明可爱的朋友们，散落天涯的朋友们，言浅情深，名字不再一一道来。感谢你们，丽萨和奇普，还有可爱的海泽曼家族和帕金斯家族的所有成员们。阿泰尔·雅各布、迈克尔·佩奇，没有你们俩一如既往的支持和时不时的调侃，我不可能顺利完成这本书。达列亚、琪琪、萨拉、安德烈、科拉姆和亚历克西斯，感谢你们所有人，在我的写作过程中一直为我打气，给我鼓励。写作是一项孤独的事业，甚至是一项吃力不讨好的事业，我何其幸运，能遇到这么多充满热情、古灵精怪又时刻鼓励我的朋友们。感谢你们。

谢谢你，约翰尼，我的挚爱。遇到你时，我的书稿刚写了一半，要是没有你的陪伴，这本书根本不可能完成。和你相识相恋是我做过的最疯狂的事。感谢真主让我们相遇在布鲁克林那个清冷的夜晚。妈妈：谢谢你教会我要勇往直前，坚持梦想。爸爸：谢谢你让我在一年当中最黑暗的日子里养成了写作的习惯。没有你讲给我听的那些故事，就不会有这本书。亲爱的塔拉勒，你教会我什么是勇敢，向我展示艺术的魅力，告诉我如何拥有一颗仁爱之心，世界上任何语言也无法表达我对你的感激之情。愿我们的脏话俱乐部永远不散。米丽亚姆，我那古灵精怪、超凡脱俗的小妹妹，感谢你时刻提醒我，讲好故事——特别是美人鱼的故事——是多么崇高的行为。谢谢你们，亲爱的外公外婆萨利姆·萨利姆和法蒂玛·阿迪卜，谢谢你们，亲爱的阿勒扬阿公、阿婆，还有所有的叔伯阿姨们，感谢你们所有人。致拉亚尔、奥马尔和塔拉勒：你们和我拥有共同的记忆，分享同一段历史。只有你们。